걸어서
이스라엘

배낭 메고 떠나는 성지순례

걸어서 이스라엘

김종철 지음

베드로서원

이스라엘과 한국은 아시아대륙의 양끝에 위치하고 있습니다. 지리상 먼 거리에도 불구하고 민주주의와 시장경제라는 공동의 가치관을 바탕으로 두 나라는 발전적인 우호관계를 유지해왔습니다.

한국과 이스라엘은 1948년에 독립을 이루었습니다. 두 국가 모두 전쟁의 폐허 속에서 일어나 주권을 지키기 위하여 힘들게 싸우고 경제적인 어려움을 견뎌야 했습니다. 천연자원이 부족하고 열악한 지정학적 위치에 처한 두 나라는 건국 이래로 인재양성, 과학, 교육 분야에 집중적으로 투자하여 놀라운 첨단기술 능력을 갖춘 경제 강국이 되었습니다. 또한 두 민족은 과거의 유산과 전통을 현대화 및 혁신과 더불어 성공적으로 보존해 왔습니다.

나는 2008년 9월에 재개된 대한항공의 서울-텔아비브 직항 노선이 두 나라 국민들을 더욱 가깝게 해 주리라 믿습니다. 그리고 이스라엘 여행 정보를 생생하게 전달해 주는 김종철 작가의 가이드북은 이스라엘 방문을 준비하는 이들에게 매우 유용한 자료가 될 것입니다. 나는 여러분이 우리나라를 방문하여 "이스라엘의 기적"을 직접 목격할 수 있기를 희망합니다. 여러분은 우리들의 따뜻한 환영, 아름다운 해변, 맛있는 음식과 많은 매력적인 방문지들도 즐기게 될 것입니다.

2009년 5월
주한 이스라엘 대사 이갈 카스피

* * *

이스라엘은 발 닿는 곳마다 성서 속의 수천 년 역사가 새겨져 있습니다. 그리고 AD 70년경 로마에 의해 예루살렘이 파괴되고 유대인들이 세계 각처로 흩어진 이후 1948년 현대 이스라엘 국가의 건국에 이르기까지 그 땅은 다양한 민족과 문화의 교차를 목격하며 끊임없는 변화를 겪었습니다. 따라서 이스라엘이 비록 작은 나라이지만 그곳을 여행하려면 전문적인 길라잡이의 도움이 필요합니다.

그동안 이스라엘 방문을 앞둔 이들로부터 포괄적이고도 상세한 가이드북에 대한 문의를 꽤 많이 받아오던 중에 이스라엘 전문 여행가인 김종철 작가님이 이 책을 출판하게 되어 더없이 기쁩니다. 작가로 또는 TV 리포터로 이스라엘을 30번 가까이 방문하면서 축적된 그곳에 대한 깊고 해박한 지식과 풍부한 산 경험들을 한 권의 소중한 책으로 엮은 김 작가님의 열정에 감사드립니다.

고도 예루살렘에서 뿜어나는 역사의 숨결, 세계 최저 지역 사해에서 맛볼 수 있는 신비로운 부영 체험, 생동감 넘치는 지중해변 국제도시 텔아비브, 성서시대의 전원적인 아름다움을 간직한 갈릴리 호수, 네게브 사막 곳곳에 숨어있는 놀라운 자연 현상들, 태양에 흠뻑 젖은 청정 휴양 도시 에일랏 등 이스라엘의 매력을 열거하자면 '작지만 큰 나라' 라는 별명의 의미가 와 닿습니다.

　이제 한국인에 의해 직접 집필된 이 책을 들고 이스라엘을 방문하는 이들이 그 땅의 역사와 문화를 더욱 잘 이해할 뿐 아니라, 이스라엘이 가지고 있는 성지와 관광지로서의 독특한 매력 속에 빠져볼 수 있기를 바랍니다.

2009년 5월

이스라엘관광청 서울사무소 소장 박미섭

* * *

　이스라엘은 5천 년 성경의 역사와 이스라엘 민족의 고난과 역경의 현장입니다. 그래서 수천 년부터 지금까지 전 세계의 수많은 크리스천들이 이스라엘을 방문했고 지금도 그 발걸음은 끊이지를 않고 있습니다. 특히 여행사를 통한 단체 여행뿐만 아니라 개인이 여행 스케줄을 작성해서 스스로 성지를 찾아가고 그곳에서 혼자만의 조용한 묵상의 시간을 갖는 순례자들도 많이 있습니다.

　그러나 이스라엘은 한국에서 너무 멀리 떨어져 있는 곳이라 방문하기가 쉽지 않은 곳입니다. 더군다나 이스라엘 여행에 대한 자세한 안내 책자마저 없어 개인이 여행하기란 너무 어려웠던 것이 사실입니다. 그래서 그런지 안타깝게도 이스라엘을 개인적으로 찾아 와 여행하는 개인 여행자의 숫자가 빈약했었습니다. 그러나 이번에 김종철 작가의 이스라엘 배낭 성지순례 가이드 북 '걸어서 이스라엘' 책자는 예수님의 사역 현장인 이스라엘을 여행하는데 큰 도움이 되리라 생각합니다.

　김종철 작가는 그동안 수십 번에 걸쳐 자유여행 형식으로 이스라엘을 방문하면서 많은 자료와 노하우들을 축적한 것으로 알고 있습니다. 그는 누구보다도 이스라엘에 대해서 잘 알고 있으며, 이스라엘 구석구석을 현지인보다 더 자세히 알고 있고, 이스라엘을 너무도 사랑하는 분입니다.

　그의 이번 작업은 그동안 본인 스스로가 터득한 많은 경험과 자료들로 집대성 되었습니다. 아마도 이런 책자는 그동안 한국에서 시도된 적이 없었던 것으로 우리 이스라엘에서 생활하고 있는 교민들도 이 책을 통해 더 많은 크리스천들이 이스라엘을 좀 더 편하고 알차게 여행할 수 있기를 기대를 하고 있습니다.

　아무쪼록 이번 이스라엘 배낭 성지순례 가이드 북 '걸어서 이스라엘' 책자를 통해 한국의 많은 크리스천들이 이스라엘을 가깝게 느끼고 이스라엘을 편하게 여행하는 훌륭한 안내자 역할을 해낼 수 있기 바랍니다.

이스라엘 한인회장 양달선

베낭 메고 떠나는 성지순례, 이스라엘

나는 이스라엘을 30번 가까이 다녀왔다. 그런 나에게 사람들은 "왜 그렇게 이스라엘을 자주 가느냐? 그렇게 많이 다녀왔는데도 또 가고 싶으냐?"라고 묻는다. 그럴 때 나는 이렇게 대답을 한다.

"만약 당신이 무지 무지하게 사랑하는 사람이 있다면 일생에, 단 한 번만 갔다올 수 있을까요? 당신이 소중하게 생각하는 가족이 그곳에 있다면, 아무리 먼 곳이라도 찾아가지 않을까요?"

그렇다. 이스라엘에는 내가 사랑하고, 내가 가면 반기는 예수님이 계신다. 그곳은 내가 사랑하는 예수님의 고향과 그분의 발자취와 그분의 신음소리가 아직도 묻어 있다. 베들레헴에 가면 아기 예수님의 울음소리가 있고, 티베리아에 가면 예수님께서 손을 담갔던 갈릴리 호수가 있으며, 예루살렘에 가면 예수님이 눈물을 흘리며 기도하시던 겟세마네 동산이 있다.

무한 경쟁의 전쟁터 속에서 삶을 살다가 더 이상 일어날 기력조차 없도록 지쳐버리면 나는 모든 것을 훌훌 털어버리고 가벼운 배낭 하나 둘러맨 채 이곳에 가서 조용히 묵상을 한다. 예수님의 땀방울과 눈물방울이 남아있을 그 바위 앞에 앉아 기도하면, 예수님은 축 처진 내 어깨를 조용히 만져주신다. 예수님께서 외로움과 싸우며 금식기도를 하시던 유대 광야에 새벽에 찾아가 나 홀로 앉아 묵상하면, 어느새 예수님이 내 차가운 손을 조용히 만져주신다.

나는 이스라엘에 갈 때마다 새로운 장소로 여행을 하고, 낯선 곳에서 아무 생각 없이 유영을 하며, 예수님이 걸었던 그 골목길에서 대화를 나눈다.

이스라엘 성지순례를 다녀온 사람들 중에는 복잡한 골목길과 까다로운 검문검색, 유적지마다 부딪히게 되는 장사꾼들의 호객소리, 먼지만 풀풀 날리는 돌멩이와 자갈밭 속에서 별다른 감흥을 느끼지 못했다고 한다. 비싼 여행 경비만 들었을 뿐 기억에 남는 게 별로 없다고 한다.

패키지로 가는 단체 여행은 그런 체험을 할 수가 없다. 혼자 갈 때, 또는 마음이 맞는 몇 사람과 떠날 때에만 가능한 일이다. 호텔에서 잠을 자고, 호텔에서 주는 밥을 먹으며, 에어컨이 쉴 새 없이 돌아가는 관광버스를 타고 다니면서 예수님을 만나겠다는 것은 무리이다. 조금은 고생스럽더라도 내가 직접 알아보고 내 발로 직접 찾아가면 예수님이 내 지친 발을 만져주시며 '이곳까지 오느라 수고했다. 나를 만나러 왔구나' 라고 하는 감동과 감격을 체험할 수 있다.

배낭여행이라고 해도 좋고, 자유 여행이라고 해도 좋다. 여행이라고 해도 좋고 순례라고 해도 좋다. 중요한 것은 내가 직접 일정을 짜고 자료를 찾아 내 발로 직접 찾아갈 때 이스라엘은 진정으로 가슴속에 다가오게 된다. 그런 식으로 찾아가게 되면 나도 모르게 예수님과 약속을 하게 된다.

"예수님, 다음에 꼭 다시 찾아올게요."

다행히 이스라엘은 성지로써 뿐만 아니라 찾아가기에 매력이 많은 나라이다. 면적이 좁아 여기저기 여행하기에도 큰 어려움이 없다. 대륙의 웅장한 모습보다는 아기자기한 모습이 많은 곳이다. 맨해

튼 같은 빌딩 숲이나 수백 년 전의 모습을 고스란히 간직해 마치 타임머신을 타고 날아간 듯한 느낌이 드는 오래된 도시도 있다. 말로는 표현하기 어려운 아름다운 지중해와 코발트색의 바다와 하얀색 요트로 한편의 그림을 그려내는 홍해와 신비로 가득찬 사해가 있다. 중동의 모습을 제대로 만끽할 수 있는 사막과 만년설로 뒤덮인 고원도 있다. 이처럼 이스라엘에는 일촉즉발의 긴장감이 있는가 하면, 과연 이곳이 분쟁 지역일까 싶을 정도로 여유가 있는 휴양지도 있다.

도로에는 성경에서만 만났던 낯익은 베들레헴, 브엘세바, 예루살렘으로 가는 버스가 질주하고 있다. 그 버스에 올라타기만 하면 어느새 성경 속의 도시에 들어가게 된다. 그곳의 버스는 돈 몇 푼만 받고 나를 성경 속으로 안내하는 타임 엘리베이터이다.

이스라엘 여행은 분명히 신앙생활에 새로운 세계를 열어주는 소중한 기회가 될 것이다. 그 기회는 결코 어려운 결정으로 얻어지는 것이 아니다. 누구나 마음만 먹으면 가능한 일이다. 나는 그 기회를 많은 크리스천들이 누렸으면 하는 바람이다.

일러두기

이 책의 모든 정보는 2009년 3월을 기준으로 조사하여 정리된 것이다. 따라서 각 장소의 입장시간이나 입장요금, 교통편 등은 책에 기록된 것과는 차이가 있을 수 있다.

팔레스타인 자치 지역인 세겜이나 라말라, 가자 등지에도 성지는 있지만 안전상의 이유로 여행이 까다롭고 위험할 수 있어서 제외했다.

저렴한 비용으로 여행할 수 있도록 값비싼 호텔이나 숙소대신 유스호스텔과 게스트하우스 등을 중심으로 소개했고, 대중교통편도 함께 소개했다.

화폐 단위는 이스라엘의 현재 회폐 단위인 New Israel Shekel로 표기했다. 1NIS은 약 360원 정도(2009년 3월)이다.

🐾 이 마크는 이스라엘의 국립공원 마크로 투어리스트 티켓으로 입장이 가능한 곳이다.

예루살렘과 텔아비브, 티베리아, 아코에서의 숙소만 소개하였다. 하지만 이스라엘의 다른 지역에도 숙소는 있다. 그러나 많지는 않다.

이 책에 소개 된 이스라엘의 지역을 Google Earth에서도 찾을 수 있다. 하지만 이 책에 표시된 지명과 Google Earth의 지명과는 다를 수 있다. 예를 들어, 갈릴리 호수 근처에 있는 거라사(Kursi)를 Google Earth의 검색창에 치게 되면 인도의 Kursi가 나타나고, 예루살렘 성문 중에 하나인 Golden Gate를 입력하면 미국의 금문교가 나오게 된다. 그래서 이스라엘의 지역을 Google Earth에서 제대로 찾을 수 있도록 중요한 장소는 키워드를 첨부하였다. Google Earth의 검색창에 키워드를 입력하면 해당 장소가 나타난다.

이 책에 수록된 모든 정보와 내용들에 대해서 이스라엘 관광청과는 관련이 없다.

이 책을 재미있게 활용하는 방법

Travel & Quiz

성지 여행도 하고, 퀴즈도 풀고, 게임도 하자!

이 책에서는 이스라엘을 여행할 때 가봐야 할 곳, 200여 곳을 소개한다. 그중 중간 중간에 꼭 방문해야 하는 장소를 소개하는 부분에서 퀴즈가 30개 제시된다.

이 퀴즈는 단순히 구경만 하고 둘러보는 여행보다는 좀 더 자세하게 들여다보고 관찰할 수 있도록 하기 위해 성지 현장과 관련된 퀴즈이다. 퀴즈의 정답은 책을 읽는 것만으로는 알 수 없다. 반드시 현장에 가서 눈으로 확인을 해야만 풀 수 있다. 제시되는 퀴즈의 모든 답은 숫자인데, 30개의 퀴즈의 답을 모두 합산해서 그 합계의 숫자를 알아맞히는 게임이다.

이 게임의 정답도 역시 이 책에서 알려주지 않는다. 다만 한국으로 돌아오는 벤구리온 공항의 출발지인 3층에 가야만 정답을 알 수 있다. 성지 여행도 하고, 퀴즈도 풀고, 게임도 하는 방식이 이 책을 활용하는 또 다른 즐거움이 될 것이다.

자, 그럼 이 책에서 제시하는 30개의 퀴즈에 대한 정답을 맞혀볼까? 그 정답을 모두 합한 숫자는 과연 어디서 찾아낼 수 있을까? 그러나 정답은 있다. 이 책과 함께 이스라엘을 자세히 관찰하면 당신도 게임에서 이길 수 있다. 그리고 이 게임에서 이겨야만 비로소 이스라엘을 제대로 여행했다고 할 수 있다.

제1장 _ 이스라엘로 가자

제2장 _ 예루살렘

제3장 _ 남쪽 지역

제4장 _ 북쪽 지역

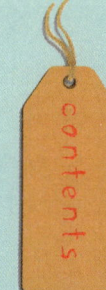

contents

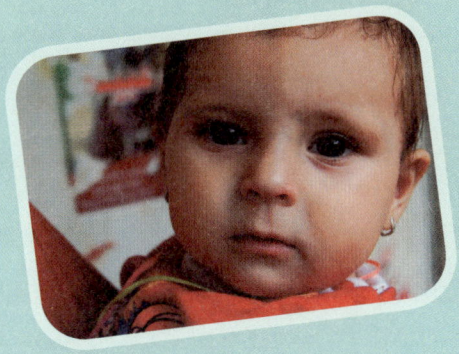

제5장 _ 지중해변

제6장 _ 시내산

이스라엘로 가자

성지순례의 매력

크리스천이라면 누구나 한 번쯤 가보고 싶은 꿈의 여행, 성지순례. 그러나 성지순례는 꿈만 꿀 뿐이지 막상 떠나려고 준비하기에는 용기가 필요하다. 그러나 예수님을 사모하는 크리스천이라면 일생에 꼭 한 번은 성지를 여행해야 한다.

크리스천은 늘 성경책을 읽고 설교를 듣고 성경공부를 한다. 하지만 성지를 갔다 오지 않고 읽는 성경은 구체적으로 머리에 들어오지 않을뿐더러 성경공부 또한 입체적으로 그려지지 않는다. 그러나 성지를 가서 직접 눈으로 보고, 발로 밟고, 손으로 만져 본 다음 읽게 되는 성경과 성경공부는 차원이 달라진다.

예수님이 태어난 베들레헴의 마구간, 예수님이 자라시던 나사렛 마을, 예수님이 베드로를 부르시던 갈릴리 호숫가, 예수님이 눈물을 흘리며 기도하던 겟세마네 동산과 예수님이 십자가를 지고 골고다 언덕을 향해 올라가시던 비아 돌로로사, 이 모든 것이 성지에 있다.

그곳에 가면 예수님의 눈물이 얼마나 처절했었는지, 예수님의 고난이 얼마나 힘겨웠을 지를 온 몸과 마음으로 느낄 수 있다. 손을 뻗으면 예수님이 만졌을지도 모를 바위가 있고, 발을 내딛으면 예수님이 걸었을지도 모르는 그 길을 내가 걷게 된다. 발에 치이는 이름 모를 돌멩이 하나, 손끝에 잡히는 작은 들풀 하나, 머릿결을 스치고 지나가는 바람까지도 예사롭지가 않다. 그 모든 것이 반갑고 친근하고 사랑스럽기까지 하다.

성경을 읽고 은혜를 받는다면, 1차원의 은혜이다. 성령을 체험하고 성경을 읽는다면, 2차원의 은혜이다. 하지만 성지에 가서 성령님을 만나고 성경을 읽는다면, 그것은 3차원의 신앙생활이 될 수 있다. 그래서 옛부터 유럽의 신앙인들은 성지순례를 하기 위해 걸어서 이스라엘까지 찾아갔다. 성지를 찾아가는 동안 강도를 만나고 병에 걸리는 등 온갖 시련을 겪으면서도 성지를 찾아갔으며, 마침내 이교도의 손에 점령된 성지를 탈환하기 위해 십자군이 찾아오기도 했었다. 이제는 이스라엘로 가는 길이 가까워졌다. 몇 년씩 걸려서 찾아가야 했던 십자군의 시대가 아니라 인천공항에서 비행기를 타고 열 시간만 지나면 성지에 발을 딛을 수 있다.

자동차를 사도 직접 눈으로 보고 구입을 하고 옷을 사도 입어보고 구입을 하는데, 하물며 성경을 읽고 성경공부를 하면서 성지를 가보지 않고 한다는 것은 너무나 소극적인 신앙생활이 아닐까? 더군다나 설교를 하고 성경공부를 가르치는 사람이 성지를 다녀오지 않았다면, 마치 아기를 낳아 보지도 않은 사람이 육아일기를 쓰는 것과 비슷한 것이 아닐까?

성지를 가는 것은 직접적인 신앙생활이다. 성지를 가는 것은 적극적인 신앙생활을 위한 투자이다. 시간과 노력과 돈을 투자하는 일이다.

어떤 사람들은 가보지 않고 믿는 믿음이 더 크다고 말한다. 그것은 가보지 않은 사람들이 하는 이야기일 뿐이다. 성지 여행은 투자한 만큼 신앙의 깊이가 달라진다. 또한 어떤 사람은 성지 여행을 다녀왔어도 은혜를 받지 못했다고 한다. 그것은 아무런 준비 없이 일반 관광객과 같은 시각으로 여행을 했기 때문이다. 성지 여행은 일반 여행과는 분명히 다르다. 기도로 준비하고, 사모하고, 가슴에 품으며 떠나야 한다. 그러면 분명히 예루살렘에서 갈릴리에서 살아계신 예수님을 만날 수 있을 것이다.

만약 일주일간의 휴가가 주어진다면, 다른 곳에 갈 계획보다 먼저 이스라엘로 성지 여행을 떠나는 것은 어떨까?

이스라엘의 매력

이스라엘은 정말 매력 있는 나라이다. 지리적으로는 우리나라의 4분의 1밖에 안 되는 작은 면적이지만, 도시와 사막, 바다와 호수, 밀림과 만년설 등 다양한 모습을 가지고 있다. 도시에서 자동차로 10분만 교외로 나가도 끝없이 펼쳐지는 광야와 사막이 눈에 들어오고, 또 조금만 달려가면 사해가 펼쳐지는가 하면 사막에 펼쳐지는 키부츠인의 대 작품 농장이 눈에 들어온다. 마음만 먹으면 하루에 몇 가지의 새로운 자연을 만날 수 있기에 지루할 틈이 없는 곳이다.

7백만 명도 안 되는 적은 인구이지만, 십억이 넘는 주변 아랍국가와 전쟁을 치르고도 단 한 번도 패배한 적이 없을 정도로 강인한 나라이다. 거리에는 총을 든 군인들이 활보하는가 하면 도로 곳곳에서는 긴장감으로 검문검색 하는 군인들도 만날 수 있다. 그런가 하면 땅바닥에 아무렇게나 총을 내려놓고 한가롭게 잡담을 나누는 의외의 군인들도 볼 수 있다.

물론 여기저기서 발생하는 팔레스타인 테러리스트들의 폭탄 테러로 도시가 마비되고 도로가 차단되는 일도 있고, 이스라엘 군인들이 팔레스타인 지역을 공격하는 일이 자주 발생해 세계의 뉴스 카메라가 이곳으로 집중되기도 한다. 그래서 긴장을 늦출 수 없는 곳이지만, 그래도 세계의 수많은 관광객의 발길이 끊이질 않는 곳이다.

이스라엘은 우리나라와 똑같은 1948년에 건국한 나라이다. 사막과 광야뿐인 불모지의 땅에 새로운 국가를 만들었다. 그럼에도 불구하고 이스라엘은 국내 총생산량 GDP가 세계 22위이고, 국민 일인당 총 생산량 GNP는 2만 달러가 될 정도로 경제적 부국을 이루었다. 또한 세계적으로 돈을 잘 벌기로 유명한 민족이 유대민족이라고 알려져 있다. 이스라엘은 어떻게 경제적 성장을 이루게 된 것일까? 그 원동력은 과연 무엇일까?

물 한 방울 나오지 않는 척박한 광야에 농장과 푸른 녹지를 만드는 그 지혜와 힘은 어디에서 나오는 것일까? 그들은 첨단과학기술과 군사무기제조기술을 어떻게 잘 개발해 내고 있을까?

토요일이 되면 공항까지 문을 닫을 정도로 철저하게 안식일을 지키는 종교의 나라 이스라엘은 나라 전체가 거대한 종교집단과도 같다. 예루살렘 곳곳에서 만나는 검은 코트와 검은 모자를 쓴 정통 유대교인들의 모습이 전부인 것 같으면서도, 금요일이 되면 곳곳에서 모슬렘들의 쌀라가 진행되는 모슬렘의 성지이기도 하다. 또한 기독교인들의 성지이기도 하다.

그래서 예루살렘에서는 정통 유대인들의 토라 읽는 소리와 모스크의 첨탑에서 들려오는 아잔 소리, 성지를 찾아 온 크리스천들의 찬송 소리가 한데 뒤엉켜 울려 퍼진다. 그러다 보니 모슬렘들이 해가 떠 있는 동안 물 한 모금 마실 수 없는 라마단 기간이 진행되면서 동시에 같은 시기에 유대인들의 축제인 숙곳이 벌어져 먹고 마시며 노래하고 있는 진풍경이 벌어진다. 한쪽에서는 굶고 있고 또 한쪽에선 축제를 벌이고 있는 특이한 나라, 이스라엘은 그야말로 종교 백화점이고 종교 전시장이다.

구약과 신약을 동시에 성경으로 받아들이는 크리스천들에게는 더 할 나위 없는 신앙의 체험현장이기도 하다. 도로에서 만나는 버스의 행선지에는 성경에서만 읽던 반가운 지명이 적혀 있다. 브엘세바로 가는 버스, 여리고로 가는 버스, 베들레헴으로 가는 버스가 도시의 도로를 달리고 있다. 예수님이 올라가셨던 감람산과 설교하셨던 갈릴리 호수가 불과 몇 시간 거리로 가까이 잡고 있다. 다윗의 도시와 솔로몬이 왕으로 기름 부음 받았던 기혼샘이 바로 눈 앞에 다가온다. 그저 성경책 속에서만 존재하는 줄만 알았던 도시와 장소가 입구의 표지판으로 눈에 들어온다.

이스라엘은 성경의 배경이자 그 현장이다. 이스라엘의 북쪽 끝 바니야스에서부터 남쪽 끝 에일랏까지 장소 하나 하나가 모두 성경과 관련되어 있는 곳이다. 이스라엘에서는 누가 시키지 않아도 자연스럽게 성경책을 펼치게 되고 성경공부 또한 자연스럽게 될 수밖에 없다.

그동안 가졌던 유대인에 대한 호기심과 세계 뉴스의 초점이 되는 팔레스타인 분쟁을 눈으로 직접 확인하게 되며, 성경의 배경을 내가 걷고 있다는 놀라운 경험을 하게 되는 곳이 바로 이스라엘이고 이스라엘의 매력이다.

자유여행의 매력

여행을 하는 방법은 여러 가지가 있다. 현지에 친지나 연고가 있어서 방문하게 되는 여행, 여행사를 통해 패키지 상품으로 떠나는 여행, 그리고 직접 내가 항공권을 구입하고 숙소를 예약하고 대중교통과 자동차를 이용해서 떠나는 자유 여행이다.

물론 현지에 대해서 정통한 정보를 갖고 스케줄을 짜서 여행자를 안전하게 여행시키는 여행사의 패키지 상품도 나쁘지는 않다. 오히려 현지에 대한 정보가 없거나 직접 여행 스케줄을 짜는데 자신이 없는 사람이라면 여행사의 패키지 상품을 이용하는 것도 좋다. 그리고 낯선 환경 속에서 받아야 하는 스트레스를 받고 싶지 않은 여행자들에겐 당연히 패키지여행을 가는 것이 좋다.

하지만 그런 여행은 항상 수동적일 수밖에 없다. 단체로 움직이기에 내 의사와는 상관없는 일정대로 쫓아 다녀야 한다. 더 자세히 보고 싶어도, 다른 곳을 가보고 싶어도 갈 수 없다. 또 수십 명이 몰려다니면서 가이드의 설명에 귀 기울여 듣고, 순서대로 기다렸다가 기념사진을 찍다 보면 성지에서의 조용한 시간을 가질 틈이 나지를 않는다. 그리고 내가 어느 곳을 다녀왔는지조차 가물가물할 때도 있다.

물론 여행사를 통해 호텔에서 잠을 자고 전세 버스를 타고 이동을 하며 가이드가 안내해 주는 대로 따라 다니는 것도 나쁘지는 않다. 현지에서 안내해 주는 가이드 역시 누구보다도 현지의 사정을 잘 알고 전문가이기 때문에 효율적이며 안전하게 여행을 할 수 있지만, 자유 여행도 나름대로 매력이 있다.

자유 여행은 내가 모든 걸 해결해야 한다. 비행기 표부터 시작하여 현지 숙소며 식사도 스스로 해결해야 하고 성지에 대한 공부도 스스로 해야 한다. 바로 이런 점이 자유 여행의 매력이다.

우선 여행을 떠나기 전에 관련 서적을 구입하고, 인터넷 사이트를 뒤지면서 공부를 해야 한다. 첫날은 어디서 자고, 어디를 방문할 것이며, 식사는 어떻게 해결할 것인지를 미리 예상해야 한다. 그러면서 머릿속으로 가상 여행을 떠난다. 여행은 이렇게 떠나기 전부터 준비하는 과정이 재미있어야 한다.

현지에 도착해서도 다른 일행과는 상관없이 내가 관심을 갖는 곳에서 더 많은 시간을 보내며, 사진을 찍고 자료를 조사하며 공부를 할 수도 있고 성지에서 묵상을 하며 큐티를 할 수도 있다. 성지에서의 묵상과 큐티는 집안에서 하는 것과는 또 다른 신앙적 감동으로 다가온다.

일정만 잘 조절하면 하루에도 여러 곳의 성지를 방문할 수 있다. 내가 직접 찾은 자료를 바탕으로 직접 찾아갔으니 나중에 기억이 안 날 수도 없다. 호텔에서 잠을 자기보다는 예루살렘의 올드시티 안에 있는 유스호스텔에서 다른 여행자들과 함께 잠을 자고 때에 따라서는 그들의 재래시장에서 음식 재료를 구입해서 직접 만들어 먹는 재미도 있다. 예루살렘과 나사렛의 재래시장에서는 어떤 물건들을 팔고 어떻게 요리를 해 먹는지도 체험할 수 있다.

그들이 이용하는 대중교통을 함께 이용하면서 그들이 살아가는 모습을 가까이서 지켜보고 대화를 나눌 수 있다. 단지 성지를 방문하는 것만이 아니라 그들의 삶속 깊은 곳으로 들어가서 체험을 하게 된다. 밤이 되면 유대인들이 찾는 카페에 가서 커피를 마시며 히브리어를 가까이서 듣게 된다. 내가 지갑에서 이스라엘 돈을 꺼내 지불하면서 흥정도 하게 된다.

오늘 내가 있는 곳이 맘에 든다면 예정과는 상관없이 하루 더 머물 수도 있다. 먹고 싶은 음식이 있다면 더 사 먹을 수도 있다. 이것이 자유 여행의 매력이다. 물론 모든 준비를 내 손으로 직접 해야 하고 스케줄과 숙소를 찾아다니는 일, 그리고 대중교통을 이용해서 이동하는 일과 한 번도 가본 적이 없는 성지를 직접 찾아다니는 일은 쉽지 않다. 스트레스를 많이 받는 일이다. 하지만 스트레스를 받는 만큼 성지는 가슴 속에 더 깊이 새겨질 것이고 그 감동은 몇 배로 다가올 것이다.

Sidon

Lebanon

Damascus

Har Hermon

Tyre

Kiryat
Shmona

Nahariya

Tsfat   Golan

Syria

Akko

Haifa

Tiberias   Galilee

Mediterranean Sea

Caeserea

Nazareth

Bait She'an

Hadera

Jenin

Netanya

Shchem

Tel Aviv-Yafo

Bat Yam   Ramia   Ramalla

Ashdod

Jerusalem   Jericho

Qumran

Ashkelon

Bethlehem   Ein Gedi

Gaza

Masada

Han Yunes   Netivot

Hebron   Dead
Sea

Be'er Sheva

Arad

Israel

Negev

Mitspe
Ramon

Sinai Desert

Arava

Petra

Timnapark

Red Canyon

Jordan River

Amman

Jordan

Eilat

Taba

Gulf of
Eilat

Saudi
Arabia

이스라엘 전도

짤막히 보는 이스라엘의 역사

BC 1250년 여호수아가 요단강을 건너 가나안 땅을 정복하고 12지파를 세움.

1200년 크레타에서 건너온 펠레시테인들의 침략 이후 그들의 이름을 따서 가나안은 팔레스틴으로 불리어짐.

1025년 사울이 이스라엘의 초대왕으로 등극.

1004~965년 다윗이 이스라엘의 왕으로 즉위.

965~922년 솔로몬이 즉위하고 성전을 세우고 경배하기 시작.

953~930년 이스라엘이 둘로 나뉘어져 이스라엘과 유대로 분리됨.

721년 앗시리아인들이 사마리아를 침략하여 북왕국의 10지파를 포로로 삼음으로써 이스라엘 왕정이 끝남.

587년 느부갓네살 왕이 예루살렘과 성전을 파괴하였고 유대 10지파는 바벨론으로 끌려감(노예생활의 시작).

539년 페르시아왕 페르샤로레스가 바벨론을 정복하여 유대인을 예루살렘으로 귀향케 함. 스룹바벨에 의해 성전이 복구됨.

334년 알렉산더 대왕이 팔레스틴을 정복하고 그가 죽은 후 이 땅은 이집트의 톨레미 왕들에 의해 지배 받음.

198년 시리아의 안티오쿠스 3세가 이집트인을 물리쳤고 팔레스틴은 셀류코스 왕조의 지배로 들어감.

75년 안티오쿠스 4세가 왕으로 즉위, 그는 여호와를 경배하지 못하게 하였고 성전을 모독함.

167년 맛다디와 그의 다섯 아들들을 앞세운 유대인들이 세류코스 왕조에 대항하여 일어섰고 마침내 그들을 물리침.

64년 품페이가 팔레스틴을 점령.

40년 파르티아인들이 로마군을 기습하여 이 땅을 차지함.

39년 헤롯대왕이 파르티아인들을 몰아내고 BC 4년까지 지배.

4~1년 예수탄생.

AD 30년 예수가 십자가에 못 박힘.

66년 예루살렘에서 유대인들이 반기.

70년 디도가 유대인들의 반란을 진압하고 예루살렘은 거의 파괴됨.

132~135년 유대인들이 바르시바 지배 하에서 두 번째 반란을 일으킴. 이 반란은 하드리안 황제에 의해 진압되었고 그는 예루살렘을 파괴하여 이 지역에 엘리아 카파톨리아라는 로마 도시를 세움.

330~634년 팔레스틴이 비잔틴 지배로 들어감, 콘스탄틴 대제가 기독교를 공인한 후 기독교가 급격히 확산되어 많은 교회가 세워짐.

614년 페르시아인들이 팔레스틴을 침범, 수천 명의 기독교인이 살해되고 수백 개의 교회가 파괴됨.

636년 회교도가 팔레스틴을 정복하여 예루살렘을 그들의 3대 성지로 선언.

1009년 파티마칼리프 하킴이 예수부활기념교회를 비롯한 많은 기독교 건물을 파괴, 이로 인해 야기된 동양에 대한 증오심은 200년간에 걸쳐 벌어졌던 십자군 원정의 원인이 됨.

1187년 이집트의 회교도 왕자 살라딘이 히튼 각에서 십자군을 격퇴시켜 예루살렘 왕정이 끝남.

1263년 이집트의 마멜루크 정권이 팔레스틴에 잔존해 있었던 십자군의 거점을 격퇴하여 거의 250년 동안 해안 도시들을 지배함.

1400년 티무르 왕이 거느렸던 몽고족이 팔레스틴을 침범.

1517년 터어키의 오스만 제국이 팔레스틴을 정복하여 400년 동안 지배.

1917년 팔레스틴이 1차 세계대전 중 영국의 알렌비 장군에 의해 통치됨. 유대인들의 팔레스틴 귀향을 위한 밸퍼 선언이 있었음.

1922년 국제연맹은 영국을 팔레스틴의 위임 통치국으로 지정.

1947년 팔레스틴을 이스라엘과 요르단으로 분리할 계획이 UN에서 채택됨.

1948년 영국의 위임통치가 끝나고 5월 14일 이스라엘민족협의회가 이스라엘 공화국을 세움, 유대인과 아랍인과의 전쟁이 시작됨. 이스라엘과 이집트, 시리아, 요르단, 레바논간에 휴전이 체결됨. 팔레스틴은 이스라엘과 요르단으로 분리됨.

1967년 6월 5일, 이스라엘과 아랍간에 전쟁이 터짐, 6일 만에 전쟁은 끝나고 이스라엘은 시나이반도 전체와 골란고원, 요르단강 서안을 점령.

1973년 10월 6일, 이스라엘과 아랍간의 전쟁 재발. 16일간의 교전 끝에 휴전 체결.

1979년 이집트의 사다트 대통령이 이스라엘을 방문, 두 나라간의 평화 조약이 체결.

1982년 시나이반도를 이집트에 반환.

1993년 노르웨이 오슬로에서 이스라엘과 팔레스타인 해방기구(PLO)는 요르단강 서안과 가자지구에 자치를 마련하는 잠정적인 평화틀에 합의.

1994년 한국과 이스라엘이 과학기술협정 체결.

1995년 한국과 이스라엘 간에 비자면제협정 체결. 이스라엘과 PLO, 서안 대부분의 팔레스타인 지역에 대한 자치와 팔레스타인 선거를 규정한 자치의 제2단계에 합의.

1997년 이스라엘과 팔레스타인, 오랫동안 지체돼 온 헤브론 대부분의 지역과 서안으로부터의 이스라엘 철수를 규정한 협정에 서명.

1998년 이스라엘과 PLO, 서안에서 땅과 평화를 교환하는 타협안 합의.

1999년 총선, 노동당의 에후드 바락 총리 선출, 샤름-엘 쉐이크 평화협정 조인.

2000년 교황 요한 바오로 2세 이스라엘 방문, 남부 레바논 내 군사지역 이스라엘군 철수, 제2차 인티파다, 바락 총리 사임.

2001년 아리엘 샤론(리쿠드) 총리 당선, 연립내각 구성 샤름-엘 쉐이크 진상조사위원회 보고서 발행(미첼보고서), 팔레스타인-이스라엘 안보실행작업안(테넷 휴전안), 제시 레카밤 즈비 이스라엘 관광부 장관 팔레스타인 테러리스트에 의해 암살.

2002년 팔레스타인 대량 무차별 테러에 이스라엘 방호벽 작전 개시, 샤론 총리 2003년 1월 28일 선거를 요구하며 크네셋을 해산시킴.

2003년 샤론 총리에 의해 중도 우파 연합 정부 구성, 이스라엘 로드맵을 받아들임.

2005년 정부와 크네셋이 승인한 절연정책 (disengagement plan)을 실행.

2006년 에후드 올메르트 총리 취임, 새내각 구성 이스라엘, 가자지구의 팔레스타인 테러와 레바논 남부의 헤즈볼라 테러에 대항해 군사 작전 실시.

2008년 이스라엘 가자지구 공격.

이스라엘 정치(Government)

　이스라엘은 의회민주주의 내각 책임제이며 대통령 국가의 원수이자 통합을 상징하지만 임무는 대부분 의례적이고 형식적이며 7년 단위이다. 입법기관은 크네셋(Knesset)으로 120명의 의원이 법을 제정하고 정부의 일을 감독한다. 국회의원은 크게 두 개의 정당에 소속되어 있는데, 사회민주주의 정당인 노동당과 민족자유주의 정당인 리쿠드당이다. 이스라엘의 선거는 비례선거이기 때문에 국회의원을 직접 뽑는 것이 아니라, 자신이 지지하는 정당을 선택하고 그에 따라서 의원이 비례 대표를 선출하는 형식이다. 따라서 각 정당은 선거전에 의원 후보자 명단을 순위별로 제출하는데 획득한 지지표만큼 의원이 당선된다. 전국이 단일 선거권으로 18세 이상의 이스라엘 시민권자면 누구나 투표에 참여할 수 있는데 투표율이 꽤 높은 편이다.

크네셋(knesset)

　이스라엘의 행정부는 우리나라와 마찬가지로 각 분야의 국내외의 관련된 모든 업무를 보는데 장관들은 특정 정당원으로만 구성되는 것이 아니라 연립정부 형태로 운영되며 가장 우선순위는 역시 국가의 안보이다.

　사법부는 정부로부터 완전 독립되어 치안판사 재판소, 대법원, 지방법원, 특별법원이 있지만, 특이한 것은 유대교와 이슬람 종교와 드루즈 종교문제 등을 전담하는 종교법원이 따로 있다. 그리고 이스라엘은 지방자치제도가 잘되어 있다.

이스라엘 경제(Economy)

　이스라엘은 중동 국가임에도 불구하고 석유가 생산되지 않고 천연자원이 부족한 나라이다. 게다가 일 년에도 수만 명의 이민자가 들어와 정착을 하면서 자연히 일자리도 부족하고 복지비만 날로 늘어났다. 뿐만 아니라 전세계에서도 그 유래를 찾아볼 수 없을 만큼의 국방비를 지출하다 보니 상대적으로 경제력이 약화될 수밖에 없는 상황이다. 국민들의 부담도 역시 크다.

국민총생산량의 4분의 1에 해당할 만큼의 세금을 부담해야 했고, 2004년에는 38%까지 조세 부담률이 올라갔었다. 이런 경제적 약점을 딛고 일어서기 위해 이스라엘은 농업분야에서 뿐만 아니라 다이아몬드 세공기술, 소프트웨어 등 첨단 기술 산업을 발전시켰다.

그 결과로 이스라엘은 국내 총생산량인 GDP가 1980년대부터 60% 이상 증가하면서 2005년 GNP는 18,700달러로 올라갔고 마침내 채무국가에서 채권 국가로 전환되어 230억 달러 이상의 채권을 보유하게 되었다.

이스라엘 방위군(IDF - Israel Defense Forces)

1948년 이스라엘 국가가 창설한 이스라엘 방위군은 국가의 방어를 목적으로 하며 지난 60년 동안 5개의 중요한 전쟁에서 국가를 지켜 온 세계에서 가장 많은 전투훈련을 받은 무장 군대 중의 하나이다. 현재 방위군의 목적은 국가를 수호하고 일상생활을 위협하는 모든 형태의 테러리즘을 억제하는 것이다. 4,500만 명의 인구를 가진 한국이 67만 대군을 보유한 데 비해 인구가 690만 명인 이스라엘의 총병력은 16만 명 정도다. 그런데도 이스라엘이 지출하는 국방비는 한국 국방비(약 210억 달러)의 절반에 육박한다(약 100억 달러 정도). 또 상시 동원할 수 있는 50만 명의 예비군도 갖췄다.

이스라엘 육군은 철저히 편조(編造) 개념으로 운영된다. 작전 규모가 크면 육군사령부가 나서지만, 그렇지 않으면 군단, 사단, 여단이 정보와 군수부대 등을 지원받아 작전에 나선다. 필요에 따라 작전부대와 지원부대를 엮어 전투단을 만들어 바로 투입한다. 이스라엘의 공군은 약 3만 5천 명, 해군은 8천 명 정도의 규모이다.

이스라엘 방위군의 전략적 차원의 기본방침은 방어이다. 하지만 전술에서는 공격을 기조로 한다. 당연히 주변 국가의 적군이 수적으로 우세하지만, 이스라엘 방위군은 최신식 설비를 갖추고 질적인 우위를 유지한다. 최신식 설비의 대부분은 그것의 특수한 요구에 의해 이스라엘 내에서 개발되고 제조된 것이다. 그러나 이스라엘 방위군의 주 자원은 우수한 병사들이다.

방어태세 준비시 이스라엘 방위군은 초기 경고로 소규모 상비군(징집군과 직업군인으로 구성됨), 그리고 정규 공군과 해군을 배치한다. 이스라엘 군의 대다수는 예비군으로 정기적인 훈련과 복무를 위해 소집되며 전쟁이나 위기시 전국의 모든 부대로 동원된다.

이스라엘의 모든 신체 건강한 남녀는 18세가 되면 징집된다. 남자는 3년, 여자는 21개월 동안 복무한다. 의무 복무를 마친 후 모든 군인은 남자는 51세까지 예비군으로 등록된다. 의무 복무를 끝마치고 현재 방위군에 복무하는 모든 남녀는 직업장교나 임관하지 않은 장교가 될 수 있다.

이스라엘 지리(Geography)

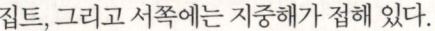

이스라엘은 지리적으로 아시아, 아프리카, 유럽의 교차로에 있는 남북으로 좁고 긴 작은 나라로써 동경 34도 48분에서 35도 36분과 북위 29도 33분에서 33도 10분에 위치하며, 북쪽으로 레바논, 동북쪽에는 시리아, 동쪽에 요르단, 남서쪽에 이집트, 그리고 서쪽에는 지중해가 접해 있다.

이스라엘의 면적은 골란고원을 포함했을 경우 약 21,946Km²로 우리나라 남한 면적의 약 4.5분의 1에 해당하며 최북단에 위치한 해발 2,224m의 헤르몬산에서 남부의 네게브 및 아라바사막을 거쳐 최남단 홍해까지 약 450Km이고, 폭은 가장 넓은 곳이 약 130Km이다.

해안평야 지중해 연안을 따라 텔아비브와 하이파로 연결되는 지역으로 사론평야로 불리기도 한다. 이곳은 이스라엘 인구의 반 이상이 살고 있는 곳으로 아코, 하이파, 텔아비브, 가이사랴 등의 주요도시와 항구가 자리 잡고 있어 각종 산업체와 농업·관광 시설들이 몰려 있다.

동부계곡지대 이스라엘 동부 요르단강의 갈릴리 호수에서 사해와 홍해까지의 남북으로 긴 계곡지대로써 북쪽 지역은 아주 비옥하고 남쪽 지역은 반 건조한 지역이다.

주요도시로는 벳샨, 여리고, 에일랏 등이 있으며 농업, 어업, 경공업, 관광업이 이 지역 주민들의 주된 수입원이다.

중앙산악지대 갈릴리 지역의 산악지대와 사마리아 및 유대 산악지대로서 북쪽에서 남쪽으로 연결되는 황량한 광야와 사막이 펼쳐지는 곳이며 예루살렘, 베들레헴, 헤브론, 세겜 등 성경의 중요한 도시들이 있다.

이스라엘 종교(Religion)

이스라엘은 종교 국가이다. 690만 인구 중에 종교를 갖지 않은 사람은 한 사람도 없을 정도로 이스라엘에 거주하고 있는 모든 사람은 모두 종교인이라고 할 수 있다. 따라서 이스라엘에선 종교를 빼놓고 정치와 경제, 문화를 이야기할 수 없다. 종교에 의해서 국가가 유지되고 그 모든 법위에 종교가 우위에 놓여 있다. 종교적 안식일을 지키느라 공항이 문을 닫고, 모든 경제 활동이 마비되며, 종교를 지키기 위해 국가안보문제를 생각해야 한다. 가는 곳마다 종교와 관련된 시설이 있고, 가는 곳마다 종교와 관련된 성직자들이 있다. 이스라엘의 주 구성원인 유대인들은 유대교를 믿고, 이스라엘 땅에서 함께 살고 있는 팔레스타인들은 대부분 이슬람을 믿고, 갈릴리 남부나 북부 고원 지방엔 두루즈족들이 자신들의 종교를 믿는다. 거기에 극히 일부분이긴 하지만 기독교를 믿는 아랍사람과 외국에서 온 기독교인들이 한데 뒤엉켜 살고 있어 그야말로 종교의 전시장이라는 말이 틀린 말이 아니다.

● 유대교(Judaism) : 690만 이스라엘 인구 중 526만 명이 유대인이다. 그들 중에 98%가 유대교를 믿는데, 이중에는 하시딤이라고 해서 정통 유대교인과 보수파 유대인, 개혁파 유대인으로 나뉜다. 하시딤은 철저하게 종교적 생활을 하면서 직업을 갖지 않고 오로지 토라를 읽고 기도에만 시간을 보낸다. 생활비는 물론 국가에서 지원해 주는데 최근 들어 국민들의 불만이 높아지고 있다고 한다. 보수파 유대교인들은 일상생활을

유대인

하면서 신앙생활을 하는 사람들로 머리에 키파를 쓰고 시간이 되면 기도를 하고, 안식일을 철저하게 지키며, 그들만의 정결음식법인 코쉐르에 따라 식사를 하고, 집이나 건물의 모든 문에는 메주자를 부착해서 들어갈 때와 나올 때 손을 갖다대는 등 철저하게 신앙생활을 하고 있다. 이들은 예루살렘뿐만 아니라 이스라엘 전체를 하나님께서 유대인들에게 주신 땅이라고 믿

고 있으며 성지로 여기고 있다.

● 이슬람(Muslims) : 690만 이스라엘 인구 중 135만 명의 팔레스타인 사람들 중에 약 77%가 이슬람 종교를 믿는 모슬렘이다. 이들은 이슬람의 창시자인 마호멧을 선지자로 여기고 특히 마호멧이 사우디아라비아의 메카에서부터 예루살렘의 모리아산까지 와 이곳에서 하늘로 승천했다고 믿고 있어 예루살렘을 자신들의 성지로 여기고 있다. 모

무슬림

슬렘들은 하루에 5차례씩 메카를 향해 쌀라(모슬렘의 예배)를 드리며, 일 년에 한 번 라마단 기간을 지키면서 금식을 한다. 모슬렘 역시 신앙심이 유대인 못지않게 대단하다. 이들은 남자들도 술을 마시지 않고 시샤라고 하는 물담배를 즐기면서 여가를 보낸다. 하지만 1948년 팔레스타인 땅에 유대인들이 이스라엘 국가를 세우면서 그들의 삶은 피폐해져 갔고, 특히 요즘은 베들레헴 라말라 등지에 이스라엘이 세운 분리장벽으로 인해 거주와 이동이 제한되는 등 심각한 인권의 사각지대에 놓여있다.

● 기독교(Christian) : 예루살렘과 갈릴리 등지에는 세계 여러 나라에서 찾아와 성지를 관리하는 성공회 로마가톨릭, 아르메니아 정교회, 그리스 정교회 등 기독교인들이 많이 있다. 뿐만 아니라 베들레헴이나 나사렛 같은 아랍 도시에도 기독교를 믿는 크리스천들이 꽤 많이 있다. 이들은 주일에 교회에 찾아가 예배를 드리는 등 신앙생활을 하고 있다. 유대인들 중에서도 메시아닉 쥬(Messianic Jew)라고 해서 약 2%의 기독교인들이 있는데 개종을 인정하지 않는 유대 율법으로 인해 드러내 놓고 신앙생활을 하는 데는 여러 가지 제약이 따르고 있다.

그리스도인

● 두루즈(Druze) : 드루즈는 갈릴리 남부 지방과 북부 골란고원 지방에 살고 있는 민족으로 유대인도 아니고 아랍인도 아니다. 그들은 유대교와 기독교와 이슬람교와 불교까지 아우르는 그들만의 독특한 종교를 갖고 있으면서 다른 이방인과 결혼도 하지 않고 교류도 하지 않는다. 그들이 어떻게 신앙생활을 하는지는 잘 알려져 있지 않다. 그러나

드루즈인들은 이스라엘 군대에 입대해서 팔레스타인과 싸우기도 한다.

이스라엘 여성(Women)

1998년 후반까지 이스라엘의 인구는 여자 3,060,800명, 남자 2,980,600명이었다. 다양한 종교집단 - 유대교 80%, 회교도 14%, 기독교 2%, 두루즈인 2% - 내에서도 남녀의 비율은 비슷했다. 그러나 유대교의 인구는 1970년대 이래로 남성보다 여성의 수가 많았고, 이런 불균형은 1990년대로 들어서면서 더욱 심화되었으며, 이는 최근 외국으로부터의 이민자들 중에 여성의 수가 급증했기 때문이다. 이스라엘 여성의 평균 연령은 28.5세로 26.2세인 남성의 평균 연령보다 높다. 게다가 1998년까지 독신자 수는 여자가 186,000명, 남자가 95,000명으로 여성 독신율이 두 배나 높다. 1995년 인구조사에 의하면 이스라엘의 65세 이상 거주민 30,000명 중 75%가

여성이었으며, 1997년 통계에 의하면 결혼 연령도 여자는 24.7세 남자는 27.3세이다. 1998년까지 여성 한 명당 출생아 수는 유대교 2.7명, 회교도 4.8명, 기독교인 2.6명, 두루즈인 3.1명이다. 취업을 한 여성의 22%가 교육 분야에서 일을 하고 있고 17%는 건강복지 분야, 12%는 제조 분야, 11%가 사업 분야이고, 나머지 10%는 기타 분야에 종사하고 있다.

이스라엘 교육(Education)

이스라엘의 교육은 3천 년 동안 이어져 내려온 유대교육의 전통으로 계속되어 왔다. 예로부터 배움을 생활의 일부로 여겼고 재산을 모으는 일보다 지혜나 지식을 쌓는 일을 더욱 가치 있고 훌륭한 일로 여겨왔다.

그런 전통은 현대교육에도 그대로 적용되어 이스라엘의 어린이들은 거의 100%가 학교교육을 받고 있으며, 이스라엘 인구 세 명 중 한 명은 정규교육을 받는다. 이렇듯 교육을 최우선으로 여기기 때문에 1994년 GNP의 9%가 교육비로 책정되었으며 현재는 10%가 넘는다.

5세부터 17세(고등학교)까지 의무교육을 실시하고 있으며 18세 이후의 모든 교육은

자유이다. 교육의 주된 관심사는 어린이들과 젊은이들이 현대 생활의 도전에 적절히 대처해 나갈 수 있는 지식과 기술을 배우며 나아가 민주사회, 다원화 된 사회의 일원으로 성장하는 것이다.

고등교육 기관으로는 8개의 대학교 및 7개의 분교와 음악, 미술, 디자인, 경영, 기술, 교사양성, 체육을 전문적으로 가르치는 전문학교가 있다.

이스라엘 학자들의 과학논문 발표 건수는 세계 최고를 자랑한다. 미국이 만 명당 27건, 영국은 26건, 일본은 16건인데 비해 이스라엘은 63건으로 가장 높고 이스라엘의 대학이 낸 특허출원은 미국 대학의 2배, 캐나다 대학의 9배로 대단히 높다.

인구의 구성 자체가 다양하듯이 문학, 연극, 무용, 미술 부분이 생동감 넘치는 창작을 통한 문화적 표현 역시 다양하다. 각 방면의 문화 활동은 세계적 수준의 예술인들과 야심찬 아마추어들에 의하여 수행시켜 나가고 있으며 관심 있는 대중으로부터 열렬한 호평을 받고 있다.

특히 초등교육에서는 과학기술교육과 외국어교육이 강화되어 초등학교 2학년부터 영어교육이 실시되고 6학년부터 아랍어와 프랑스어 등의 제2 외국어 교육도 실시한다.

교육열 또한 세계에서 둘째 가라 하면 서러울 정도이다. 1998년 평균 교육 연수는 남녀 모두 12.4년이었고, 15세 이상 중에서 13년 이상 공부한 사람도 38%에 달하며 문맹률은 거의 없다고 보면 된다.

떠나기 전에 드는 걱정 몇 가지

비용이 많이 들지는 않을까?

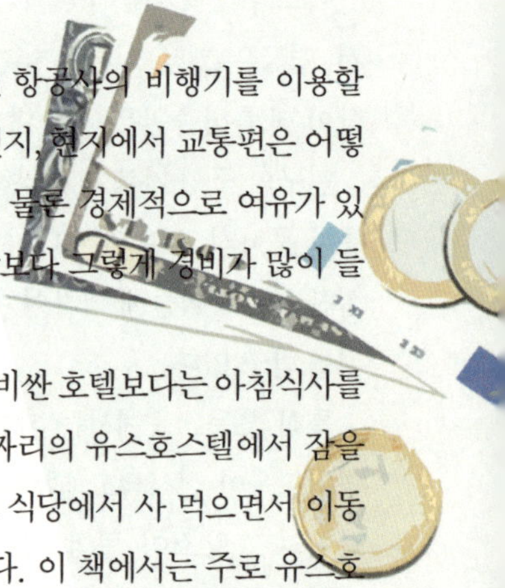

여행은 어떻게 하느냐에 따라서 경비가 결정된다. 어떤 항공사의 비행기를 이용할 것인지, 숙소는 어디로 정할 것인지, 식사는 어떻게 할 것인지, 현지에서 교통편은 어떻게 할 것인지에 따라서 경비는 천차만별로 달라질 수 있다. 물론 경제적으로 여유가 있어서 풍족하게 여행을 할 수도 있겠지만, 성지 여행은 생각보다 그렇게 경비가 많이 들지 않을 수 있다.

항공권도 싸게 구입할 수 있는 방법을 찾아보고, 숙소도 비싼 호텔보다는 아침식사를 무료로 제공해 주면서 하루에 1만 5천 원에서부터 2만 원짜리의 유스호스텔에서 잠을 자고, 점심식사와 저녁식사는 직접 만들어 먹기도 하고 또 식당에서 사 먹으면서 이동도 대중교통을 이용한다면 비용이 그다지 많이 들지 않는다. 이 책에서는 주로 유스호스텔에 관한 정보와 대중교통에 대한 정보를 비교적 상세하게 담으려고 노력했다. 그래서 배낭을 멘 여행자가 비용을 걱정하지 않으면서도 기억에 남고 가슴에 남는 성지 여행을 할 수 있도록 했다. 성지순례는 절대로 비싼 호화관광이 아니라 실속 있고 저렴한 성지체험이 될 수 있어야 하지 않을까?

여행은 돈을 많이 가져간다고 해서 즐거워지는 것만은 아니다. 적은 돈이라 할지라도 어떻게 하느냐에 따라서 만족도가 달라진다. 절대로 돈이 많이 들 거라는 속단은 금물이다.

위험하지는 않을까?

텔레비전 뉴스나 신문 기사를 보면 이스라엘에서 터지는 폭탄 테러, 이스라엘의 팔레스타인 지역 공격과 그로 인해 피어오르는 검은 연기와 피해를 입은 사람들의 울부짖는 사진과 기사가 자주 등장한다. 이스라엘은 세계에서도 손꼽히는 분쟁 지역이다. 그래서 이스라엘 여행을 하면 위험하지 않을까 하는 염려가 되는 것은 당연하다.

실제로 도시와 도로 곳곳에서 무장한 군인들을 많이 만날 수 있다. 그리고 이스라엘의 공항에 도착하자마자 시작되는 까다로운 검문검색부터 낯선 나라를 찾아온 여행자들을 긴장하게 만들기도 한다. 하지만 그렇다고 해서 두려워하거나 경계할 필요 없다. 공항에서 실시되는 까다로운 검문검색은 보안과 안전을 위한 것이기 때문이다.

역설적이긴 하지만 그런 면에서 오히려 이스라엘은 더 안전하다고 볼 수 있다. 도로 곳곳에 무장한 군인들이 있기 때문에 소매치기가 활보하거나 강도가 돌아다닐 일이 없기 때문이다. 이스라엘은 워낙 종교심이 강한 사람들이 사는 나라이기 때문에 불량 청소년이나 폭력배도 찾아보기가 쉽지 않다. 물론 텔아비브와 같은 도시에는 밤에 돌아다니기에는 좀 위험한 지역도 있기는 하지만, 이스라엘은 전체적으로 범죄에 대해서는 안전한 편이다.

폭탄 테러는 주로 유대인 지역에서 많이 발생하고 이스라엘의 공격은 주로 팔레스타인 지역을 향해서 실시된다. 그래서 유대인 지역에서는 유난히 검문검색이 많다. 카페에 들어갈 때도 검색을 받아야 하고, 터미널이나 백화점에 들어갈 때도 금속 탐지기를 거치고 검문을 받는다. 이런 식의 검문검색이 이스라엘을 처음 여행하는 여행자들에게는 조금은 귀찮을 수도 있겠지만, 이스라엘 국민들은 당연하게 받아들이고 자연스럽게 응한다. 그래야 안전하기 때문이다. 검문검색을 한 곳은 안전한 지역이다. 세계에서 검문검색이 가장 까다롭다는 이스라엘의 국적기인 엘알(ELAL)도 그래서 세계에서 가장 안전한 비행기로 손꼽힌다.

이스라엘에서 가장 위험한 곳은 가자지구(자주 분쟁이 일어남)이다. 그 다음으로는 나불루스, 라말라 등 팔레스타인 자치지역이 위험(개별 여행을 하기에)하다. 그럼에도 불구하고 몇 해 전 이스라엘과 레바논의 헤즈볼라와 전쟁이 났을 때 예루살렘과 텔아비브, 티베리아에서는 이 나라가 지금 전쟁 중인 나라인가 싶을 정도로 평상시와 다를 바 없이 사람들이 생활하는 것을 볼 수 있었고, 지난번 이스라엘이 가자지구를 공격했을 때도 역시 가자지구 이외의 지역에서는 아무런 전쟁의 분위기를 느낄 수가 없었다. 늘 그래왔던 것처럼 세계 각지에서 여행자들이 찾아왔고 예루살렘은 성지 순례자의 발길이 끊이질 않았다. 굳이 위험한 지역을 찾아가지 않는 한 이스라엘은 위험한 나라가 아니다. 관광은 이스라엘 정부나 팔레스타인에게도 중요한 수입사업이기 때문에 양쪽 모두가 협력관계를 이어가고 있으며 평화를 이루어가는 다리와 같은 것이다.

말은 통할까?

이스라엘 사람들은 히브리어를 사용한다. 이스라엘에 살고 있는 아랍인은 아랍어를 사용한다. 그러나 양쪽 다 공통적으로 사용하는 것은 영어이기에 기본적인 영어회화가 가능하다면, 이스라엘에서의 대화는 큰 무리가 없다. 이스라엘에서 사용하는 영어는 미국식 영어라기보다는 우리가 비교적 발음을 잘 알아들을 수 있는 영어를 사용한다. 공항이나 관공서, 그리고 거리에서 만나는 사람들은 모두 영어를 사용하고 할 줄 안다. 하지만 브엘세바나 기타 지방 소규모의 도시에서는 영어가 전혀 안 통하는 곳도 있다.

거리의 간판이나 교통 표지판, 성지의 안내 표지판에도 히브리어와 아랍어, 영어를 동시에 적어놓기 때문에 이동하는데도 불편함이 없다.

기본적으로 알고 있어야 할 히브리어

안녕하세요?(일반적인) – 샬롬
안녕하십니까?(아침인사) – 보케르 토브
안녕하십니까?(저녁인사) – 에레브 토브
밤 인사 – 라일라 토브
다음에 또 만납시다 – 레히트라오토
천만예요 – 알 로 다바르
예 – 켄 / 아니오 – 로
뭐라구요? – 마?
언제? – 마타이?
돈 – 케세프
나는 히브리말을 잘 못합니다
– 아니 로 메다베르 히브리트
영어를 할 줄 아세요?
– 아타 메다베르 잉글리트?
일요일 – 리숀
월요일 – 쉐니
화요일 – 쉴리쉬
수요일 – 르비이
목요일 – 하미쉬
금요일 – 쉬쉬
토요일 – 샤밧
지금 몇 시예요? – 마 하샤아?
분 – 다카 / 시간 – 샤아

여기서 세워주세요 – 아쪼르 칸
공항 – 스데 트우파
버스 – 오토부스
기차 – 라케벳 / 기차역 – 타하나
물 – 마임
경양식집 – 미쓰아다
아침 – 아루하트 보케르
점심 – 아루하트 쪼호라임
저녁 – 아푸하트 에레브
감사합니다 – 토다
매우 감사합니다 – 토다 라바
별말씀을 – 베바카샤
좋습니다, 감사합니다 – 토브, 토다
실례합니다 – 슬리하
어디 있습니까? – 에이포
화장실은 어디 있습니까?
– 에이포 하쉐루덤?
뭐라구요? – 마
어떻게 하라고요? – 에이크
얼마입니까? – 카마
이것은 얼마입니까? – 카마 제 올레
쌉니다 – 졸
비쌉니다 – 야카르

이스라엘을 여행하다 보면 유적지나 관광지의 안내판에서 학교에서 배우지 않았던 영어단어들을 자주 보게 된다. 그때마다 사전을 찾아 볼 수 없기에 단어들을 미리 알아 두는 것이 좋다.

히브리어(Hebrew)

Jewish – 유대인 / Arabic – 아랍인
Egyptian – 이집트인 / Monastry – 수도원
Synagogue – 유대인의 회당 / Beit – 집
Siaspora – 세계 각지에 흩어져 있는 유대인들
Kibbutz – 집단(농가, 농장)
Kippa – 유대인들이 머리에 쓰는 모자
Kosher – 유대 율법에 의한 음식
Menorha – 이스라엘을 상징하는 기념물 촛대
Mushav – 유대인들의 가족단위 집단 생활촌
Sabbath Day – 안식일
Torah – 유대 경전 중 모세오경

Ulpan – 히브리어를 배우는 학교
Sherut – 이스라엘의 합승택시

아랍어(Arabic)

Ain – 수원지
Hamma – 온천
Midan – 광장
Koran – 이슬람교의 경전
PLO –
Palestine Liberation Organisation
Ramadan – 모슬림의 금식기간
Wadi – 계곡

떠나기 전에 참고로 읽어둘 만한 책들

여행은 아는 것만큼 보이는 법이다. 모처럼 가는 여행이 헛되지 않으려면 비행기에 오르기 전에 최소한의 공부는 어느 정도 해야 한다. 물론 크리스천으로써 탐방하고 싶은 곳을 성경을 통해 그 배경을 읽어보는 것은 기본이다. 그 외에 도움이 될 만한 책을 몇 권 소개한다.

· '꼭 한번 가고 싶은 이스라엘', 김종철 지음, 베드로서원
· '평화가 사라져 버린 5천년 성서의 나라 이스라엘', 김종철 지음, 도서출판 리수
· '성지와 성서', 정순혁 지음, 진흥 출판사
· '성지순례', 박준서 지음, 조선일보
· '이스라엘에 대한 성경의 예언과 성취', 세일 헤리슨 지음, 국민일보
· '유적따라 성지찾아 세계일주', 유종현 지음, 집문당
· '가슴으로 떠나는 성지순례', 김동문 지음, 임마누엘 선교미디어
· '이스라엘의 성지', 홍순화 지음, 한국성서지리연구원
· '성지순례의 실제', 김훈증 지음, 도서출판 청담

자, 이제 본격적인 준비

예산 짜기

이스라엘을 배낭여행하는데 필요한 경비는 얼마나 들까? 우선 필요한 항목을 보면 크게 항공료와 숙박비, 식비, 교통비 등이다. 항공료는 어떤 나라의 어떤 항공사의 비행기를 이용할 것인가에 따라 요금이 크게 달라진다. 숙박비와 식비는 현지의 물가가 크게 변하지 않기 때문에 어느 정도 예상할 수는 있다. 하지만 지역마다 조금씩 물가 차이가 있기 때문에 어떤 곳에서 자고, 어떤 음식을 먹을 것인지를 잘 생각해야 한다. 예를 들어, 하룻밤 숙박비가 50세켈에서 80세켈(한화로 1만 5천 원에서 2만 5천 원 정도)로 다양하고 또한 빈방이 있는지에 따라 얼마든지 가격이 달라질 수가 있다. 식사는 상황에 따라 사서 먹을 수 있지만, 주방이 있는 숙소라면 스파게티 등을 직접 만들어 먹으면 비용이 절약될 수 있다. 옆에 넉넉하게 추정 예산을 작성해 보았다.

2주일간의 여행에 필요한 추정 예산
항공요금 _ 약 150만원(왕복요금)
숙박비 _ 1일 15,000원 × 12일
식비 _ 1끼 5,000원 × 3끼 × 13일
교통비 _ 1일 10,000원 × 14일
비상금 _ 전체 비용의 20%
기타 _ 알아서 준비할 것
합계 _ 2,015,000원 정도
(비상금과 기타 비용을 제외한 금액)

일정 짜기

일정을 어떻게 짜느냐에 따라 여행의 성과가 결정된다. 일정은 짧은데 욕심을 내서 무리하게 많은 곳을 둘러보는 스케줄을 잡는다면 수박 겉핥기식의 여행이 될 수밖에 없다. 여행사에서 하는 성지순례의 경우만 해도 그렇다. 기간은 7박 8일 정도밖에 안 되는데 이스라엘은 물론 이집트, 터키, 로마, 런던 등 많은 나라와 장소를 여행하는 일정을 잡고 있다. 하지만 이렇게 여행할 경우엔 거의 이동하는 시간으로 대부분의 일정을 소비하게 되고 정작 가봐야 할 곳은 가보지 못하는 형식적인 여행밖에 되지 않는다. 나중에 집으로 돌아와서 사진을 봐도 어느 곳에서 찍었는지 기억도 나지 않는다.

이스라엘 여행 중에서 예루살렘의 경우만하더라도 약 일주일 정도는 돌아봐야 성지를 볼 수 있다. 물론 일반 여행사에서 짜는 일정으로 중요한 몇 군데만 찾아다니며 볼 수도 있지만, 여행의 참 맛은 일반 관광객은 찾아가 볼 수 없는 구석까지 찾아가는 것이 아닐까? 더구나 모처럼 준비해서 먼 나라까지 왔는데 놓치고 가는 곳이 있다면 얼마나 아깝고 억울한 일일까?

그래서 이 책에서도 너무 무리한 일정은 배제하고 가능한 한 이스라엘이라고 하는 한 나라만이라도 제대로 돌아보자는 의도로 일정을 짜 보았다. 물론 이 책에서 제시하는 일정이 모범 안은 아니지만 참고는 될 것이다. 하지만 이스라엘 여행 중에서 빼놓을 수 없는 것은 이집트 령으로 되어 있는 시나이반도 안의 시내산 등정이다. 시내산은 이스라엘이 아닌 이집트로 가는 것이기 때문에 약 3~4일간의 시일이 필요하다. 만약 시내산을 등정하고 싶다면 일정에 포함시켜야 한다.

일정 짜기에 앞서 가장 염두에 두어야 할 것은 출국 날짜와 입국 날짜를 정확히 정해야 한다. 물론 상황에 따라 이스라엘 현지에서 귀국 날짜를 조정할 수 있지만, 그래도 어느 정도 예상 귀국 날짜를 잡아놓아야 한다. 그리고 어느 지역에서 며칠 정도 머무를지, 며칟날 어느 곳으로 이동할지를 미리 정해 놓는 것이 좋다. 이때 주의할 점은 금요일, 토요일에는 시내버스는 물론 시외버스도 운행하지 않기 때문에 가급적 그 요일에는 이동하지 않아도 되는 곳에서 머무르는 일정을 짜야 한다.

유적지나 관광지를 방문하는 시간도 잘 맞춰서 찾아가야 한다. 왜냐하면 이스라엘은 유적지나 관광지가 요일별 입장시간이 다르기 때문이고 또 점심시간에는 순례객을 입장시키지 않는 곳이 많기 때문이다. 가능하다면 오전에 한 곳의 유적지를 방문하고, 점심시간을 이용해서 다른 곳으로 이동을 하는 것도 시간을 절약하는 하나의 방법이 된다. 각 유적지마다 개장시간은 이 책을 참고하면 된다.

1주일간의 여행 코스

일주일밖에 주어진 시간이 없다면 그만큼 사전에 책을 보면서 지리를 먼저 익혀야 한다. 그리고 길에서 어슬렁거리며 시간낭비 하지 말아야 하며, 최대한 빠른 걸음으로 다음 장소로 이동해야 일주일 안에 여러 곳을 살펴볼 수 있다. 그래서 짧은 시간에 많은 곳을 보려면 치밀한 사전 준비가 필요하다. 아래 각 주간별로 여행코스를 소개해 본다.

일자	여행지		들러볼 곳	비고	숙소
1일	텔아비브 도착 예루살렘으로 이동				
2일	예루살렘 올드시티	오전	통곡의 벽, 만찬다락방, 다윗의 묘, 홀로코스트 박물관, 번트하우스, 베드로통곡교회, 비아 들로로사, 베데스다 연못, 성분묘교회, 다윗의 탑	도보로 이동	예루살렘
	올리브산 기드론계곡	오후	만국교회, 주기도교회, 승천교회, 기드론 계곡, 압살롬 무덤, 히스기야터널, 실로암 연못, 다윗의 도시, 올리브산		
3일	예루살렘 신시가지	오전	정원무덤, 솔로몬의 채석장, 벤예후다 거리	버스로 이동	예루살렘
		오후	야드바쉠, 홀리랜드호텔, 이스라엘 박물관, 히브리대학		
4일	네게브 사막	오전	마사다, 사해, 엔게디, 쿰란	유스호스텔 트립 이용	예루살렘
		오후	쿰란 동굴, 여리고, 성조지수도원		
5일	베들레헴	오전	베들레헴, 성탄교회, 라헬의 무덤, 밀크교회, 목자의 들판	베들레헴까지는 버스 이동, 현지에선 도보로 이용	예루살렘
	헤브론	오후	헤브론, 막벨라 동굴, 티베리아로 이동		
6일	갈릴리 호수 주변	오전	오병이어교회, 팔복교회, 베드로수위권교회	자전거하이킹이나 히치로 이동	티베리아
		오후	골란고원, 야르데니트, 갈릴리 체험, 호숫가 수영		
7일	나사렛	오전	나사렛으로 이동, 수태고지교회, 요셉의 집, 마리아의 우물	나사렛과 가이사랴까지는 버스로 이동 후 현지에선 도보로 이동	텔아비브
	가이사랴	오후	가이사랴로 이동, 야외원형극장, 수로, 유적지 구경 후 텔아비브로 이동		
8일	텔아비브	오전	텔아비브 시내 및 올드 욥바	버스로 이동	비행기 안
		오후	벤구리온 공항으로 이동		
굉장히 바쁜 일정이기 때문에 빨리 움직여야 함.					

2주일간의 여행 코스

일자	여행지		들러볼 곳	비고	숙소
1일	텔아비브 도착 예루살렘으로 이동				
2일	예루살렘 올드시티	오전	어슬렁거리며 지리 익히기	도보로 이동	예루살렘
		오후	통곡의 벽, 만찬다락방, 다윗의 묘, 홀로코스트, 황금 사원		
3일	예루살렘 올드시티	오전	비아 돌로로사, 베데스다 연못, 성분묘교회, 다윗의 탑, 카르도	도보로 이동	예루살렘
	올리브산 베다니	오후	올리브산, 만국교회, 주기도교회, 눈물교회, 승천교회, 베다니, 나사로의 무덤		
4일	기드론 계곡	오전	기드론 계곡, 히스기야터널, 실로암 연못, 다윗의 도시, 오펠의 언덕	도보로 이동	예루살렘
	예루살렘 신시가지	오후	정원무덤, 솔로몬의 채석장, 헤롯의 무덤, 메아 쉐아림		
5일	예루살렘 신시가지	오전	벤예후다 거리, 야드바쉠, 에인케렘	버스로 이동	예루살렘
		오후	이스라엘 박물관, 히브리대학		
6일	베들레헴	오전	베들레헴, 탄생교회, 라헬의 무덤, 목자의 들판	버스로 이동 후 현지에선 도보로 이동	예루살렘
	헤브론	오후	헤브론, 막벨라 동굴, 아랍시장		
7일	네게브 사막	오전	마사다, 사해, 엔게디	호스텔 트립 이용	예루살렘
		오후	쿰란 동굴, 여리고, 성조지수도원		
8일	티베리아 주변	오전	티베리아로 이동, 숙소 잡기	버스로 이동 후 현지에선 도보로 이동	티베리아
		오후	신시가지 구경, 십자군 유적지, 갈릴리 체험, 유람선 승선		
9일	갈릴리 호수 주변	오전	오병이어교회, 베드로수위권교회, 팔복교회	히치나 자전거로 이동	티베리아
		오후	골란고원, 엔게브, 야르데니트		
10일	나사렛	오전	나사렛으로 이동	버스로 이동 후 현지에선 도보로 이동	하이파
		오후	수태고지교회, 요셉교회, 마리아의 우물, 하이파로 이동		
11일	하이파	오전	갈멜산, 엘리야의 동굴	버스로 이동 후 현지에선 도보로 이동	하이파
		오후	신시가지 구경		
12일	가이사랴	오전	가이사랴로 이동	버스로 이동 후 현지에선 도보로 이동	텔아비브
		오후	야외원형극장, 유적지 발굴현장, 수로, 텔아비브로 이동		
13일	텔아비브	오전	올드 욥바, 피장 시몬의 집, 베드로기념교회, 벼룩시장	버스로 이동 후 현지에선 도보로 이동	텔아비브
		오후	텔아비브 시가지 구경, 바닷가 수영		
14일	공항	오전	벤구리온 공항으로 이동	버스로 이동	비행기 안
		오후	출국		

3주일간의 여행 코스(시내산 순례 포함)

일자	여행지		들러볼 곳	비고	숙소
1일	텔아비브 도착 예루살렘으로 이동				예루살렘
2일	예루살렘 올드시티	오전	숙소 주변을 어슬렁거리며 지리 익히기	도보로 이동	예루살렘
		오후	통곡의 벽, 만찬다락방, 다윗의 묘, 홀로코스트 박물관		
3일	올드시티 아랍지구	오전	비아 들로로사, 베데스다 연못, 성분묘교회, 다윗의 탑	도보로 이동	예루살렘
		오후	성벽순례		
4일	올드시티 유대인지구	오전	번트하우스, Broad Wall, Israelite Tower, 고고학 박물관, 카르도	도보로 이동	예루살렘
	시온산 주변	오후	베드로통곡교회, 만찬다락방, 다윗의 무덤, 마리아 영면교회		
5일	올리브산 기드론 계곡	오전	마리아의 무덤, 겟세마네 동굴, 만국교회	도보로 이동	예루살렘
		오후	주기도문교회, 승천교회, 눈물교회, 기드론 계곡, 기혼샘, 히스기야터널, 실로암 연못, 다윗의 도시, 오펠의 언덕		
6일	베다니	오전	나사로 무덤, 벳바게, 마리아의 집	도보로 이동	예루살렘
		오후	올리브산, 선지자들의 무덤		
7일	예루살렘 신시가지	오전	정원무덤, 솔로몬의 채석장	도보로 이동	예루살렘
		오후	벤예후다 거리		
8일	예루살렘 신시가지	오전	야드바쉠, 에인케렘	버스로 이동	예루살렘
		오후	이스라엘 박물관, 바이블랜드 박물관		
9일	베들레헴	오전	베들레헴으로 이동, 라헬의 무덤, 성탄교회, 밀크교회, 목자의 들판	셰루트로 이동 후 현지에선 도보이용	예루살렘
	헤브론	오후	헤브론으로 이동, 막벨라 동굴, 아랍시장		
10일	네게브 지역	오전	마사다, 사해, 엔게디	호스텔 트립 이용	예루살렘
		오후	쿰란 동굴, 여리고, 성조지수도원		
11일	이동	오전	에일랏으로 이동	버스로 이동	이집트의 다하브
		오후	국경 넘어 다하브로 이동		
12일	다하브 및 시내산	오전	다하브의 홍해바다에서 수영	도보로 이동	시내산에서 야영
		오후	시내산으로 출발	가이드와 함께	
13일	시내산	오전	시내산에서 일출보고 내려오면서 성캐더린수도원	가이드와 함께	다하브
		오후	휴식 및 수영		
14일	이동	오전	에일랏으로 이동	버스로 이동	티베리아
		오후	티베리아로 이동 및 숙소 잡기		

15일	갈릴리 호수 주변	오전	미그돌, 오병이어교회, 베드로수위권교회, 팔복교회	히치나 하이킹 이용	티베리아
		오후	골란고원, 엔게브, 야르데니트		
16일	나사렛	오전	나사렛으로 이동	버스로 이동 후 현지에선 도보로 이동	하이파
		오후	수테고지교회, 요셉교회, 마리아의 우물, 멘사크리스티 하이파로 이동		
17일	하이파	오전	갈멜산, 엘리야의 동굴	버스로 이동	하이파
		오후	하이파 시가지 구경		
18일	가이사랴	오전	가이사랴로 이동	버스로 이동 후 현지에선 도보로 이동	텔아비브
		오후	원형극장, 수로, 유적지 발굴현장, 텔아비브로 이동		
19일	텔아비브	오전	올드 욥바, 벼룩시장	버스로 이동 후 현지에선 도보로 이동	텔아비브
		오후	피장 시몬의 집, 베드로기념교회		
20일	텔아비브	오전	신시가지 구경	버스로 이동 후 현지에선 도보로 이동	텔아비브
		오후	해변가에서 수영		
21일	귀국준비	오전	짐 정리 후, 벤구리온 공항으로 이동	버스로 이동	비행기 안
		오후	출국		

비행기표 구하기

여행에 앞서 가장 먼저 확인해야 할 것은 항공사의 스케줄이다. 항공사의 비행스케줄은 간혹 바뀌기도 하는데, 2009년 3월 기준으로 현재 인천공항을 출발하여 텔아비브로 직항하는 항공편은 대한항공밖에 없다. 대한항공은 매주 화, 목, 토요일 오후 5시 40분에 출발하여 11시간 30분의 비행 끝에 같은 날 밤 10시 10분에 텔아비브에 도착한다. 텔아비브에서 인천으로 돌아오는 비행기는 화, 목, 토요일 밤 11시 55분에 출발하여 10시간 20분의 비행 끝에 다음날 오후 5시 15분에 인천공항에 도착한다.

이스라엘의 국적기인 ELAL은 중국 베이징과 홍콩 또는 방콕을 경유해서 텔아비브까지 가는 루트가 있고, 우즈벡 항공은 우즈베키스탄의 타쉬켄트를 경유해서 가기도 하는데 비용이 비교적 저렴하다. 네덜란드 항공인 KLM은 네덜란드의 암스테르담을 경유하여 비행기를 갈아타고 텔아비브로 가는 것이 있는데, 중간 경유지에서의 시간을 빼고 총 비행시간만 약 16시간 걸린다. 그러나 중간 경유지인 암스테르담에서 시간여유가 많아 그곳을 잠시 둘러볼 수도 있다.

그리고 프랑스 항공사인 에어프랑스의 경우도 파리를 거쳐 텔아비브로 가는데, KLM과 에어프랑스의 경우 한 달 체류할 수 있는 왕복티켓이 130만 원 정도하지만, 여행사에서 그룹편이 있으면 그룹티켓으로 약 1백만 원까지 싸게 구입할 수 있다. 조금 더 싼 항공편으로는 케세이퍼시픽 항공사의 경우 서울을 출발하여 홍콩을 거쳐 이스탄불에 도착한 다음, 이스라엘 항공인 ELAL로 갈아타서 텔아비브로 가는 방법이 있는데, 요금은 약 120만 원 정도이다. 싱가폴 항공의 경우도 인천공항을 출발하여 싱가폴을 거쳐 이집트의 카이로까지만 비행기를 이용하고 카이로에서 이스라엘의 타바 국경으로 버스

이스라엘 항공권을 판매하는 여행사

두루투어 : 1544-8554, www.thrutour.co.kr
천지여행사 : 02-704-7100, www.bibletour.co.kr
고려여행사 : 02-771-3111, www.koreats.co.kr
크리스천 해피투어 : 02-472-3045, www.chtour.co.kr
지오코리아 : 02-735-1004, www.g25korea.com
델타여행사 : 02-3273-0029, www.deltatravel.co.kr
CBS투어 : 02-2061-3311, www.cbstour.co.kr
브니엘투어 : 6333-0001, www.penieltour.kr
하나투어 : 1577-1233, www.hanatour.com
대명관광 : 02-732-0815, www.dmtour.com
성지여행사 : 02-774-7788, www.sungjeetour.co.kr
호산나투어 : 02-3401-7091, www.hosannatour.co.kr
성경투어 : 016-9434-3218, www.ebibletour.com
한사랑여행 : 02-392-1984, www.goodcaretour.com
로뎀성지순례 : 1688-9182, www.kidoktour.co.kr
살롬투어 : 02-738-6977, www.shalomtour.net

를 이용하여 입국하는 방법도 있는데, 이것도 역시 카이로까지 약 120만 원 정도 한다.

하지만 이스라엘에서 한 달 이상 머무를 예정이라면 영국의 BA 항공사를 이용하는 방법도 있다. BA 항공사는 김포공항을 출발하여 동경, 런던을 거쳐 텔아비브로 가기 때문에 총 비행시간만 24시간 이상 소요되고 요금도 140만 원 정도 한다.

그리고 개인이 항공사에서 직접 구입하는 경우와 여행사를 통해서 개인 티켓을 구입하는 방법, 그리고 여행사가 자체적으로 시행하고 있는 여행 프로그램의 단체 관광객을 위해 구입해 놓은 그룹티켓을 이용하는 방법이 있는데 요금이 서로 다르다. 물론 개인이 항공사를 통해서 구입하는 티켓은 약 130여만 원으로 비싼 편에 속하지만, 여행사에서 구입한 그룹티켓은 일반요금에 비해 훨씬 적은 비용으로 구입할 수 있다. 특별히 이스라엘에서 장기간 체류할 계획이 아니라면 여행사를 통해 그룹티켓을 구입하는 것이 가장 싸게 구입할 수 있는 방법이다. 또 비수기와 성수기에 따라서 항공요금이 차등이 있다. 가장 중요한 것은 과연 여행사가 그룹으로 티켓을 구입해 놓은 것이 있는지 여행사에 미리 확인해보는 것이 좋다.

주요 항공사별 운항스케줄

●이스라엘 항공(ELAL)

주소 : 서울시 중구 삼각동 115번지 경기빌딩
402호 / Tel. 02-739-0456
Fax. 02-739-0513 / elal@elal.co.kr
www.elal.co.kr

서울에서 북경을 경유해 텔아비브로 가는 경로

	FLIGHT	요일	출발	도착
ICN/PEK	KE851	매일	10:40	11:40
	OZ333	매일	13:40	14:25
	CA124	매일	13:05	14:05
PEK/TLV	LY096	화,목,일	22:00	03:00
TLV/PEK	LY095	화,목,일	00:35	15:05
PEK/ICN	CA137	매일	18:10	19:20

서울에서 방콕을 경유해 텔아비브로 가는 경로

	FLIGHT	요일	출발	도착
BKK/TLV	LY082	월,화,수,목,일	00:50	06:45
TLV/BKK	LY081	월,화,수,목,일	22:10	13:45
TLV/BKK	LY081	목	23:40	15:15

서울에서 홍콩을 경유해 텔아비브로 가는 경로

	FLIGHT	요일	출발	도착
ICN/HKG	CX411	매일	15:35	18:10
HKG/TLV	LY076	월,화,수,일	15:50	22:00
HKG/TLV	LY076	목	22:55	02:50
TLV/HKG	LY075	월,화,수,목,일	20:35	13:25
HKG/ICN	CX416	매일	16:30	21:00

●대한항공(Korea Air)

Tel. 1588-2001, www.koreanair.com

	요일	출발	도착
INC/TLV	화,목,토	인천 17:40	텔아비브 22:10
TLV/ICN	화,목,토	텔아비브 23:55	서울(다음날) 17:15

●우즈벡 항공(Uzbek Air)

주소 : 서울시 종로구 당주동 5번지 로얄빌딩 912호 / Tel. 02-754-1041

Fax. 02-754-1043 / uzb7@uzkekair.co.kr, www.uzbekair.co.kr

	요일	출발		경유지(타쉬켄트)		요일	도착
ICN/TLV	화	인천 11:15	HY512	14:55 도착 16:40 출발	HY303	화	텔아비브 19:15
	수	인천 22:15	HY514	목 01:55 도착 목 06:55 출발	HY301	목	텔아비브 09:30
TLV/ICN	월	텔아비브 14:20	HY302	월 22:30 도착 월 22:20 출발	HY511	화	인천 09:45
	화	텔아비브 20:55	HY304	수 04:55 도착 수 10:20 출발	HY513	수	인천 20:45
	목	텔아비브 11:30	HY302	목 19:30 도착 목 23:20 출발	HY511	금	인천 09:45

●KLM 항공

주소 : 서울시 중구 서소문동 41-3 KAL 빌딩 11층 / Tel. 02-3483-1133

www.klm.com

	요일	출발	경유지	도착
서울에서 텔아비브로	화, 수, 금, 토, 일	인천 14:35	암스테르담 18:15 도착 21:00 출발	텔아비브 02:30
텔아비브에서 서울로	월, 목, 금	텔아비브 05:30	암스테르담 09:50 도착 18:40 출발	서울(다음날) 01:05

●터키 에어라인(Turkish Airline)

주소 : 서울시 중구 소공동 91-1 서울센터 301호 / Tel. 02-757-0280, Fax. 02-757-0281

운항 : 주2회(수, 토요일) 인천공항 → 이스탄불 → 텔아비브

●에어프랑스(Air France)

주소 : 서울시 중구 소공동 21 삼화빌딩 7층 / Tel. 02-318-3788, Fax. 02-773-7758

●영국 항공(British Airways)

주소 : 서울시 중구 순화동 5-2 순화빌딩 15층

Tel. 02-774-5511, Fax. 02-777-1970

●스위스 항공(SW)

주소 : 서울시 중구 소공동 50 동양화학빌딩 301호 / Tel. 02-757-8901, Fax. 02-753-2644

운항 : 주5회(월,수 제외) 인천공항 → 북경 → 취리히 → 텔아비브

매일 인천공항 → 오사카 → 취리히 → 텔아비브

●스칸디나비아 항공

주소 : 서울시 중구 순화동 5-2 순화빌딩 905호 / Tel. 02-752-5121, Fax. 02-319-0360
운항 : 주1회(금요일) 인천공항 → 북경 → 코펜하겐 → 텔아비브

알짜정보

만약 이스라엘에서 비행기를 이용하여 이스라엘 국내로 이동하거나 유럽이나 인근 지역 국가
로 이동하기 위해 비행기표를 구입하려면 이스라엘의 ISSTA(Israel Student Travel
Assosiation) 사무실에 문의해 보는 것이 좋다. 이곳은 이스라엘에 있는 세계의 모든 젊은
학생들(초,중,고,대학생)을 위해 값싸게 비행기표를 판매하는 것은 물론 국제학생증도 발급해
주고 있다.

ISSTA 주소 : 109 Ben Yehuda St. Tel Aviv. Tel : 03-521-0555

비자 받기

이스라엘은 우리나라와 비자협정이 되어있기 때문에 성지순례나 여행목적으로 입국
하는 경우에는 비자가 없어도 된다. 그러나 여권의 유효기간이 3개월 이상 되어야 하므
로 이스라엘 공항에 도착하여 1~3개월간의 체류비자를 발급해 두어야 한다. 하지만 3
개월 이상 장기간 체류하고자 할 때는 국내의 주한 이스라엘 대사관에 가서 비자를 받
아야 한다.

국내 비자발급처
주한 이스라엘 대사관(Embassy of Israel)
주소 : 서울시 종로구 서린동 149번지 청계11빌딩 18층
Tel. 02-3210-8500, Fax. 02-3210-8555
http://seoul.mfa.gov.il

배낭 속에는 뭐가 들어가야 하는가?

● 국학생증(ISIC 카드) : 세계의 모든 나라에서는 국제학생신분증(ISIC-International Student Identity Card)을 제시하면 교통비나 숙박비, 유적지 입장료 등을 할인해 주게 되어 있다. 이스라엘도 역시 마찬가지이다. 그렇기 때문에 학생일 경우에는 국제학생증을 발급받아가는 것이 실용적인 여행을 하는 데 꼭 필요하다. 우리나라의 중,고,대학생이면 누구에게나 발급이 되는데 유효기간은 1년이다.

● 영한, 한영사전 : 아무리 영어를 잘한다 하더라도 유적지나 박물관에 가면 처음 보지만 자주 보게 되는 단어들이 있다. 이럴 때를 대비해서 한영사전과 영한사전을 챙겨가는 것도 일종의 센스다. 부피가 작은 전자 사전이라면 더욱 좋다.

● 성경책 : 성지를 찾아가는데 성경책을 가져가는 것은 역시 당연한 일. 하지만 될 수 있는데로 짐을 가볍게 해야 하는 배낭여행에서 두꺼운 성경책을 가져가는 것은 역시 큰 부담이 된다. 가능하다면 쪽 성경을 챙겨가는 것이 어떨까?

● 디지털 카메라 : 요즘은 디지털 카메라를 많이 사용하기 때문에 이스라엘 현지에서도 여행자를 위해서 디지털 카메라의 메모리 카드나 카메라에 필요한 전지를 팔고 있다. 그 대신 파는 곳마다 가격이 다르다. 만약 현지에서 추가로 메모리 카드를 구입해야 한다면 여러 군데를 돌아다니며 가격을 알아본 다음 구입하는 것이 좋다. 카메라의 밧데리 충전을 위해

서 충전기를 챙겨가는 것도 잊지 말자. 필름도 팔고는 있지만 구하기가 쉽지 않다.

● 신용카드 : 해외여행지에서 현금이 부족하게 되면 가장 큰 낭패가 아닐 수 없다. 물론 현지에서 신용카드를 많이 사용하는 것도 문제지만 만약의 경우를 위해 해외에서도 사용할 수 있는 신용카드 하나쯤 준비해 가는 것도 좋다. 뿐만 아니라 이스라엘에서 렌터카를 이용하려면 반드시 신용카드가 있어야 한다. 이스라엘의 예루살렘이나 텔아비브 등 큰 도시에는 신용카드 현금서비스를 받을 수 있는 기계가 많이 있다.

● 번호자물쇠 : 열쇠가 필요 없이 번호만으로 사용할 수 있는 번호자물쇠를 작은 것으로 두세 개 정도 준비한다. 대개의 배낭에는 특별한 잠금장치가 없다. 숙소에서나 여행지에서는 배낭 속에 있는 물건에 대해서 안심할 수 없는 게 사실이다. 그럴 때를 대비해서 배낭의 지퍼 손잡이에 난 구멍에 번호자물쇠를 채워두는 게 좋다. 그리고 야외에서 배낭을 머리맡에 두고 잠을 자거나 해변에서 배낭을 놔둔 채 수영을 하게 될 때 커다란 기둥에 배낭을 묶어서 번호자물쇠로 채워 놓는 것이 안전하다. 또는 숙소에서 잠을 잘 때도, 침대 밑에 배낭을 묶어 둘 때도 요긴하게 사용이 된다.

● 스테인리스 물컵 : 물컵은 개인용으로 하나 준비해 가는 것이 좋다. 물을 먹어야 할 때, 커피를 끓여 마셔야 할 때, 양치질을 할 때 또는 기타의 경우에 물컵은 필요하기 마련이다. 이럴 땐 아무리 험하게 다루어도 파손이 되거나 찌그러질 염려가 없는 스테인리스 물컵이 가장 좋다.

● 영어명함 : 해외여행의 진수는 많은 외국인을 만나서 인사를 하고 대화를 하는 것이다. 이럴 때를 대비해서 영어로 만든 자신의 명함을 준비해 가면 훨씬 친구를 사귀는데 도움이 된다. 기왕이면 이메일 주소나 홈페이지가 적혀있는 명함이면 더욱 좋다.

●한국 우편엽서 : 우리나라의 풍물이나 문화재 같은 한국적인 사진이나 그림이 인쇄되어 있는 엽서를 몇 장 가져가는 것이 좋다. 외국 친구를 사귀었을 때 한 장씩 선물로 주어도 좋고, 그곳에서 뜻하지 않았던 도움을 받은 사람들에게 선물로 준다면 큰 돈 들이지 않고 좋은 이미지를 줄 수 있다. 뿐만 아니라 공항이나 유적지와 같은 곳에서 트러블이 생길 때 우리나라의 모습이 담긴 우편엽서 한 장을 내밀면 안 될 일도 쉽게 해결될 수도 있지 않을까?

●수건(큰 것) : 허리를 한 바퀴 감을 수 있을 정도로 커다란 타올을 준비해 가는 것이 좋다. 세수를 할 때도 필요하지만 샤워실에서 샤워를 끝내고 나올 때나 여러 사람이 같이 사용하는 방에서 옷을 갈아입을 때도 좋고, 특히 유적지를 방문했을 때 반바지를 입어 출입금지 당할 때도 역시 수건을 두르면 된다. 하지만 외국에서도 쉽게 구입할 수 있는 평범한 수건보다는 빨랫줄에서 금방 눈에 띌 수 있는 한국적인 무늬가 있는 수건을 가져가는 것이 분실에도 예방이 될 수 있다.

●발가락 양말 : 이스라엘은 몹시 더욱 지역이기 때문에 오랜 시간을 걷게 되면 발에 땀이 나고 물집이 생기기도 한다. 이럴 때는 역시 발가락 양말이 가장 좋다. 무좀을 걱정하지 않아 좋고, 물집도 예방이 될 수 있기 때문에 여러 켤레를 준비해 가는 것이 좋다. 그러나 외국 사람들이 발가락 양말을 보고 신기하게 여겨 훔쳐 가는 수도 있으니 간수를 잘해야 한다.

●구급약 : 장기간 외국에 나가서 여행을 하다 보면 생각지도 않은 질환이 생길 수도 있다. 모기와 같은 벌레에 물린다든지 타박상이나 두통, 감기몸살, 급체 등으로 고생할 수 있다. 이럴 때를 대비해서 간단한 구급약 정도는 챙겨가는 것도 좋다. 예를 들어, 물파스, 맨소래담, 밴드, 물집약, 두통약, 감기몸살약, 체한데 먹는 약, 일회용 반창고 등은 기본이다. 만약 현지에서 만난 외국 여행자가 아플 때에 내가 준비해간 비상약 하나로 생명의 은인이 될 수도 있다면 얼마나 기분 좋은 일일까?

●여권 주머니 : 해외여행에서 여권이나 신용카드, 현금, 비행기표는 자신의 목숨만큼이나 중요한 물건이다. 그래서 이런 물건은 잠잘 때나, 샤워할 때나, 화장실을 갈 때

에도 몸에서 떠나지 않아야 한다. 물론 옷에 있는 주머니도 믿을 게 못 된다. 일단 나쁜 맘을 먹은 사람이 훔쳐가기로 작정한다면, 주머니쯤이야 별 것 아니기 때문이다. 도둑에게 탐심을 주지 않게 노출하지 않는 것이 현명하기에 허리에 차는 주머니나 목에 거는 주머니를 구입해 가는 것이 좋다.

● 선글라스, 선탠크림, 모자, 수영복 : 워낙 태양빛이 강렬한 지역이기 때문에 반드시 선글라스와 선탠크림, 모자는 꼭 가져가야 한다. 그리고 사해나 갈릴리 호수, 텔아비브의 해안에서는 수영을 할 수 있으니 수영복을 미리 가져가는 것도 좋다.

● 커피믹스 : 아침에 일어나서 커피 한 잔, 저녁에 숙소에 돌아와서 샤워하고 마시는 커피는 피로를 풀어준다. 하지만 우리가 쉽게 마실 수 있는 커피믹스는 이스라엘에서 구하기가 쉽지 않다. 커피를 좋아한다면, 커피믹스 한 박스 정도는 배낭 속에 넣어가는 것도 좋다.

● 라면스프 : 이스라엘 현지에서 음식을 해 먹을 일이 있을 때 라면스프는 훌륭한 양념이 될 수 있다.

● 휴대용 히터 : 전기 콘센트가 있는 곳이라면 아무데서나 꽂기만 하면, 뜨거워지는 휴대용 히터도 유용하게 쓰인다. 스테인리스 물컵에 물을 붓고 휴대용 히터에 올려두면 물을 빨리 끓일 수 있다.

● 헤드랜턴 : 다른 사람들과 함께 묵고 있는 숙소에서 밤에 불을 켜지 않고 물건을 찾을 때나 야간버스에서 책을 읽고 지도를 볼 때 또는 히스기야터널을 방문하거나 시내산을 새벽에 올라갈 때는 반드시 헤드랜턴이 필요하다.

● 그 외의 것들 : 치약, 칫솔, 비누, 샴푸, 린스 등은 따로 설명하지 않아도 알아서 챙겨야 한다.

이스라엘에서의 모든 것

어디서 잘까?

이스라엘은 전 세계에서 관광객들과 순례객들이 찾아오는 곳이기 때문에 그 어느 나라 못지않게 숙소가 많다. 값비싼 호텔에서부터 종교단체에서 운영하는 게스트하우스, 그리고 저렴한 유스호스텔까지 여행자의 사정에 맞춰 선택할 수 있는 폭이 넓다.

특히 예루살렘의 올드시티나 갈릴리 호수가 있는 티베리아, 관광도시 에일랏 등에는 배낭여행자들을 위한 값싼 유스호스텔이 많다. 요즘은 인터넷을 통한 예약도 가능하기 때문에 그다지 불편함이 없다. 유스호스텔도 예약을 할 수는 있지만 굳이 예약을 하지 않고 찾아가도 도미토리를 구할 수 있다.

유스호스텔은 한 방에 여러 개의 침대를 놓고 여러 명이 같이 자는 도미토리에서부터 두 사람이 잘 수 있는 더블 룸과 혼자 잘 수 있는 싱글 룸까지 다양하다. 아침식사까지 제공해 주기도 하고, 커피와 홍차를 무료로 주는 곳도 있으며, 주방과 샤워시설 등을 갖추고 있는 곳이 많아 그다지 큰 불편이 없다.

이스라엘을 배낭여행으로 값싸게 여행하고 싶다면 이스라엘 전역에 걸쳐 있는 유스호스텔을 이용해 볼 것을 권하고 싶다. 값이 비싼 호텔이야 시설은 좋을지 모르지만 저렴한 유스호스텔에서 다른 나라에서 온 여행자들과 함께 어울려 대화를 나누는 재미도 즐길 만하다. 그러나 호텔과는 달리 유스호스텔은 큰 건물이 아니고 주로 올드시티 안에 많이 몰려 있기 때문에 찾는데 쉽지는 않다.

이스라엘 유스호스텔 안내 사이트 : www.hostelworld.com, www.inisrael.com

어떻게 이동을 할까?

이스라엘에서 가장 발달한 교통수단은 버스이다. 버스는 이스라엘 전 지역을 운행하는 에게드(Egged) 버스 회사와 텔아비브 지역 안에서 운행하는 단(Dan) 버스 회사가 있다. 요금이 비교적 저렴하긴 하지만 노선에 따라서는 배차 시간이 일정하지 않고 한정적이다. 특히 금요일 오후와 토요일에는 운행을 안 하는 노선이 많기 때문에 이용할 때는 미리 확인해야 한다.

택시는 곳곳에 많이 정차해 있기도 하고 지나가는 택시를 손을 들어 세워서 이용할 수도 있다. 대개의 경우 미터를 이용해서 요금을 계산하기도 하지만, 아랍 지역 등을 이용할 때는 미터 요금보다 흥정해서 가야 할 때도 많다. 팁은 따로 내지 않아도 된다.

기차는 텔아비브 - 하이파-나하리야 노선과 텔아비브 - 예루살렘 노선을 운행하고 있지만, 운행횟수가 우리나라처럼 자주 있지 않아 이용하기에 불편하다. 렌터카를 이용할 경우 21세 이상이어야 하고 국내에서 발행한 운전면허증과 국제신용카드를 제시해야 하며 사전 예약이 필요하다.

고속버스

이스라엘은 예루살렘과 티베리아, 에일랏, 브엘세바, 텔아비브 등 주요 도시를 연결하는 고속버스 노선이 잘 짜여 있다. 각 도시마다 있는 중앙버스터미널(Centeral Bus Terminal)로 찾아가면 고속버스 요금과 출발시간 등을 자세하게 알 수 있다. 아래의 사이트로 가면 도시 간 고속버스 번호와 요금, 출발시간 등이 자세하게 나와 있다.

에게드 버스

*에게드 버스 회사 : www.egged.co.il / *단 버스 회사 : www.dan.co.il

시내버스

예루살렘과 텔아비브, 브엘세바, 에일랏 등 주요 도시에는 도시 안에서만 운행하는 시내버스가 있다. 요금은 비교적 저렴하고 에게드 버스는 5.90세켈의 일회용 티켓을 비롯해 열 번 탈 수 있는 가격으로 열한 번 탈 수 있는 쿠폰 '카르티씨야'와 매 달 시내버스를 무제한 사용할 수 있는 정기권 '홉쉬 호드쉬'가 있다. '카르티씨야'로 탈 때는 기사가 쿠폰에 구멍을 뚫어주고, '홉쉬 호드쉬'로 탈 때는 티켓을 기사에게 보여주면 된다. 가끔씩 티켓 검사요원이 불시에 나타나서 티켓을 검사하기도 한다.

버스터미널에서 시외버스와 시내버스의 노선별 운행시간표를 나눠주니 이를 이용하면 좀 더 편하게 목적지에 갈 수 있다.

예루살렘 같이 유대인과 아랍사람이 같이 사는 도시에는 버스터미널이 두 군데로 나뉘어져 있으며, 특히 예루살렘에서 여리고나 라말라 같은 팔레스타인 자치지역으로 가는 아랍인 전용 버스가 따로 있다. 물론 버스의 모양도 다르다.

셰루트(Sherute)

셰루트(sherute)

이스라엘에서의 주요 교통수단 중에 하나이다. 우리나라의 봉고버스 같은 차량을 이용해서 주로 도시와 도시 간을 연결하거나 공항에서 도시 간을 연결하는 노선에 많이 이용된다.

버스터미널이나 도시의 주요한 곳에 봉고차를 줄지어 세워놓고 '예루살렘' '텔아비브' '베들레헴' '헤브론' 등을 외치며 호객행위를 하는 사람들을 볼 수 있다. 그들에게 다가가 적당한 가격을 흥정한 후 이용하면 된다.

택시(Taxi)

주요 도로와 건물 앞에는 항상 택시가 기다리고 있다. 예루살렘에서의 기본요금은 10.10세켈인데, 지역마다 조금씩 차이가 있다. 에일랏은 12.5세켈이다. 요금은 미터에 나오는 대로 요금을 지불하면 되지만, 상황에 따라서는 운전사가 미터 요금보다는 얼마를 달라는 식으로 요구할 때도 있다. 이때는 적당한 가격으로 흥정하여 요금을 정한 후 이용하는 것이 좋다. 밤늦은 시간이나 유대인의 안식일인 금요일 저녁과 토요일에 택시를 타게 되면 미터 요금보다 더 많은 요금을 요구하는 경우도 있는데, 우리의 할증 요금과 비슷하다. 택시 안에는 운전사의 이름과 운전면허 번호가 운전석 옆에 부착되어 있으니 물건을 두고 내리는 경우를 대비해서 적어두는 것이 좋다.

만약 콜택시를 부르고 싶을 때에는 전화 1-700-500-500을 누르거나 *6226을 눌러 시간과 위치를 알려주면 된다. 이스라엘에는 콜택시 제도가 일반화되어 있어 편리하다. 콜택시를 이용할 경우 3.5세켈 정도의 기본요금과 호출요금을 더한 값에 이동요금을

아랍 택시

내면 된다. 야간이나 휴일에는 25%의 할증요금을 내야 하며 트렁크에 여행 가방을 실을 때는 하나에 5세켈씩 추가된다. 안식일에는 모든 대중교통이 운행을 중단하지만 일부 택시회사들은 영업을 한다.

기차(Rail)

이스라엘에는 기차가 있지만 그다지 노선이 많지 않다. 벤구리온공항~텔아비브~하이파~나하리야 노선, 텔아비브~브엘세바 노선, 크파르 싸바~텔아비브~예루살렘 노선 등이 있다. 학생은 국제학생증을 제시하면 요금이 할인되므로 이를 이용하면 여행 경비를 줄일 수 있다. 텔아비브의 벤구리온 공항에서부터 멀리 아코나 브엘세바, 하이파 등지로 가길 원한다면 기차를 이용해 보는 것도 좋다. 예루살렘은 성서동물원이나 마하(Malha)까지만 운행한다. 벤구리온 공항의 기차역은 일요일부터 목요일까지 24시간 운행을 하고, 금요일은 16시 20분까지, 토요일은 21시 15분부터 운행을 시작한다.

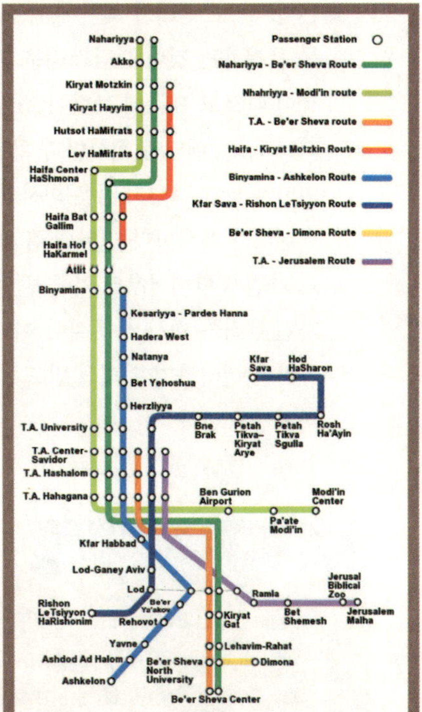

이스라엘 기차 노선도

운행시간 안내 : 전화 *5770 / www.rail.co.il

지하철(Subway)

이스라엘에서 지하철은 하이파에서만 운행한다. 하이파의 명물에 속하기도 하는 '카르멜리트' 가 이스라엘의 유일한 지하철로 두 칸으로 이루어진 두 대의 지하철이 하이파의 갈멜산 구역과 지중해변 구역 사이를 운행한다. 고도의 차이는 274m이고, 운행 거리는 1800m이며, 정거장 수는 모두 6개뿐이다. 그야말로 세계에서 가장 작은 지하철 시스템이라 할 수 있다.

렌터카(Rent Car)

이스라엘은 우리나라와 마찬가지로 버스노선이 잘 정비되어 있지만, 성서 유적지는 외진 곳에 많이 있고 일반인들이 자주 찾아가지 않는 곳이라 버스가 운행하지 않는 곳이 많다. 특히 성서 유적지와 같이 순례자가 방문해야 할 곳은 입장시간이 정해져 있고 또 일찍 문을 닫는 곳이 많기 때문에 대중교통을 이용할 경우 제 시간에 입장할 수 없는 경우가 많다. 그렇기 때문에 여행자들을 위해 렌터카 회사가 많이 운영되고 있다. 한국에서 운전면허증을 취득한 사람이라면 렌터카를 활용해 보는 것도 좋을 것 같다.

이스라엘의 운전방식은 우리나라와 같아서 불편함은 없다. 모든 도로에는 도로 번호가 표시되어 있고, 길도 단순해서 해외에서 운전해 보지 않은 운전자일지라도 큰 문제는 없다. 또 렌터카 회사에는 우리나라의 차도 많이 구비되어 있기 때문에 낯선 외제차를 운전하는 것이 부담스러운 사람에게도 큰 문제가 없다. 그러나 렌터카 회사마다 요금이 다르고 요금에 보험이 포함되지 않는 경우가 있기 때문에 차를 빌리기 전에 잘 살펴야 하고, 렌터카 회사마다 차를 빌린 도시가 아닌 다른 도시에 반납하는 것이 가능한 회사가 있고 그렇지 않은 회사가 있기 때문에 미리 잘 확인해야 한다.

렌터카 회사마다 인터넷 홈페이지가 있기 때문에 한국에서 미리 인터넷으로 예약하고 가면 공항에서부터 차를 빌려서 운전할 수가 있다. 텔아비브 벤구리온 공항의 1층에 가면 렌터카 회사 사무실이 여러 개 있어서 그곳에 가서 차를 빌릴 수 있다. 그러나 자동차를 렌터하기 위해선 반드시 한국에서 발행한 운전면허증과 신용카드와 여권을 준비해가야 한다.

렌터카 이용시 확인해야 할 점

자동차를 인도받을 때는 미리 자동차의 상태를 꼼꼼히 살펴야 한다. 나중에 반납할 때 작은 흠집이나 타이어의 바람 상태를 이유로 추가 부담금을 요구하기 때문이다. 필요하다면 자동차를 인도받을 때 나중에 문제가 생겼을 때를 대비해서 카메라로 미리 촬영해 두는 것도 좋다.

자동차를 인도받을 때 주유탱크의 기름 상태를 확인해야 한다. 렌터카 회사에서는 자동차를 인도할 때 반드시 기름을 풀(full)로 채워주는데, 반납할 때도 반드시 풀(full)로 채워서 반납해야 한다.

자동차를 인도받을 때 자동차 안에 구비되어 있는 몇 가지 물품들(예를 들면, 카스테레오, 비상용 삼각대, 자키 등)을 인도자와 함께 확인하고 나중에 반납할 때도 반드시 함께 확인해야 한다.

자동차 렌터시 하루에 제한 거리가 있는지 반드시 확인해야 한다. 회사에 따라서 하루에 제한거리가 150km인 경우가 있는데 나중에 렌터 기간과 총 주행거리를 계산해서 이 제한거리를 넘게 되면 1km당 추가요금을 받는 경우가 있다.

운전

예루살렘의 운전자들은 성격이 급해 신호가 바뀌자마자 뒤에서 클랙슨을 눌러 대면서 재촉하는 경우가 많다. 그래서 조금이라도 지체하면 시끄러울 정도로 울려대는 클랙슨 소리 때문에 정신없을 정도이다. 신호체계는 우리나라와 같지만, 비보호 좌회전은 없으며 좌회전 신호가 따로 있다. 그러나 브엘세바나 티베리아, 에일랏 같은 지방도시에는 운전자들의 운전습관이 무척 얌전하고 점잖다. 그들은 횡단보도를 건너려고 하는 사람이 보이면 무조건 차를 멈추는 것이 습관처럼 되어 있기 때문에 한국에서처럼 횡단보도에 사람이 건너려고 하는 것을 보고도 진입하면 안 된다. 특히 지방도시의 사거리에는 신호등보다는 수시로 진입할 수 있는 원형 로터리가 있다. 이 원형 로터리에서는 진입하려는 차보다 먼저 로터리에 진입해서 왼쪽에서 오른쪽으로 진행하는 차가 우선이라는 것을 잊으면 안 된다. 일단 운전석에 앉으면 무조건 안전벨트를 매야 하고 가능하면 뒷자리의 탑승자까지도 안전벨트를 매야 한다. 고속도로와 국도 중간 중간에 교통경찰이 기다리고 있으니 과속은 금물이다. 특히 이스라엘의 도로는 언덕을 넘어가는 경우가 많기 때문에 도로 전방의 시야가 확보가 안 되는 경우가 많다. 그래서 더욱 과속을 하면 안 된다. 그리고 자동차에 탈 때는 반드시 여권을 꺼내기 쉬운 곳에 두고 타야 한다. 도로 곳곳에 이스라엘 군인들이 검문을 하고 있는데, 반드시 여권을 보여 달라고 하기 때문이다. 여권에 큰 문제만 없으면 관광객이나 여행자들에겐 아무런 문제가 생기지 않으니 총을 멘 군인들이 앞에 서 있다고 해서 겁먹을 필요는 없다.

- 렌터카 회사가 전국적인 체인망을 갖고 있는 회사인지를 확인해야 한다. 자동차를 빌린 도시에 다시 반납할 것이라면 상관없지만 다른 도시에 반납할 계획이라면 반드시 확인해야 한다.
- 빌린 자동차가 팔레스타인 자치지역(예를 들면, 여리고)에 들어갈 수 있는지를 확인해야 한다. 회사에 따라서 팔레스타인 자치지역에 들어가지 못하도록 하는 회사도 있기 때문이다.
- 자동차를 인도받을 때 렌터카 회사에서 꼭 이스라엘 지도(다른 지역의 렌터카 사무실이 표시되어 있는)를 받아두어야 한다. 그래야 나중에 렌터카 사무실을 찾기 위해 헤매는 일이 없게 된다.

주유소

주요 도시 곳곳에는 노란색 간판의 주유소가 많이 있지만, 국도나 고속도로에 들어가면 주유소가 그리 많지 않다. 만약 장거리를 운전해야 할 상황이라면 반드시 도시를 빠져 나가기 전에 주유하는 것이 좋다. 기름 값은 리터당 4.5세켈(환화로 약 1,200원, 2009년 1월) 정도한다. 그리고 가끔 기름을 넣고 나면 앞 유리창 정도 닦아주는 경우는 있지만, 우리나라의 주유소처럼 생수를 주거나 티슈를 주는 서비스는 기대하면 안 된다. 기름을 넣을 때는 오일(Oil)이라는 말 대신 가솔린(Gasolin)이라고 해야 하며, 주유원이 다가오면 반드시 크레디트카드(Credit Card)로 계산할 것인지 Cash로 계산할 것인지 말해주어야 한다.

주차

예루살렘은 생각보다 꽤 복잡한 도시이다. 주차할 곳도 마땅치 않다. 하지만 예루살렘의 올드시티 다마스커스 게이트 앞에는 두 군데의 유료 주차장이 있는데, 렌터한 자동차를 무단 주차하는 것보다는 이곳을 이용하는 것이 안전하다. 주차요금은 저녁 6시부터 아침 8시까지 10세켈을 받고, 아침 8시 이후부터는 한 시간에 8세켈을 받는다. 예루살렘 신도시의 박물관 등지를 방문할 때는 여러 곳에 무료 주차장이 있어 주차하는 데는 어려움이 없다. 또한 예루살렘 이외의 도시를 방문할 때도 주차하는 데는 불편함이 없다.

알짜정보

1. 이스라엘의 렌터카 회사에서 빌리는 자동차에는 대개 CD플레이어가 장착되어 있는 차가 많다. 장시간 운전할 때를 대비해서 한국에서 음악 CD 몇 장을 챙겨간다면 운전이 훨씬 더 즐거워 질 수 있다.

2. 성서 유적지를 찾아다니다 보면 비포장도로를 만나는 경우가 많다. 이때 자동차의 타이어에 바람이 자주 빠지는데 주차할 때는 수시로 타이어 상태를 확인하고, 만약 바람이 많이 빠져 있을 때에는 가까운 주유소를 찾아갈 것을 권한다. 웬만한 주유소에는 타이어에 바람을 넣는 장치가 준비되어 있는데, 타이어의 주입구 마개를 열고 갖다 대면 자동적으로 공기가 주입된다. 필요한 만큼 공기가 주입되면 기계에서 '삐삐' 하는 소리가 들리는데, 이것은 공기가 적정량만큼 들어갔다는 표시이기 때문에 그만 넣어도 된다.

렌터카 회사

예루살렘의 욥바 문으로 나가면 다윗(David) 거리를 만나게 되는데, 이곳에 렌터카 회사가 많이 몰려 있다.

Hertz

허츠(Hertz) : 운전자의 나이는 21세 이상이어야 하고 면허를 취득한지 1년 이상이어야 한다. 또한 나이에 따라서 운전할 수 있는 차종이 다르다. 차를 예루살렘에서 픽업했다가 3일 이내에 에일랏에서 반업하고자 할 때는 1백 달러를 추가로 지불해야 하고, 벤구리온 공항에서 반납할 때는 28달러의 추가비용을 지불해야 한다.

하루에 250km의 제한거리가 있는데, 제한거리를 오버할 때는 1km당 차종에 따라 0.35센트에서 0.65센트의 추가비용을 내야 한다. 그리고 차를 교대 운전하려면 렌터할 때 추가 운전자 비용을 차종에 따라 3.5달러에서 5.5달러의 추가비용을 부담해야 한다. 하지만 이 차량 렌터 금액에는 교통사고에 의한 차량 손상과 부상자에 대한 보험금이 포함되어 있다.

사무실 전화번호
월~목 : 오전 8시~ 오후 6시, 금요일 : 오전 8시~ 오후 2시, 토요일 휴무
예루살렘 : 18 HAMELECH DAVID, Tel. 02-6231351, Fax. 02-6247248
티베리아 : Tel. 04-6723939, Fax. 04-6721804
벤구리온 공항 : Tel. 03-9754505, Fax. 03-9754506, 24시간 영업
브엘세바 : Tel. 08-6651551, Fax. 08-6651554
에일랏 : Tel. 08-6375050, Fax. 08-6376655
website : http://www.hertz.co.il

AVIS

에이비스(Avis) : 3만 2천여 대의 차를 구비하고 있다. 나이에 따라서 운전할 수 있는 차종이 다르고 요금이 다르다. 차를 렌터한 시간보다 한 시간이 넘게 되면 하루로 계산한다. 21~23세는 하루에 7불씩 더 받는다. 운전면허를 취득한지 2년 이상 된 사람이어야 한다. 여리고나 헤브론 같은 팔레스타인 자치지역엔 갈 수 없다. 공항에 반납하면 27달러를 추가로 지불해야 한다.

사무실 전화번호
예루살렘 : 22 King David St. Jerusalem, Tel. 02-624-9001/2,
영업시간은 일요일~목요일 08:00-18:00, 금요일 08:00-13:00
벤구리온 공항 : Tel. 03-977-3200, hazem@avis.co.il, 24시간 영업
에일랏 : Shalom Plaza Hotel, Ha'arava Rd., Eilat, Tel. 08-637-3164/5,
영업시간은 일요일~목요일 08:00-17:00, 금요일 08:00-14:00
하이파 : Tel. 04-867-3131 / 티베리아 : Tel. 04-672-2766
브엘세바 : Tel. 08-627-1777 / website : http://avis.co.il

SiXT סיקסט 식스트(SIXT) : 이스라엘의 유대인들이 운영하는 렌터카 회사로 다른 곳에 비해 저렴하고 친절하며 예루살렘뿐만 아니라 이스라엘의 주요 도시에 사무실이 있어 다른 도시에서 반납하기에 수월하게 되어 있다. 하지만 텔아비브의 벤구리온 공항에 반납할 때는 27달러의 추가비용을 부담해야 하고 VAT는 받지 않는다. 대개의 렌터카 회사처럼 처음 렌터한 시간을 기준으로 해서 24시간을 하루로 계산하는데, 그 시간에서 2시간을 넘게 되면 하루의 비용을 지불해야 한다.

식스트(SIXT) 렌터카의 차종별 요금표(가격 US$)

Car Group	Car Type	1일 250Km 제한	1일 250Km 제한	3일간 거리 무제한	일주일간 거리 무제한	1km 오버할 때마다
J	Hyundai Getz	48	100	135	266	0.3
E	Hyundai Accent	58	125	165	300	0.4
F	Mazda3	73	150	210	350	0.4
H	Mazda6	89	180	255	550	0.5
I	Chevrolet Malibu	130	265	375	840	0.5
S	Mercedes E200	240	490	690	1520	0.6
OM	Mazda5(6 pax)	110	210	300	735	0.6
V1	1Kia Carnival(7 pax)	140	265	390	910	0.6
V3	Chevrolet Savanna(9 pax)	160	300	420	1010	0.6
SG	Mercedes S350	490	620	1370	2440	0.6

주소 : 8 King David Street
예루살렘 : Tel. 02- 625-0833, 브엘세바 : Tel. 08- 628-2589, 에일랏 : Tel. 08-637-3511
텔아비브 : Tel. 03-699-0667, 하이파 : Tel. 04-872-5525, website : www.sixt.co.il

goodluck 굿 럭(Good Luck) : 예루살렘의 올드시티 다마스커스 게이트에서 약 10분 정도 걸어가면 있다. 팔레스타인 렌터카 회사인데 이스라엘 렌터카 회사보다는 가격이 저렴하다. 그러나 사무실이 예루살렘에만 있어서 다른 도시에서는 반납이 불가능하다.

주소 : Street Jerusalem, Street#1 PO.BOX. 54046, Jerusalem
Tel. 02-6277-033, Fax. 02-6277-688, 응급전화 05-4304-0701
website : www.goodluckcars.com

주요 도시별 거리(Distaance Table(km))

	Ramla	Rishon Leziyyon	Safed	Petah Tikva	Arad	Afula	Ein Gedi	Sdom(Dead Sea)	Netanya	Nazaerth	Nahariya	Qiryat Shemona	Ben Gurion Airport	Jerusalem	Tiberias	Haifa	Hadera	Zichron Ya'acov	Beit Shean	Beer Sheeva	Ashkelon	Aahdod	Eilalt
Aahdod																							328
Ashkelon																						28	308
Beer Sheeva																					61	82	246
Beit Shean																				207	171	156	378
Zichron Ya'acov																			74	168	122	107	414
Hadera																		23	71	146	100	85	329
Haifa																	49	34	71	193	147	132	439
Tiberias																65	85	79	38	231	185	170	416
Jerusalem															160	145	98	119	122	89	74	71	323
Ben Gurion Airport														47	108	100	53	75	124	97	58	43	342
Qiryat Shemona													201	224	64	118	148	142	102	294	248	233	480
Nahariya												85	136	181	63	36	85	67	94	229	183	168	472
Nazaerth											55	95	110	142	32	40	57	47	39	203	157	142	417
Netanya										75	100	166	44	88	103	64	18	40	89	135	89	74	381
Sdom(Dead Sea)									220	232	287	294	181	137	230	264	231	253	192	85	146	167	186
Ein Gedi								55	171	177	232	240	129	83	176	209	180	202	138	121	157	153	240
Afula							165	219	62	13	68	104	97	129	41	45	44	47	27	190	144	129	405
Arad						236	72	35	175	248	287	311	146	111	247	242	195	217	209	50	111	131	221
Petah Tikva					151	83	97	187	30	94	123	88	10	60	124	90	40	58	109	106	66	47	347
Safed				160	281	68	210	264	130	59	52	48	165	194	34	78	112	102	72	258	212	197	450
Rishon Leziyyon			176	29	131	108	142	166	54	121	147	212	20	59	149	111	65	86	135	82	39	24	427
Ramla		12	172	18	136	104	130	172	52	117	143	208	10	48	145	107	61	82	131	87	49	34	333
Tel Aiv	20	21	160	10	152	93	143	188	33	106	131	196	15	62	134	95	49	71	120	103	57	42	349

100번까지는 지방의 도시 내 구간이며, 100번부터 299번까지 단거리 구간이고, 300번부터 999번까지는 장거리 구간 운행버스이다.

단거리 버스번호와 노선(Short Distance)

＊CBS – Central Bus Station

Line	Route	Type	Via
30	Beer Sheva – Camp Sde Teyman – HaNasi Junction – Tifrah – Ofakim – Urim – Tze'elim – Camp Tze'elim		
31	Beer Sheva – Kibbutz Hazerim – Camp Tze'elim		
33	Beer Sheva – Camp Sde Teyman – Hanasi Junction – Tifrah – Ofakim		
35	Beer Sheva – Hanasi Junc. – Tifrah – Ofakim – N. P. Eshkol		
40	Beer Sheva – Camp Sde Teyman – HaNasi Junction – Tifrah – Netivot		
42	Beer Sheva – Camp Sde Teyman –HaNasi Junction – Bet Qama Junc. – Lahav		
43	Beer Sheva – Camp Sde Teyman – HaNasi Junction – Rahat – Netivot		
47	Beer Sheva – Lehavim –Lahav		
48/48a	Beer Sheva – Dimona		
049	Dimona – Nevatim – Shaqib al–Salam – Beer Sheva: University – Soroka Hospital – City Hall – Central Bus Station		
51	Beer Sheva – Shoqet Junc. – Livna –Suseya – Karmel – Pene Hever – Kiryat Arba		
56/56a	Beer Sheva – Shaqib al–Salam – Nevatim – Dimona		
61	Beer Sheva – Shoket Junction – Meitar – Shim'a – Othniel – Bet Haggai – Kiryat Arba		
122,3,4	Jerusalem – Ma'ale Adummim		
142	Jerusalem CBS – Adam		
143	Jerusalem CBS – Tel Zion		Kokhav Ya'acov
147	Jerusalem CBS – Ofra		Adam, Sha'ar Binyamin, Kokhav Ya'akov, Psagot
148	Jerusalem CBS		Kokhav Ya'akov, Giv'at Asaf, Ofra, Shvut Rachel, Shilo, Eli, Ma'ale Levona, Ariel

150	Jerusalem CBS – Amminadav		Sderot Herzel, Moshav Ora, Amminadav
159	Petah Tikva CBS – Camp Tzrifin		
160	Jerusalem CBS – Kiryat Arba		Hebron
161	Jerusalem CBS – Kfar Etzion		Alon Shvut, Efrat
163	Jerusalem CBS – Rachel's Tomb		
164	Jerusalem CBS – Bat Ayin		Alon Shvut, Efrat (south circle)
164	Petah Tikva CBS – Rehovot CBS	Regular	Rishon LeZion Old CBS, Ness Ziona
165	Jerusalem CBS – Metzad		Ma'ale Amos
166	Jerusalem CBS – Nokdim		Tekoa
167	Jerusalem CBS – Efrat		
170	Jerusalem CBS – Beit El		
171	Jerusalem CBS – Giv'at Ze'ev		
173	Jerusalem CBS – Mitzpe Yeriho		
174, 5, 6, 7,	Jerusalem CBS – Ma'ale Adummim		
178	Jerusalem CBS – Eli		
179	Jerusalem CBS – Psagot		
181	Jerusalem CBS – Talmon		
183	Jerusalem CBS – Kesalon		
185	Jerusalem CBS – Kiryat Yearim/Neve Ilan		
186	Jerusalem CBS – Beit Meir		
187	Jerusalem CBS – Har Adar		
188	Jerusalem CBS – Ein Rafa		
201	Tel Aviv CBS – Rehovot CBS	Regular	Rishon LeZion Old CBS, Ness Ziona
202	Haifa Hof HaCarmel CBS – Pardes Hana	Regular	Zichron Ya'akov, Binyamina
249	Petah Tikva CBS – Rehovot CBS	Regular	Lod, Ramla
281	Sasa – HaMifratz CBS	Regular	Ma'alot Tarshiha – Nahariya – Akko – Kiryat Bialik

장거리 버스번호와 노선(Long Distance)

Line	Route	Type	Via
300	Tel Aviv CBS – Ashkelon CBS	Direct	
301	Tel Aviv CBS – Ashkelon CBS	Regular	Rishon LeZion Old CBS, Rehovot CBS, Gedera CBS, Mal'akhi Junction
310	Tel Aviv CBS – Ashkelon CBS	Regular	Yavne, Mal'akhi Junction
311	Tel Aviv 2000 Terminal – Ashkelon CBS	Express	Yavne
332	Haifa HaMifraz CBS – Nazareth Illit	Regular	Migdal HaEmek, Nazareth

364	Beersheba CBS – Ashkelon	Express	Yad Mordechai
366	Beersheba CBS – Ashkelon	Express	Yad Mordechai
370	Beersheba CBS – Tel Aviv	Direct	
383	Ashkelon CBS – Eilat CBS	Regular	Malachi Junc.
384	Beer Sheva CBS – Ein Gedi	Express	Shoket Junc.– Arad CBS – Neve Zohar – Ein Bokek – Massada
385	Beer Sheva CBS – Ein Bokek	Regular	Shoket Junc. – Arad CBS – Neve Zohar
389	Tel Aviv CBS – Arad CBS	Direct	Lehavim
390	Tel Aviv CBS – Eilat CBS	Direct	
391	Ashdod CBS – Eilat CBS	Regular	Malachi Junc.
392	Eilat CBS – Beersheba CBS	Regular	Ovda, Mizpe Ramon
393	Tel Aviv CBS – Eilat CBS	Regular	Dimona CBS, Nes Ziona, Rehovot
394	Tel Aviv CBS – Eilat CBS	Regular	Rishon LeZion New CBS, Beersheba CBS, Dimona CBS
396	Ra'anana Junction – Eilat CBS	Express	Petah Tikva CBS
397	Beersheba CBS – Eilat CBS	Regular	Dimona CBS
398	Netanya CBS – Eilat CBS	Express	Ashdod Junc., Malachi Junc.
399	Hadera CBS – Eilat CBS	Express	Netanya
400	Jerusalem CBS – Bnei Brak	Direct	Aluf Sade Interchange, Bar Ilan
404	Jerusalem CBS – Bat Yam	Express	Latrun, Ramla CBS, Holon
405	Jerusalem CBS – Tel Aviv CBS	Direct	
406	Bat Yam – Jerusalem CBS	Direct via Holon	
415	Jerusalem CBS – Beit Shemesh	Express	Shimshon Junction
416	Jerusalem CBS – Ramat Beit Shemesh	Express	
417	Jerusalem Har Hotzvim – Ramat Beit Shemesh	Express	Jerusalem Geulah – Jerusalem CBS
420	Jerusalem CBS – Beit Shemesh	Direct	Harel interchange
421	Neve Zohar – Tel Aviv Arlozorov Terminal	Express	Massada – Ein Gedi – Jerusalem CBS
423	Jerusalem CBS – Petah Tikva CBS	Express	
430	Jerusalem CBS – Rishon LeZion New CBS	Direct	
432	Jerusalem CBS – Rishon LeZion New CBS		Latrun, Ramla, Rehovot, Nes Ziona
433	Jerusalem CBS – Rishon LeZion New CBS		Camp Tzrifin
434	Jerusalem CBS – Rehovot CBS	Express	Latrun
435	Jerusalem CBS – Rehovot CBS	Express	Latrun, Ramla
437	Jerusalem CBS – Ashkelon CBS	Regular	Shimshon Junction, Re'em Junction, Mal'akhi Junction
438	Jerusalem CBS – Ashdod CBS	Regular	Shimshon Junction, Re'em Junction, Gedera Junction, Bnei Darom Junction
440	Jerusalem CBS – Beersheba CBS	Regular	Gush Etzion Junction, Kiryat Arba
443	Jerusalem CBS – Beersheba CBS	Regular	Kiryat Mal'akhi, Sderot, Netivot
444	Jerusalem CBS – Eilat CBS	Express	Ein Gedi, Ein Bokek

446	Jerusalem CBS – Beersheba CBS	Regular	Shimshon Junction, Re'em Junction, Mal'akhi Junction
448	Jerusalem CBS – Ashdod CBS	Express	Latrun Junction, Gedera Junction, Givat Washington Junction, Bene Darom Junction
460	Tel Aviv CBS – Lod CBS		
462	Tel Aviv CBS – Lod		
470	Jerusalem CBS – Beersheba CBS	Direct	
480	Jerusalem CBS – Tel Aviv Arlozorov Terminal	Direct	
486	Jerusalem CBS – Neve Zohar	Express	Ein Gedi, Ein Bokek
487	Jerusalem CBS – Ein Gedi	Express	
500	Kiryat Shmona CBS – Haifa HaMifraz CBS	Direct	Ami'ad, Karmiel, Akko, Kiryat Haim
501	Kiryat Shmona CBS – Haifa HaMifraz CBS	Regular	Rosh Pina, Safed, Meron, Karmiel, Akko, Kiryat Haim
501	Tel Aviv CBS – Ra'anana Junction	Regular	Herzliya CBS
502	Tel Aviv CBS – Ra'anana Junction	Regular	Herzliya CBS
505	Kiryat Shmona CBS – Haifa HaMifraz CBS	Direct	Rosh Pina, Golani Junction, Kiryat Tivon
531	Tel Aviv CBS – Ra'anana Junction	Regular	Ramat Gan, Ramat HaSharon, Herzliya, Ra'anana
551	Petah Tikva CBS – Herzliya CBS	Regular	Hod Hasharon CBS, Ra'anana Junction
561	Tel Aviv CBS – Kfar Saba CBS	Regular	Hod Hasharon CBS, Ra'anana Junction
564	Tel Hashomer – Kfar Saba CBS	Express	Aluf Sade Interchange, Geha Junction, Ra'anana Junction
567	Tel Aviv CBS – Kfar Saba CBS	Express	Ramat Gan, Ra'anana Junction
568	Tel Aviv CBS – Qalansawe	Express	Ra'anana Junc., Kfar Saba, Tira, Tayibe
571	Tel Aviv CBS – Kfar Saba CBS	Regular	Hod Hasharon CBS
620	Tel HaShomer – Herzliya	Express	Ramat HaSharon
627	Zoran – Tel Aviv CBS	Regular	Ra'anana Junction, Petah Tikva CBS
641	Tel Aviv CBS – Netanya CBS	Regular	Petah Tikva CBS, Hod Hasharon CBS, HaSharon Junction
642	Tel Aviv CBS – Netanya CBS	Regular	Petah Tikva CBS, Hod Hasharon CBS
784	Haifa, Technion – Tel Aviv CBS		Atlit, Hadera, Netanya, Herzliya
823	Tel Aviv CBS – Nazareth Illit	Regular	Ra'anana Junction, Hadera CBS, Afula CBS, Nazareth CBS
826	Tel Aviv CBS – Nazareth Illit	Express	Fureidis Junction, Yokne'am, Migdal HaEmek, Nazareth CBS
835	Tel Aviv CBS – Tiberias CBS		Herzliya, Netanya, Hadera, Afula, Golani Junction
840	Tel Aviv CBS – Kiryat Shmona CBS	Express	Afula CBS, Tiberias CBS, Hazor HaGalilit CBS
841	Tel Aviv CBS – Kiryat Shmona CBS	Regular	HaSharon Junction, Hadera CBS, Afula CBS, Tiberias CBS, Rosh Pina CBS, Hazor HaGelilit CBS

842	Tel Aviv CBS – Kiryat Shmona CBS	Direct	Afula CBS, Rosh Pina CBS, Hazor HaGlilit CBS
843	Tel Aviv CBS – Katzrin CBS	Express	Herzliya CBS, Netanya CBS, Givat Olga, Hamat Gader
845	Tel Aviv CBS – Kiryat Shmona CBS	Direct	Rosh Pina CBS, Hazor HaGlilit CBS
846	Tel Aviv CBS – Safed	Express	Herzliya, Netanya, HaMovil Junc.
848	Tel Aviv CBS – Karmiel	Regular	Herzliya, Netanya, Givat Olga, Elyakim, HaMovil Junc.
852	Tel Aviv CBS – Pardes Hanna–Karkur	Express	Hadera
872	Tel Aviv CBS – Zikhron Ya'aqov	Express	Hadera
910	Tel Aviv CBS – Haifa Hof HaCarmel CBS	Express	Herzliya, Netanya, Atlit
921	Tel Aviv CBS – Haifa Hof HaCarmel CBS	Regular	Petah Tikva CBS, Hod Hasharon CBS, HaSharon Junction
930	Jerusalem CBS – Netanya CBS	Direct	Hod HaSharon, Ra'anana Junction
940	Haifa Hof HaCarmel CBS – Jerusalem CBS	Direct	Via Highway 6
947	Jerusalem CBS – Haifa Hof HaCarmel CBS	Express	Ben Gurion Airport, Ra'anana Junction, Netanya CBS
948	Jerusalem CBS – Bet She'an or Hemdat		Jordan Valley
949	Jerusalem CBS – Ma'ale Efraim		Kokhav HaShahar
955	Jerusalem CBS – Nazareth	Express	Umm al–Fahm, Wadi Ara area
960	Jerusalem CBS – Haifa HaMifraz CBS	Regular	Yokne'am, Kiryat Tivon
961	Jerusalem CBS – Beit She'an CBS	Regular	Jordan Valley
962	Jerusalem CBS – Tiberias	Regular	via Route 6, Afula
963	Jerusalem CBS – Kiryat Shmona CBS	Regular	Afula CBS, Tiberias CBS, Rosh Pina CBS
966	Jerusalem CBS – Katzrin	Express	Beit She'an CBS
990	Haifa Hof HaCarmel CBS – Eilat CBS	Direct	Via Route 6
991	Eilat CBS – Haifa Hof HaCarmel CBS	Express	Beit HaArava Junction, Kiryat Mal'akhi, Netanya CBS, Hadera CBS
992	Eilat CBS – Afula	Direct	Via Route 6
993	Haifa HaMifraz CBS – Eilat CBS	Direct	Via Route 6

이스라엘 내의 에게드(Egged) 고속버스 운행시간표

–〉 예루살렘(Jerusalem)~티베리아(Tiberias), 요금 44NIS

일요일		월요일		화요일		수요일		목요일		금요일		토요일	
06:30	963	06:30	963	06:30	963	06:30	963	06:30	963	06:45	962	18:30	962
06:45	961	07:30	962	07:30	962	07:30	962	07:30	962	07:15	963	19:15	962
07:00	962	08:30	962	08:30	962	08:30	962	08:30	962	08:00	962	20:15	962
07:20	962	09:30	962	09:30	962	09:30	962	09:30	962	09:00	962	21:00	962
07:40	962	10:30	963	10:30	963	10:30	962	10:30	963	09:30	962	22:00	962
08:00	962	11:30	962	11:30	962	11:30	962	11:30	962	10:00	962	23:00	962
08:30	962	12:30	962	12:30	962	12:30	962	12:30	962	10:30	962	23:30	963

09:00 962	09:30 962	09:30 962	09:30 962	13:00 962	09:00 962	
09:40 962	10:30 963	10:30 963	10:30 963	13:30 963	09:30 962	
10:00 962	11:30 962	11:30 962	11:30 962	14:00 962	10:00 962	
10:20 962	12:30 962	12:30 962	12:30 962	14:15 961	10:30 962	
11:00 963	13:30 963	13:30 963	13:30 963	14:30 962	11:00 962	
11:30 962	14:15 961	14:15 961	14:15 961	15:00 962	11:20 962	
12:00 962	14:30 962	14:30 962	14:30 962	15:15 961	11:40 963	
12:45 962	15:15 961	15:15 961	15:15 961	15:30 962	12:00 962	
13:30 963	15:30 962	15:30 962	15:30 962	16:00 962	12:20 962	
14:15 961	16:30 962	16:30 962	16:30 962	16:20 962	12:40 962	
14:30 962	17:00 962	17:00 962	17:00 962	16:40 962	13:00 962	
15:15 961	17:30 962	17:30 962	17:30 962	17:00 962	13:30 962	
15:30 962	18:30 962	18:30 962	18:30 962	17:20 962	14:00 961	
16:30 962	19:30 962	19:30 962	19:30 962	17:40 962	14:00 963	
17:00 962	20:30 962	20:30 962	20:30 962	18:05 962	14:40 962	
17:30 962	23:30 963	23:30 963	23:30 963	18:30 962	15:15 962	
18:30 962				19:00 963		
19:30 962				19:30 962		
20:30 962				20:30 962		
23:30 963				23:30 963		

-〉 티베리아(Tiberias)~예루살렘(Jerusalem), 요금 44NIS

일요일		월요일		화요일		수요일		목요일		금요일		토요일	
05:25	962	06:30	961	06:30	961	06:30	961	06:30	961	06:30	961	17:30	962
06:30	961	06:35	963	06:35	963	06:35	963	06:35	963	07:40	962	18:10	962
06:35	963	07:50	962	07:50	962	07:50	962	07:50	962	07:40	963	18:40	962
06:35	963	08:45	962	08:45	962	08:45	962	08:45	962	08:30	962	19:00	962
07:00	962	09:30	963	09:30	963	09:30	963	09:30	963	09:25	963	19:20	962
07:50	962	10:30	962	10:30	962	10:30	962	10:30	962	10:15	962	19:40	962
08:15	962	11:30	962	11:30	962	11:30	962	11:30	962	11:00	962	20:00	963
08:45	962	12:35	962	12:35	962	12:35	962	12:35	962	12:00	962	20:00	963
09:15	963	13:30	962	13:30	962	13:30	962	13:30	962	13:10	963	20:30	962
09:45	962	14:00	962	14:00	962	14:00	963	13:55	962	14:00	962	21:20	962
10:15	962	15:15	962	15:15	962	15:15	962	14:00	963	15:00	962	21:30	963
10:45	962	16:15	962	16:15	962	16:15	962	15:15	962			22:15	962
11:15	962	17:00	963	17:00	963	17:00	963	16:15	962				
11:45	962	18:20	961	18:20	961	18:20	961	17:00	962				
12:35	962	18:30	962	18:30	962	18:30	962	17:00	963				
13:30	962	20:00	962	20:00	962	20:00	962	17:45	962				
14:00	963	20:45	962	20:45	962	20:45	962	18:20	961				
15:15	962							18:30	962				
16:15	962							19:05	962				
17:00	963							20:00	962				
18:20	961							20:45	962				
18:30	962												
20:00	962												
20:45	962												

-〉 예루살렘(Jerusalem)~에일랏(Eilat), 요금 67.50NIS

일요일		월요일		화요일		수요일		목요일		금요일		토요일
07:00	444	07:00	444	07:00	444	07:00	444	07:00	444	07:00	444	
10:00	444	10:00	444	10:00	444	10:00	444	10:00	444	10:00	444	없음
14:00	444	14:00	444	14:00	444	14:00	444	14:00	444	14:00	444	
17:00	444	17:00	444	17:00	444	17:00	444	17:00	444			

-〉 에일랏(Eilat)~예루살렘(Jerusalem), 금 67.50NIS

일요일		월요일		화요일		수요일		목요일		금요일		토요일	
07:00	444	07:00	444	07:00	444	07:00	444	07:00	444	07:00	444		
10:00	444	10:00	444	10:00	444	10:00	444	10:00	444	10:00	444	16:30	444
14:15	444	14:15	444	14:15	444	14:15	444	14:15	444	13:00	444	19:30	444
17:00	444	17:00	444	17:00	444	17:00	444	17:00	444				

-〉 텔아비브(Tel Aviv CBS)~예루살렘(Jerusalem), 18.50NIS

일요일		월요일		화요일		수요일		목요일		금요일		토요일	
05:50	405	05:50	405	05:50	405	05:50	405	05:50	405	06:00	405	18:00	405
06:15	405	06:15	405	06:15	405	06:15	405	06:15	405	06:30	405	18:15	405
06:40	405	06:40	405	06:40	405	06:40	405	06:40	405	07:00	405	18:30	405
07:00	405	07:05	405	07:05	405	07:05	405	07:05	405	07:30	405	18:45	405
07:15	405	07:30	405	07:30	405	07:30	405	07:30	405	08:00	405	19:00	405
07:30	405	07:55	405	07:55	405	07:55	405	07:55	405	08:30	405	19:15	405
07:45	405	08:20	405	08:20	405	08:20	405	08:20	405	09:00	405	19:30	405
08:00	405	08:40	405	08:40	405	08:40	405	08:40	405	09:30	405	19:45	405
08:12	405	09:00	405	09:00	405	09:00	405	09:00	405	10:00	405	20:00	405
08:24	405	09:20	405	09:20	405	09:20	405	09:20	405	10:30	405	20:20	405
08:36	405	09:40	405	09:40	405	09:40	405	09:40	405	11:00	405	20:40	405
08:48	405	10:00	405	10:00	405	10:00	405	10:00	405	11:20	405	21:00	405
09:00	405	10:20	405	10:20	405	10:20	405	10:20	405	11:40	405	21:20	405
09:15	405	10:40	405	10:40	405	10:40	405	10:40	405	12:00	405	21:40	405
09:30	405	11:00	405	11:00	405	11:00	405	11:00	405	12:15	405	22:00	405
09:45	405	11:20	405	11:20	405	11:20	405	11:20	405	12:30	405	22:20	405
10:00	405	11:40	405	11:40	405	11:40	405	11:40	405	12:45	405	22:45	405
10:15	405	12:00	405	12:00	405	12:00	405	12:00	405	13:00	405	23:10	405
10:30	405	12:20	405	12:20	405	12:20	405	12:20	405	13:15	405	23:35	405
10:45	405	12:40	405	12:40	405	12:40	405	12:40	405	13:30	405	00:00	405
11:00	405	13:00	405	13:00	405	13:00	405	13:00	405	13:45	405		
11:15	405	13:15	405	13:15	405	13:15	405	13:15	405	14:00	405		
11:30	405	13:30	405	13:30	405	13:30	405	13:30	405	14:15	405		
11:45	405	13:45	405	13:45	405	13:45	405	13:45	405	14:30	405		
12:00	405	14:00	405	14:00	405	14:00	405	14:00	405	14:45	405		
12:20	405	14:15	405	14:15	405	14:15	405	14:15	405	15:00	405		
12:40	405	14:30	405	14:30	405	14:30	405	14:30	405	15:12	405		
13:00	405	14:45	405	14:45	405	14:45	405	14:45	405	15:24	405		
13:15	405	15:00	405	15:00	405	15:00	405	15:00	405	15:36	405		
13:30	405	15:15	405	15:15	405	15:15	405	15:15	405	15:48	405		

13:45	405	15:30	405	15:30	405	15:30	405	15:30	405	16:00	405
14:00	405	15:45	405	15:45	405	15:45	405	15:45	405	16:15	405
14:15	405	16:00	405	16:00	405	16:00	405	16:00	405	16:30	405
14:30	405	16:15	405	16:15	405	16:15	405	16:15	405		
14:45	405	16:30	405	16:30	405	16:30	405	16:30	405		
15:00	405	16:45	405	16:45	405	16:45	405	16:45	405		
15:15	405	17:00	405	17:00	405	17:00	405	17:00	405		
15:30	405	17:12	405	17:12	405	17:12	405	17:12	405		
15:45	405	17:24	405	17:24	405	17:24	405	17:24	405		
16:00	405	17:36	405	17:36	405	17:36	405	17:36	405		
16:15	405	17:48	405	17:48	405	17:48	405	17:48	405		
16:30	405	18:00	405	18:00	405	18:00	405	18:00	405		
16:45	405	18:12	405	18:12	405	18:12	405	18:12	405		
17:00	405	18:24	405	18:24	405	18:24	405	18:24	405		
17:12	405	18:36	405	18:36	405	18:36	405	18:36	405		
17:24	405	18:48	405	18:48	405	18:48	405	18:48	405		
17:36	405	19:00	405	19:00	405	19:00	405	19:00	405		
17:48	405	19:15	405	19:15	405	19:15	405	19:15	405		
18:00	405	19:30	405	19:30	405	19:30	405	19:30	405		
18:12	405	19:45	405	19:45	405	19:45	405	19:45	405		
18:24	405	20:00	405	20:00	405	20:00	405	20:00	405		
18:36	405	20:20	405	20:20	405	20:20	405	20:20	405		
18:48	405	20:40	405	20:40	405	20:40	405	20:40	405		
19:00	405	21:00	405	21:00	405	21:00	405	21:00	405		
19:15	405	21:20	405	21:20	405	21:20	405	21:20	405		
19:30	405	21:40	405	21:40	405	21:40	405	21:40	405		
19:45	405	22:00	405	22:00	405	22:00	405	22:00	405		
20:00	405	22:20	405	22:20	405	22:20	405	22:20	405		
20:20	405	22:40	405	22:40	405	22:40	405	22:40	405		
20:40	405	23:00	405	23:00	405	23:00	405	23:00	405		
21:00	405	23:20	405	23:20	405	23:20	405	23:20	405		
21:20	405	23:40	405	23:40	405	23:40	405	23:40	405		
21:40	405	00:00	405	00:00	405	00:00	405	00:00	405		
22:00	405										
22:20	405										
22:40	405										
23:00	405										
23:20	405										
23:40	405										
00:00	405										

-〉 예루살렘(Jerusalem)~텔아비브(Tel Aviv CBS), 요금 18.50NIS

일요일		월요일		화요일		수요일		목요일		금요일		토요일	
05:50	405	05:50	405	05:50	405	05:50	405	05:50	405	06:30	405	18:00	405
06:10	405	06:10	405	06:10	405	06:10	405	06:10	405	07:00	405	18:20	405
06:22	405	06:30	405	06:30	405	06:30	405	06:30	405	07:30	405	18:40	405
06:35	405	06:45	405	06:45	405	06:45	405	06:45	405	08:00	405	19:00	405
06:48	405	07:00	405	07:00	405	07:00	405	07:00	405	08:20	405	19:20	405
07:00	405	07:20	405	07:20	405	07:20	405	07:20	405	08:40	405	19:40	405

07:15	405	07:40	405	07:40	405	07:40	405	07:40	405	09:00	405	20:00	405
07:30	405	08:00	405	08:00	405	08:00	405	08:00	405	09:15	405	20:20	405
07:45	405	08:20	405	08:20	405	08:20	405	08:20	405	09:30	405	20:40	405
08:00	405	08:40	405	08:40	405	08:40	405	08:40	405	09:45	405	21:00	405
08:15	405	09:00	405	09:00	405	09:00	405	09:00	405	10:00	405	21:20	405
08:30	405	09:20	405	09:20	405	09:20	405	09:20	405	10:15	405	21:40	405
08:45	405	09:40	405	09:40	405	09:40	405	09:40	405	10:30	405	22:00	405
09:00	405	10:00	405	10:00	405	10:00	405	10:00	405	10:45	405	22:25	405
09:15	405	10:20	405	10:20	405	10:20	405	10:20	405	11:00	405	22:55	405
09:30	405	10:40	405	10:40	405	10:40	405	10:40	405	11:15	405		
09:45	405	11:00	405	11:00	405	11:00	405	11:00	405	11:30	405		
10:00	405	11:20	405	11:20	405	11:20	405	11:20	405	11:45	405		
10:15	405	11:40	405	11:40	405	11:40	405	11:40	405	12:00	405		
10:30	405	12:00	405	12:00	405	12:00	405	12:00	405	12:15	405		
10:45	405	12:20	405	12:15	405	12:20	405	12:15	405	12:30	405		
11:00	405	12:40	405	12:30	405	12:40	405	12:30	405	12:45	405		
11:15	405	13:00	405	12:45	405	13:00	405	12:45	405	13:00	405		
11:30	405	13:20	405	13:00	405	13:20	405	13:00	405	13:15	405		
11:45	405	13:40	405	13:15	405	13:40	405	13:15	405	13:30	405		
12:00	405	14:00	405	13:30	405	14:00	405	13:30	405	13:45	405		
12:20	405	14:20	405	13:45	405	14:20	405	13:45	405	14:00	405		
12:40	405	14:40	405	14:00	405	14:40	405	14:00	405	14:15	405		
13:00	405	15:00	405	14:15	405	15:00	405	14:15	405	14:30	405		
13:20	405	15:20	405	14:30	405	15:20	405	14:30	405	14:45	405		
13:40	405	15:40	405	14:45	405	15:40	405	14:45	405	15:00	405		
14:00	405	16:00	405	15:00	405	16:00	405	15:00	405	15:15	405		
14:20	405	16:20	405	15:15	405	16:20	405	15:15	405	15:30	405		
14:40	405	16:40	405	15:30	405	16:40	405	15:30	405	15:45	405		
15:00	405	17:00	405	15:45	405	17:00	405	15:45	405				
15:20	405	17:20	405	16:00	405	17:20	405	16:00	405				
15:40	405	17:40	405	16:12	405	17:40	405	16:12	405				
16:00	405	18:00	405	16:24	405	18:00	405	16:24	405				
16:20	405	18:20	405	16:36	405	18:20	405	16:36	405				
16:40	405	18:40	405	16:48	405	18:40	405	16:48	405				
17:00	405	19:00	405	17:00	405	19:00	405	17:00	405				
17:20	405	19:20	405	17:12	405	19:20	405	17:12	405				
17:40	405	19:40	405	17:24	405	19:40	405	17:24	405				
18:00	405	20:00	405	17:36	405	20:00	405	17:36	405				
18:20	405	20:20	405	17:48	405	20:20	405	17:48	405				
18:40	405	20:40	405	18:00	405	20:40	405	18:00	405				
19:00	405	21:00	405	18:15	405	21:00	405	18:15	405				
19:20	405	21:20	405	18:30	405	21:20	405	18:30	405				
19:40	405	21:40	405	18:45	405	21:40	405	18:45	405				
20:00	405	22:00	405	19:00	405	22:00	405	19:00	405				
20:20	405	22:25	405	19:20	405	22:25	405	19:20	405				
20:40	405	22:55	405	19:40	405	22:55	405	19:40	405				
21:00	405			20:00	405			20:00	405				
21:20	405			20:20	405			20:20	405				
21:40	405			20:40	405			20:40	405				
22:00	405			21:00	405			21:00	405				

22:25 405 22:55 405	21:20 405 21:40 405 22:00 405 22:25 405 22:55 405	21:20 405 21:40 405 22:00 405 22:25 405 22:55 405

TO \ FROM	티베리아 (TIBERIA)	하이파 (HAIFA)	텔아비브 (TEL-AVIV)	예루살렘 (JERUSALEM)	브엘세바 (BEER SHEVA)	에일랏 (EILAT)
나사렛 (NAZARETH)			823 05:20~17:10 매 30~60분마다 38세켈	955 05:40, 08:40 두 차례 44세켈		
티베리아 (TIBERIAS)		430 05:45~20:00 매 30~45분마다 29세켈	841,835 05:00~21:00 매 30~45분마다 44세켈	961,963,964 06:30~20:45 매 30~80분마다 44세켈		
하이파 (HAIFA)	500,501 05:20~21:00 매 30~40분마다		910 06:00~23:15 매 15~60분마다 24세켈	940,947 06:05~20:40 매 25~40분마다 41세켈		991 07:00~23:30 하루에 두 번 출발
텔아비브 (TEL-AVIV)	841,830,845 05:20~21:00 24:00 매 30~60분마다 44세켈	910 06:30~22:30 매 15~60분마다 24세켈		405 05:50~24:00 매 10~30분미디 18.50세켈	370 06:30~22:00 매 20~30분마다	393,394 06:30~17:00 24:30 매 60분마다 67.50세켈
벤구리온 공항 (BEN GURION AIRPORT)		947 06:35~21:10 매 30~40분마다	475 05:05~23:15 매 15~20분마다			
예루살렘 (JERUSALEM)	961,962,963 06:30~23:30 매 30~한 시간마다 44세켈	940,947 06:05~20:40 매 25~40분마다 41세켈	405 05:50~23:55 매 15~25분마다 18.50세켈		446,470 06:00~21:30 매 20분마다 29세켈	444 07:00, 10:00 14:00, 17:00 67.50세켈
브엘세바 (BEER SHEVA)			370 05:45~20:00 매 30~35분마다	446,470 06:00~20:00 매 30~45분마다 29세켈		397,392,394,393 07:30~18:35 02:05 매 30~60마다 57.50세켈
에일랏 (EILAT)		991 08:30,14:30 23:30	394 05:00~17:00 매 60~90분마다	444 07:00,10:00 14:00,17:00	392,383,394,397 05:00~17:00 매 60~90분마다	

*위의 시각표에 대해서 더 자세한 것을 알려면 전화 03-694-8888이나 *2800으로 문의하면 된다.

전화

이스라엘에는 국제전화를 할 수 있는 공중전화가 거리에 많이 있다. 과거에는 통신시설이 그다지 발달하지 않았고 국제요금도 비싼 편이었지만, 최근 들어 국제전화 회사가 여러 개 생기면서 가격이 많이 저렴해졌다. 이스라엘에서는 사우디아라비아나 이라크, 시리아 등 적대 국가로 전화를 거는 것 외에는 전세계 어느 나라와도 전화연결이 가능하다.

공중전화 카드를 구입하면 싸고 좋다. 우체국이나 호텔 또는 작은 상점에서 판매하는데 20unit, 50unit, 100unit짜리가 있으며, 가게마다 가격이 다르다. 그중에 우체국이 가장 싸다.

카드를 공중전화기에 넣고 기다리면 액정 화면에 'Please Wait' 라는 말이 나온다. 잠시 기다리면 '뚜~' 하는 소리가 들리는데 이때 전화번호를 누르면 된다.

국제전화는 공중전화기에서 수화기를 들은 후 전화카드를 삽입하여 013(또는 012, 014)을 누른 다음 국가코드(82, 우리나라) 및 국내전화번호를 누르면 된다(예: 서울 555-5555, 013-82-2-555-5555).

한국으로 수신자 부담 전화를 하고 싶으면 1+800+921+1111+#을 누르면 한국 교환원과 연결이 된다.

전화카드 모습

돈과 환전

이스라엘의 화폐단위는 NIS(New Israel Sheckel-세켈)이다. 성경에 이 화폐단위가 등장할 정도로 세계에서 가장 오래된 화폐단위이기도 하다. 그 아래 단위는 아고라(agorot)인데, 100아고라가 1세켈이다. 20, 50, 100, 200세켈은 지폐이고, 동전은 10, 5, 1/2세켈과 10, 5아고라짜리가 있다.

우리나라에서 한국 돈을 이스라엘 돈으로 바꿀 수는 없기에 달러로 바꾼 뒤 이스라엘에 가서 달러를 세켈로 바꾸면 된다. 1달러가 약 3.7세켈(2009년 1월 기준) 정도이므로 1세켈은 약 350원 정도 된다.

텔아비브 공항에 도착하자마자 얼마 정도는 환전하는 것이 좋다. 그래야 예루살렘으로 가는 버스를 타거나 세루트를 탈 수 있기 때문이다. 그 후 예루살렘 시내나 텔아비브

20세켈 앞면과 뒷면

50세켈 앞면과 뒷면

100세켈 앞면과 뒷면

200세켈 앞면과 뒷면

시내에 있는 은행에서 환전을 하면 된다. 또한 예루살렘
의 올드시티 안에는 환전해 주는 가게가 많아 그곳을 이
용해도 좋다. 만약 가게에서 환전할 경우에는 가게마다
약간의 환율 차이가 있기 때문에 어느 곳이 가장 환율이
좋은가를 따진 후 환전하는 것도 돈을 적게 쓰며 여행하
는 방법 중의 하나이다. 그리고 예루살렘의 신시가지나

예루살렘의 올드시티 안에 있는 환전소

텔아비브, 에일랏 같은 대도시에는 신용카드 현금서비스 기계가 거리에 설치되어 있어서 그것을 이용하면 된다.

더 자세한 환율을 알기 원하면 www.bankisrael.gov.il에서 확인하면 된다.

한국에 엽서와 편지를 보내는 법

우편요금은 저렴한 편이다. 하지만 서울에서 이스라엘로 발송되는 음식물 등 소포는 개봉검사를 반드시 거쳐야 하며, 일정 부피 이상의 소포에는 세금을 부과하게 된다. 이스라엘에서 서울로 엽서나 편지를 보내고자 할 때는 각 주요 도시의 우체국에서 보내면 되는데, 예루살렘에서는 올드시티의 욥바문(Jaffa Gate) 근처에 있는 크리스천 인포메이션 센터(Christian Information Center) 오른쪽에 우체국이 있다.

우편엽서는 서울까지 약 2주일 정도 걸린다고 한다. 예루살렘에서 장기간 체류할 때는 사서함을 설치하여 사서함을 이용하면 된다.

우체국

시차

한국과의 시차는 한국이 7시간 빠르다(한국이 오후 6시라면 이곳은 오전 11시이다). 여름에는 서머타임(Summer Time)을 실시하는데, 이때는 한국이 6시간 빠르다(한국이 오후 7시라면 이곳은 오후 1시이다).

전기 기구

이스라엘은 220V, 50Hz 전기 기구를 사용하는데, 전기소켓은 3개의 구멍으로 되어 있고 현지에서 어댑터를 구입하면 전기면도기, 헤어드라이어 등 소지한 220V 전기 기구를 사용할 수 있다. 하지만 남쪽 지역에서는 숙소의 콘센트가 안 맞는 경우가 있기 때문에 한국에서 어댑터를 구입해 가는 것이 좋다. 호텔에서 어댑터를 빌려주기도 한다.

언제 가는 것이 좋을까?

이스라엘의 기후는 우기(겨울 12~2월)와 건기(여름 4~10월)로 나뉘고, 지역에 따라 차이가 나며(예를 들어, 텔아비브보다 예루살렘은 보통 3도 정도 기온이 낮음), 일교차가 심하므로 반소매와 두꺼운 옷을 준비해 가야 한다.

여름에 예루살렘은 낮에는 덥고 밤에는 약간 쌀쌀하다. 사해나 에일랏 같이 남쪽 지

방은 무척 덥다. 겨울에는 낮에도 약
간 쌀쌀하고 밤에는 더욱 춥기 때문
에 사해나 바다에 들어갈 수 없다. 따
라서 여름에는 덥고 겨울에는 춥기
때문에 여행하기 가장 좋은 시기는
봄이나 가을이 좋다.

눈이 내린 통곡의 벽

각 지역별 날씨와 강우량

지 역	구 분	1월	2월	3월	4월	5월	6월	7월	8월	9월	10월	11월	12월
예루살렘	평균 기온	7	8	10	15	18	21	22	23	22	18	14	9
	최고 기온	10	11	14	20	23	26	27	27	26	23	28	12
	평균 강수량	139	111	116	17	5	0	0	0	0	10	68	129
텔아비브	평균 기온	12	13	15	18	21	23	26	26	25	22	18	13
	최고 기온	16	17	20	25	27	29	30	31	30	28	23	18
	최저 기온	7	7	9	12	15	18	20	21	20	17	12	8
	평균 강수량	139	111	116	17	5	0	0	0	0	10	68	129
사해	평균 기온	20	22	25	29	34	37	39	38	36	32	27	22
	최저 기온	11	13	16	20	24	27	28	29	27	24	18	13
	평균 강수량	11	9	7	2	0	0	0	0	0	1	8	9
티베리아	평균 기온	15	16	18	20	24	16	28	30	30	25	18	15
	최저 기온	8	8	10	13	17	20	22	22	20	14	14	9
	평균 강수량	90	75	55	38	5	0	0	0	4	20	50	90
에일랏	평균 기온	15	17	19	26	28	30	35	35	30	28	23	17
	최저 기온	10	11	14	18	22	25	27	27	25	22	15	12
	평균 강수량	1	1	2	1	1	0	0	0	0	1	1	2

*좀 더 자세한 기온을 알려면 www.jpost.com에서 매일의 날씨와 기온을 확인할 수 있다.

공휴일

이스라엘은 우리나라가 사용하고 있는 서양력도 사용하지만, 공휴일은 이스라엘 사람들만 사용하고 있는 유대력(매년 9~10월에 신년시작)에 따라 날짜가 매년 바뀌어 정해진다. 하지만 그것과는 상관없이 매주 금요일 오후부터 토요일 저녁까지는 법정 공휴일이라 모든 관공서와 시내버스는 운행을 하지 않는다.

부림절(Purim) : 유대민족이 바벨론으로 유배를 갔다가 고국으로 돌아오게 됨을 기념하고 축하하는 날로 귀환의 일등 공신이었던 에스더와 모르드개를 생각하고 조국애를 다짐하는 날이다. 이날에는 만두 같은 크기로 사람 귀 모양의 떡, '하만의 귀' 라는 뜻의 '오젠 하만' 을 만들어 즐겨 먹으면서 모든 국민이 죽음에서 해방된 기쁨을 서로 나누며 지낸다.

유월절(Pass Over Day) : 기원전 13세기에 이스라엘 민족이 이집트에서 탈출하여 노예생활에서 해방되어 자유를 되찾은 날을 기념하는 절기이다. 유월절 준비는 절기가 시작되기 훨씬 전부터 집안과 사업장을 깨끗이 청소하는 것에서부터 시작된다. 유월절이 시작되기 바로 전 날은 유월절 기간 동안 금기되는 음식들을 태우는 것을 포함한 준비의식이 거행된다.

칠칠절(Shavot) : 샤브옷은 히브리어로 이집트에서 탈출한 고대 이스라엘인들이 시내산에 도달할 때까지 걸린 7주를 가리킨다. 시내산에서 모세가 십계명과 '토라' 를 받았다고 하여 유대인들에게 샤브옷은 '토라' 받은 날을 기념하는 날이기도 하다. 이날에는 정통 유대인들이 통곡의 벽에 모여 명절을 지키며 토라를 공부한다.

신년(Rosh Hashana) : 히브리어로 '그 해의 시작' 을 뜻하는 '로쉬 하샤나' 는 하나님의 심판의 날을 준비하며 회개하고 풍성한 한 해를 기원하는 축제의 성격을 띠는 유대인의 설날이다. 이날에는 뿔 나팔(쇼파) 소리와 각 가정에서 가족들이 새해를 기념하여 먹는 정찬을 들 수 있다. 새해 첫 식사의 성찬기도 때는 주로 회개기도를 많이 한다.

대속죄일(Yom Kippru Day) : 이날은 속죄의 날이자 하나님의 심판의 날이며, 죄사함을 받고자 회개하며 스스로를 괴롭게 하는 날이다.

　숙곳(Sukkot) : 숙곳은 초막을 의미하는 '수카'의 복수형으로 유월절과 마찬가지로 출애굽을 기념하는 절기인 동시에 유대교의 가을철 추수감사절이다.

명절	2009년	2010년	2011년
부림절(Purim)	3월 9~10일	2월 27~28일	3월 19~20일
유월절(Passover)	4월 8~16일	3월 29~4월 6일	4월 18~26일
칠칠절(Shavot)	5월 28~30일	5월 18~20일	6월 7~9일
신년(Rosh Hashana)	9월 18~20일	9월 8~10일	9월 28~30일
속죄일(Yom Kippur)	9월 27~28일	9월 17~18일	10월 7~8일
초막절(Sukkot)	10월 2~9일	9월 22~29일	10월 12~19일
하누카(Hanukkah)	12월 11~19일	12월 1~9일	12월 20~28일

*더 자세한 것을 알기 원한다면 www.chabad.org에서 확인할 수 있다.

무엇을 먹을까?

이스라엘 여행에서의 가장 큰 고민거리이자 애로사항은 역시 끼니를 해결하는 문제이다. 우리의 입맛에는 생소한 음식이 많고, 특히 전통 유대인들의 특이한 식습관 때문에 우리가 값싸고 쉽게 먹을 수 있는 음식점은 그다지 찾기가 쉽지 않다. 물론 세계적인 관광지답게 시내 번화가에 가면 햄버거나 피자가게, 레스토랑이 많이 있지만 저렴한 여행을 하려는 사람들에게는 그림의 떡에 불과하다.

게다가 이스라엘에서는 유대교 율법에 따라 코셔(Kosher)라고 하는 음식물을 제한하는 음식점이 있는데, 돼지고기나 비늘이 없는 해산물 등은 판매하지 않으며, 육류와 유제품(치즈, 우유 등)을 함께 먹지 않는다. 물론 코셔를 지키는 음식점은 입구에 Kosher라고 간판이 붙어 있다.

그렇다면 과연 어떤 것으로 끼니를 해결해야 할까? 이스라엘 곳곳에는 아랍사람들이나 서민들이 먹을 수 있는 음식들이 길거리나 골목길, 시장 등에서 많이 팔고 있는데, 비교적 값이 싸고 또 그들의 먹을거리 문화를 체험할 수도 있다.

슈와르마

슈와르마(Shwarma) : 거리를 걷다 보면 자주 볼 수 있는 것이 슈와르마이다. 마치 삼겹살처럼 얇게 썬 양고기를 커다란 꼬챙이에 차곡차곡 꽂아 히터 안에 넣어 빙글빙글 돌리면서 익힌 후, 손님이 주문하면 칼로 겉면부터 썰어 준다. 이것을 피타빵에 넣어 먹기도 하는데, 보통 과일 샐러드나 팔라페를 넣은 피

피타

타보다는 조금 비싼 편이다.

피타(Pitta) : 우리나라 호떡 크기의 빵인데, 한쪽 귀퉁이를 칼로 자르면 주머니처럼 속이 비게 된다. 그냥 먹어도 맛있지만 빵 속에 팔라페나 샐러드를 넣어 먹으면 더 맛있다. 그래도 우리나라 사람들 입맛에 가장 맞는 것 같다. 가격도 싸기 때문에 부담 없이 먹을 수 있고, 콜라와 같이 먹으면 충분히 한 끼는 해결이 된다.

팔라페(Felafel) : 콩가루로 반죽해서 기름에 튀긴 것으로 고소하지만 많이 먹으면 느끼하다. 중동 사람들은 물론 이스라엘 사람들은 팔라페를 피타빵 안에 넣어 먹는다.

팔라페

베가레(Bakeries) : 참깨가 많이 붙어 있는 타원형 빵으로 그냥 먹어도 맛있다. 장거리 여행할 때 이 베가레를 배낭에 넣어가는 것도 좋다. 주요 도로에서는 아침시간에 길이 막힐 때 도로에서도 팔기도 한다.

베가레

과일(Fruits) : 이스라엘은 과일이 싸고 당도도 높아 맛있다. 재래시장에서 팔고 있는 사과, 배, 포도, 무화과, 석류, 수박, 오렌지, 레몬 등은 가격이 싸기 때문에 과일을 먹어 보는 것도 멋진 경험이 될 수 있을 것 같다. 특히 예루살렘의 올드시티의 다마스커스 게이트 맞은편에 있는 재래시장의 과일이 싸고 토마토, 오이, 가지, 호박 등의 채소도 많이 판다.

과일

슈퍼마켓 : 예루살렘과 에일랏 등 어느 도시에서 든지 슈퍼마켓은 찾아 볼 수 있다. 과자에서부터 덜어서 파는 반찬까지 우리나라의 슈퍼마켓과 똑같은 형태로 되어 있다. 모든 제품에는 가격표가 붙어 있어 구입하는데 어렵지 않다.

컵라면 : 놀랍게도 이스라엘에서는 슈퍼마켓에서 컵라면을 팔고 있다. 즉석에서 데워 먹는 스파게티와 라자니야 같은 인스턴트 음식도 팔고 있다. 맛은 우리나라의 컵라면과는 분명히 다름으로 크게 기대하지 않는 것이 좋다.

이스라엘의 컵라면

직접 만들어 먹는 방법 : 시장에 가면 쌀을 작은 봉지에 담아서 1,2Kg 단위로 포장해서 팔기 때문에 기본적인 반찬만 해결된다면 쌀을 사서 직접 밥을 지어 먹는 방법도 있고, 파스타와 소스를 사서 스파게티를 만들면 저렴한 가격으로 배불리 먹을 수도 있다. 반찬도 오이피클이나 고추조림 등을 사서 먹을 수 있고, 계란을 사서 후라이 해서 먹거나 삶아 먹을 수도 있다.

이스라엘에서는 라면을 구할 수는 없다. 하지만 얼큰한 라면을 먹고 싶다면, 미리 라면스프만 여러 개 가져가서 파스타를 끓여 익힌 후, 스프를 넣고 끓여 먹으면 라면 못지않은 맛을 낼 수 있다.

이스라엘에서의 예배

　예루살렘과 텔아비브 여러 곳에서 한인예배를 드릴 수 있다. 여행 중에 예배를 드리기 원한다면, 다음의 곳에 찾아가서 예배를 드리면 된다.

이스라엘 한인교회
예루살렘의 올드시티의 다마스커스 게이트 건너편에 있는 미국총영사관(General Counsorate of USA)에서 노보텔(NOVOTEL) 방향으로 약 30m 정도 올라가다 보면 왼쪽에 나사렛교회 (Nazareth Church)가 있다.
예배시간 : 매주 토요일 10:30~15:00
주소 : 33 Nabulus Road, Jerusalem / Tel. 02-587-1851, www.israelchurch.org

예루살렘중앙교회
12년 전 침례교단 선교사인 오근호 목사님이 설립한 교회로 올드시티 뉴게이트를 나가서 욥바 (Jaffa Rd.)를 따라 가다 보면 시온 광장을 만나는데, 그곳을 지나 첫 번째 사거리에서 좌회전 하 면 왼쪽에 있다.
예배시간 : 토요일 11:00~12:30 / Tel. 02-624-4782 / http://cafe.daum.net/jesusjerusalem

예루살렘교회　　Tel. 972-52-364-3992

예루살렘 인터내셔널 펠로우십(Jerusalem International Fellowship)
예배시간 : 매주 일요일 오전 11시 / 주소 : 55Hanevim St. Jerusalem / Tel. 972-2-672-6176

킹어브킹즈 교회(King of Kings)
각종 워십이 감미로우며, 최근 부흥하는 교회이다.
담임목사 : Wayne Hilsden / 예배시간 : (P1 Pavillion Hall) 매주 일요일 오후 5시~7시
찬양워십 : (P1 Pavillion Hall) 매주 일요일 오후 4:30
주소 : The Pavilion Hall(예배장소), #905(사무실)
　　　Level P1 of the Clal Building, 97 Jaffa Rd., Jerusalem, Davidka Square 건너편
Tel. 02-625-1899 / www.kkcj.org, www.pavilionprayertower.org

케힐라 메쉬힛(Kehila Meshihit) :
메시아닉 유대인교회로 소규모 오케스트라를 연상시키는 교회
주소 : 르호브 네빔(St. Nebim), 욥바거리에서 벤예후다가 왼쪽으로 보이면 오른쪽 길로 올라가면 있다.

텔아비브 욥바 한인교회
예배시간 : 매주 토요일 오전 11시
주소 : Beer Hofman street,Tel Aviv-Yafo, Israel / Tel. 03-532-1361, www.telavivchurch.org

여권을 분실했을 경우

가까운 경찰서에 신고하면 분실 신고증을 발급하여 주며 이 증서를 갖고 대사관에 가서 여행증명서 또는 여권 재발급 신청을 하면 된다. 만약을 위해 여권의 맨 앞면을 미리 복사해서 갖고 다니는 것도 좋다.

이스라엘공관 주소 및 연락처

우편사서함 : P.O.B. 12747 Industrial Zone Herzliya Pituah 46733
주소 : 4 Hasadnaot St. Herzliya Pituach 46728
Tel. 09-951-0318/22, Fax. 09-956-9853, E-mail : israel@mofat.go.kr
비상연락처 : 입국거부, 형사사건 Tel. 050-883-9479
일반민원(여권분실 등) : Tel. 050-641-3026
근무시간 : 월요일~금요일 09:00~12:30, 14:00~17:00

비자를 연장하고자 할 때

입국할 때 공항이나 국경에서 받은 비자 기한보다 더 연장하고 싶을 때는 아래 지역의 사무실에 찾아가서 비자 연장 신청을 하면 된다.

예루살렘(Jerusalem) : Tel. 02-670-1411 텔아비브(Tel Aviv) : Tel. 03-519-3222
하이파(Haifa) : Tel. 04-861-6222 아풀라(Afula) : Tel. 04-652-1492
아코(Akko, Acre) : Tel. 04-991-7523 브엘세바(Beer Sheva) : Tel. 08-623-4211
에일랏(Eilat) : Tel. 8-634-0661 나사렛(Nazareth) : Tel. 04-650-8508
티베리아(Tiberias) : Tel. 04-679-1724

여행 경비 분실시 송금받는 법

여행을 하다가 현금이나 신용카드를 든 지갑을 분실할 경우, 우체국에 가서 'Western Union' 송금서비스를 받을 수 있다.

먼저 국내에 있는 연고자에게 자신의 이스라엘 거주주소와 전화번호, 여권번호 등을 알려주고 송금을 의뢰한다. 그 연고자가 우체국에 가서 'Western Union' 송금서비스를 신청하면 우체국에서는 송금신청을 접수 받은 후 접수번호를 송금인에게 알려주게 된다. 그 송금접수번호를 연고자가 이스라엘 여행자에게 알려주면 여행자는 그 번호를 가지고 이스라엘 우체국에 가서 여권번호 등을 제시한 후 현금을 수령하면 된다. 송금 소요시간은 양쪽 국가가 모두 정상 근무 중일 때는 한 시간 이내로 처리가 가능하다.

현지에서 부상을 당하거나 아플 때

이스라엘에는 예루살렘을 포함한 주요 도시에 종합병원과 개인병원이 있다. 현지 의료기관은 모두 영어로 의사소통이 가능하고, 교민들 역시 일반병원을 사용하기도 한다. 하지만 24시간 영업을 하는 약국은 없다.

만약 당뇨나 혈압 등 장기 복용하는 약이 있을 경우, 여행을 떠나기 전 미리 준비해야 한다. 아니면 해당 병명과 약명을 영어로 메모해 가야 한다. 그래야 현지에서도 해당 약을 처방받을 수 있다.

이스라엘 내 한인회 및 한인기관
이스라엘 한인회장 양달선 : Tel. 0505-298735, www.israelhanin.org
예루살렘 한인학교(교장:조연주) : Tel. 050-741-5259
예루살렘 학회(회장:강후구) : Tel. 02-583-2385
이스라엘 한인교회(예루살렘, 윤덕재 목사) : Tel. 02-587-1851
예루살렘 교회(예루살렘, 김진산 목사) : Tel. 0523-643992
텔아비브 욥바교회(텔아비브, 류공석 목사) : Tel. 0526-441727
대한무역진흥공사(KOTRA) : Tel. 03-639-6488, 03-639-6489
이스라엘 키브츠센터 : Tel. 03-524-6156
키부츠 코리아(서울) : Tel. 02-548-9923

국립공원 _ 마사다

이스라엘 국립공원

이스라엘에는 55개의 국립공원이 있는데, 그중에는 자연보호구역도 있고 성서 유적지도 많다. 국립공원 입장요금은 적게는 20세켈에서 50세켈까지 모두 각각 다르다. 그러나 이 모든 국립공원을 2주일 내로 입장할 수 있도록 패키지 투어리스트 티켓을 각 국립공원 매표소에서 130세켈에 판매하고 있다. 이 티켓을 각 국립공원 매표소에 제시하면 방문한 곳마다 작은 구멍을 뚫어 주기 때문에 한 번 방문한 곳은 더 이상 이 티켓을 사용할 수 없다. 국립공원은 지도나 유적지 입구의 표지판에 국립공원임을 알리는 🌳마크가 있다.

투어리스트 티켓

국립공원 _ 가버나움

1. NIMROD'S FORTRESS N.P.
2. HERMON STREAM N.P.(BANIAS)
3. TEL DAN N.P.
4. SENIR STREAM N.P.
5. HORESHAT STREAM N.P.
6. IYYON STREAM N.P.
7. HULA N.P.
8. TEL HAZOR N.P.
9. AKHZIV N.P.
10. YEHI'AM FORTRESS N.P.
11. BAR'AM N.P.
12. AMUD STREAM N.P.
13. KORAZIM N.P.
14. CAPERNAUM N.P.
15. BETIHA – BET ZAYDA N.P.
16. YEHUDIYA N.P.
17. GAMLA N.P.
18. KURSI N.P.
19. HAMAT TEVERYA N.P.
20. ARBEL N.P.
21. EN AFEQ N.P.
22. ZIPPORI N.P.
23. HAI–BAR CARMEL N.P.
24. MT. CARMEL N.P.
25. BET SHE'ARIM N.P.
26. NAHAL ME'AROT N.P.
27. DOR HABONIM N.P.
28. TEL MEGIDDO N.P. (ARMAGEDDON)
29. KOKHAV HAYARDEN N.P. (BELVOIR)
30. MA'AYAN HAROD N.P.
31. BET ALFA N.P.
32. GAN HASHELOSHA N.P. (SAKHNE)
33. BET SHE'AN N.P.
34. TANINIM STREAM N.P.
35. CAESAREA N.P.
36. ALEXANDER STREAM N.P.
37. SEBASTIA N.P.
38. APOLLONIA N.P.
39. YARQON N.P.
40. EN PERAT N.P.
41. JERUSALEM WALLS N.P.
42. CASTEL N.P.
43. AQUA BELLA N.P. (EN HEMED)
44. SOREQ CAVE N.P. (STALACTITE CAVE)
45. ASHQELON N.P.
46. BET GUVRIN N.P. (MARESHA)
47. QUMRAN N.P.
48. ENOT ZUKIM N.P. (EN FASHKHA)
49. HERODYON N.P.
50. EN GEDI N.P.
51. EN GEDI ANTIQUITIES N.P.
52. MASADA N.P.
53. TEL ARAD N.P.
54. TEL BE'ER SHEVA N.P.
55. ESHKOL N.P. (BESOR)
56. MAMSHIT N.P. (KURNUB)
57. SHIVTA N.P.
58. BEN GURION'S BURIAL PLACE N.P.
59. EN AVEDAT N.P.
60. AVEDAT N.P.
61. RAMON VISITOR CENTRE & BIO RAMON
62. HAI–BAR YOTVATA N.P. (DESERT WILDLIFE)
63. CORAL BEACH N.P.

출입국시 유의사항

최근 공항 출입국시 소지품을 일정 기간 압수당하는가 하면 입국 심사시 입국허가를 받지 못하고 강제 출국당한 사례가 있었다. 따라서 가능한 방문목적을 사실대로 정확하게 설명하여 오해의 소지가 없도록 해야 한다. 또한 최근 이스라엘에서는 불법 체류와 불법 취업 등의 문제가 심각해서 여행 목적이 불분명하면 입국이 거절되기도 한다. 이럴 때는 출국 비행기 티켓과 신용카드, 현금 소지 여부 등을 제시하면 된다. 만약 부당한 대우를 받은 경우에는 현장에서 이스라엘 관계자의 성명을 확인하고 대사관 영사와의 면담을 요구해야 한다.

이스라엘에 도착하면 입국 확인절차가 있는데, 순례, 여행자가 여권과 출입국 신청서를 제출하면 입국관리가 여권에 비자 스탬프를 찍어 준다. 여행자가 여행을 마치고 인접 아랍국으로 계속 여행을 하기 위하여 여권에 이스라엘 입국 스탬프가 찍히는 것을 원하지 않을 때에는 미리 입국 관리에게 말해주면 별지에 스탬프를 찍어 준다. 이스라엘은 테러위험 때문에 보안검사가 까다로운 편임으로 항공기 출발 3시간 전까지는 공항에 도착해야 하며, 출입국시 보안원의 질문에 성실하게 응답해야 한다(이스라엘 입국 항공기의 출발지점에서도 보안요원의 질문에 응해야 함).

간혹 해외여행을 자주하는 여행자의 여권이 손상되어 있는 경우도 있고, 특히 사진이 있는 페이지가 훼손되어 있거나 뜯어질 염려가 있는 경우는 입국에 문제가 생기고 심할 때는 입국이 거절될 경우도 있으니 여권 관리에 신경을 써야 한다.

입국

여행자가 어떤 방식의 여행을 하느냐에 따라서 이스라엘에 들어가는 방법도 달라질 수 있다. 짧은 기간에 보다 많은 것들을 보고자 하는 사람이나 이스라엘만 주로 돌아보고 싶은 사람에게는 항공편이 보다 편리하다. 그러나 그리스, 이탈리아, 터키, 프랑스, 스페인 등 지중해 국가에서 배를 이용해 들어가는 방법도 있다. 또한 요르단, 이집트 등 인접 국가에서 육로로 입국하는 방법도 있다.

비행기로 입국

비행기로 입국할 때는 이스라엘의 관문인 텔아비브의 벤구리온 국제공항을 통하는 25개 이상의 여러 나라 항공사가 정규운항하고 있으므로 많은 여행객들이 주로 이곳을 통하여 입국하고 있고, 유럽의 일부 여행사의 경우는 이스라엘 남쪽에 위치한 오브다(Ovda)와 에일랏(Eilat) 국제공항을 통해 입국하기도 한다.

각 공항의 전화번호

· 텔아비브(Tel Aviv) : Tel. 03-971-0000 · 오브다(Ovda) : Tel. 07-6375881
· 에일랏(Eilat) : Tel. 07-636-3830, 636-3838

배로 입국

바다를 통해서 이스라엘에 들어가는 길은 여러 항로가 있다. 그중에서도 이탈리아, 그리스, 터키 등에서 운행되는 이스라엘의 하이파(Haifa)행 배편이 특히 애용되고 있다. 여름에는 선실이 아닌 갑판을 이용하면 훨씬 적은 비용으로 여행할 수 있는데, 기온이 낮아지는 것을 대비하여 침낭을 준비해 가야 한다. 그리스 피레우스 항구에서 하이파까지는 통상 배에서 3박을 해야 한다. 이탈리아에서는 브린디지에서 출항하고 있지만, 직행편이 아니고 경유지가 있으므로 결국 그리스에서 바꿔 타야 한다. 이스라엘 여행 계절이 아닌 여름과 겨울에는 약간의 운항코스나 운항편수에 차이가 있지만 매주 한두 편은 있다.

그리스와 이스라엘간의 페리전문 대행사

· 그리스 : Olympia, 4 Filellinon St. Athens, Tel. 01-323-3176
· 이스라엘 : Jacob Caspi사, Natan Kaiserman St Haifa, Tel. 04-674-444

특별히 요트 및 개별선박으로 이스라엘에 들어가고자 하는 경우에는 여러 선착장을 이용하여 통과할 수 있는데, 이 경우는 국경통과에 따른 제반 통과절차를 거쳐야 한다. 그리고 사전에 통과하고 싶은 선착장에 연락을 하여 통과선박에 대한 세부자료를 제출하고 수주일 전에 예약절차를 마쳐야 한다.

요트 및 개별선박을 이용할 수 있는 선착장

· 아타림(Atarim Tel Aviv)
Tel. 03-5272596, Fax. 03-5272466
· 야포/야파(Jafo/Jaffa)
Te.l 03-6820772, Fax. 03-6831337
· 아코(Akko/Acre)
Tel. 04-9919287, Fax. 04-8258382
· 에일랏(Eilat)
Tel. 07-6367186, Fax. 07-6370082
· 헤르젤리아(Herzelia)
Tel. 09-9565595, Fax. 09-9565593
· 아스클론(Ashkelon)
Tel. 07-6750061, Fax. 07-6750061

육로로 입국

육로를 통하여 이스라엘에 들어갈 수 있는 길은 이집트와 요르단밖에 없다. 이집트를 경유할 경우에는 타바 국경을 통해 입국할 수 있으며, 요르단을 경유할 때는 알렌비 다리(Allenby Bridge)와 아라바터미널 또는 이지하크라빈터미널(Arava Terminal, Yizhak Rabin Terminal), 요르단강터미널(Jordan River Terminal)의 3곳을 통해 입국할 수 있다. 육상출입국관리소를 통해 이스라엘에 입국하는 경우, 마감시간 2시간 30분 전에는 출입국 관리소에 도착하도록 유의해야 한다.

	알렙니 국경 (Allenby Border)	이지하크 라빈 국경 (Yizhak Rabin Border)	요르단 국경 (Jordan Border)	타바 국경 (Taba Border)
연결도시	예루살렘~암만(요르단)	에일랏~아카바(요르단)	벳샨~이르비드(요르단)	에일랏~시나이(이집트)
전화번호	02-548-2600	08-630-0400	04-609-3400	08-636-0977
근무시간	일요일~목요일 08:00~00:20 금요일-토요일 08:00~15:00	일요일~목요일 06:30~20:00 금요일~토요일 08:00~20:00	일요일~목요일 06:30~21:00 금요일~토요일 06:30~20:00	일요일~토요일 24시간
위치	여리고 동쪽 약 10km 지점	에일랏항구 북쪽 약 4km 지점	벳샨 동쪽 요르단강 에 위치	
가는 법		에게드 버스 16번이 에 일랏중앙버스터미널에 서 국경까지 매 1시간 간격으로 왕복운행		에게드 버스15번이 에일랏에서 타바국경 까지 정기운행

*자세히 알기를 원하면 www.iaa.gov.il에서 확인할 수 있다.

벤구리온 공항에서 예루살렘으로 가는 법

벤구리온 공항정보

벤구리온 공항에 도착하면 캄캄한 밤이 되는 경우가 많다. 공항에 도착해서 까다로운 입국수속과 짐 검색을 받고 공항을 빠져나오면 늦은 밤이 된다. 하지만 절대로 당황할 필요 없다. 공항 안에 있는 은행을 찾아가서 인천공항에서 환전한 달러를 이스라엘 화폐인 세켈로 바꾸어야 한다. 이때는 가진 돈을 다 환전하지 말고 우선 필요한 돈만 환전하는 것이 좋다. 환율이 공항보다 예루살렘이 더 좋기 때문이다. 이스라엘의 관문인 벤구리온 공항은 새로 신축하여 시설이 많이 좋아졌다. 일단 국제항공은 3번 터미널을 이용하게 되는데, 공항에 도착하게 되면 입국 심사를 거쳐 Level S로 나오게 되고 출국할 때는 Level 3으로 가야 된다. 공항 안에서는 무선 인터넷을 사용할 수 있지만, 입국할 때는 사용할 일이 없고 출국할 때 비행기 시간을 기다리는 동안 사용하면 좋다.

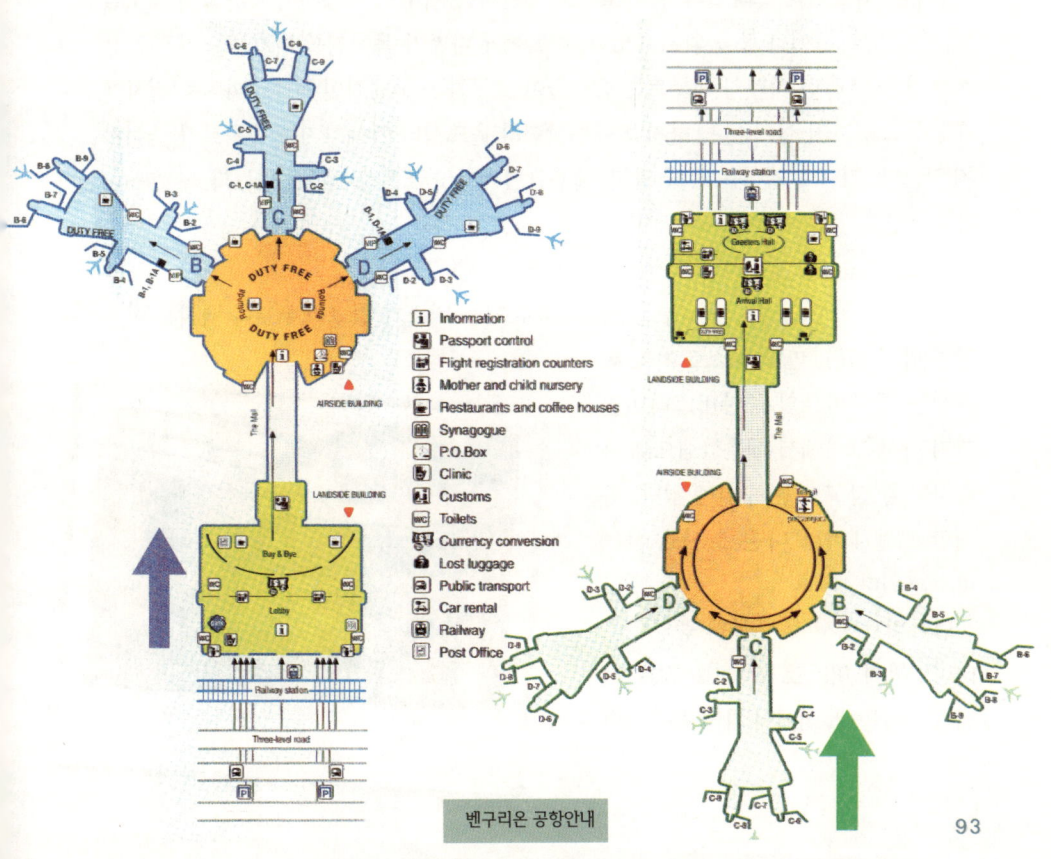

- ℹ️ Information
- Passport control
- Flight registration counters
- Mother and child nursery
- Restaurants and coffee houses
- Synagogue
- P.O.Box
- Clinic
- Customs
- WC Toilets
- Currency conversion
- Lost luggage
- Public transport
- Car rental
- Railway
- Post Office

벤구리온 공항안내

벤구리온 공항 내부

공항 내부 셔틀버스

텔아비브 공항 내에서는 여행자들의 편의를 위해서 국내선 청사인 1번 터미널과 국제선 청사인 3번 터미널, 그리고 3번 터미널의 장시간 주차장 사이를 오가는 셔틀버스를 운행하고 있다. 매 시간 15분마다 24시간 운행하는 셔틀버스는 3번 터미널 Level B의 21번과 23번 게이트 앞에 도착한다.

셰루트로 예루살렘 가는 법

공항을 나오면 이스라엘의 주요 도시로 출발하는 셰루트가 줄지어 기다리며 예루살렘, 텔아비브, 하이파 등을 외치고 있다. 이들에게 다가가 목적지를 얘기하고 가격을 흥정한 후 이용하면 대개의 셰루트는 승객들이 요구하는 구체적인 목적지까지 친절하게 태워주고 짐까지 실어준다. 하지만 예루살렘의 올드시티 안에까지는 셰루트가 들어가지 않는다. 기사도 영어를 할 줄 알고, 예루살렘까지 요금은 50세켈을 받는다.

버스로 가는 법

벤구리온 공항 앞에서는 예루살렘으로 바로 가는 버스가 없고 셰루트나 택시를 이용할 수밖에 없다. 만약 버스로 가기 위해서는 텔아비브의 중앙버스터미널까지 가서 그곳에서 예루살렘으로 가는 버스를 타고 가는 수밖에 없다. 하지만 브엘세바나 다른 도시로 가는 버스는 있다.

텔아비브에서 예루살렘 중앙버스터미널까지 버스로 약 45분 정도 걸려 도착하는데, 여기서 다시 올드시티

쪽으로 가는 시내버스를 타고 욥바 게이트(Jaffa Gate)나 마다스커스 게이트(Damascus Gate)로 가서 내리면 된다. 예루살렘 중앙버스터미널에서는 걸어서도 갈 수 있는데, 약 30분 정도 걸어가면 야간 조명으로 아름답게 서 있는 예루살렘 성을 만나게 된다.

공항에서 승용차를 렌트할 경우

공항 Level 1에 가서 서쪽 지역에 가면 24시간 운영하는 여러 개의 렌터카 회사가 있다. 이곳에서 몇 가지 서류를 작성한 후 주차장으로 가는 복도를 따라 가서 엘리베이터를 이용하여 Level G로 내려간 다음 그곳에서 각자의 렌터카 회사 주차장에서 차를 인도 받으면 된다.

알짜정보

1. 공항이나 은행에서 여행자수표를 바꾸면 바로 수표와 일련번호를 3장 정도 복사해 놓는 게 좋다. 그리고 여권도 역시 3장 정도 복사해서 따로 보관해야 한다. 만약 여행자수표나 여권을 분실했을 때 복사본이 큰 도움을 줄 수 있기 때문이다.
2. 이스라엘은 다른 나라에 비해 TC 환율이 좋고 편리한 편이기 때문에 TC를 많이 이용하는 것이 좋다. 하지만 은행에서는 커미션이 약 15~20% 정도 하기 때문에 은행에서 교환하는 것보다도 올드시티 안에 있는 사설 환전소에서 교환하는 것이 훨씬 좋다.

성경을 읽고 은혜를 받는다면, 1차원의 은혜이다. 성령을 체험하고 성경을 읽는다면, 2차원의 은혜이다.
하지만 성지에 가서 성령님을 만나고 성경을 읽는다면, 그것은 3차원의 신앙생활이 될 수 있다.

제2장

예루살렘(Jerusalem)

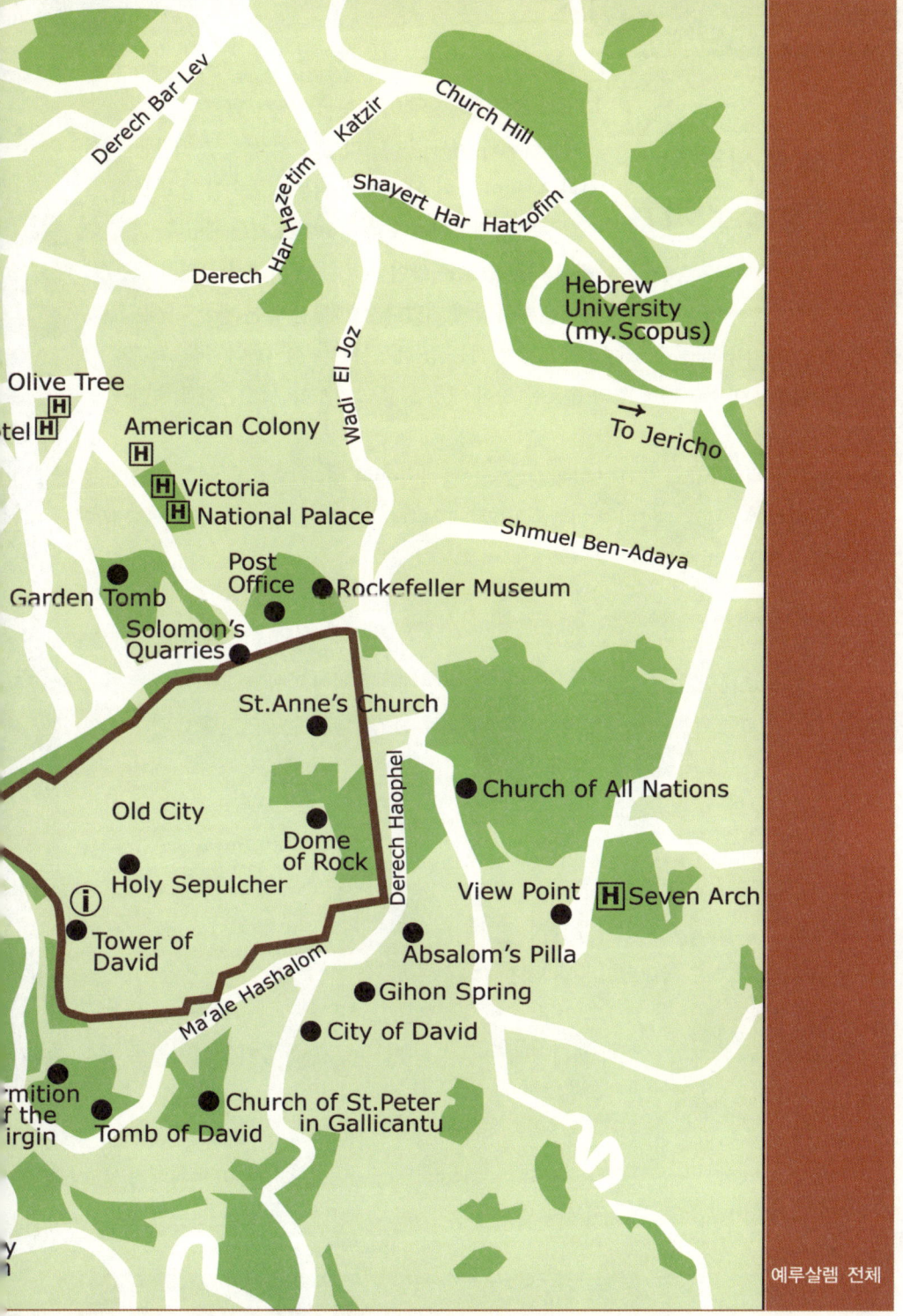

Derech Bar Lev

Katzir

Church Hill

Har Ha-zetim

Shayert Har Hatzofim

Derech

Hebrew
University
(my.Scopus)

Wadi El Joz

→ To Jericho

Olive Tree

tel H
H

American Colony
H

H Victoria
H National Palace

Shmuel Ben-Adaya

Post
Office

Rockefeller Museum

Garden Tomb

Solomon's
Quarries

St.Anne's Church

Church of All Nations

Old City

Derech Haophel

Dome
of Rock

View Point   H Seven Arch

i Holy Sepulcher

Tower of
David

Absalom's Pilla

Ma'ale Hashalom

Gihon Spring

City of David

mition
f the
irgin

Church of St.Peter
in Gallicantu

Tomb of David

y

예루살렘 전체

예루살렘은 어떤 곳인가?

다윗과 솔로몬의 숨결이 있는 곳

예루살렘의 역사는 이스라엘의 역사와 그 맥락을 같이한다. 다윗이 왕이 된 이후에 여부스 족속이 살고 있던 예루살렘을 점령하여 수도로 정하여 도시를 세웠다. 그 후로 다윗의 아들 솔로몬 왕이 지금은 엘 아크사 사원이 있는 자리에 성전을 아름답게 지었다. 예배당은 물론 왕궁도 만들었고, 외부의 세력을 막을 수 있는 망루도 건설하는 등 예루살렘을 성역화하였다. 그래서 예루살렘에는 아직도 다윗 왕과 솔로몬 왕이 애정을 갖고 가꾸어낸 그 흔적과 숨결을 느낄 수 있다.

하지만 예루살렘의 영화는 다윗과 솔로몬만이 누려야 했다. 그 뒤로 앗수르 왕 산헤립의 침략과 기원전 587년경 바벨론의 왕 느부갓네살의 침략으로 마침내 예루살렘의 영화는 막을 내리게 된다.

주인이 수없이 바뀐 비운의 도시

그 이후로 예루살렘은 2천 년에 걸쳐서 20여 차례나 주인이 바뀌고, 10여 차례나 완전히 파괴가 되는 비운을 맞게 된다. 바벨론에 의해 예루살렘은 불에 타서 초토화되고, 이스라엘 백성은 모두 쫓겨나고 만다.

그런 후 기원전 539년경에 바벨론이 멸망하면서 이스라엘 백성들은 고향으로 돌아오지만, 페르시아의 통치를 받게 된다. 그래도 페르시아는 조금 나은 편이서 솔로몬 성전이 있던 장소에 제2성전을 짓게 되지만, 그 뒤 알렉산더 대왕의 세계 정복에 항복하여 알렉산더의 손으로 넘어갔다가 다시 이집트의 지배를 거쳐 로마의 지배를 받은 후, 70년경에 예루살렘은 쑥대밭이 되고 만다.

예루살렘의 슬픈 역사는 그 이후로도 계속된다. 4세기경에는 로마의 콘스탄티누스 (Constantine) 황제의 어머니 헬레나로 인해서 한동안 기독교 부흥기를 맞이하게 되지만, 다시 페르시아가 침략하여 예루살렘을 폐허로 만들어 버리고, 638년경에는 이슬람 군대에 의해 또 다시 지배를 받게 된다.

회교도에 의하면 예루살렘은 굉장히 의미가 있는 도시이다. 왜냐하면 메카에서 자고 있던 모하메드(Mohammed)가 천사들의 부름을 받아 마법의 말을 타고 하늘로 올라가서 예루살렘까지 여행을 했는데, 마침내 현재의 엘 아크사 사원이 있는 자리에서 승천을 했다고 믿기 때문이다. 그래서 결국은 예루살렘은 7세기부터 11세기까지 이슬람의 지배를 받게 된다. 이것을 못마땅하게 여긴 유럽의 십자군들이 잃어버린 기독교 국가를 찾기 위해 예루살렘을 점령하여 약 1세기 동안 많은 교회를 세우게 되지만, 13세기 중엽 이집트의 마믈룩(Mameluke) 왕이 이곳을 점령하게 되고, 그 후 터키가 점령하여 19세기까지 예루살렘은 터키의 지배를 받게 된다.

이렇듯 예루살렘은 다윗 왕과 솔로몬 왕 시대 이외에는 2천 년 동안 단 한순간도 자치국가를 이루지 못하는 비운의 도시었다.

주변국가가 예루살렘을 탐냈던 이유

왜 예루살렘은 수많은 외부의 침략을 받아야만 했고, 주인이 계속 바뀌어야만 했을까? 예루살렘 성은 해발 600~700m의 고지대에 위치하고 있으며 성 주변에는 기드론 계곡과 힌놈 세곡 등이 있어서 성문을 닫으면 쉽게 접근하기 힘든 천혜의 전략적 위치에 자리 잡고 있다. 그리고 이 예루살렘 성은 중동 지역의 가장 큰 문제인 식수를 해결할 수 있는 기혼샘이 있어서 전쟁시 얼마든지 성문을 닫고도 견딜 수 있었다. 그리고 예루살렘은 남쪽으로 이집트와 아프리카 대륙, 북쪽으로는 시리아와 터키가 있으며, 동쪽으로는 요르단과 이라크 등 중동아시아 대륙이 펼쳐지고, 서쪽으로는 60km 정도 떨어진 곳에 지중해가 있어서 중동 여러 국가가 유럽으로 진출하는 관문이 되기도 하는 곳이다. 특히 구약 때부터 남쪽의 이집트와 아프리카 대륙이 중동 지역과의 상업적 교류를 하는데 있어서 반드시 예루살렘을 거쳐야 했고, 그 능선의 꼭대기에 위치한 예루살렘 성은 자연히 침략대상으로 충분했던 것이다.

그리고 앞서 설명한 것처럼 예루살렘은 유대교, 기독교의 성지이자 이슬람교의 성지이기 때문에 서로 성지를 차지하려는 전쟁이 끊이지를 않았던 것이 예루살렘의 주인이 수없이 바뀌어야만 했던 이유 중의 하나다.

현재의 예루살렘

현재의 예루살렘은 16세기 중엽에 오스만 터기 제국의 황제 술레이만 1세가 세운 예루살렘 성을 기준으로 해서 성안의 도시가 구도시(Old City)로 되어 있고, 그 외에 1세기 전부터 새롭게 현대식으로 세운 신도시(New City)로 나뉘어져 있다.

서울의 여의도보다 훨씬 작은 크기의 구도시는 가로세로 약 1km밖에 안 되는 작은 동네와 같고 복잡하고 오래된 건물이 밀집되어 있어서 자동차는 기껏해야 몇 군데 골목에만 다닐 수 있을 정도이다. 그런데도 이 예루살렘 성안에는 아랍 지역(Arab Quarter)

과 아르메니안 지역(Armenian Quarter), 크리스천 지역(Christian Quarter), 유대인 지역(Jewish Quarter)으로 나누어져 있는데, 각 지역마다 건물 양식과 분위기가 확연히 구분이 된다. 유대인 지역은 거리와 집들이 잘 정돈되어 있으며 은행과 서점, 귀금속 가게와 햄버거 가게들이 있을 만큼 부유한 분위기가 나고, 아랍 지역은 지저분하고 복잡하며 밤길도 어두운 편이다. 반면 아르메니안 지역은 인적이 드물어서 적막한 분위기가 돌 정도이다. 물론 각 지역에 사는 사람들은 될 수 있으면 남의 구역에는 찾아가지 않으려고 한다고 한다. 이유는 아주 엄격한 룰이 있기 때문이다. 물론 외국에서 온 관광객은 예외이다.

어쨌든 작은 도시 안에서도 이렇게 4가지의 다양한 민족과 건물양식, 생활방식을 한꺼번에 두루 둘러 볼 수 있는 셈이다. 신시가지는 현대식 건물과 잘 정돈된 도로 시설들이 있어서 각종 관공서와 상업빌딩, 호텔 등으로 이루어져 있다. 이렇게 예루살렘은 신시가지와 구시가지가 모두 공존하는, 그래서 과거와 현재가 동시에 공존하고 있는 아주 특이한 곳이라고 할 수 있다.

예루살렘의 숙소

　예루살렘에 도착하면 어느 곳에 짐을 풀고 잠을 자야 할까? 물론 예루살렘의 신시가지에는 시설이 좋고 화려한 고급 호텔이 많이 있다. 이곳은 고급 호텔이 아니더라도 호텔이라고 적힌 작은 건물에만 들어가도 벌써 하룻밤에 150달러씩이나 한다. 물론 경제적인 여유가 있다면 값비싼 호텔에서 숙박하는 것도 좋지만, 하룻밤에 8달러에서 20달러 정도로 저렴한 유스호스텔에서 숙박하는 것도 나쁘지 않다.

　예루살렘의 올드시티 안에는 이런 유스호스텔이 10여 군데 밀집되어 있어서 찾기도 쉽다. 혼자 쓰는 싱글 룸(Single Room)에서부터 둘이 쓸 수 있는 더블 룸(Double Room)도 있고, 5명에서 10명 정도 같이 쓸 수 있는 도미토리 룸(Dormitory Room)까지 다양하게 있으며, 방마다 샤워실과 화장실이 딸려 있는 곳도 있고 또 주방이 있어서 음식까지 해 먹을 수 있는 곳도 있다. 뿐만 아니라 여행자들의 편의를 위해서 인터넷을 사용할 수 있는 곳도 있고, 여행책자와 지도를 비치해 놓은 곳도 있으며, 여행상품을 알선해 주는 곳도 있다. 그리고 아침식사까지 무료로 제공해 주는 곳도 있어서 사용하는 데는 불편하지 않다.

　그러나 유스호스텔의 가장 큰 매력은 많은 여행자들을 만날 수 있고, 그들에게서 여행에 필요한 여러 가지 정보를 얻으며 친구를 사귈 수 있는 기회도 만들 수 있다는 것이다. 또한 3천 년 역사가 그대로 숨 쉬고 있는 올드시티 내부에 자리 잡고 있어서 유대인과 아랍인들의 삶속에 깊숙이 들어갈 수 있다는 것이다.

　숙소에서 나오면 바로 앞에 아랍 시장이 있고 복잡하게 얽혀 있는 미로와 같은 골목 하 없이 이방인으로 그저 낮에만 찾아와 구경하고 돌아가는 예루살렘이 아니라 그 속에서 함께 어울려 지낸다는 것도 예루살렘 여행에서 빼놓을 수 없는 경험이 될 것이다.

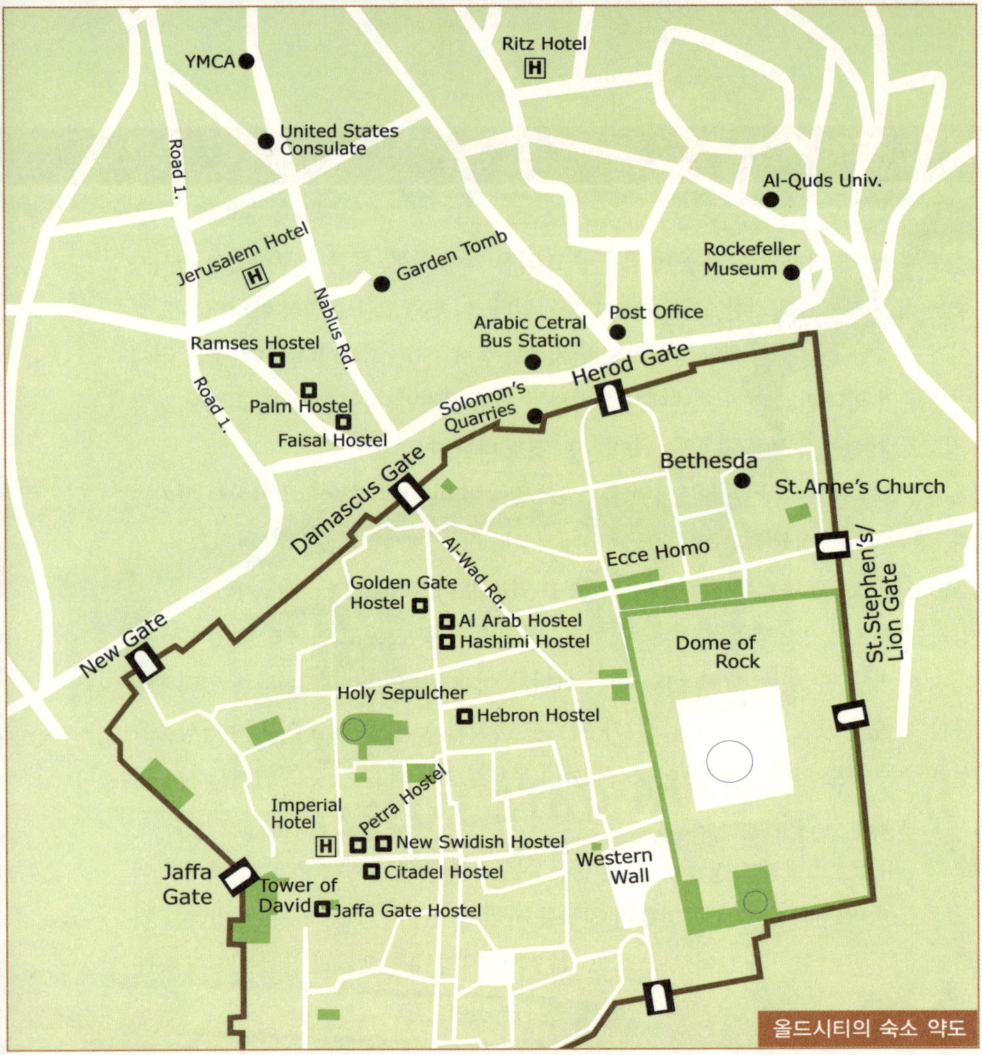

올드시티의 숙소 약도

YMCA

Ritz Hotel
H

United States
Consulate

Road 1.

Al-Quds Univ.

Jerusalem Hotel
H

Garden Tomb

Rockefeller
Museum

Nablus Rd.

Ramses Hostel

Post Office

Road 1.

Palm Hostel

Arabic Cetral
Bus Station

Faisal Hostel

Solomon's
Quarries

Herod Gate

Damascus Gate

Bethesda

St.Anne's Church

Al-Wad Rd.

Ecce Homo

New Gate

Golden Gate
Hostel

Al Arab Hostel

St.Stephen's/
Lion Gate

Hashimi Hostel

Dome of
Rock

Holy Sepulcher

Hebron Hostel

Petra Hostel

Imperial
Hotel
H

New Swidish Hostel

Citadel Hostel

Western
Wall

Jaffa
Gate

Tower of
David

Jaffa Gate Hostel

알 아랍(Al Arlab Hostel)

아마도 예루살렘에 있는 유스호스텔 중에서 가장 요금이 저렴한 곳이 아닐까 생각되는데, 요금이 싼 만큼 시설이나 서비스는 어느 정도 감수해야 한다. 좀 지저분하다는 얘기다. 주방과 샤워실도 있다. 3층에 있는 옥상 테라스는 그런대로 봐줄 만 하다.

• 요금 : 도미토리 35NIS, 싱글 60NIS,
  더블 60NIS, 트리플 70NIS, 4인 80NIS,
  5인 100NIS, 6인 120NIS, 8인 150NIS
• 체크아웃 : 11:00am, 체크인 : 24시간
• 특징 : Free Tea • 주소 : P.O Box 66412,
  Tel. 02-628-3537, 7119
• E-mail : alarab@netvision.net.il

골든 게이트 인(Golden Gate Inn)

　　다마스커스 게이트 안으로 들어가서 오른쪽으로 골목길을 따라 들어가다 보면 제일 처음 만나는 유스호스텔이다. 1148년에 오픈하여 한때는 십자군들이 묵기도 했다고 하는 이 유스호스텔은 나름대로 실내 분위기가 돌로 지은 건물답게 운치가 있다. 이 유스호스텔에서 문을 열고 나오면 곧바로 아랍 시장과 연결되어 있어서 장을 보기에 좋고 깨끗한 주방에 식기가 준비되어 있어 음식을 만들어 먹기에도 좋다. 특히 무선 인터넷이 연결되어 있어서 노트북을 가져가면 무료로 인터넷을 할 수 있어서 좋고, 각 방마다 화장실이 딸린 샤워실이 있어서 좋다. 유난히 깔끔한 여주인의 성격이 좀 까칠하기는 하지만, 그래도 비교적 깨끗한 곳이다.

- 요금 : 도미토리 50NIS,
  　　　　싱글 150NIS, 더블 200NIS
- 특징 : 요금에 아침식사 포함되어 있음,
  　　　　Coffee & Tea Free, 무선 인터넷,
  　　　　TV, 에어컨, 주방
- 주소 : 10 Souq Khan al-Zeit,
  　　　　Tel. 02-628-4317
- E-mail : goldengate442000@yahoo.com

팜 호스텔(Palm Hostel)

　　다마스커스 게이트 건너편 길가에는 음식점과 핸드폰 가게, 야채 가게들이 즐비하다. 그중 야채 가게 사이에 작은 골목이 있는데, 그 골목 안으로 들어가면 2층으로 올라가는 계단이 있다. 그 계단으로 올라가면 팜호스텔이 나온다. 얼마 전 새롭게 단장하여 내부 시설은 비교적 깨끗해진 편이며, 한글이 지원되는 컴퓨터를 맘대로 사용할 수가 있다. 주방이 있고 거실도 넓어서 한국 여행자들이 많이 찾는 곳이다.

- 요금 : 도미토리 50NIS, 싱글 130NIS,
  　　　　더블 150NIS
- 특징 : 인터넷 가능, 여행서적,
  　　　　Coffee& Tea Free
- Tel. 02-627-3189

하시미(Hashimi Hostel)

　　올드시티 안에 있는 유스호스텔 중에서는 가장 가격이 비싼 대신 시설은 거의 호텔급 수준이다. 로비에 컴퓨터가 여러 대 있고 담소를 나눌 수 있는 분위기 있는 라운지도 있으며, 특히 이 호스텔의 옥상에 있는 카페에선 황금사원이 한눈에 들어올 정도로 전망이 좋다. 입구는 문이 잠겨 있어서 비교적 안전하다.

- 요금 : 도미토리 100NIS(8인), 싱글 180NIS,
  　　　　더블 280NIS, 트리플 380NIS
- Tel. 02-628-4410, 052-257-2121,
  　　　　Fax. 02-628-4667
- Website : www.alhashimihotel.com

헤브론(Hebron Hostel)

예전에는 이름이 타바스코(Tabasco)였는데 얼마 전에 헤브론(Hebron)으로 바뀌었다. 젊은 여행자들이 즐겨 찾는 곳으로 늘 손님들로 북적거려 활기찬 분위기를 느끼고 싶다면 이곳이 좋다. 1층에는 카페가 있어서 저녁에 식사와 함께 간단한 차를 마실 수도 있다. 샤워실과 화장실이 방안에 있지 않고 따로 있다는 점이 조금 불편하다. 그리고 주방이 없어서 음식은 만들어 먹을 수 없다. 옥상에는 넓은 마당과 함께 테이블과 의자가 있어서 이야기를 나누기에 좋다.

24시간 체크인 할 수 있고, 체크아웃은 오전 11시까지이고, 1층 카페의 해피아워는 저녁 9시부터 10시까지이다.

- 요금 : 도미토리 35NIS, 싱글 120NIS, 더블 150NIS, 지붕 40NIS
- Tel. 02-628-1101, Fax. 02-628-3461
- E-mail : ashraftabasco@hotmail.com

뉴 스위디시(New Swedish Hostel)

욥바 게이트(Jaffa Gate)로 들어가서 마주보이는 골목길을 따라 약 20m만 걸어가면 왼쪽에 간판이 보이는데, 2층으로 올라가면 입구가 나온다. 다른 호스텔에 비해 좁고 답답하다.

- 요금 : 도미토리 38NIS, 싱글 100~200NIS
- 특징 : Coffee & Tea Free, 주방, 전자레인지, 인터넷
- Tel. 02-626-4124, 627-7855
- E-mail : swedishhost@yahoo.com
- www.geocities.com/swedishhostel

욥바 게이트(Jaffa Gate Hostel)

욥바 게이트 안으로 들어가면 오른쪽에 다윗의 타워(Tower of David) 건물이 있고, 바로 그 맞은편에 우체국이 있는데 왼쪽에 난 작은 골목을 따라 들어가면 자그마한 앞마당이 딸린 호스텔을 만나게 된다. 테이블이 있는 앞마당이 있어서 좋긴 하지만 일단 리셉션을 통해 안으로 들어가면 어두침침한 게 흠이다. 여름에는 창문이 없어서 무척 덥다. 24시간 체크인 된다고는 하지만, 밤에는 문이 잠겨 있다. 샤워실과 화장실은 방마다 있지만 주방은 없다.

- 요금 : 매월마다 그리고 요일마다 요금이 수시로 바뀌기 때문에 www. hostelworld.com에서 미리 확인해보고 가야 한다.
- 특징 : 선풍기 20NIS, 수건 5NIS을 별도로 받는다. TV, 투어, 인터넷, 가방보관 가능
- 체크아웃 : 10:00am, 체크인 : 24시간
- 주소 : P.O BOX 19383, Tel. 02-627-6402, fax. 02-5852769
- E-mail : jaffa_gate@hostel@yahoo.com

페트라(Petra Hostel)

1820년에 오픈한 유스호스텔답게 고풍스럽기는 하지만, 오래된 건물인 만큼 낡은 부분이 많다. 욥바 게이트 안으로 들어오면 넓은 찻길 바로 옆에 있기 때문에 찾기 쉽다.

- 요금 : 도미토리 45NIS, 싱글 160NIS, 더블 180NIS
- 특징 : 키친, 에어컨, 로비, TV, 인터넷 10NIS(한 시간)
- 체크아웃 : 10:00am • 주소 : Omar Khatab Sq. PO Box 14030,
- Tel. 02-628-2356l, Fax. 02-628-6618

시타델(Citadel Youth Hostel)

이스라엘 여행자들 사이에서는 꽤나 알려진 유명한 호스텔로 전세계의 젊은 여행자들이 많이 찾는 곳이다. 찾아가기는 쉽지 않지만 일단 안으로 들어가면 아늑하고 특히 해질 무렵 옥상에서 바라보는 올드시티는 참으로 아름답다. 그러나 어두침침하고 답답한 것을 참지 못하는 사람에게는 약간 지내기가 힘들지도 모르겠다. 인터넷이 가능하고 주방이 있다.

- 요금 : 도미토리 55NIS
  Shared Bath 140~180NIS,
  Priveit Bath 200-250NIS
- 주소 : P.O Box 51602, Tel. 02-628-4494
- E-mail : reservation@citadelhostel.com

임페리얼 호텔(Imperial Hotel)

올드시티의 욥바 게이트에 들어서자마자 왼쪽에 있는 백년 전통의 약간 고급스러운 호텔이다. 주로 나이든 여행자들이 찾는 곳으로 경제적인 여유만 된다면 이곳에서 숙박하는 것도 좋다.

- 요금 : 싱글 50$, 더블 75$, 트리플 105$, 스위트 110$ • 아침식사 : 1인당 5$
- 주소 : Jaffa Gate, Old City P.O.Box 14085 East Jerusalem Israel 91140
- E-mail : info@newimperial.com • Website : www.newimperial.com

파이살(Faisal Hostel)

다마스커스 게이트 건너편에는 텔아비브나 베들레헴으로 가는 택시들이 많이 서 있고 길가에 불법 주차되어 있는 차들이 많다. 길가에는 음식점과 핸드폰 가게, 야채 가게들이 많은데 그 사이에 파이살호스텔이 있다. 나름대로 예루살렘의 올드시티가 보이는 카페도 있어 분위기가 좋지만, 주인이 불친절하다.

- 요금 : 도미토리 40NIS, 싱글 130NIS,
  더블 150NIS
- 체크아웃 : 10:00am
- Tel. 02-628-7502
- E-mail : faisalsam@hotmail.com

여행자 정보센터(Mikes Center)

올드시티 안의 비아 돌로로사 구간인 8처에서 9처로 가는 길 사이에 있는 정보센터(Mikes Center)는 예루살렘을 여행하는 여행자들을 위해서 국제전화나 컴퓨터와 인터넷 사용, 세탁, 각종 여행 상품 등을 제공하고 있어 편리하다. 특히 예루살렘에서 텔아비브 국제공항까지 픽업서비스도 해주고 있어 미리 예약만 하면 여러모로 편리하고 도움이 많이 된다.

24시간 공항 픽업서비스 : 한 사람당 64NIS로 하루 전에 미리 예약한 다음 욥바 게이트(Jaffa Gate)나 뉴게이트(New Gate) 앞에 비행기 출발 4시간 전에 도착하면 공항까지 태워준다.

인터넷 사용 : 5분 1NIS, 30분 5NIS, 한 시간 10NIS, 프린트 1장 1NIS

국제전화 : 한국과 1분 통화하는데 2.5NIS

주소 : P.O Box 14413, Tel. 02-628-2486, 02-627-5383, Fax. 02-628-9880, Mobile. 052-636-3919

E-mail : mikescentre@hotmail.com

Website : www.mikescentre.com

투어

- Massada, Dead Sea, Qumran & Jerico Tour
- Galilee & Nazareth Tour
- Bethlehem Tour -Petra(for groups Only)
- 10days tour to egypt by bus
  (starting Jerusalem, ending Jerusalem)
- 5days tour to Sharm Sheikh
  (Resort in south Egypt) by bus
  (starting Jerusalem, ending Jerusalem)

인터넷 카페(Internet Cafe)

예루살렘의 올드시티 안에는 많지 않지만 몇 군데 인터넷 카페가 있다. 한글이 지원되는 곳도 있고 안 되는 곳도 있으니 사용하기 전에 미리 확인해 봐야 한다.

프리라인(Free Line)

영업시간 : 10:00~24:00

요금 : 30분 4NIS, 한 시간 8NIS(한글 사용 가능)

위치 : 비아 돌로로사 7처 바로 옆골목 위로 있음 Tel. 02-627-1959

예루살렘의 교통

예루살렘에서의 주요 교통수단은 에게드 버스를 이용하면 된다. 에게드 버스는 50개 이상의 노선이 있는데, 오전 5시 30분부터 밤 11시까지 운행된다. 기본요금은 5.90세켈이고 버스를 올라탈 때 요금을 운전사에게 주면 작은 종이로 된 티켓을 주는데 버리지 말고 가지고 있어야 한다. 내릴 때는 버스 안에 있는 빨간색 버튼을 누르면 정류장에 세워준다. 그리고 시내 주요 관광지를 안내하는 99번 버스도 있다.

버스노선
안내도

Line	Route
1/1a	rusalem CBS – Malchei Yisrael St. – Mea Shearim St. – Damascus Gate – Western Wall – HaNevi'im St. – Strauss St. – Malchei Yisrael St. – Jerusalem CBS
2	Kfar Shaul – Har Nof – Givat Shaul St. – Jerusalem CBS – Kiryat Mattersdorf – Kiryat Sanz – Bar Ilan St. – Shivtei Yisrael St. – Damascus Gate – Western Wall
3/3a	Jerusalem CBS – Kiryat Belz – Kiryat Mattersdorf – Kiryat Sanz
4/4a	route 4: French Hill / route 4a: Har HaTzofim (Mt Scopus) – Ramat Eshkol– Maalot Dafna– Pituchei Chotam St. (continuation of Shimon Hatzaddik St. near Maalot Dafna/Arzei Habirah/Shmuel Hanavi St.) – Yehezkel St. – King George St. – Keren HaYesod St. – Emek Refaim – Yochanan Ben Zakkai St. – Malha Railway Station
5/5a[3]	Jerusalem CBS – Kikar Denya – Yad Sarah – Sha'arei Tzedek – Moshe Kol St. – Givat Mordechai – Pat Intersection – Talpiot – Har Homa
6/6a[3]	Pisgat Ze'ev – French Hill Junction – Highway 1 & Shivtei Yisrael – Jaffa Road – Jerusalem CBS – Givat Mordechai – Pat Intersection – Malha Mall – Malha Railway Station
7/7a	Har Hotzvim – Kiryat Sanz – Kiryat Mattersdorf – Jerusalem CBS – Jaffa Road – King George St. – Keren Hayesod St. – Hebron Rd. (Bethlehem Rd. on return) – route 7: Ramat Rachel / route 7a: Diplomat Hotel

8/8a	Talpiot East – Hebron Way – Keren Hayesod St. – King George St. – Jaffa Road – Jerusalem CBS – Yirmeyahu St. – Bar Ilan St. – Levi Eshkol Blvd. – Pisgat Ze'ev
9/9a	Jerusalem CBS – Kiryat Hamemshala (Knesset) – Givat Ram (Hebrew University) – Rehavia – King George St. – Davidka
10/10a	Mea Shearim – Beit Yisrael – Sanhedria – Golda Meir Blvd. – Ramat Shlomo – Golda Meir Blvd. – Kiryat Sanz – Kiryat Mattersdorf – Kiryat Belz – Shamgar St. – Malchei Yisrael St. – Mea Shearim
11/11a	Har Nof – Givat Shaul St. – Jerusalem CBS – Jaffa Road – Strauss St. – Golda Meir Blvd. – Ramat Shlomo
12	Armon HaNetziv – Talpiot – Pat Intersection – Malha Mall – Kiryat Yovel – Givat Massua – Ir Ganim – Kiriyat Menachem – Hadassah Medical Center
13	Old Katamon – HaPalmach St. – Jabotinsky St. – King David St. – Jaffa Road – Jerusalem CBS – Herzl Blvd. – Masua
15/15a	Har Nof – Kfar Shaul – Givat Shaul – Jerusalem CBS – Malchei Yisrael St. – Mea Shearim St. – Damascus Gate – Jaffa Road – Strauss St. – Malchei Yisrael St. – Jerusalem CBS – Givat Shaul – Har Nof
16	Bayit Vegan – Herzl Blvd. – Kiryat Moshe – Givat Shaul St. – (Shamgar St. –) Kiryat Mattersdorf – Sorotzkin St. – Shikun Chabad – Bar Ilan St. – Sanhedria – Golda Meir Blvd. – Ramot
18/18a	Malha Railway Station – Malha Mall – Emek Refaim St. – King David St. – Jaffa Road – Jerusalem CBS – Herzl Blvd. – Mount Herzl – Kiryat Yovel
19/19a	Har HaTzofim (Mount Scopus) – Levi Eshkol Blvd. – Maalot Dafna-Pituchei Chotam St. (continuation of Shimon Hatzaddik St. near Maalot Dafna/Arzei Habirah/Shmuel Hanavi St.) – Yehezkel St. – King George St. – Betzalel St.– Ussishkin St. – Aza (Gaza) / Herzog St. – Golomb St. – Ein Kerem Hadassah Medical Center
20	Givat Massua – Ir Ganim – Kiriyat Menachem – Kiryat Yovel – Yad Vashem & Mount Herzl – Beit HaKerem – Kiryat Moshe – Givat Shaul – Jerusalem CBS – Jaffa Road – Shlomzion St. – Jaffa Gate
21/21a	Ramat Sharett – Bayit VeGan – Herzl Blvd. – Mount Herzl – Yad Sarah – Kikar Denya – Jerusalem CBS – Jaffa Road – King George St. – Emek Refaim St. – Talpiot. 21a continues to Givat HaMatos.
22/22a	Pisgat Ze'ev – French Hill Junction – Ramat Eshkol – Maalot Dafna/Pituchei Chotam St. (continuation of Shimon Hatzaddik St. near Maalot Dafna/Arzei Habirah/Shmuel Hanavi St.)– Geula – Jaffa Road – Shlomzion St. – Rehavia – Rasco – San Simon – Katamonim – Pat – Talpiot bus terminal
23	Mount Scopus – Hadassah Hospital – Saladin – Geula – Jaffa Road – Jerusalem CBS – Mount Herzl – Bayit VeGan – Kiryat Yovel
24	Malcha Shopping Mall – Pat Intersection – Emek Refaim St. – Kovshei Katamon St. – Tchernichovsky St. – Ruppin Rd. – Kiryat Hamemshala (Knesset) – Givat Ram (Hebrew University)
24a	Israel Museum – Ruppin Rd. – Kiryat Hamemshala (Knesset) – Givat Ram (Hebrew University) – Kiryat Moshe – Herzl Blvd. – Kiryat Yovel – Malha Mall – Pat – Talpiot bus terminal

25/25a	Jerusalem CBS – Machaneh Yehudah – Strauss St. – Kikar HaShabbat – Ma'alot Dafna – Ramat Eshkol – French Hill Junction – Neveh Yaakov
26/26a	Mount Scopus – Hadassah Hospital – Ammunition Hill – Ramat Eshkol – Sanhedria – Mekor Baruch – Jerusalem CBS – Givat Shaul – Kiryat Moshe – Beit HaKerem – Yad Vashem & Mount Herzl – Kiryat Yovel – Manachat – Biblical Zoo
27/27a	Jerusalem CBS – Kiryat Moshe – Beit HaKerem – Yad Vashem & Mount Herzl – Kiryat Yovel – Hadassah Hospital – Even Sapir
28	Givat Ram – Jerusalem CBS – Shikun Chabad – Bar Ilan Junc. – Ramat Eshkol – French Hill – Mount Scopus – Hadassah Hospital
29	Har HaMenuchot Cemetery – Givat Shaul North – Jerusalem CBS
30	Mount Scopus – Hadassah Hospital – Musrara – Jaffa Road – Shlomzion St. – Abu Tor – Baka – Talpiot – Tunnels Junction – Gilo
31/031	Gilo – Malha Mall – Begin Expressway – Jerusalem CBS – Machaneh Yehudah – King George St. – Gaza (Aza) St. – Herzog St. – Malha Mall – Gilo
32/032	Ramot – Begin Expressway – Jerusalem CBS – Machaneh Yehudah – King George St. – Gaza (Aza) St. – Herzog St. – Malha Mall – Gilo
33	Har Nof – Beit HaDfus St. – Kiryat Moshe – Herzl Blvd. – Kikar Holland – Bayil Vegan – Ramat Sharett – Malha Mall – Malha Railway Station – Gilo
34/34a	Ramot – Begin Expressway – Jerusalem CBS – Malha Mall – Gilo – Har Homa
35/35a	Kfar Shaul – Givat Shaul South – Jerusalem CBS – Jaffa Road – Strauss St. – Golda Meir Blvd. – Ramot
36	Strauss St. – Kiryat Sanz – Sanhedria – Atirot Mada – Ramot
37	Mount Scopus – Hadassah Hospital – French Hill – Ramat Shlomo – Ramot
38	Jewish Quarter – Western Wall – Old Train Station – King George St. – Jaffa Road – Shlomzion St. – Jaffa Gate – Armenian Quarter – Zion Gate – Jewish Quarter
39/39a	Atirot Mada – Sanhedria – Ramat Eshkol – Bar Ilan Junc. – Geula – Jerusalem CBS – Beit HaKerem – Mount Herzl – Bayit Vegan
40/40a	Ramot – Golda Meir Blvd. – Ezrat Torah – Yehezkel St. – Strauss St. (Bikur Cholim Hospital)
41	Jerusalem CBS – Geula – Sanhedria – Atirot Mada – Atarot
42/42a	Hadassah Medical Center (Ein Kerem) – Tzomet Pat – Givat Ram (Hebrew University) – French Hill – Mount Scopus
44	Ramot only
45/45a	Givat Shaul – Jerusalem CBS – Geula – Ma'alot Dafna/Arzei Habirah; stop is ON Shimon Hatzaddik St.)in opposite direction it's located on Pituchei Chotam St. (continuation of Shimon Hatzaddik St. near Maalot Dafna/Arzei Habirah/Shmuel Hanavi St.) – Ramat Eshkol – French Hill Junction – Neve Yaakov (45a continues to Kamianets)

46	Mount Scopus – Hadassah Hospital – French Hill – Pisgat Ze'ev – Neve Yaakov
47	Pisgat Ze'ev only
48[4]	Har HaTzofim (Mt Scopus) University tunnel – Ma'ale Adumim tunnel – Yitzchak HaNadiv road – Hadassah Lampel road – Beit Orot square – Brigham Young University Jerusalem Center (a.k.a. Mormon University) – Martin Buber road – Hebrew University tunnel
49a	Magen David Adom – Kiryat Matersdorf – Sorotzkin St – Ohel Yehoshua St – Shamgar St – Malchei Yisrael St – Yehezkel Street – Tzefanya Street – Bar Ilan Street – Ramat Eshkol – Neve Yaakov – Neve Yaakov Mizrach
50	Safra Square – HaNevi'im St. – Jerusalem CBS – Givat Shaul – Kiryat Moshe – Givat Beit HaKerem
56	Ramat Shlomo – Golda Meir Blvd. – Shmuel HaNavi St. – Yehezkel St. – Strauss St. (Bikur Holim Hospital)
60[5]	Le'um Car Park (National Precinct) – Binyanei HaUma – Jaffa Street – Karta Car Park (Mamilla)
62	Har Gilo – Malha Mall
66[3]	Pisgat Ze'ev – French Hill Junction – Highway 1 & Shivtei Yisrael – Jaffa Road – Jerusalem CBS
70	Jerusalem CBS – Shikun Chabad – Bar Ilan Junc. – French Hill Junction – Pisgat Ze'ev – Central Command
72	Anatot/Elmon – Pisgat Ze'ev – French Hill Junction – Ramat Eshkol – Jerusalem CBS
74[3]	Downtown Express: Jerusalem CBS – Mahane Yehuda Market – King George St. – Keren Hayesod St. – Chan Theater – Banks Intersection – Givat HaMatos Intersection – Har Homa
80	Bayit Vegan – Beit HaKerem – Kiryat Moshe – Jerusalem CBS – Kiryat Belz
81	Atirot Mada – Bar Ilan Junc. – Shikun Chabad
82	Bayit Vegan – Yad Vashem & Mount Herzl – Beit HaKerem – Kiryat Moshe – Givat Shaul – French Hill Junction – Pisgat Ze'ev – Central Command – Neve Yaakov – Kamianets
97	Mekor Baruch – Givat Shaul – Kfar Shaul – Har Nof

시티투어(City Tour)

예루살렘의 지리를 잘 모르는 여행자들은 예루살렘 시내를 한 바퀴 도는 시티투어버스를 이용하는 것도 좋다. 예루살렘의 신도시와 구도시를 모두 포함해서 아침에 출발하여 오후에 돌아오는 시티투어는 2층 버스를 타고 28군데를 한 바퀴 도는 코스이다.

버스요금은 어른 60세켈, 어린이(2~12세) 48세켈인데, 하루에 다 못 볼 경우 2일짜리 티켓도 판매한다.

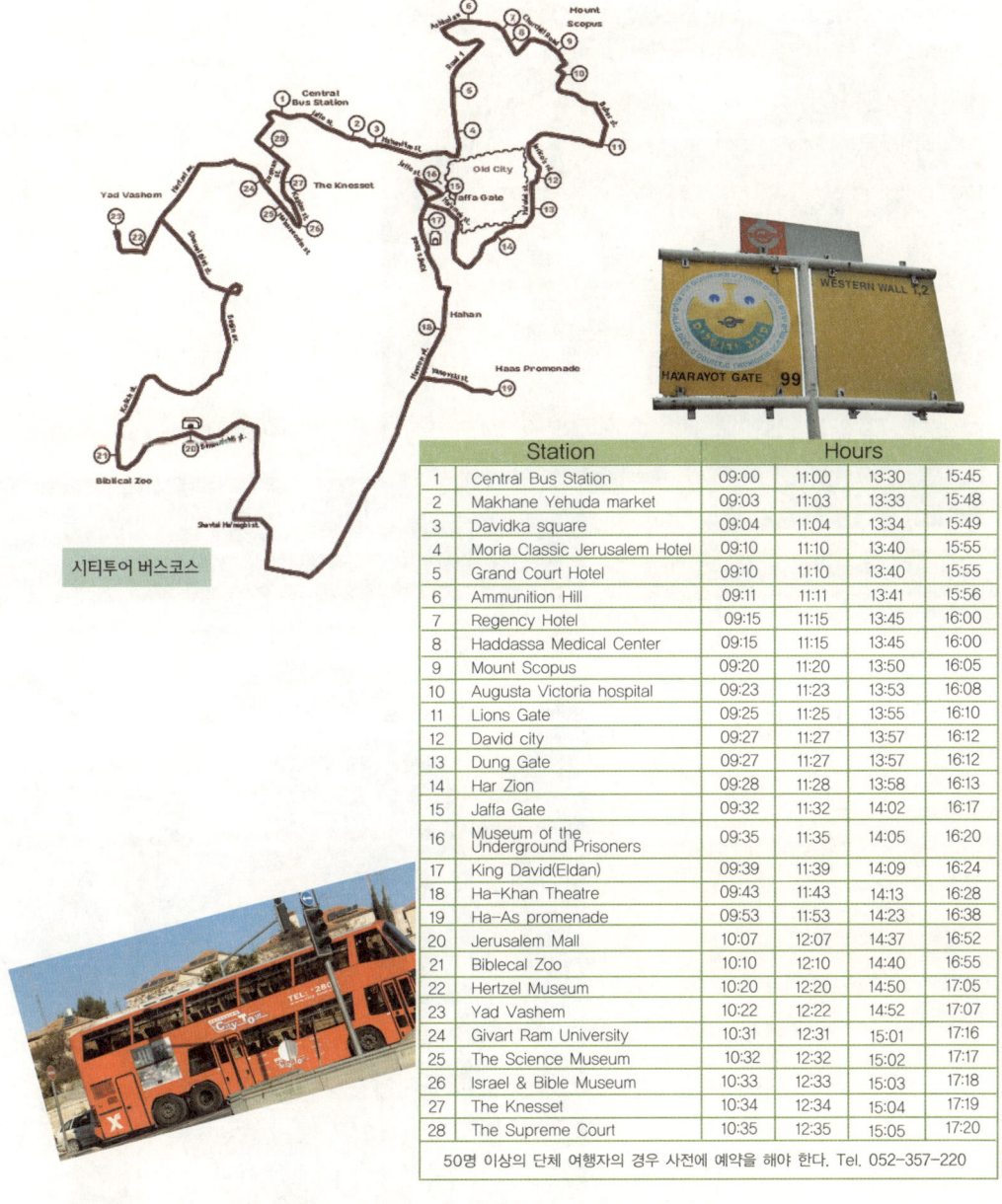

시티투어 버스코스

	Station		Hours		
1	Central Bus Station	09:00	11:00	13:30	15:45
2	Makhane Yehuda market	09:03	11:03	13:33	15:48
3	Davidka square	09:04	11:04	13:34	15:49
4	Moria Classic Jerusalem Hotel	09:10	11:10	13:40	15:55
5	Grand Court Hotel	09:10	11:10	13:40	15:55
6	Ammunition Hill	09:11	11:11	13:41	15:56
7	Regency Hotel	09:15	11:15	13:45	16:00
8	Haddassa Medical Center	09:15	11:15	13:45	16:00
9	Mount Scopus	09:20	11:20	13:50	16:05
10	Augusta Victoria hospital	09:23	11:23	13:53	16:08
11	Lions Gate	09:25	11:25	13:55	16:10
12	David city	09:27	11:27	13:57	16:12
13	Dung Gate	09:27	11:27	13:57	16:12
14	Har Zion	09:28	11:28	13:58	16:13
15	Jaffa Gate	09:32	11:32	14:02	16:17
16	Museum of the Underground Prisoners	09:35	11:35	14:05	16:20
17	King David(Eldan)	09:39	11:39	14:09	16:24
18	Ha-Khan Theatre	09:43	11:43	14:13	16:28
19	Ha-As promenade	09:53	11:53	14:23	16:38
20	Jerusalem Mall	10:07	12:07	14:37	16:52
21	Biblecal Zoo	10:10	12:10	14:40	16:55
22	Hertzel Museum	10:20	12:20	14:50	17:05
23	Yad Vashem	10:22	12:22	14:52	17:07
24	Givart Ram University	10:31	12:31	15:01	17:16
25	The Science Museum	10:32	12:32	15:02	17:17
26	Israel & Bible Museum	10:33	12:33	15:03	17:18
27	The Knesset	10:34	12:34	15:04	17:19
28	The Supreme Court	10:35	12:35	15:05	17:20

50명 이상의 단체 여행자의 경우 사전에 예약을 해야 한다. Tel. 052-357-220

예루살렘 비아 돌로로사 제 9처 ◀

예루살렘 황금사원 ▶

▲예루살렘 올리브산

▼예루살렘 시온성

예루살렘의 첫걸음

예루살렘의 상징. 파란하늘의 스카이라인을 장식하는 금색의 돔은 언제 봐도 아름답다. 예루살렘이 이스라엘 성지 여행 중 가장 볼거리도 많고 가봐야 할 곳도 많은 곳에 속한다. 따라서 예루살렘에서의 여행스케줄을 어떻게 정하느냐에 따라 이스라엘 여행이 효과적으로 이루어질 것이다. 예루살렘은 좁고 복잡한 올드시티와 고층건물이 들어선 뉴시티로 크게 나뉘는데, 숙소를 올드시티에 정하였다면 먼저 올드시티를 둘러본 후 올드시티 주변에 있는 올리브산과 기드론 계곡, 성 주변을 둘러보고, 다음으로 뉴시티을 방문하는 순서로 여행하는 것을 권한다.

좀 더 구체적으로 계획을 짠다면 아래의 순서로 돌아본다.

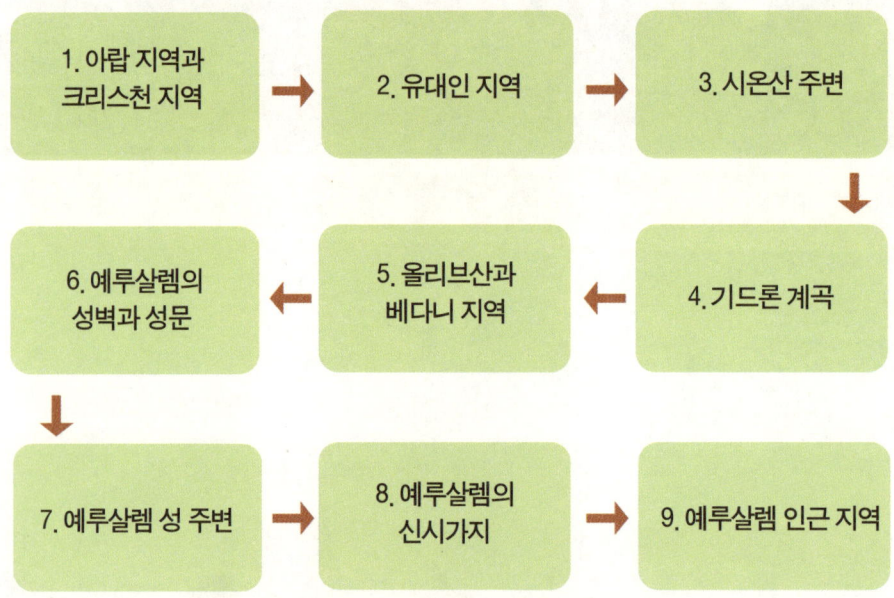

1. 아랍과 크리스쳔 지역(Arab & Christian Quarter)

성전산(Temple Mount)

예루살렘의 상징

예루살렘을 상징하는 것 중에 빠질 수 없는 것이 바로
황금사원(Dome of the Rock)의 황금색 돔 지붕이다. 파란하늘을 배경으로 보이는 황금
색 돔은 고풍스런 예루살렘의 스카이라인을 더욱 아름답게 장식하고 있다. 특히 해질
무렵 햇빛에 반사되어 반짝이는 황금색 돔을 가리켜 이곳 사람들은 또 하나의 태양이
떠 있는 것과 같다고 표현한다.

뿐만 아니라 예루살렘에서는 조금 높은 곳 어디서든지 황금색 돔이 보이기 때문에 그
래서 더욱 더 황금돔을 뺀 예루살렘은 상상할 수조차 없을 정도이다. 바로 이 황금색 돔
이 있는 곳이 성전산(Temple Mount)인데, 이 안에는 알 아크사라는 모스크와 이슬람 박
물관이 함께 있어서 예루살렘 여행에서 꼭 한 번 들러야 할 곳이다.

너무나 빽빽하게 들어선 건물과 좁디좁은 올드시티 안에서도 이곳만은 푸른 잔디밭
과 나무가 있으며, 비교적 넓은 공원이 있는 성전산은 또 하나의 작은 세계와 같은 느낌
이 든다.

아브라함이 이삭을 바치던 장소, 솔로몬의 성전이 있던 장소

이 아름다운 건물이 지금은 모슬렘의 성지가 되어 있지만, 원래는 구약시대 때 아브
라함이 아들 이삭을 바치려고 했던 장소이다. 그래서 이곳을 모리아산이라고도 하고
황금사원(Dome of Rock)이라고도 한다. 그리고 아브라함의 지배가 끝날 무렵 여부스
인 아라우나가 타작마당으로 사용했던 황무지 산을 다윗이 사들였다는 곳이기도 하며
(삼하 24:18~25), 그의 아들 솔로몬은 이곳에 외국에서 수입해 온 나무와 구리, 금으로

117

화려한 성전을 건축하였다(대하 3:1).

그런데 이 웅장한 성전은 BC 587년 느부갓네살에 의해 파괴되었고, 전쟁에 진 유대인들은 바벨론에 끌려가 유배생활을 해야만 했다. 50년이 지난 후 그들은 다시 예루살렘으로 돌아왔고 스룹바벨에 의해 비교적 작은 규모로 이 성전을 다시 세웠다. 그리고 세월이 흐른 뒤 헤롯대왕이 자신이 유대인들에게 저질렀던 과오를 분산시키고 유대인의 신임을 얻기 위한 일환으로 이 성전을 크게 확장하였다. 수만 명의 인부들이 동원된 엄청난 공사 결과로 성전 내부의 길은 두 배나 넓어졌고 솔로몬 성전의 장엄하고 아름다운 모습을 되찾을 수 있게 되었다. 이 공사는 BC 20년에 시작되어 AD 64년에야 비로소 준공되었으며, 이 성전은 예수님 생애의 배경이 되었다.

예수님은 예루살렘에 입성하자마자 바로 이 성전에 와서 장사하는 자들을 내쫓으며

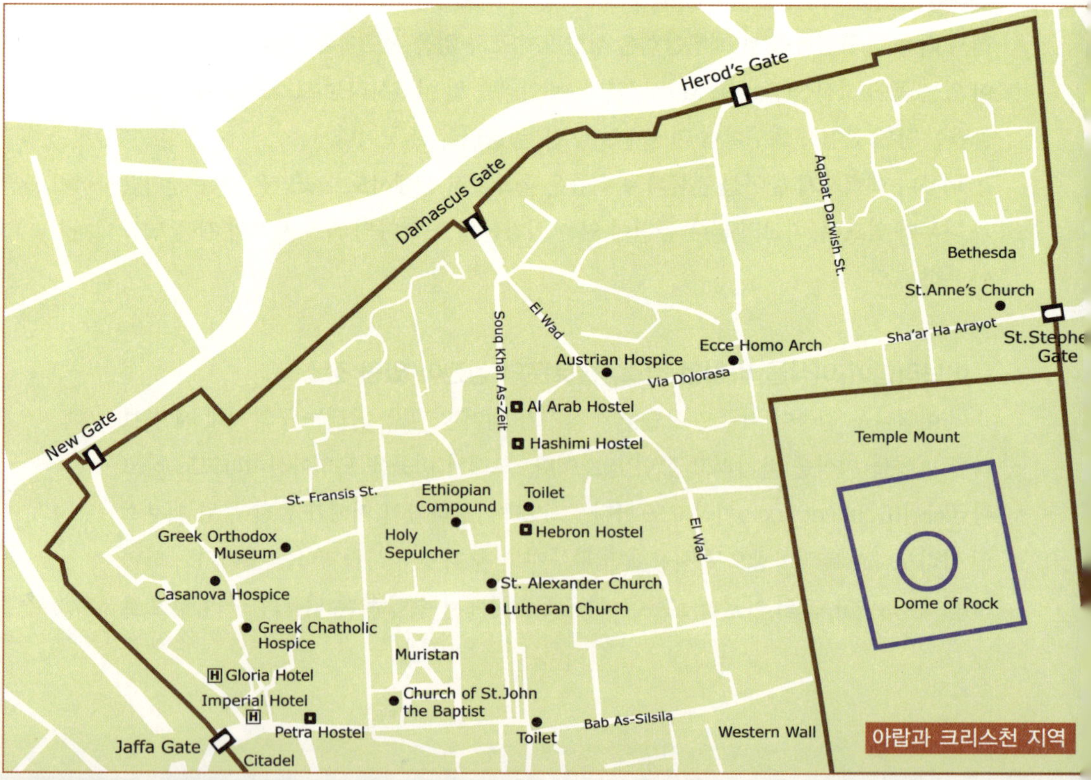

Herod's Gate

Damascus Gate

Aqabat Darwish St.

Bethesda

St.Anne's Church

Sha'ar Ha Arayot

St.Stephe Gate

El Wad

Ecce Homo Arch

Austrian Hospice

Via Dolorasa

Souq Khan As-Zeit

New Gate

Al Arab Hostel

Hashimi Hostel

Temple Mount

St. Fransis St.

Ethiopian Compound

Toilet

Greek Orthodox Museum

Holy Sepulcher

Hebron Hostel

El Wad

Casanova Hospice

St. Alexander Church

Lutheran Church

Dome of Rock

Greek Chatholic Hospice

Muristan

[H] Gloria Hotel

Imperial Hotel [H]

Church of St.John the Baptist

Petra Hostel

Toilet

Bab As-Silsila

Western Wall

Jaffa Gate

Citadel

아랍과 크리스천 지역

화를 내셨고(눅 19:45~46) 유대인들에게 성전을 허물면 사흘 만에 다시 일으켜 세우겠다고 하셨다(요 2:19). 그리고 돌 하나도 돌 위에 남지 않고 다 무너뜨리겠다고 예언하셨던 것처럼(눅 21:6) AD 70년 예루살렘 멸망시 로마의 디도 장군은 예루살렘 성 안에 있던 유대인들을 잡아 죽였고, 솔로몬이 아름답게 만든 성전을 벽돌 하나 남기지 않고 무너뜨렸다. 지금은 성벽의 일부분만이 남아있는데, 그것이 현재의 통곡의 벽이다.

그 후 2세기경 로마의 하드리아누스(Hadrianus) 황제는 하나님을 모독하기 위해 이 자리에 쥬피터 신전을 세웠지만, 다시 비잔틴 시대에는 그 건물이 기독교에 의해 사용되다가 614년경에 페르시아에 의해 파괴되고 한동안 돌무더기 산으로 방치되어 있었다.

현재는 이슬람의 성지

AD 636년경에 회교도가 예루살렘을 점령한 뒤 이 산의 돌무더기를 치우고 이곳을 선지자 모하메드가 친사장 가브리엘의 인도를 빋으며 희귀한 밀을 타고 하늘로 올라간 곳이라고 정하였다. 그래서 회교도들은 메카와 선지자들의 무덤이 있는 메디나라는 곳에 이어 이곳을 중요한 성지로 삼고 있다. 그래서 칼리프 오마르는 이곳에 회교사원을 지었는데, 그것이 황금사원(Dome of Rock)이다. 그 후 691년에 칼리프 압둘 말릭은 오마르가 세운 사원을 현재의 모습으로 보수하여 지금까지 이어져 내려온 것인데, 지난 1300년 동안 수차례 보수해왔지만 외형은 거의 변형되지 않았다고 한다.

황금사원의 건물은 비잔틴 양식으로 설계되어 있고 장식은 동양적이다. 외형은 팔각형으로 각 벽의 길이는 20m, 직경은 55m, 높이는 54m이다. 지상으로부터 약 5.4m까지는 대리석 판으로 되어 있고, 그 윗부분의 벽은 화려한 페르시아 풍의 타일로 되어 있어 그 아름다움은 어떤 형용사로도 표현하기가 힘들 정도이다. 지붕은 실제로 500kg의 금을 입혔다

관련성구 "그 일 후에 하나님이 아브라함을 시험하시려고 그를 부르시되 아브라함아 하시니 그가 이르되 내가 여기 있나이다 여호와께서 이르시되 네 아들 네 사랑하는 독자 이삭을 데리고 모리아 땅으로 가서 내가 네게 일러 준 한 산 거기서 그를 번제로 드리라…"(창 22:1~14)
"…왕이 아라우나에게 이르되 그렇지 아니하다 내가 값을 주고 네게서 사리라 값없이는 내 하나님 여호와께 번제를 드리지 아니하리라 하고 다윗이 은 오십 세겔로 타작마당과 소를 사고 그곳에서 여호와를 위하여 제단을 쌓고 번제와 화목제를 드렸더니 이에 여호와께서 그 땅을 위한 기도를 들으시매 이스라엘에게 내리는 재앙이 그쳤더라"(삼하 24:18~25)

고 하는데, 새벽녘과 한낮 그리고 해질 무렵의 색깔이 모두 다르다.

황금사원의 내부에는 아브라함이 이삭을 바쳤다는 바위가 중앙에 있다. 이 바위는 길이가 약 13.5m, 폭이 약 0.8m, 높이는 약 1.8m이다. 하지만 회교도들은 이곳에 아브라함이 이삭을 바친 것이 아니라 이스마엘을 바쳤다고 믿고 있다. 그리고 마호메드가 이 바위에서 승천했다고 믿고 있다.

알 아크사 사원은 황금사원 남쪽에 있는데 대사원을 만든 사람의 아들에 의해 715년에 세워졌지만, 그 후 수차례 파괴되고 재건되어 처음의 모습은 찾아 볼 수 없다고 한다. 한 번에 약 1천 5백 명 정도가 들어가서 기도할 수 있을 정도의 규모이다. 엘 아크사 사원 오른쪽에 있는 이슬람 박물관에는 고대의 도자기, 화폐, 유리그릇, 황금사원의 건물에 관련된 여러 가지 자료와 코란 등이 전시되고 있으니 둘러 볼만 하다.

Google Earth, temple mount

↘찾아가는 법 올드시티 안에 있는 많은 회교도들이 기도하기 위해 사방에서 이곳을 향해 걸어가는 것을 쉽게 목격할 수 있기 때문에 찾아가는 것은 어렵지 않다. 그러나 회교도가 아니면 기도시간에 이곳을 들어갈 수는 없다. 하지만 예루살렘의 구시가지 안에서는 어느 때든지 성전산을 찾아갈 수 있다. 현재 성전산 안으로 들어가는 문은 모두 9개가 있지만, 관광객이 들어갈 수 있는 문은 통곡의 벽 오른쪽에 있는 무어 게이트(Gate of Moors)와 체인 게이트(Chain Gate) 두 개밖에 없다. 입구에서 군인들의 철저한 검문검색을 받아야 한다.

↘입장시간 겨울 : 토요일~목요일 08:00~11:30, 12:30~15:00

여름 : 토요일~목요일 08:00~12:30, 13:30-15:00 / 금요일은 휴무임

↘입장요금 : 사원 안으로 들어가는 것은 무료이다.

↘주의사항 : 이슬람 최고의 성지답게 거룩한 곳이기 때문에 짧은 바지나 반소매로는 입장할 수 없고, 엘 아크사 사원이나 황금사원 안에는 신발을 벗고 들어가야 한다. www.templemount.org

황금사원의 타일

퀴즈 1 : 황금사원 내부로 들어가면 황금 돔 주변으로 커다란 아치 벽이 네 개가 세워져 있다. 이곳의 아치는 모두 몇 개일까?

120

비아 돌로로사 (Via Dolorosa)

비아 돌로로사는 헤롯 안토니우스 요새로부터 골고다 언덕까지 약 400m의 길로서 예수님이 십자가를 지고 걸어가신 고통의 현장이다. 하지만 이 길은 실제로 예수께서 십자가를 지고 걸어가신 길이라고 생각하면 안 된다. 이 길은 예루살렘에 한 번도 와 본 적도 없는 16세기 유럽의 크리스천들이 소문과 문서만으로 추정하여 정해 놓은 것이 현지에서는 사실화되어 버린 어이없는 곳이다. 그리고 그 길 위에 갖가지 의미를 붙여 기념교회를 세우기도 하였다. 그러나 추측으로 길을 만들어 놓았다고 하여도 전혀 틀리다고는 볼 수 없다.

또한 이 길을 따라 가다 보면 예수님이 마지막으로 가신길이라고 하기에는 너무나 협소하고 복잡하며 장사꾼들의 외침 때문에 더욱 혼란스럽기까지 하다. 실제로 나는 처음에 비아 돌로로사를 찾기 위해 한참이나 골목길에서 오고 가는 아랍 사람들의 틈바구니에 끼어서 헤맸지만, 나중에 알고 보니 내가 헤맨 그 길이 비아 돌로로사였다. 그 정도로 성지 같지 않은 성지가 바로 비아 돌로로사이다.

어쨌든 아리송하지만 약도를 따라 예수님의 마지막 행로를 따라가 보자. 먼저 예수님의 마지막 일정 순례를 보기 위해서는 제1처라고 하는 안토니우스 요새부터 찾아가야 가야 한다. 왜냐하면 예수님이 그곳에서 빌라도의 심판을 받고 십자가를 지기 시작하셨기 때문이다. 그리고 매주 금요일 오후 3시만 되면 수도사들이 예수님의 십자가 행렬을 재연하는 행사가 있다. 그것을 보려면 그곳으로 가야 한다(십자가 행진은 10월부터 3월까지는 오후 3시, 4월부터 9월까지는 오후 4시).

제1처 예수님 당시 빌라도의 근무처이자 예수님에게 사형선고를 내린 재판정이 있는 안토니우스 요새가 비아 돌로로사의 첫 지점이 된다.

가야바 제사장을 비롯해서 여러 명의 유대 율법자 앞에서 예수님을 심문한 빌라도는 예수님의 특별한 죄목을 찾지 못했다. 그는 할 수 없이 이곳으로 예수님을 불러내어 많은 사람들 앞에서 바라바와 예수님 중에 누구를 선택하겠냐고 묻는다. 수많은 백성들은 바라바를 풀어주고 예수님을 사형에 처할 것을 요구한다. 그러자 빌라도는 이곳에서 예수님께 사형을 선고하고 책임을 회피하기 위해 더러운 손을 씻었다.

↳**찾아가는 법**

다마스커스 게이트를 통해서 올드시티 안으로 들어가면 약 20m 정도 전방에 양쪽으로 갈라지는 길을 만나게 되는데, 왼쪽 길로 약 50m쯤 내려가서 왼쪽으로 좌회전하여 또 약 50m쯤 걸어 올라가면 오른쪽에 카펫이나 아이콘 등을 판매하는 기념품 가게들을 볼 수 있다. 이 기념품 가게들을 지나면 오른쪽으로 약간 경사진 비탈길 끝에 파란색 철문을 만나게 된다. 이 문 안쪽이 비아 돌로로사의 제1처가 된다. 지금은 아랍 어린이들이 공부하는 초등학교로 사용하고 있는데, 이 학교의 운동장이 비아 돌로로사의 출발점이다. 평일에는 수업 때문에 문을 열어주지 않지만, 매주 금요일 오후에 이곳에서 시작되는 십자가의 행렬시간에는 문을 열어준다.

관련성구 "예수께서 총독 앞에 섰으매 총독이 물어 이르되 네가 유대인의 왕이냐 예수께서 대답하시되 네 말이 옳도다 하시고 대제사장들과 장로들에게 고발을 당하되 아무 대답도 아니하시는지라 이에 빌라도가 이르되 그들이 너를 쳐서 얼마나 많은 것으로 증언하는지 듣지 못하느냐 하되 한 마디도 대답하지 아니하시니 총독이 크게 놀라워하더라"(마 27:11~14)

제2처 이곳은 예수님이 빌라도에게 사형선고를 받고 로마 병사들에 의해 옷을 벗기우고 채찍을 맞고 조롱을 당한 곳이다. 빌라도는 온몸에 상처를 입고 힘없이 서 있는 예수님을 향해 "보라 이 사람이다"라는 말을 했는데, 이 말이 곧 '에케호모(Ecco Homo)'라고 한다. 135년에 로마의 하드리안 황제가 이곳에다 크고 작은 아치 세 개를 연결해서 세웠는데, 그중에 작은 아치부분은 에케호모교회 내부로 연결되어 있고, 큰 아치는 지금도 비아 돌로로사의 길 위에 3분의 2가 걸쳐져 있다.

관련성구 "이에 총독의 군병들이 예수를 데리고 관정 안으로 들어가서 온 군대를 그에게로 모으고 그의 옷을 벗기고 홍포를 입히며 가시관을 엮어 그 머리에 씌우고 갈대를 그 오른손에 들리고 그 앞에서 무릎을 꿇고 희롱하여 이르되 유대인의 왕이여 평안할지어다 하며 그에게 침 뱉고 갈대를 빼앗아 그의 머리를 치더라 희롱을 다 한 후 홍포를 벗기고 도로 그의 옷을 입혀 십자가에 못 박으려고 끌고 나가니라"(마 27:27~31)

제3처   예수님이 십자가를 지고 골고다 언덕으로 향하여 가다가 처음으로 넘어진 곳이 제3처가 된다. 예수님은 많은 고문으로 고초를 겪은 상태에서 무거운 나무 십자가의 무게를 이기지 못하여 쓰러지셨다. 그만큼 예수님이 겪어야 했던 고통이 컸고 육신의 힘으로는 감당할 수 없을 만큼 어려웠던 상황이라는 것을 이 지점에서 다시 한 번 생각하게 한다. 그런데도 지금 이곳 주변에는 예수님의 고통과는 아랑곳 하지 않는 사람들이 돈을 벌기 위해 순례객들에게 장사를 하는 사람들로 북적이고 있으니 안타깝기 그지없다.

제4처   이곳은 예수님이 십자가를 지고 가는 모습을 보기 위해 어머니 마리아가 길가에 서서 안타깝게 지켜보다가 마침내 그 앞을 고통스럽게 지나가는 아들의 눈과 마주쳤다고 여겨지는 곳이다. 자신의 아들이 힘에 겨워 십자가를 지고 사형장으로 가는 모습을 어머니의 입장에서 그저 안타깝게 보고 있어야만 했던 심정이 어땠을까? 지금은 조그만 아르메니안 가톨릭 예배당(Our Lady of the Spasm Armenian Catholic Church)이 그곳을 기념하기 위해 세워져 있다.

제5처   성경에 보면 고통에 힘들어 하는 예수님을 대신해서 옆에서 구경하던 구레네에서 온 시몬에게 십자가를 지게 했다는 내용이 나오는데, 이곳이 그 지점이라고 한다. 이곳에 19세기에 지어진 프란체스코 수도회의 작은 예배당이 세워져 있다.

관련성구 "나가다가 시몬이란 구레네 사람을 만나매 그에게 예수의 십자가를 억지로 지워 가게 하였더라"(마 27:32)

제6처   이곳은 피와 땀으로 범벅이 된 예수님의 얼굴을 옆에서 안타깝게 지켜보던 한 여인이 작은 천으로 예수님의 얼굴을 닦아 준 곳이라고 한다. 그런데 신비하게도 그 천에는 예수님의 얼굴 형상이 찍혔다고 하는데, 그 천은 지금도 로마에 있는 성 베드로 성당에 보관 중이라고 한다. 그 여인의 이름은 알 수 없지만, '참된 형상'이라고 하는 라틴어로 '베로니카'라고 해서 그녀의 이름을 베로니카로 정했다고 한다. 그리고 전설에는 이 여인이 열두 해 동안 혈루병으로 앓다가 예수님의 옷자락을 잡는 순간 나았던 여인이라고도(막 5:25~34) 한다. 현재는 이곳에 성 베로니카교회 (Church of St. Veronica)를 세워서 기념하고 있다.

제7처   예수님은 벌써 오랜 길을 무거운 십자가를 등에 지고 걸어오는 동안 계속되는 탈진과 재촉하는 로마 병사의 채찍질, 발길질을 이기지 못해 또 한 번 쓰러진다. 이곳이 예수님께서 십자가를 지고 두 번째 쓰러져서 십자가와 함께 나동그라진 곳이다. 아마 지금도 누군가 십자가를 지고 이 길을 예수님처럼 따라간다면, 두 번째가 아니라 수십 번째 쓰러지는 장소가 될지 모른다. 그만큼 골고다로 가는 길은 험하고 십자가의 무게가 엄청나다는 말이다. 하지만 더욱 무겁고 힘든 것은 바라바 대신 예수님을 십자가에 못 박으라고 외쳤던 사람들의 비웃음이 아니었을까?

> 퀴즈 2 : 제7처 내부에는 작은 제단이 있는데, 이 제단에 있는 촛대는 모두 몇 개일까?

제8처   이곳은 고통스러워하며 십자가를 지고 걸어가시는 예수님을 보고 울며 따라오는 여인들을 향해 예수님께서 "나를 위해 울지 말고 자신과 아이들을 위해 울라"고

말씀하신 곳이다. 지금도 가슴 아픈 마음으로 이 길을 따라가다 보면, 예수님께서 여인들에게 하셨던 말씀이 들리는 듯하다.

관련성구
"또 백성과 및 그를 위하여 가슴을 치며 슬피 우는 여자의 큰 무리가 따라오는지라 예수께서 돌이켜 그들을 향하여 이르시되 예루살렘의 딸들아 나를 위하여 울지 말고 너희와 너희 자녀를 위하여 울라…" (눅 23:27~28)

제9처 이제 골고다 언덕에 다다른 예수님은 마지막으로 힘을 내기 위해 발걸음을 옮기다 또 한 번 쓰러지신다. 장사꾼들로 복잡하고 시끄러운 아랍시장 골목을 지나다 보면 오른쪽에 성분묘교회로 가는 경사로가 있는데, 그 길을 따라 올라가면 성분묘교회의 지붕 쪽인 콥틱교회가 나온다. 이곳이 예수님께서 세 번째 쓰러지신 곳이다.

제10처 드디어 골고다에 다다른 예수님은 허물어지듯 십자가와 함께 가쁜 숨을 몰아쉬며 땅바닥에 주저앉는다. 죽음의 순간이 다가왔다는 공포감을 느낄 겨를도 없이 로마 병사들은 예수님의 다 찢어진 옷을 벗겨버린다.

가뜩이나 빌라도의 법정 앞에서 로마 병사들의 채찍을 맞느라 갈기갈기 찢어지고, 십자가를 지고 오느라 땀으로 흠뻑 젖은 예수님의 옷은 거친 로마 병사의 손에 의해 너무도 쉽게 벗겨지고 말았다. 그 옷을 갖고 로마 병사들은 4등분으로 찢어서 서로 전리품인양 나눠가지며 비웃었을 것이다.

성분묘교회의 옥상 쪽을 지나 아래로 내려오는 계단이 있는데, 이곳이 예수님께서 로마 병사들에 의해 옷이 벗겨진 장소이다.

제11처 성분묘교회 안으로 들어가면 바로 오른쪽에 2층으로 올라가는 계단이 있다. 그 계단을 따라 올라가면 벽쪽으로 여러 개의 제단을 만나게 된다. 그중에서 가장 왼쪽에 보면 땅바닥에 뉘어진 십자가에 예수님이 못 박혀 누워있고, 그 모습을 옆에서 안타깝게 지켜보고 있는 예수님 어머니의 그림이 그려져 있는 제단이 있다. 이곳이 예수님께서 십자가에 못 박힌 곳이다.

자신을 낳아 준 육신의 어머니 앞에서 로마 병사들의 온갖 굴욕을 당하다 마침내 강제적으로 십자가 위에 눕혀지고 차례로 대못이 두 손바닥과 발에 박히는 고통의 비명을 질러야 했던 예수님의 울부짖음 소리가 이곳의 하늘을 메아리 쳤을 것이다.

제12처 성분묘교회의 2층 맨 왼쪽 부분에는 예수님이 십자가에 매달려 있는 조각이 있고, 십자가의 밑 부분에는 투명 아크릴로 감싼 바위의 일부분이 있다. 이곳이 못 박힌 예수님의 십자가를 두 명의 강도와 함께 세운 곳이다.

예수님은 이곳에서 십자가에 매달린 채 가상칠언을 하시고 마침내 천둥번개와 함께 운명을 하신다. 이때 천둥번개가 치면서 지진이 일어났는데, 그때 갈라진 바위가 아직도 투명 아크릴 속에 자리 잡고 있다고 한다.

"예수께서 다시 크게 소리 지르시고 영혼이 떠나시니라 이에 성소 휘장이 위로부터 아래까지 찢어져 둘이 되고 땅이 진동하며 바위가 터지고 무덤들이 열리며 자던 성도의 몸이 많이 일어나되 예수의 부활 후에 그들이 무덤에서 나와서 거룩한 성에 들어가 많은 사람에게 보이니라 백부장과 및 함께 예수를 지키던 자들이 지진과 그 일어난 일들을 보고 심히 두려워하여 이르되 이는 진실로 하나님의 아들이었도다 하더라" (마 27:50~54)

제13처 제11처와 제12처 사이에 보면 성모마리아의 조각이 작은 아치 유리관 속에 들어가 있는 제단이 있다. 이곳이 십자가에서 운명한 예수님의 시신을 끌어내린 곳이다. 그리고 2층에서 계단으로 내려오면 직사각형의 넓은 돌이 누워져 있는 것을 볼 수 있는데, 이곳이 운명하신 예수님의 시신을 아리마대 요셉이 내리고 염을 한 후 세마포로 싼 곳이다.

"저물었을 때에 아리마대의 부자 요셉이라 하는 사람이 왔으니 그도 예수의 제자라 빌라도에게 가서 예수의 시체를 달라 하니 이에 빌라도가 내주라 명령하거늘 요셉이 시체를 가져다가 깨끗한 세마포로 싸서" (마 27:57~59)

제14처 성분묘교회 안에는 한가운데 작은 예배처소가 있는데, 그곳의 작은 입구를 통해 들어가려는 순례객들이 줄지어 있는 모습을 볼 수 있다. 이곳이 예수님이 묻힌 무덤이다. 골고다의 무덤 주위를 깎아서 교회를 지은 것이라고 한다.

지금은 웅장하고 화려한 분위기가 나지만, 2천 년 전에는 바위를 뚫어 만든 무덤이었을 것이다. 이 안으로 들어가면 예수님의 부활을 알렸다는 천사의 방이 있고, 다시 또 하나의 작은 문으로 들어가면 세 사람 정도가 겨우 들어갈 만한 공간이 나오는데, 이곳이 예수님의 무덤 자리이다. 예수님은 이곳에서 사흘 동안 깊은 잠을 주무시고 마침내 부활하신 것이다.

"바위 속에 판 자기 새 무덤에 넣어 두고 큰 돌을 굴려 무덤 문에 놓고 가니 거기 막달라 마리아와 다른 마리아가 무덤을 향하여 앉았더라" (마 27:60~61)
"안식일이 다 지나고 안식 후 첫날이 되려는 새벽에 막달라 마리아와 다른 마리아가 무덤을 보려고 갔더니 큰 지진이 나며 주의 천사가 하늘로부터 내려와 돌을 굴려 내고 그 위에 앉았는데 … 너희는 무서워하지 말라 십자가에 못 박히신 예수를 너희가 찾는 줄을 내가 아노라 그가 여기 계시지 않고 그가 말씀 하시던 대로 살아나셨느니라 와서 그가 누우셨던 곳을 보라" (마 28:1~6)

성분묘교회
(Church of The Holy Sepulchre)

성분묘교회는 예수님께서 십자가에 매달려 돌아가시고 무덤에 묻히셨으며 다시 그 무덤에서 부활하신 기독교의 최고 성지라고 볼 수 있다. 그리고 예수님의 십자가 고난길인 비아 돌로로사의 마지막 장소이기도 하다. 그래서 이곳에는 항상 수많은 순례객들로 붐빈다. 이렇듯 기독교 역사의 가장 핵심적이고 중요한 곳인 만큼 역사도 복잡하고 미묘한 곳이다.

현재 이곳은 가톨릭교회, 그리스정교회, 콥틱교회, 이디오피아교회, 아르메니안교회, 시리아정교회 이렇게 6개의 종파가 함께 공존하면서 성분묘교회를 나눠서 관리하고 있다.

이 교회는 기독교를 정식으로 공인한 로마황제 콘티탄티누스의 어머니 헬레나가 기독교인이기 때문에 이곳을 직접 찾아와 기독교의 중요한 성지로 인정하고 마침내 335년에 이 자리에 예수님의 사망과 부활을 기념하는 교회로 새로 완성했다고 한다. 하지만 614년에 페르시아 군의 침략으로 파괴되고, 다시 1149년에 십자군에 의해 재건되어 현재의 모습으로 보존되었다고 한다. 그런데 다시 1291년에 이슬람교도들에 의해 점령되었는데, 그때는 이 교회를 파괴하지 않고 두 개의 출입문 중에 하나를 막아 버려서 지금은 입구가 하나밖에 없게 되었다.

그런데 한 가지 이상한 것은 예수님이 십자가에 못 박히신 자리와 무덤의 자리가 예루살렘 성안에 위치하고 있다는 점이다. 그것은 원래 예수님 당시에는 이곳이 예루살렘 성 밖이었는데, 터키점령시대에 예루살렘 성을 다시 건축할 때 이곳을 포함하여 밖으로 더 넓게 건축하였기 때문에 지금처럼 예루살렘 성 안에 위치하게 된 것이라고 한다.

> **관련성구** "아리마대 사람 요셉은 예수의 제자이나 유대인이 두려워 그것을 숨기더니 이 일 후에 빌라도에게 예수의 시체를 가져가기를 구하매 빌라도가 허락하는지라 이에 가서 예수의 시체를 가져가니라 일찍이 예수께 밤에 찾아왔던 니고데모 몰약과 침향 섞은 것을 백 리트리쯤 가지고 온지라 이에 예수의 시체를 가져다가 유대인의 장례 법대로 그 향품과 함께 세마포로 쌌더라 예수께서 십자가에 못 박히신 곳에 동산이 있고 동산 안에 아직 사람을 장사한 일이 없는 새 무덤이 있는지라 이 날은 유대인의 준비일이요 또 무덤이 가까운 고로 예수를 거기 두니라"(요 19:38~42)

Google Earth, Church of the Holy Sepulchre

찾아가는 법
욥바 게이트로 들어와서 다비드 거리로 들어오면 양옆에 각종 기념품을 팔면서 호객하는 아랍상인들과 관광객들로 북적거리는데, 그 길을 따라 약 100m 정도 가면 오른쪽으로 들어가는 큰길을 만나게 된다. 그 길을 따라 오른쪽으로 들어가면 성분묘교회의 입구를 찾을 수 있다.

다마스커스 게이트에서도 안쪽으로 들어오면 양옆으로 갈라지는 두 갈래 길을 만나는데, 오른쪽 좁은 길을 따라 약 150m 정도 가면 왼쪽에 헤브론이라는 유스호스텔 간판이 보인다. 그것을 지나 약 10m쯤 다시 가면 오른쪽으로 올라가는 경사면이 나오는데, 그 길을 따라서 가도 성분묘교회를 들어갈 수 있다. 하지만 이곳은 성분묘교회의 정문이 아니라 옥상이 되므로 다시 내려가야 한다.

입장시간 비교적 입장시간이 자유로운 편이다. 매일 새벽 4시 30분부터 저녁 8시까지 입장이 가능한데, 겨울에는 오후 7시로 제한하고 입장료는 받지 않는다. 하지만 시간을 잘 맞춰서 가면 꼽틱 수도사들의 예배 모습이나 그리스정교회 사도들의 예배 모습을 볼 수 있다.

퀴즈 3 : 성분묘교회 내부로 들어가면 예수님의 시신이 놓였던 바위가 있나. 이 바위 위에는 황금색으로 예쁘게 장식된 우유빛 유리병이 매달려 있는데 모두 몇 개일까?

베데스다(Bethesda)

베데스다 연못은 병든 자가 예수님의 기적으로 병고침을 받은 곳으로 유명한 곳이다. 이 연못은 자연적으로 땅속에서 물이 샘솟는 연못이 아니라 빗물을 받아두었다가 필요할 때 길어다 쓰는 연못이다. 그래서 이곳에 가면 커다란 물탱크(Cistern)를 몇 개 볼 수 있다. 이 연못이 지금은 작지만, 원래는 컸다고 한다. 베데스다 연못은 5세기 중엽 비잔틴 시대 때 복원이 되었다가 614년 페르시아에 의해 파괴되었고, 다시 십자군 원정 때 재건되는 수난의 역사를 갖고 있다. 그 대신 비잔티움의 건축물과 십자군 시대의 건축물을 조금씩 한자리에서 볼 수 있다. 이 베데스다 연못 역시 예수님 당시에는 예루살렘 성 밖에 있었는데, 4백 년 전 예루살렘 성 건축 때 성안으로 들어오게 되었다고 한다.

베데스다 연못 바로 옆에는 성안나교회가 있는데, 안나는 예수님의 외할머니 이름으로써 바

로 그 자리가 예수님의 어머니 마리아가 태어난 곳이라고 알려져 있어서 기념교회가 세워져 있다.

↳찾아가는 방법

미문 스데반 게이트에서 안쪽으로 약 30m 정도 걸어가면 왼쪽으로 성안나교회(St. Anne Church)라는 간판과 함께 교회입구를 볼 수 있다. 이 안으로 들어가면 베데스다 연못이 정면으로 보이고, 오른쪽에 성안나 교회가 있다. 다마스커스 게이트 쪽에서는 게이트 안쪽에 있는 두 갈래 길에서 왼쪽 길로 내려가다 보면 오른쪽에 카레라이스와 피자를 파는 아랍식당이 보인다. 그 맞은편으로 골목길이 있는데, 그 길을 따라 들어가면 왼쪽에 성안나교회 입구가 보인다.

↳개장시간 월요일~토요일 8:00~12:00, 14:00-18:00(겨울에는 17:00까지), 일요일은 휴무임

↳입장요금 일반 7NIS, 어린이 5NIS(13세까지 무료)

관련성구 "예루살렘에 있는 양문 곁에 히브리 말로 베데스다라 하는 못이 있는데 거기 행각 다섯이 있고 그 안에 많은 병자, 맹인, 다리 저는 사람, 혈기 마른 사람들이 누워 (물의 움직임을 기다리니 이는 천사가 가끔 못에 내려와 물을 움직이게 하는데 움직인 후에 먼저 들어가는 자는 어떤 병에 걸렸든지 낫게 됨이러라) 거기 서른여덟 해 된 병자가 있더라 예수께서 그 누운 것을 보시고 병이 벌써 오래된 줄 아시고 이르시되 네가 낫고자 하느냐 병자가 대답하되 주여 물이 움직일 때에 나를 못에 넣어 주는 사람이 없어 내가 가는 동안에 다른 사람이 먼저 내려가나이다 예수께서 이르시되 일어나 네 자리를 들고 걸어가라 하시니 그 사람이 곧 나아서 자리를 들고 걸어가니라 이 날은 안식일이니"(요 5:2~9)

알짜정보

베데스다 연못은 현재의 지표면보다 훨씬 아래쪽에 있는 것을 볼 수 있다. 이곳뿐만 아니라 올드시티 안의 유대인 지역에 있는 불에 탄 집(Bunt House) 같은 유적지 역시 지하에 묻혀 있다. 통곡의 벽도 절반 정도가 땅속에 묻혀있다. 이것은 수천 년 전에 예루살렘 도시가 멸망하면서 모든 건물이 파괴되고 난 후 새로운 예루살렘을 건설하면서 흙을 덮어 지금의 높이가 되었기 때문이라고 한다.

다윗의 탑(Tower of David)

예루살렘 올드시티에 있는 다윗의 탑에는 4천 년의 예루살렘 역사를 알기 쉽도록 정리하여 전시해 놓았다. 과거에서부터 현재에 이르기까지의 역사를 유물과 함께 전시하여 일목요연하게 설명해 놓고 있다.

입구에 있는 영상실에서 먼저 짧은 시간동안 예루살렘의 역사를 동영상을 통해 설명

을 들은 다음, 안내 동선을 따라 가나안 시대부터 제1성전시대, 제2성전시대, 로마 통치시대, 비잔틴 시대, 십자군 시대, 마믈룩 시대, 오스만 시대, 영국 통치시대, 현대 이스라엘 국가 시대 등 시대별로 전시되어 있는 방문을 모두 감상하다 보면 어느새 4천 년의 긴 세월을 여행한 듯한 착각에 빠지게 되고, 전시장의 옥상에 마련된 전망대를 통해 올드시티의 복잡하고 고색창연한 지붕들과 반대쪽으로 펼쳐지는 예루살렘 신시가지의 높다란 고층건물들이 만들어 낸 스카이라인, 그리고 힌놈의 골짜기가 한눈에 들어오는 파노라마를 감상할 수 있다. 과거와 현재를 동시에 한눈으로 보게 되는 아주 특이한 장소, 그곳이 다윗의 탑의 옥상 전망대이다.

특히 이곳에서는 수시로 미술작품전시회가 열리는가 하면, 월요일, 수요일, 목요일, 토요일 밤 7시(2009년 1월 기준)면 'Jerusalem Lights the Night' 라는 이름의 'The Night Spectacular' 쇼가 펼쳐지는데, 이 영상 쇼는 정말 예루살렘의 밤에서 절대로 잊을 수 없는 기가 막힌 장면이 될 것이다.

또한 4백 년 전에 세워진 다윗의 탑 돌벽 위에 투사되는 빔프로젝트 화면 속에서 이스라엘 군대와 블레셋 군대가 싸우고, 다윗이 하프를 연주하며, 로마 군사와 오스만 터키의 군사들이 뛰어 다니는 장면들은 가히 압권이라 할 수 있다. 그러나 야외에서 밤(좀 쌀쌀하다)에 구경하기 때문에 옷을 따뜻하게 입고 갈 필요가 있다. (TIP : 월요일부터 목요일 오전 11시에는 가이드 없이 개인적으로 찾아오는 관람객을 위해 영어 안내 서비스를 해준다)

↳찾아가는 법 올드시티의 욥바 게이트(Jaffa Gate) 바로 안쪽에 있다.

↳주차장 박물관 입구에서 5분 거리에 Carta라는 유료 주차장이 있다.
 그러나 토요일은 휴무이다.

↳개장시간 일요일~목요일 10:00~16:00, 토요일 10:00~14:00, 금요일 휴무

↳입장요금 일반 30NIS, 학생 20NIS, 어린이 15NIS

↳Jerusalem Lights the Night Show
 일반 50NIS, 어린이 40NIS(낮의 박물관 관람과 밤에 하는 조명쇼를 함께 볼
 수 있는 티켓은 일반 65NIS, 어린이 55NIS임)

↳주소 : P.O.BOX 14005, Jaffa Gate, Jerusalem 91140

↳Tel. 02-626-5333, Fax. 02-628-3418

↳24시간 안내전화 02-626-5310   ↳E-mail : tower@netvision.net.il   website : www.towerofdavid.org.i

기독교 안내센터
(Christian Information Center)

예루살렘을 포함한 이스라엘은 기독교인들의 성지이기도 하지만, 가톨릭과 유대교, 모슬렘 성지이기도 하다. 그렇기 때문에 일반적인 여행자 안내소에 가면 기독교인만을 위한 정보가 따로 마련되어 있지 않다. 그래서 기독교인들을 위한 정보를 기대했다가 찾아가면 실망만 안고 돌아오게 된다. 하지만 예루살렘의 욥바 게이트 안쪽에 있는 다윗의 탑 바로 건너편에 기독교 안내센터가 있다. 이곳에 가면 크리스천 여행자들을 위한 많은 정보가 준비되어 있다. 간단한 지도와 유인물은 무료로 나눠주기도 하고, 비디오테이프이나 책들을 판매하기도 한다.

예루살렘의 밤거리

예루살렘 구시가지의 밤거리는 미로와 같다. 낮에는 상점 문이 모두 열리고 사람들이 많이 다니지만, 저녁 6시쯤부터는 모든 상가가 문을 닫고 인적도 드물어 마치 유령의 도시처럼 변한다. 그런데 문제는 모든 상가의 문이 똑같은 모양의 철문으로 닫히기 때문에 웬만큼 길눈이 밝지 않고는 길을 잃고 헤매기 쉽다. 밤에 올드시티의 골목을 다닐 때에는 이정표가 될 만한 것들을 잘 찾아서 다니는 것이 좋다.

샌들대신 랜드로버가 더 편하다.

이스라엘은 평균 기온이 높은 곳이다. 그래서 배낭여행하기에는 샌들이 좋을 것이라고 생각하기에 쉽다. 실제로 그곳에서 만나는 많은 아랍인들은 맨발에다 샌들을 신고 다닌다. 하지만 걸어 다니는 시간이 많은 배낭여행자들에게는 발에서 나는 땀으로 발바닥과 발가락 사이에 물집이 생기기 때문에 샌들보다는 땀 흡수 잘되는 면양말에 랜드로버 신발이 훨씬 좋다. 하지만 숙소에서 샤워실을 오가거나 가까운 거리를 다닐 때는 역시 슬리퍼나 샌들이 필요하므로 한 켤레 쯤은 가져가는 것도 좋다.

가방과 배낭은 꼭 내 손안에

가방이나 배낭을 들고 다니면서 터미널 화장실이나 공중전화부스 같은 곳에서 일을 보기 위해 잠시 가방을 내려놓는 것을 우리나라에서 흔히 볼 수 있는 일이다. 하지만 이스라엘에서는 이것은 큰 실수이다. 왜냐하면 워낙 폭발물에 의한 테러가 자주 있는 곳이라 주인 없이 혼자 덩그러니 있는 가방이나 배낭을 보면 테러범이 두고 간 폭발물인 줄 알고 가방 주변에 폴리스라인을 설치하고 폭발물 제거반이 오기 전까지 주변을 차단하는 일이 생긴다. 아무리 뒤늦게 나타나서 물건의 주인이라고 주장을 하더라도 일단 폴리스라인이 설치되면 쉽게 물건을 돌려주지 않는다. 만약 폭발물 제거반이 와서 아무 이상이 없음을 확인한다 하더라도 경찰서까지 가야하는 번거로움이 뒤따르게 될 것이다. 그러므로 절대 가방을 두고 그 곁을 떠나지 말아야 한다.

133

2. 유대인 지역(Jewish Quarter)

    올드시티 안에 있는 통곡의 벽 맞은편이 유대인 지구이다. 이곳도 볼거리가 많이 있지만, 대개 여행사 패키지로 온 순례객들은 들러 보지 못하는 곳이기도 하다. 유대인 지구 안에는 이슬라엣트 타워와 같은 기독교와 관련된 유적지, 불에 탄 집 등 이스라엘의 2천 년 전의 생활을 볼 수 있는 유적지도 많이 있다. 특히 다른 지역의 유적지와는 달리 유대인 지구에 있는 만큼 비교적 시설이나 보존 상태가 잘 되어 있는 곳이기도 하다. 유대인 지구를 꼭 들러 볼 것을 권하고 싶다.

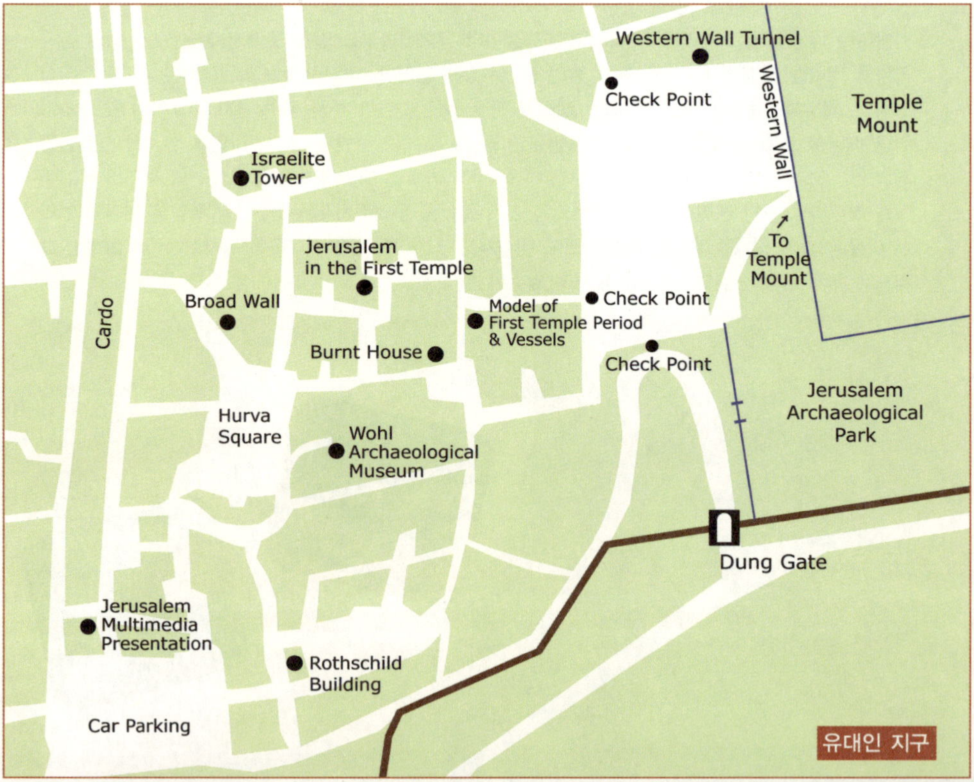

Western Wall Tunnel

Check Point

Temple Mount

Israelite Tower

Western Wall

Jerusalem in the First Temple

To Temple Mount

Cardo

Broad Wall

Model of First Temple Period & Vessels

●Check Point

Burnt House

Check Point

Jerusalem Archaeological Park

Hurva Square

Wohl Archaeological Museum

Dung Gate

Jerusalem Multimedia Presentation

Rothschild Building

Car Parking

유대인 지구

통곡의 벽(Western wall)

지금도 통곡의 벽에 가면 많은 유태인들이 커다란 돌을 쌓아올린 벽을 향하여 경전을 읽고 있는 모습과 머리를 앞뒤로 흔들며 기도하고 있는 모습을 볼 수 있다. 이곳에 들어가려면 머리에 키파를 써야 하며 사진 촬영은 할 수 없다. 이곳 주변에는 경계도 삼엄하다.

유대인들은 왜 통곡의 벽 앞에서 고개를 흔들며 기도하며, 왜 경계가 심한 것일까? 통곡의 벽은 헤롯이 BC 20년경에 솔로몬 성전에 이어 두 번째 성전을 지을 때 건축된 건축물의 일부인데, 70년경 로마의 디도 장군에 의해 예루살렘이 불바다가 되면서 솔로몬 성전도 허물어지고 말았다. 그 속에서도 다행히 성전의 서쪽 벽 끝부분만 조금 남게 되었다. 그래서 통곡의 벽을 다른 말로 서쪽의 벽이라고 한다. 그 당시 디도 장군이 솔로몬 성전을 모두 파괴하지 않고 서쪽 벽을 조금 남겨 놓은 이유는 커다란 성전을 부수었다는 것을 과시하기 위해서였다고 한다.

이 성벽 끝부분이 2천 년이 지났는데도 불구하고 남아있는 것은 그 성벽 바로 위에 계속해서 새로운 성을 쌓았기 때문이다. 그래서 통곡의 벽을 보면 밑 부분부터 위로 올라갈수록 서로 다른 크기의 바위로 쌓여져 있음을 알 수 있다. 크기가 다른 그 돌들이 다른 시대의 건축물이라고 보면 된다. 더 자세히 말하면 밑 부분부터 7단까지는 제2성전 시대의 것이고, 그 위의 4단까지는 로마시대에 덧붙인 것이며, 그 위에 있는 것은 터키 시대의 돌들이다. 그러므로 서쪽의 벽은 예수님 당시 건축물의 흔적이라 할 수 있다.

그런데 불행하게도 그 서쪽 벽의 안쪽에 지금은 이슬람 사원이 자리 잡고 있으니 유대인들로서는 안타까운 일이 아닐 수가 없다. 2천 년 전의 그 성전을 복구하지도 못하고 있을뿐더러 지금은 이슬람 성전의 일부가 되어 있으니 통곡을 하지 않을 수 없는 것이다.

그럼 2천 년 전의 예루살렘 성전 모습과 현재의 모습을 비교해 보자.

70년경에 이스라엘은 로마에 의해 완전히 멸망하게 되고, 그 후로 한동안 유대인은 예루살렘에 들어갈 수 없었다고 한다. 하지만 비잔티움 시대로 들어가면서 일 년에 단 한 번

성전이 파괴된 날에만 예루살렘에 들어오는 것이 허용되었는데, 그날에 흩어진 유대인들은 이곳에 모여 허물어진 성벽을 두들기며 슬피 울곤 했다고 한다. 그때부터 이곳을 통곡의 벽이라고 하였다.

1948년에서 1967년까지는 요르단 구역이었기 때문에 또다시 유대인들의 접근이 불가능했었는데, 6일 전쟁 이후로 다시 유대인들이 접근할 수 있게 되어 오늘에 이르게 된 것이다.

현재의 서쪽의 벽은 지하로 17단이 묻혀 있다. 그 묻혀 있는 일부의 모습을 보려면 윌슨 아치 안으로 들어가면 된다.

2천 년 전의 통곡의 벽 모습

현재의 통곡의 벽 모습

통곡의 벽 광장 가운데를 작은 펜스로 막아놓았는데, 좌측이 남자용이고 우측이 여자용이므로 조심해야 하고 남자들은 그곳에 들어가기 위해서는 키파를 써야 한다. 키파는 광장 입구에서 무료로 빌려준다. 유대인은 만 13세가 되면 금요일에 성년식을 행한다.

그리고 통곡의 벽 좌우에 수돗물이 있다. 물 값을 아끼려면 그곳에서 물통에 물을 가득 채우는 것도 좋다. 개장시간은 따로 없고 입장료도 없다. Google Earth, Wailing wall

퀴즈 4 : 통곡의 벽 왼쪽엔 크고 작은 아치로 된 터널이 있다. 모두 몇 개일까?

통곡의 벽 터널
(The Western Wall Tunnels)

하나님께 제사를 드리던 성전이 예루살렘에서 사라져 버린 것을 제일 안타까워하는 사람들은 역시 유대인들이다. 그래서 현재 겨우 남아있는 성전의 흔적인 통곡의 벽 말고도 좀 더 구체적인 성전의 크기와 규모를 알고 싶어 했던 고고학자들은 끊임없이 성전 발굴에 노력을 기울였는데, 19세기 후반 영국의 고고학자인 찰스 워렌과 찰스 윌슨이 통곡의 벽 우측 상단에 있는 아치를 하나 발견했고 그 아치가 헤롯왕 시대의 제2성전으로 들어가는 입구의 하나인 계단이라는 것을 밝혀냈다. 그 이후로 성전 발굴 작업은 더욱 열기를 띄었고, 1967년에 일어난 6일 전쟁 이후 본격화되었다.

그 결과 통곡의 벽 좌측으로 터널이 있다는 것을 알고 발굴 작업을 하려 했지만, 그곳에는 이미 많은 사람들이 집을 짓고 살고 있었기 때문에 발굴 작업은 쉽지 않았다. 하지만 고고학자들은 터널 발굴 전문가와 유대인 랍비 등을 앞세워 20년이라는 세월동안 천천히 그러면서도 하나하나 조심스럽게 발굴해 나갔다. 마침내 20년 뒤, 통곡의 벽 좌측에서 약 500m의 긴 터널을 발굴하였는데, 그동안 알려지지 않았던 제2성전의 규모와 크기, 모양에 대한 새로운 사실들이 밝혀지게 되었다.

지금은 조명시설과 안내 간판이 잘 되어 있어서 예루살렘 여행에서 빠질 수 없는 새로운 코스가 되었다. 이 터널에 들어서는 순간 여행자들은 마치 2천 년 전 예수님 당시의 성전벽 옆길을 걷는 듯한 착각이 들 정도이며, 아주 흥미로운 시간을 가질 수 있게 될 것이다. 그러나 이곳은 반드시 방문 전날 전화로 미리 예약을 하고 가야 한다.

↳찾아가는 법
통곡의 벽의 남자 구역으로 들어가는 입구 좌측에 있다.
↳개장시간
월요일~목요일 07:00~저녁까지, 금요일 07:00~12:00
↳예약전화 Tel. *5958(통화가능시간 08:30~17:00),
　　　　　　 02-627-1333
↳입장요금
개인 : 일반 25NIS, 학생 15NIS, 어린이 15NIS
그룹 : 일반 20NIS, 학생 10NIS, 어린이 10NIS
website : www.thekotel.org

통곡의 벽 센터
(Generations Center)

통곡의 벽 근처에 새롭게 문을 연 Generations Center는 3500년 유대인의 역사를 조명과 음악, 특수효과 등으로 흥미롭게 볼 수 있는 곳이다.

이곳은 여러 개의 방으로 되어 있는데, 각 방마다 역사의 시대별로 각종 조각품과 기념비 등을 전시해 놓고 조명과 특수효과를 활용하여 흥미롭게 감상할 수 있도록 해놓았다. 시간은 약 55분이 걸린다. 또한 이곳을 방문하게 되면 이스라엘 사람들의 특수효과를 이용한 전시 방식과 그들의 구성능력에 감탄하지 않을 수 없다. 예루살렘에서의 아주 특별한 경험을 하고 싶다면 이곳을 들러 볼 것을 권한다.

↳ **찾아가는 법**
통곡의 벽의 남자 구역으로 들어가는 입구 좌측에 있다.
↳ **개장시간**
월요일~목요일 07:00~저녁까지, 금요일 07:00~12:00
예약전화 Tel. *5958(통화가능시간 08:30~17:00), 02-627-1333
↳ **입장요금**
일반 20NIS, 학생 10NIS, 어린이 10NIS

불에 탄 집 박물관
(Burnt House Museum)

번트 하우스는 말 그대로 불에 탄 집이다. 예루살렘은 수천 년의 세월동안 여러 차례 불에 타고 멸망했던 불운의 역사를 가지고 있다. 불에 탄 집은 70년경에 로마의 디도 장군에 의해 멸망하면서 도시 전체가 불에 탔는데, 그때 불에 탄 한 가난한 집의 모습이 원형에 가깝게 발굴되어 지금은 유적지가 되어 있는 곳이다.

이곳은 2천 년 전의 예루살렘의 한 가정집이 어떤 가옥 구조와 주방기기, 가구들을 갖춰놓고 살았는지를 원형 그대로 볼 수 있는 아주 희귀한 유적지이다. 예수님 당시 예루살렘 사람들은 어떤 생활을 했는지 관심이 있는 사람이라면 한 번쯤 꼭 가봐야 할 곳이다.

내부에 들어가면 중앙에 유적지가 보존되어 있고, 그 주변을 따라 다니면서 자세히 볼 수 있도록 관람대가 설치되어 있다. 또한 유적지의 발굴과정과 출토품에 대하여 슬라이드 쇼가 약 10여분에 걸쳐서 영어로 상영하는데, 출토품과 유적지에 관한 설명을 할 때는 그에 맞게 조명을 비추어 입체적인 설명을 해주는데 이것 역시 볼만하다.

↳**개장시간**
일요일~목요일 09:00~17:00, 금요일 09:00~13:00
토요일과 공휴일은 휴무임
↳**입장요금**
일반 25NIS, 학생 20NIS, 어린이 12NIS

카르도(Cardo)

다마스커스 게이트와 시온문을 연결하는 비잔틴 시대의 도로를 카르도라고 한다. 이곳은 그 당시의 기둥과 도로가 비교적 많이 발굴되어 전시되고 있다. 이곳을 둘러보면 그 당시에 얼마나 도로 계획을 잘 했는지를 알 수 있고, 비잔틴 시대의 조각품들을 감상할 수 있다. 특히 밤에는 각 기둥과 여러 가지 유적물에 조명을 비춰서 낮에 감상하는 것 못지않게 밤에 감상하는 것도 또 다른 묘미가 있다. 거리에 전시되어 있기 때문에 입장료와 입장시간이 따로 없다.

Google Earth, The Cardo

이스라엘 타워
(Israelite Tower)

열왕기하 25장 1절부터 12절에 보면, 바벨론 왕 느부갓네살이 이스라엘을 침략하여 예루살렘의 제1성전을 파괴한 사건이 등장한다. 약 BC 580년경에 무너진 예루살렘 제1성전의 성루 자리가 아직도 남아있는데, 건물입구에서 돈을 내고 들어가면 2500년 전의 예루살렘 성문의 흔적

을 구경할 수 있다. 히스기야 성벽(Broad Wall) 바로 건너편에 있다.

↘**개장시간** 일요일~목요일 09:00~16:00, 금요일 09:00~13:00
↘**입장요금** 20NIS

관련성구 "시드기야 제구년 열째 달 십일에 바벨론의 왕 느부갓네살이 그의 모든 군대를 거느리고 예루살렘을 치러 올라와서 그 성에 대하여 진을 치고 주위에 토성을 쌓으매 그 성이 시드기야 왕 제십일년까지 포위되었더라 그 해 넷째 달 구일에 성 중에 기근이 심하여 그 땅 백성의 양식이 떨어졌더라 그 성벽이 파괴되매 모든 군사가 밤중에 두 성벽 사이 왕의 동산 곁문 길로 도망하여 갈대아인들이 그 성읍을 에워쌌으므로 그가 아라바 길로 가더니 갈대아 군대가 그 왕을 뒤쫓아가서 여리고 평지에서 그를 따라 잡으매 왕의 모든 군대가 그를 떠나 흩어진지라 그들이 왕을 사로잡아 그를 립나에 있는 바벨론 왕에게로 끌고 가매 그들이 그를 심문하니라 그들이 시드기야의 아들들을 그의 눈앞에서 죽이고 시드기야의 두 눈을 빼고 놋 사슬로 그를 결박하여 바벨론으로 끌고 갔더라…"(왕하 25:1~12)

히스기야 성벽(Broad Wall)

이곳은 약 BC 701년경 히스기야 왕 때 앗수르 왕 산헤립이 쳐들어와서 취한 예루살렘 성벽의 일부가 발견되어 보존되어 있는 성벽의 일부이다. 길 가에 있기 때문에 쉽게 찾을 수 있으며, 입장료나 입장시간은 따로 있지 않다.

관련성구 "히스기야 왕 제십사년에 앗수르의 왕 산헤립이 올라와서 유다 모든 견고한 성읍들을 쳐서 점령하매 유다의 왕 히스기야가 라기스로 사람을 보내어 앗수르 왕에게 이르되 내가 범죄하였나이다 나를 떠나 돌아가소서 왕이 내게 지우시는 것을 내가 당하리이다 하였더니"(왕하 18:13~14)

퀴즈 5 : 히스기야 성벽 유적지에 가면 벽면에 높이를 측정하는 숫자가 부착되어 있다. 가장 높은 숫자는 과연 얼마일까?

제1차 성전시대 예루살렘 모형 전시관
(Jerusalem in the First Temple Period)

예루살렘 제1성전 시대의 성전 모습을 모형으로 만들어 놓았고, 성전에서 사용하던 여러 가지 물건들도 재연하여 만들어 놓았다. 이곳에 가면 구약시대에 관한 여러 가지 책과 사진첩 등 정보를 구할 수 있다.

↘입장시간 일요일~목요일 09:00~16:00
↘입장요금 일반 18NIS, 어린이 및 학생 14NIS
↘주소 Bonei Hahoma St, Jerusalem Tel. 02-628-6288

성전 기물 전시관
(Models of the Temple and Vessels)

제1성전 시대와 그 시대의 성벽과 건물들, 그 당시 제사장들이 하나님께 제사를 드릴 때 사용하던 물건들을 모형으로 만들어서 전시해 놓은 곳이다. 제사 드릴 때 어떤 옷을 입었고 어떤 위치에서 어떤 식으로 제사를 드렸는지 한눈에 볼 수 있어서 신학을 공부하는 사람들이나 목회자들은 꼭 한 번 들러볼 만한 곳이다. 안에서 카메라나 비디오 촬영은 못하게 되어 있다.

↘개장시간 일요일~목요일 10:00~17:00
↘입장요금 일반 6NIS, 학생 5NIS

고고학 박물관(헤롯시대 집터)
(Wohl Archaeological Museum 〈Herodian House〉)

헤롯왕 시대 예루살렘 성안 윗동네(Upper city)에 살던 유대인들의 사는 모습을 보고 싶다면, 유대인 지역에 있는 고고학 박물관에 가서 지하 3m만 내려가면 2천 년 전으로 돌아갈 수 있다.

그 당시 부유한 동네였던 이곳은 집의 2층 구조와 벽장식, 모자이크 바닥, 장신구, 가구 등 사치스러운 모습이 유적으로 아주 잘 보관되어 있다. 조금 전 누군가 잠을 자다 일어났을 것 같은 방과 누군가 금방이라도 왔다 갔다 했을 것 같은 부엌 등은 2천 년 전의 것이라고 느껴지지 않을 만큼 깨끗하게 잘 보존되어 있다는 것이 신기할 정도이다.

↳개장시간 일요일~목요일 09:00~17:00, 금요일 09:00~13:00, 토요일 휴무임   Tel. 02-628-3448
↳입장요금 15NIS

헝겊, 보자기는 필수품

이스라엘 여행에서 꼭 필요한 것은 커다란 헝겊이나 보자기이다. 워낙 더운 지역이기 때문에 반바지 차림으로 여행을 하는 사람이 많은데 이런 사람은 이스라엘 각 지역에 분포되어 있는 교회나 사원의 유적지에서 출입금지를 당하게 된다. 거룩한 장소에 반바지 차림으로 들어갈 수 없기 때문이다. 어렵게 유적지까지 찾아왔는데 단지 반바지 차림이라는 이유 하나만으로 출입을 거절당한다면 그 기분은 어떨까!

하지만 이때 커다란 보자기로 허리 아래를 둘러서 무릎을 가리면 된다. 그래서 입구에서는 반바지 차림으로 들어가지 못하고 있는 관광객들에게 커다란 보자기를 1달러씩 받고 빌려주는 장사꾼들이 있다. 그럴 때를 대비해서 평상시에는 반바지 차림으로 여행을 하다가 유적지에 들어갈 때만 살짝 보자기로 가리면 만사 오케이다.

별 것 아닐 것 같지만 그래도 보자기 하나가 가져다주는 편리함은 엄청나다. 이 말을 명심하라, 이스라엘을 갈 땐 반드시 보자기를 준비할 것. 그리고 유스호스텔에서 옷을 갈아입을 때도 보자기는 여러 가지로 편리하다.

3. 시온산 주변(Mount Zion)

　시온성은 원래 예루살렘 성안에 있어야 하지만, 성을 설계하는 사람이 잘못해서 지금
은 성 밖에 있게 되었다고 한다. 시온산에는 성만찬이 있는 다락방도 있고, 다윗 왕의
무덤이 있으며, 동정녀 마리아가 죽은 곳이기도 하다.

관련성구　"여호와께서 시온의 포로를 돌려 보내실 때에 우리는 꿈꾸는 것 같았도다"(시 126:1)
"주 만군의 여호와께서 이르시되 시온에 거주하는 내 백성들이 잇수르가 애굽이 한 것 처럼 막대기로 너를 때리며 몽둥
이를 들어 너를 칠지라도 그를 두려워하지 말라"(사 10:24)

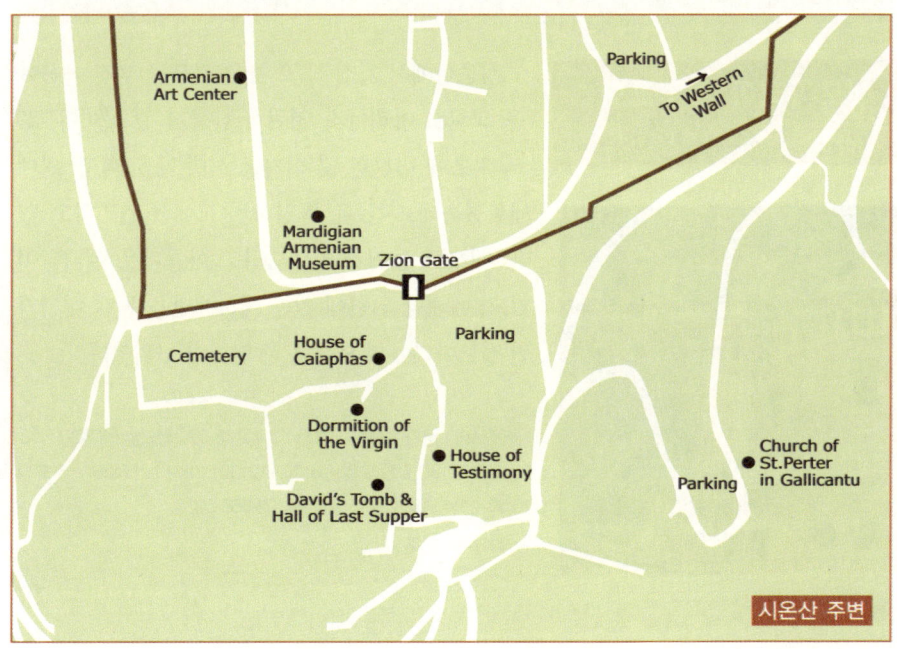

143

가야바의 집터
(The House of Caiaphas)

가야바는 27년부터 36년까지 유대의 대제사장이며 전 제사장 안나의 사위이기도 하다. 예수님이 겟세마네 동산에서 기도하실 때 병사들에게 끌려왔을 때 예수를 못마땅하게 생각한 그는 먼저 안나스에게 데려간 다음 자기가 직접 신문하고 빌라도에게 끌고 간 자이다. 그는 예수님이 돌아가신 후에도 사도들을 핍박하기도 했었다.

시온문을 나오자마자 오른쪽으로 약 10m 정도 가면 왼쪽에 작은 문이 하나 있는데, 담이 높이 세워져 있어서 밖에서는 안이 보이지 않지만, 이 문을 통해 들어가면 가야바의 집터를 볼 수 있다. 현재 관광객들을 위한 공개된 장소가 아니라서 입장시간이나 입장요금은 따로 없지만, 때에 따라 들어갈 수 없을 때도 있다.

> **관련성구** "예수를 잡은 자들이 그를 끌고 대제사장 가야바에게로 가니 거기 서기관과 장로들이 모여 있더라…"
> (마 26:57~65)

성모마리아 영면교회
(Dormition of The Virgin)

시온산에서 가장 크고 높은 지붕을 가진 아름다운 교회로 마리아가 영원히 잠들게 된 곳이다. 20세기 초에 비잔틴 및 십자군 시대 때 교회 터 위에 세워졌는데, 지금은 독일 천주교에서 관리하고 있다. 내부로 들어가면 엄숙하고 아름다운 예배당이 있고, 예배당 뒤편에 있는 지하계단을 통해 내려가면 성모마리아의 모습을 한 인형이 누워있다.

개장시간 평일 08:30~12:00, 12:40~18:00 / 목요일 08:30~12:00, 12:40~17:30 / 토요일 08:30~12:00, 12:40~17:30 / 일요일 10:30~11:45, 12:40~17:30 / Tel. 02-565-5330
입장요금 무료

퀴즈 6 : 성모마리아 영면교회 1층 내부로 들어가면 둥근 천장에 마리아가 성경책을 들고
있는 아기 예수를 안고 있는 그림이 모자이크로 그려져 있다. 이 그림에는 아기 예
수가 손가락을 펴고 있는데 몇 개의 손가락을 펴고 있을까?

베드로통곡교회
(Church of St. Peter in Gallicantu)

예수님 체포당시 대제사장이던 가야바의 집
으로 간주되는 지점에 1931년에 이 교회가 세
워졌다고 한다. 베드로는 여기서 주님을 부인
하였다. 이 교회의 지하에는 예수님께서 갇혀 있었다는 감옥이 있다.

Google Earth, Church of St. Peter in Gallicantu

↘개장시간
월요일~토요일 08:00~11:45, 14:00~17:00 , 일요일 휴무임

관련성구 "베드로는 아랫뜰에 있더니 대제사장의 여종 하나가
와서 베드로가 불 쬐고 있는 것을 보고 주목하여 이르되 너도 나
사렛 예수와 함께 있었도다 하거늘 베드로가 부인하여 이르되 …
닭이 곧 두 번째 울더라 이에 베드로가 예수께서 자기에게 하신
말씀 곧 닭이 두 번 울기 전에 네가 세 번 나를 부인하리라 하심
이 기억되어 그 일을 생각하고 울었더라" (막 14:66~72)

최후의 만찬다락방
(The Hall of The Last Supper)

예수님이 십자가에 못 박히기 전에 열두 제
자와 함께 마지막 식사를 하면서 떡과 포도주
를 나누시던 다락방의 모습을 우리는 최후의
만찬이라는 그림을 통해서 많이 보아왔다. 하지만 이곳은 그림 속의 다락방과는 거리
가 멀다. 그리고 우리가 생각하는 그런 다락방의 모습도 찾아볼 수 없다. 왜냐하면 예수
님이 제자들과 함께 마지막 저녁식사를 하셨던 장소라고 정확히 얘기할 수 없기 때문이
다. 다만 2천 년 전에 예수님께서 마지막 만찬을 하시고, 제자들에게 성령이 임한 오순
절의 위치일 거라고 추측할 뿐이다.

또한 이 교회의 내부는 화려한 고딕 건물로 되어 있는데, 이곳 역시 예루살렘의 사연
많은 역사와 함께 부서지고, 다시 세워지고, 또다시 파괴되었다가 오늘날의 모습으로
변형이 되었다. 그리고 아래층에는 다윗 왕의 기념묘가 있다.

Google Earth, last supper & chess

퀴즈 7 : 마가의 다락방 내부에는 중앙에 커다란 기둥이 있다. 모두 몇 개일까?

다윗기념무덤
(The Tomb of David)

이곳은 말 그대로 다윗 왕의 죽음을 기념하는 가무덤일 뿐이지 실제로 다윗 왕의 무덤은 아니다. 입구에서 무료로 나눠주는 키파를 쓰고 내부로 들어가면 약 3평 정도의 작은 방이 있는데, 이 방의 가운데에 푸른색의 융단으로 덮여있는 커다란 관을 볼 수 있다. 하지만 이 관안에는 무엇이 들어 있는지는 알 수 없다. 다윗 왕의 무덤은 성경에 예루살렘 성의 동쪽이라고 기록되어 있지만, 이곳은 예루살렘 성안의 서쪽에 위치하고 있다. Google Earth, king david' s tomb

↳개장시간
겨울 : 일요일~목요일 08:00~17:00, 금요일 08:00~13:00, 토요일 08:00~18:00
여름 : 일요일~목요일 08:00~18:00, 금요일 08:00~14:00, 토요일 08:00~18:00
↳입장요금 무료

4. 기드론 계곡(Kidron Valley)

예루살렘의 스데반 문으로 나오면 넓은 광장이 있고 밑으로 내려가는 길이 보인다. 이 길을 따라 가면 차가 다니는 길이 나오고, 그 길을 건너면 다시 감람산으로 올라가는 길이 나오는데, 이곳이 기드론 계곡이다. 기드론 계곡은 말 그대로 양옆에 높은 산과 언덕을 사이에 두고 깊게 패인 골짜기인데, 한쪽은 예루살렘 성을 또 한쪽은 감람산을 사이에 두고 있다.

그래서 예루살렘 성에서 감람산으로 가려면 이 기드론 계곡을 거쳐야만 한다. 예루

살렘 성 쪽의 언덕 위에는 모슬렘 교도들의 무덤이 몰려 있는데, 이것은 모슬렘 교도들이 성 가까이에 묻히고 싶어하기 때문이라고 한다. 그리고 감람산 쪽에는 예루살렘 성 쪽을 향해서 가지런히 놓여있는 유대인들의 무덤을 볼 수 있는데, 이 역시 구세주의 강림을 기다리기 때문이라고 한다.

관련성구 "예수께서 이 말씀을 하시고 제자들과 함께 기드론 시내 건너편으로 나가시니 그 곳에 동산이 있는데 제자들과 함께 들어가시니라"(요 18:1)

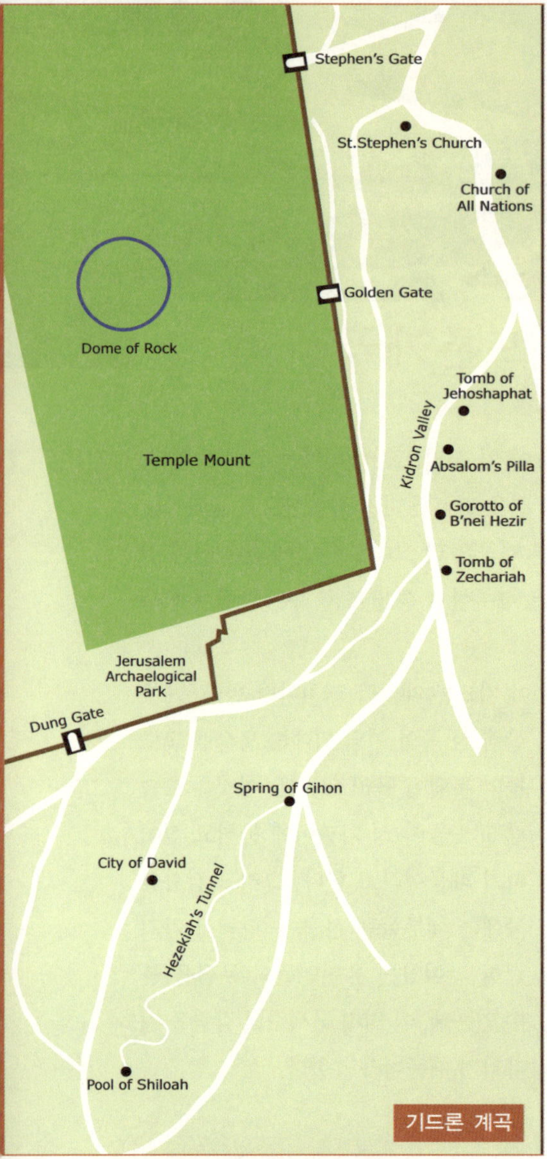
Stephen's Gate
St.Stephen's Church
Church of
All Nations
Golden Gate
Dome of Rock
Tomb of
Jehoshaphat
Kidron Valley
Temple Mount
Absalom's Pilla
Gorotto of
B'nei Hezir
Tomb of
Zechariah
Jerusalem
Archaelogical
Park
Dung Gate
Spring of Gihon
City of David
Hezekiah's Tunnel
Pool of Shiloah
기드론 계곡

스데반기념교회

크리스천이라는 이유만으로 사울이 주동하는 무리들에 의해 돌멩이에 맞아 순교했던 집사 스데반을 기념하여 만든 교회이다. 라이온 게이트를 빠져 나와서 약 50m 정도 내려오면 차가 다니는 도로가 나오는데, 그 도로에서 오른쪽으로 교회가 보인다.

관련성구

"스데반이 성령 충만하여 하늘을 우러러 주목하여 하나님의 영광과 및 예수께서 하나님 우편에 서신 것을 보고 말하되 보라 하늘이 열리고 인자가 하나님 우편에 서신 것을 보노라 한대 그들이 큰 소리를 지르며 귀를 막고 일제히 그에게 달려들어 성 밖으로 내치고 돌로 칠새 증인들이 옷을 벗어 사울이라 하는 청년의 발 앞에 두니라 그들이 돌로 스데반을 치니 스데반이 부르짖어 이르되 주 예수여 내 영혼을 받으시옵소서 하고 무릎을 꿇고 크게 불러 이르되 주여 이 죄를 그들에게 돌리지 마옵소서 이 말을 하고 자니라"(행 7:55~60)

압살롬기념무덤
(Absalom's Pillar Tomb)

다윗 왕의 아들 압살롬은 이복형제인 암논이 자신의 여동생 다말을 겁탈하자 분노에 차서 그를 죽이고 헤브론으로 도피한 후, 다시 다윗의 왕좌를 찬탈하려 했던 패륜아이다.

압살롬은 아버지가 왕으로 있는 다윗 성을 침략하여 아버지의 후궁을 겁탈하고, 마

침내 다윗의 군사와 충돌하여 나뭇가지에 목이 걸려 죽는 비참한 최후를 맞이했다. 그 압살롬의 무덤이 현재 기드론 계곡에 있는데, 무덤 속에는 아무것도 없다고 한다. 유대인들은 다윗 왕에게 칼을 들이댔던 패륜아 압살롬의 무덤을 지날 때마다 지금도 돌을 던진다고 한다. Google Earth, Absalom's Pillar

관련성구
"···요압이 이르되 나는 너와 같이 지체할 수 없다 하고 손에 작은 창 셋을 가지고 가서 상수리나무 가운데서 아직 살아 있는 압살롬의 심장을 찌르니 요압의 무기를 든 청년 열 명이 압살롬을 에워싸고 쳐죽이니라 요압이 나팔을 불어 백성들에게 그치게 하니 그들이 이스라엘을 추격하지 아니하고 돌아오니라 그들이 압살롬을 옮겨다가 수풀 가운데 큰 구멍에 그를 던지고 그 위에 매우 큰 돌무더기를 쌓으니라 온 이스라엘 무리가 각기 장막으로 도망하니라 압살롬이 살았을 때에 자기를 위하여 한 비석을 마련하여 세웠으니 이는 그가 자기 이름을 전할 아들이 내게 없다고 말하였음이더라 그러므로 자기 이름을 기념하여 그 비석에 이름을 붙였으며 그 비석이 왕의 골짜기에 있고 이제까지 그것을 압살롬의 기념비라 일컫더라"(삼하 18:9~18)

퀴즈 8 : 압살롬의 무덤에는 네 개의 사각기둥 외에 둥근 기둥이 있다. 이 둥근 기둥은 네 개의 면을 합쳐 모두 몇 개일까?

헤실 자손들의 무덤
(Gorotto of B'nei Hezir)

헤실이라는 인물은 성경에 자세히 기록되어 있지 않다. 단지 다윗 왕 시대 때 열일곱 번째 제사장을 지냈던 인물 정도로만 알려져 있는데, 이 헤실 제사장과 그의 가족들이 묻힌 동굴이라고 알려져 있다.

그리고 예수님이 가룟 유다에 의해 체포될 때 제자였던 야고보가 이 동굴에 숨었었다고 해서 야고보의 동굴(Gorotto of Tames)이라고도 불리기도 한다. 정말 겟세마네 동산에서 이곳까지는 얼마든지 달려와서 숨을 수 있는 거리이며, 안쪽에 있는 동굴이기 때문에 밤중에 숨어 들어가면 아무도 찾을 수 없을 지도 모른다.

스가랴의 무덤
(The Tomb of Zechariah)

누가복음 11장 50~51절을 보면, 예수님께서 바리새인과 율법학자들에 대해서 책망하시면서 하신 말씀이 나온다. "창세 이후로 흘린 모든 선지자의 피를 이 세대가 담당하되 곧 아벨의 피로부터 제단과 성전 사이에서 죽임을 당한 사가랴의 피까지 하리라." 스가랴는 요아스가 왕이 되도록 공헌한 제사장 여호야다의 아들이다.

그런데 아버지 여호야다가 죽자 왕과 백성들은 하나님을 외면하는 생활을 하게 되고, 스가랴는 하나님의 명령을 받아 그들에게 하나님을 경외하는 삶을 살 것을 경고한다. 하지만 요아스는 여호야다의 은공도 잊은 채 여호야다의 아들인 스가랴를 성전 안에서 돌로 쳐 죽였다. 아마도 성전 안에서 돌로 맞아 죽은 사람은 스가랴뿐일 것이다. 돌에 맞아 피를 흘리고 형체도 알아보지 못할 정도로 망가진 스가랴의 시체는 끌려나와 이곳 기드론 계곡에 묻힌 것이다.

압살롬의 무덤, 헤실 자손들의 무덤과 함께 나란히 있는 스가랴의 무덤은 지붕이 마치 피라미드 모양처럼 생겼고, 그 밑에는 12개의 기둥이 받쳐있는 모습인데, 철조망이 없어서 가까이 가서 볼 수 있다. 하지

만 가까이 가면 여러 가지 쓰레기들로 어지럽혀 있으니 봉투를 들고 가서 청소해 보는 것은 어떨까? 스가랴의 용기와 순교하는 모습을 생각하면서….

Google Earth, Tomb of Zechariah

> **관련성구**
> "이에 하나님의 영이 제사장 여호야다의 아들 스가랴를 감동시키시매 그가 백성 앞에 높이 서서 그들에게 이르되 하나님이 이같이 말씀하시기를 너희가 어찌하여 여호와의 명령을 거역하여 스스로 형통하지 못하게 하느냐 하셨나니 너희가 여호와를 버렸으므로 여호와께서도 너희를 버리셨느니라 하나 무리가 함께 꾀하고 왕의 명령을 따라 그를 여호와의 전 뜰 안에서 돌로 쳐죽였더라" (대하 24:20~21)

다윗의 도시
(City of David)

다윗 성이라 불리는 이곳은 원래 여부스 족이 살고 있었는데, BC 1003년경에 다윗이 이곳을 여부스 족으로부터 빼앗아 다윗성이라고 이름을 붙이고 정착하였다.

이곳은 기드론 골짜기의 중턱에 있는 곳이라 다윗이 이곳에 쳐들어 왔을 때에도 여부스 족들은 다윗의 군대를 향해 "네가 결코 이리로 들어오지 못하리라 맹인과 다리 저는 자라도 너를 물리치리라" (삼하 5:6)고 조롱하였을 정도로 이 성은 난공불락의 요새였

다. 하지만 다윗은 수구라는 작은 굴을 통하여 이곳에 잠입하여 성을 빼앗게 된 것이다.

이 성 바로 옆에는 기혼샘이 있어서 더욱 성으로써의 역할을 하기에 충분했고, 다윗은 이곳에 여호와의 궤를 들여오며 너무 기뻐서 옷을 벗고 춤을 춘다. 이 모습을 본 다윗의 아내 미갈이 다윗을 조롱하므로 그녀에게 죽을 때까지 자식이 없게 되는 저주를 받은 곳이다.

티켓을 구입해서 들어가면 오른쪽으로 BC 586년경에 바벨론에 의해 파괴되고 남은 다윗성 일부분의 모습을 볼 수 있다. 그리고 워렌 샤프트라고 하는 수직 갱도를 통해 땅속으로 내려가면 좁고 긴 히스기야 터널이 나온다. 왼쪽으로 가면 기혼샘, 오른쪽으로 가면 실로암 연못으로 연결된다.

Google Earth,
The City of David Archeaological Garden

기혼샘
(The Spring of Gihon)

구약시대에는 예루살렘에 물을 공급하는 샘이 두 개가 있었다. 기혼샘이 그 중에 하나로 그 당시 사람들에게는 매우 중요한 곳이었다. 강수량이 많지 않고 기온이 높은 지역으로서는 물이 그만큼 소중하기 때문이다. 예루살렘 성이 기혼샘 옆에 세워진 것도 그런 이유 때문이다. 기혼샘을 더욱 중요하게 생각한 사람은 다윗 왕이다. 그가 예루살렘에 처음으로 쳐들어와 이스라엘 국가를 건설하게 된 것도 기혼샘 밑으로 나 있는 수로를 이용했고, 사랑하는 아들 솔로몬에게 왕으로 기름 부어 줄 때도 이 샘에서 했을 정도였다. 솔로몬이 왕으로 등극한지 2세기 반 만에 산헤립이 침공해 왔을 때는 히스기

야 왕이 기혼샘의 물줄기를 바꿔놓는 대 역사를 이루어 놓기도 했다.

이렇듯 역사적인 의미가 깃든 곳임에도 불구하고 오늘날의 기혼샘은 너무나 허술하기 이를 데 없다. 기혼샘을 찾아갈 수 있을 만한 안내판도 없어 그냥 물어서 가야 할 정도이며, 막상 그 앞에 가도 '과연 이곳에서 솔로몬 왕이 기름 부음 받은 곳일까?' 하는 의구심이 들 정도이다. 하지만 기혼샘에 들어가려면 입장료를 내야하고, 히스기야 터널이 시작되면 그 끝은 실로암 연못이 된다.

Google Earth, Gihon spring(water/more waterbodys/israel)

관련성구 "왕이 그들에게 이르되 너희는 너희 주의 신하들을 데리고 내 아들 솔로몬을 내 노새에 태우고 기혼으로 인도하여 내려가고"(왕상 1:33)

히스기야 터널
(Hezekiah's Tunnel)

역대하 32장 30절을 보면 히스기야 왕이 산헤립의 침략에 대비해서 성 밖에 있는 샘물의 줄기를 성안으로 끌어들였다는 말씀이 있다. 그 물줄기가 히스기야 터널이다.

히스기야 왕은 산헤립이 침략해 들어 올 것을 대비해서 전국의 장인들을 불러 모아 방패와 병기를 만들게 했고, 예루살렘 성의 곳곳에 요새를 만드는 등 군사전략가로써 뛰어난 기질을 보였었다. 산헤립이 침공해 올 경우 예루살렘 성문을 모두 닫아야 하는데, 예루살렘 성안의 사람들이 먹는 샘물이 성 밖에 있는 기혼샘 뿐이었다. 그래서 히스기야 왕은 약 2천 5백 명의 사람들을 동원하여 기혼샘물로부터 성안에 있는 실로암까지 터널을 뚫어 연결하기로 맘먹고 딱딱한 암반을 파 들어가는 대공사를 시작했던 것이다. 그 길이는 약 533m라고 한다. 그런데도 약 15cm 정도의 오차밖에 없었다고 하는데, 그 당시의 기술로 이런 공사를 해냈다는 것은 현대 기술로도 놀라지 않을 수 없다고 한다.

그 당시의 공사현황을 기록한 돌판이 발견되었지만, 지금은 그곳에 없고 이스탄불에서 보관하고 있다고 한다. 지금도 히스기야 터널에는 발끝이 시릴 정도의 차가운 샘물이 엄청난 양으로 흐르고 있고 그 물에는 고기도 살고 있다.

관련성구 "이 히스기야가 또 기혼의 윗샘물을 막아 그 아래로부터 다윗 성 서쪽으로 곧게 끌어들였으니 히스기야가 그의 모든 일에 형통하였더라" (대하 32:30)

도대체 어떤 장비로 이렇게 단단한 바위를 정교하게 뚫었는지 감탄사가 나올 정도이고, 한 사람이 지나갈 수 있을 정도의 폭과 약 2m 정도의 높이로 파 들어가면서 중간 중간에 마주오는 사람과 비켜설 수 있는 공간도 만들어 놓았다. 이 터널을 통과하는 데는 약 30분 정도 걸리는데, 반바지와 샌들을 신고 들어가는 것이 좋다. 또 반드시 랜턴이나 촛불이 있어야만 한다. 촛불이 준비되어 있지 않으면 기혼샘 입구에서 양초와 성냥을 팔고 있다.

↘입장요금 기혼샘에 들어올 때 낸 입장료로 히스기야 터널을 통과하고 실로암 연못까지도 갈 수 있다.

실로암 연못
(Pool of Shiloam)

실로암 연못은 히스기야 터널을 통해 들어온 기혼샘물을 받아 두는 저수지 같은 곳이었다. 요한복음 9장에 등장하는 소경의 눈을 예수님이 고쳐주셨던 유명한 장소이기도 하다. 이곳에 5세기경에 교회가 세워졌지만, 614년 페르시아 침략 때 파괴되어 오늘날까지 재건되지 않고 파괴된 모습으로 남아있다. Google Earth, Pool of Shiloam

↘찾아가는 법
예루살렘성의 분문으로 나와서 길을 건너 왼쪽으로 약 30m 내려가다 보면 오른쪽에 입구가 보인다.
↘개장시간 일요일~목요일 08:00~17:00, 금요일 08:00~13:00
↘입장요금 개인 : 일반 25NIS, 어린이 13NIS
　　　　　 그룹 : 일반 21NIS, 어린이 12NIS

관련성구
"…그들이 묻되 그러면 네 눈이 어떻게 떠졌느냐 대답하되 예수라 하는 그 사람이 진흙을 이겨 내 눈에 바르고 나더러 실로암에 가서 씻으라 하기에 가서 씻었더니 보게 되었노라"(요 9:1~11)

퀴즈 9 : 실로암 연못은 최근에 새롭게 발굴되어 전시되고 있다. 이곳에는 연못으로 들어가는 계단이 있는데, 현재까지 발굴된 계단은 모두 몇 개일까?

예루살렘 고고학 공원
(The Jerusalem Archaeological Park)

성전산(Temple Mount) 남쪽이자 통곡의 벽 오른쪽 낮은 곳에 보면 솔로몬 시대의 중앙관저와 귀족들이 살았던 주거지의 유적지가 있다. 이곳에는 마치 작은 마을을 이룬 것 같이 꽤 넓은 유적들을 볼 수 있도록 순례자들을 위한 안내 길이 마련되어 있는데, 이 길을 따라 돌면 제2성전 시대의 입구인 훌다문과 비잔틴 시대의 모자이크를 볼 수 있다. 특히 이곳에는 가나안 시대 때부터 솔로몬 시대의 성전 모습, 헤롯 왕 때의 성전 모습을 입체적으로 영상을 통하여 보여주는데, 예루살렘 성전의 모습이 어떻게 지어졌으며, 어떻게 변해왔는지를 한눈에 효과적으로 볼 수 있다.

Google Earth, The Ophel Archaeological Garden

↳찾아가는 법 분문(Dung Gate) 안으로 들어오면 바로 오른쪽에 입구가 있다.
↳개장시간 일요일~목요일 08:00~17:00, 금요일 08:00-14:00 Tel. 02-627-7550, Fax. 02-627-7962
↳입장요금 개인 : 일반 30NIS, 그룹 : 일반(25명이상) 21NIS, 어린이 16NIS, 가이드 안내 160NIS
↳E-mail : davidson@pami.co.il Website : www.archpakr.org.il

알짜정보

숙소를 말할 때는 신시가지라고 해야 한다.
예루살렘의 숙소는 유대인들이 사는 지역에 있는 숙소와 아랍인들이 사는 숙소로 나뉜다. 그런데 유대인들 지역의 숙소는 숙박비가 비싸다. 물론 숙박비가 비싼 만큼 시설은 좋다. 반면 아랍인들이 사는 지역에 있는 숙소는 비용이 저렴하다. 물론 이 책에서 소개하는 숙소도 대부분 아랍 지역에 있는 것으로 소개하였다. 그런데 문제는 비자 문제로 관공서에 가거나 공항에서 입출국할 때 머물고 있는 숙소를 아랍 지역에 있는 곳으로 소개하면 절차가 까다롭기 때문에 신시가지로 얘기하는 것이 좋다.

5. 올리브산과 베다니 지역(Olive Mt. & Bethany)

올리브산(Olives Mt.) 예루살렘 성의 동쪽에 있는 작은 산이 올리브산이다. 스데반 문을 나와 기드론 계곡을 건너가면 예루살렘 성을 한눈에 볼 수 있다. 이 산 역시 예수님과 많은 관련이 있다. 제자들과 함께 설교하시고, 예루살렘 성을 보며 눈물을 흘리셨으며, 유다의 배반에 의해 로마 병사들에게 끌려가기 직전 이곳에서 기도하셨으며, 골고다에서 돌아가신 후 부활하셔서 많은 제자들이 보는 가운데 승천하셨던 곳이다. 그래서 아직도 많은 유대인들은 죽은 후 예루살렘성이 잘 보이는 이 산에 묻혀서 예수님께서 다시 재림하기를 기다리고 있는 곳이기도 하다.

이 산은 낮지만 더울 때는 걸어 올라가기도 쉽지 않다. 그러므로 다른 곳의 유적지를 하나하나 둘러보면서 올라가는 일정을 잡는 것이 좋다. 먼저 올리브산으로 올라가는 길 입구 왼쪽에 있는 성모마리아의 무덤과 겟세마네 동굴을 둘러보고, 입구 오른쪽에 커다랗게 자리 잡고 있는 만국교회를 둘러보고, 그 위에 있는 눈물교회와 학개 선지자 무덤, 예수승천교회, 주기도문교회를 둘러 본 후 그 길로 뒤로 넘어가 벳바게교회와 베다니의 나사로 무덤을 보고, 다시 그 길로 되돌아 올라와 올리브산 정상에 오르면 시원한 바람이 땀을 식혀준다. 이곳에서 해질 무렵에 예루살렘 성을 바라보는 것 또한 절경이다. 그리고 올라온 길로 다시 내려오면서 기드론 계곡으로 내려가 압살롬의 무덤을 보고 오펠의 언덕을 둘러보는 순서를 정하면 된다.

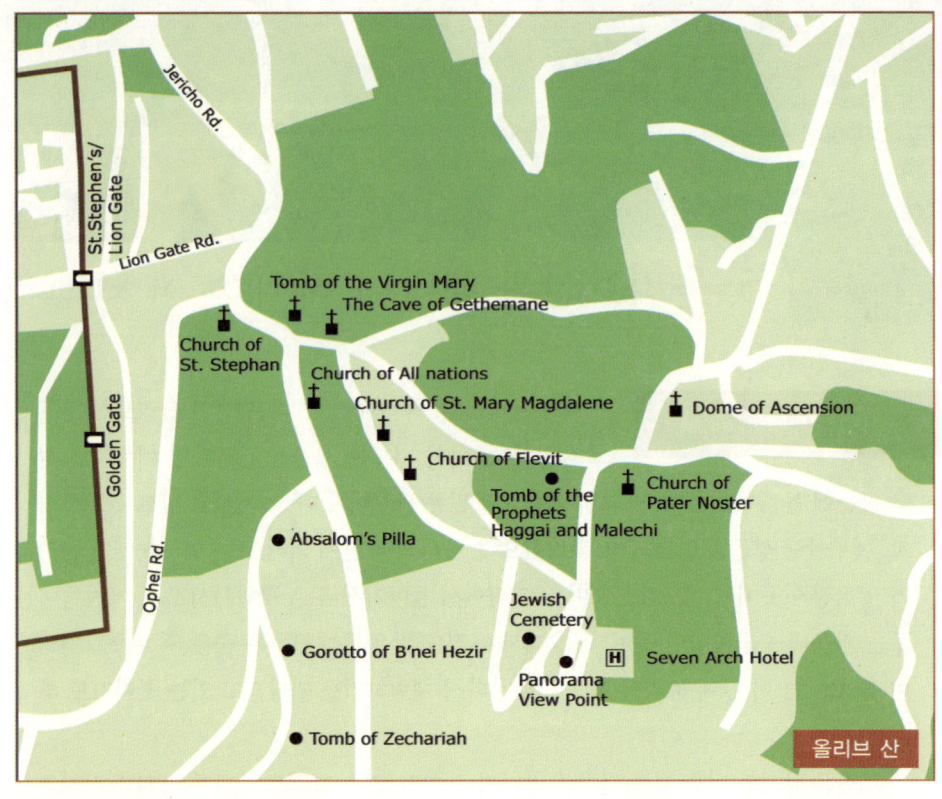

Jericho Rd.

St.Stephen's/
Lion Gate

Lion Gate Rd.

Golden Gate

Ophel Rd.

✝ Tomb of the Virgin Mary
The Cave of Gethemane

✝ Church of
St. Stephan

Church of All nations

Church of St. Mary Magdalene

✝ Dome of Ascension

✝ Church of Flevit

Tomb of the
Prophets
Haggai and Malechi

✝ Church of
Pater Noster

● Absalom's Pilla

Jewish
Cemetery

● Gorotto of B'nei Hezir

[H] Seven Arch Hotel

Panorama
View Point

● Tomb of Zechariah

올리브 산

성모마리아의 무덤
(Tomb of The Virgin Mary)

라이언 성문을 나와서 아래쪽으로 내려가는 길을 따라 5분 정도 걷다 보면 왕복 2차선의 차로가 나오는데, 그 길을 건너면 우측에 커다란 만국교회가 보이고, 왼쪽에 또다시 아래로 내려가는 계단이 보인다. 그 계단을 따라 내려가면 교회 건물이 보이고, 그 입구를 다시 따라 내려가서 오른쪽으로 돌아가면 그곳에는 많은 사람들이 초에 불을 켜고 기도하는 광경을 볼 수 있다. 이곳이 예수님의 어머니 성모마리아의 무덤이다. 교회 입구에서 내려가는 계단 양옆으로 조그만 예배실이 있는데, 이곳은 마리아의 아버지와 어머니의 묘, 그리고 마리아 남편 요셉의 무덤이 있다. 약간 어둡고 쾌쾌한 냄새가 나지만, 800년 전에 만들어진 건물답지 않게 천장에서 늘어뜨려진 갖가지 장식물과 벽장식이 경건한 분위기를 만들어내고 있다. 곳곳에 성모마리아 그림과 그 앞에서 기도하고 있는 많은 여인들을 볼 수 있다.

Google Earth, Kidron Valley-Tomb of the Virgin Mary

📞개장시간 월요일~토요일 6:00~12:00, 14:30~17:00, 일요일 휴무임
📞입장요금 무료

겟세마네의 동굴
(The Cave of Gethsemane)

마리아의 무덤에서 나오면 입구의 오른쪽으로 작은 골목이 있는데, 그 골목을 따라 약 15m 정도 들어가면 또 다른 동굴 입구가 나온다. 이 동굴은 예수님께서 겟세마네 동산에서 땀을 흘리며 기도하실 때에 돌을 하나 던지면 떨어질 만한 거리에서 제자들에게 기도하라고 했던 곳이다. 하지만 예수님의 부탁에도 아랑곳하지 않고 제자들은 졸고 있었고 그 모습을 본 예수님이 "너희가 잠시도 나를 위해 깨어 기도할 수 없더냐"며 원망의 말씀을 하셨던 장소이다.

📞개장시간 월요일~토요일 08:30~12:00, 14:30~17:00, 일요일 휴무임   📞입장요금 무료

> **관련성구**
> "이에 예수께서 제자들과 함께 겟세마네라 하는 곳에 이르러 제자들에게 이르시되 내가 저기 가서 기도할 동안에 너희는 여기 앉아 있으라 하시고 베드로와 세베대의 두 아들을 데리고 가실새 고민하고 슬퍼하사 이에 말씀하시되 내 마음이 매우 고민하여 죽게 되었으니 너희는 여기 머물러 나와 함께 깨어 있으라 하시고 조금 나아가사 얼굴을 땅에 대시고 엎드려 기도하여 이르시되 내 아버지여 만일 할 만하시거든 이 잔을 내게서 지나가게 하옵소서 그러나 나의 원대로 마시옵고 아버지의 원대로 하옵소서 하시고 제자들에게 오사 그 자는 것을 보시고 베드로에게 말씀하시되 너희가 나와 함께 한 시간도 이렇게 깨어 있을 수 없더냐 시험에 들지 않게 깨어 기도하라 마음에는 원이로되 육신이 약하도다 하시고…"(마 26:36~46)

만국교회(Church of All Nations & Garden of Gethsemane)

올리브산으로 올라가는 입구에 커다랗게 서 있는 만국교회는 예수님께서 유다의 배신의 키스를 받고 대제사장들에게 끌려가기 전에 눈물을 흘리며 기도하시던 바위의 자리에 세운 교회이다. 실제로 이 만국교회 안으로 들어가면 중앙 정면에 작은 바위가 있고 그 바위를 가시나무 장식으로 둘러싸여 놓은 울타리를 볼 수 있다. 이 바위가 예수님께서 기도하시던 장소라고 알려져 있다. 이 바위 앞에 서 있으면 2천 년 전에 예수님께

서 눈물을 흘리며 마지막 필사의 기도를 하시던 그 음성이 들리는 것만 같다.

이 교회는 비잔틴 시대인 379년에 건축되었지만, 614년 페르시아의 침공 때 파괴되었다가 12세기 십자군 원정 때 재건되었지만 다시 파괴되었다고 한다. 현재의 건물은 1919년부터 1924년까지 16개국의 헌금으로 건축되어 만국교회라고 이름을 붙였다고 한다.

이 교회의 옆마당에는 여덟 그루의 감람나무가 있는데, 과학자들에 의하면 약 3천 년 정도 되었다고 한다. 정말 이 나무들의 수령이 3천 년이라면 예수님께서 기도하시던 소리와 베드로의 코고는 소리까지 모두 들었을지도 모른다. Google Earth, Gethsemane

↘개장시간 4~10월 8:00~12:00, 14:30~18:00, 11~3월 8:00~12:00, 14:30~17:00
↘입장요금 무료

> **관련성구**
> "예수께서 나가사 습관을 따라 감람산에 가시매 제자들도 따라갔더니 그곳에 이르러 그들에게 이르시되 유혹에 빠지지 않게 기도하라 하시고 그들을 떠나 돌 던질 만큼 가서 무릎을 꿇고 기도하여 이르시되 아버지여 만일 아버지의 뜻이거든 이 잔을 내게서 옮기시옵소서 그러나 내 원대로 마시옵고 아버지의 원대로 되기를 원하나이다 하시니 천사가 하늘로부터 예수께 나타나 힘을 더하더라 예수께서 힘쓰고 애써 더욱 간절히 기도하시니 땀이 땅에 떨어지는 핏방울 같이 되더라 기도 후에 일어나 제자들에게 가서 슬픔으로 인하여 잠든 것을 보시고 이르시되 어찌하여 자느냐 시험에 들지 않게 일어나 기도하라 하시니라"(눅 22:39~53)

> 퀴즈 10 : 만국교회 지붕은 몇 개의 둥근 지붕으로 이루어졌을까?

눈물교회
(Church of Dominus Flevit)

예수님께서 예루살렘 성을 바라보며 눈물을 흘리신 자리에 십자군이 세운 이 교회는 그래서 건물의 모양도 눈물 모양으로 건축되었고 이름도 눈물교회라고 했다. 교회의 안으로 들어가면 아름다운 유리창이 있는데, 해질 무렵에 예루살렘 성을 이

창문을 통해 보는 것도 무척 감동스럽다.

Google Earth, Dominus Flevit Church

📞개장시간 : 8:00~11:45, 14:30~17:00   📞입장요금 : 무료

관련성구 "가까이 오사 성을 보시고 우시며 이르시되 너도 오늘 평화에 관한 일을 알았더라면 좋을 뻔하였거니와 지금 네 눈에 숨겨졌도다 날이 이를지라 네 원수들이 토둔을 쌓고 너를 둘러 사면으로 가두고 또 너와 및 그 가운데 있는 네 자식들을 땅에 메어치며 돌 하나도 돌 위에 남기지 아니하리니 이는 네가 보살핌 받는 날을 알지 못함을 인함이니라 하시니라"(눅 19:37~42)

선지자들의 무덤(Tomb of The Prophets Haggai and Malechi)

만국교회 왼쪽으로 나 있는 언덕길을 따라 올라가다 보면 올리브산 정상 못 미쳐서 오른쪽에 가정집 같은 건물을 만나게 되는데, 그 건물의 입구에 학개 선지자의 무덤이라는 간판이 있다. 이곳은 구약성경의 마지막 부분을 장식했던 학개, 스가랴, 말라기 선지자의 무덤이 모여 있는 곳이다.

BC 586년경 유다 왕국은 바벨론에 의해서 멸망하여 그 백성들은 바벨론에 포로로 끌려가서 노예와 같은 생활을 했다. 하지만 그 포로생활은 마침내 BC 539년경에 페르시아에 의해 종지부를 찍게 되는데, 바벨론이 멸망하면서 백성들과 함께 고향으로 돌아온 스룹바벨과 대제사장 여호수아는 제일 먼저 성전을 재건하기 시작한다. 그러나 오랜 세월 동안 궁핍한 포로생활을 해왔던 백성들은 성전건축보다는 먹고 사는 일에 더 열중하게 된다. 그래서 약 15년간 성전건축은 중단이 된다. 이때 학개 선지자와 스가랴 선지자가 나서서 성전건축의 중요성을 백성들에게 외치므로 마침내 BC 516년경에 성전을 완공하게 된다.

성전 완공 이후 사람들은 학개나 스가랴 선지자의 말처럼 하나님의 나라가 완성이 될

줄 알았다. 하지만 하나님의 날이 오지 않자, 또다시 백성들은 나태하고 타락한 생활을 하기 시작한다. 이때 백성들의 타락된 생활을 책망하며 하나님께서 약속하신 일들은 반드시 이루어질 것이라고 외쳤던 선지자가 말라기이다.

↳개장시간 일요일~금요일 8:00~15:00, 토요일 휴무임   ↳입장요금 무료

예수승천기념 건물
(Dome of Ascension)

예수님께서 십자가에 못 박혀 돌아가신 이후 사흘 만에 부활하시고 승천하셨는데, 이 교회의 자리가 예수님이 승천하신 곳이라고 한다. 실제로 이 교회 안에는 사람의 발자국이 있는데, 어떤 사람들은 예수님이 승천하실 때 남긴 발자국이라고 한다. 그래서 이곳을 찾는 많은 순례자들이 발자국에 입맞춤을 하며 사진을 찍고 있지만, 그것이 진짜 예수님의 발자국인지는 알 수 없다.

이 건물은 392년경에 건축되었는데 그 당시에는 지붕이 없었지만, 나중에 회교도들이 예수의 승천을 부인하며 지붕을 씌웠다고 한다. 그래서인지 지금도 아랍 사람들이 이곳을 관리하고 있다.

Google Earth, Dome of Ascension

↳개장시간 이곳은 항상 사람이 있는 곳이 아니기 때문에 순례객이 찾아올 때마다 입장할 수 있다. 개장시간은 일정하지 않다.
↳입장요금 일반, 학생 5NIS

관련성구
"예수께서 저희를 데리고 베다니 앞까지 나가사 손을 들어 저희에게 축복하시더니 축복하실 때에 저희를 떠나(하늘로 올리우)시니 저희가 (그에게 경배하고) 큰 기쁨으로 예루살렘에 돌아가 늘 성전에 있어 하나님을 찬송하니라" (눅 24:50~53)

주기도문교회
(Church of Pater Noster)

예수님이 제자들에게 주기도문을 가르치신 곳에 세워진 이 교회는 로마 황제 콘스탄티누스의 어머니 헬레나가 만든 세 개의 교회 중에 하나이다. 교회 입구 쪽에는 지하로 내려가는 계단이 있는데, 이곳으로 내려가면 작은 동굴을 만날 수 있다. 이 동굴이 예수님께서 제자들에게 주기도문을 가르치고 유월절 이틀 전에 제자들에게 세상의 끝 날에 관하여 많은 것을 가르쳤다는 장소이다.

이 교회 건물 역시 600년경에 파괴되었다가 12세기에 재건되었지만, 다시 파괴되어 1870년경에 재건되어 오늘에 이른다고 한다. 이 교회에는 점자를 비롯해서 세계 80여 개국의 언어로 주기도문이 적혀 있는데, 우리나라 말로도 적혀 있다.

Google Earth, Church of Pater Noster

개장시간 월요일~토요일 8:30~12:00, 14:30~17:00, 일요일 휴무임
입장요금 개인 7NIS, 그룹 5NIS

관련성구
"그러므로 너희는 이렇게 기도하라 하늘에 계신 우리 아버지여 이름이 거룩히 여김을 받으시오며 나라이 임하옵시며 뜻이 하늘에서 이룬 것같이 땅에서도 이루어지이다 오늘날 우리에게 일용할 양식을 주옵시고 우리가 우리에게 죄 지은 자를 사하여 준것 같이 우리 죄를 사하여 주옵시고 우리를 시험에 들게 하지 마옵시고 다만 악에서 구하옵소서(나라와 권세와 영광이 아버지께 영원히 있사옵나이다 아멘)"(마 6:9~13)

퀴즈 11 : 주기도문교회에는 한글로 된 주기도문이 타일에 인쇄되어 벽에 전시되고 있다. 한글로 된 주기도문은 모두 몇 장의 타일로 이루어져 있을까?

벳바게(Bethphage)

나사로의 무덤을 나와 다시 예루살렘으로 거슬러 올라가다 보면 벳바게라는 교회와 마을을 만나게 된다. 벳바게는 예수님께서 예루살렘에 입성하실 때 이곳에서부터 나귀를 타셨던 곳으로 알려져 있다. 그리고 열매를 맺지 못하는 무화과나무를 저주하신 곳이기도 하다. 그래서 지금도 종려주일이 되면 많은 기독교인들이 종려나무 가지를 흔들며 감람산을 넘어 예루살렘 성까지 행진을 한다고 한다.

관련성구
"저희가 예루살렘에 가까이 와서 감람산 벳바게와 베다니에 이르렀을 때에 예수께서 제자 중 둘을 보내시며 이르시되 너희 맞은편 마을로 가라 그리로 들어가면 곧 아직 아무 사람도 타 보지 않은 나귀 새끼의 매여 있는 것을 보리니 풀어 끌고 오너라 만일 누가 너희에게 왜 이리 하느냐 묻거든 주가 쓰시겠다하라 그리하면 즉시 이리로 보내리라 하시니 제자들이 가서 본즉 나귀 새끼가 문앞 거리에 매여 있는지라 그것을 푸니 거기 섰는 사람 중 어떤이들이 가로되 나귀 새끼를 풀어 무엇 하려느냐 하매 제자들이 예수의 이르신대로 말한대 이에 허락하는지라 나귀 새끼를 예수께로 끌고 와서 자기들의 겉옷을 그 위에 걸쳐 두매 예수께서 타시니 많은 사람은 자기 겉옷과 다른이들은 밭에서 벤 나무가지를 길에 펴며 앞에서 가고 뒤에서 따르는 자들이 소리지르되 호산나 찬송하리로다 주의 이름으로 오시는이여 찬송하리로다"(막 11:1~14)

올리브산 정상

올리브산 정상에서 바라보는 예루살렘 성은 아름다운 절경이다. 특히 해질 무렵 석양에 반사되는 예루살렘 성의 모습은 절대로 가슴에서 지워지지 않을 아름다운 장면이다. 올리브산은 항상 시원한 바람이 불어와 이스라엘 여행에선 전혀 맛볼 수 없는 상큼하고 후련한 감정을 느낄 수 있다. 이곳에는 호텔이 있는데, 이스라엘의 젊은이들이 결혼식을 마치고 신혼 첫날밤을 보내는 곳으로 유명하다. 뿐만 아니라 올리브산 정상에는 낙타를 태워주고 사진을 찍는 아랍상인이 있고, 예루살렘 성의 모습을 배경으로 사진을 찍어주는 사진사도 있지만 가격이 비싸다. 날씨가 좋은 날에는 멀리 사해와 헤브론까지도 보인다.

물은 꼭 갖고 다닐 것

워낙 더운 곳이라 걸어서 여행을 하다 보면 땀을 많이 흘리게 된다. 하지만 습도가 낮은 곳이라 땀이 나도 곧바로 말라 버리기 때문에 자신이 얼마나 많은 땀을 흘렸는지도 모를 정도이다. 그런데 그곳의 수돗물에는 석회가 많이 섞여 있기 때문에 그냥 먹을 수 없다고 한다(물론 그곳의 아랍인들은 그냥 먹기도 하는데, 석회를 희석시키기 위해 포도를 많이 먹는다). 그리고 가게에서 파는 생수의 값도 만만치는 않다. 그렇다고 해서 물을 아껴서는 안 된다. 다른 건 아껴도 물 값만큼은 아끼지 말고 사 마시되 가게마다 가격의 차이가 심하니 여러 곳을 다니면서 생수 값을 파악하는 것도 좋다.

통곡의 벽 광장에 있는 수돗물도 먹을 수 있고, 마사다 정상에 갔을 때도 시원한 물을 무한정 공급받을 수 있다. 이때 물을 많이 담아 오는 것도 좋다.

여권에 입국도장은 사절

이스라엘만 여행할 거라면 문제가 없지만, 만약 이스라엘 이외의 아랍국가(이집트와 요르단은 제외)를 여행할 계획이 있다면 여권에 이스라엘 입국도장을 받아선 안 된다. 여권에 이스라엘 입국도장이 있으면 아랍국가에서 입국 거부를 당할 수도 있기 때문이다. 그러기 때문에 공항이나 육로의 국경으로 입국할 때에 입국도장을 여권에 찍지 말고 입국카드에 찍어 달라고 부탁하면 그렇게 해준다.

6. 예루살렘의 성벽과 성문(Wall of Jerusalem & Gate)

현재 예루살렘의 올드시티를 감싸고 있는 예루살렘 성은 예수님 당시의 성과는 다르다. 현재의 성은 1542년 오스만 터키 제국의 슐레이만 황제에 의해 재건된 작품으로 둘레는 3.4km이며 높이는 12m로 모두 34개의 탑이 있는 대형 축조물이다.

성벽지도

이처럼 예루살렘 성은 3천 년 전에 다윗이 세운 성에서부터 솔로몬 성, 그리고 제1성전과 제2성전의 모습을 지나 오늘날 우리가 볼 수 있는 슐레이만이 재건한 성의 모습까지 여러 차례 그 위치와 크기가 변화되어 온 것이다.

예루살렘 성은 모두 8개의 문을 갖고 있는데, 이 문을 통하지 않고는 예루살렘 성안으로 들어갈 수가 없다. 하지만 지금은 1개의 문(Goleden Gate)은 사용하지 않고 있으며 7개의 문으로만 들어갈 수 있다.

헤롯문(Herod's Gate)

헤롯문은 예루살렘 올드시티의 아랍 지역으로 들어가는 문으로 아랍 사람들이 가장 많이 사용하고 있으며, 성문의 윗부분에 꽃이 조각되어 있어서 꽃문이라고도 한다. 이 문으로 들어가면 아랍 사람들이 운영하는 조그마한 가게와 문방구, 정육점 등이 있고, 주택가로 연결된 길을 따라 내려가면 골목의 끝부분에 블랙호스텔(Black Hostel)이 있다. 거기서 조금 더 내려가면 스데반 문으로 가는 길을 만날 수 있다.

헤롯문 밖으로 나가면 길 건너에 록펠러 박물관이 있고, 문 왼쪽으로는 솔로몬의 채석장이 있다.

Google Earth, Herod's Gate

예루살렘 성벽의 변천과정

1.다윗왕 시대 BC 1000년
인구 2,000명

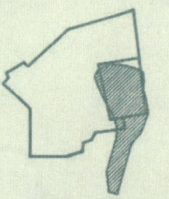

2. 솔로몬왕 시대
BC 930년, 인구 5,000명

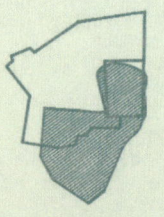

3. 히스기야왕 시대 BC 701년
인구 25,000명

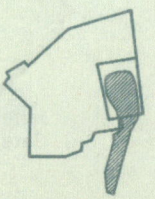

4. 느헤미야시대
BC 333년경 인구 4,500명

5. 하스모니안 왕국시대
BC 200년 인구 3만 명

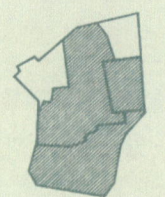

6. 헤롯왕시대 BC 4년
인구 4만 명

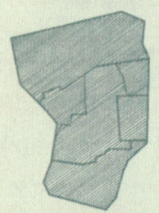

7. 아그립바왕 시대
AD 41년 인구 4만 명

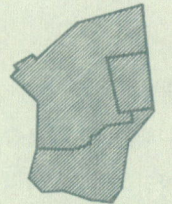

8. 비잔틴 시대
AD 324~629년 인구 6만 명

다메섹문
(Damascus Gate)

예루살렘 성문 중에서 가장 아름답고 번화한 문이다. 그래서 예루살렘 성문을 소개할 때 자주 등장하는 문이기도 하는데, 문 앞에는 늘 과일과 여러 가지 물건을 파는 장사꾼으로 붐비기도 하고 이스라엘 군인들도 눈에 많이 띈다. 예전에는 이 문을 통해 다메섹으로 간다고 해서 다메섹문이라고 했다고 하는데, 지금도 이 문의 밑 부분에는 제2성전 시대의 성벽과 문들이 남아 있다고 한다.

이 문을 따라 안으로 들어가면 환전상과 과일 가게, 옷 가게, 카세트테이프를 파는 가게들이 즐비하게 서 있는 번화한 시장골목을 만날 수 있다. 다메섹 문안으로 들어서서 약 20m정도 들어가면 두 갈래 길이 나오는데, 왼쪽 길로 가면 예수님이 십자가를 지고 가신 제3지점과 4지점을 만나게 되고, 조금 더 내려가면 통곡의 벽 입구가 나온다.

갈림길에서 오른쪽 길로 가면 좁은 골목에 수많은 가게들과 시장을 보러 온 사람들, 관광객과 순례객으로 발 디딜 틈도 없이 복잡한데, 한참을 가다 보면 오른쪽에 성분묘교회의 옥상으로 이어지는 입구 계단이 나온다.

다메섹 문을 통해 밖으로 나가면 작은 광장이 나오고, 광장 끝에 있는 계단을 따라 올라가면 왼쪽에 우리나라의 야시장 같은 시장이 있고, 길 건너편에는 베들레헴이나 헤브론 등으로 가는 셰루트가 줄지어 기다리고 서 있다. 정원무덤을 갈 때는 이 문으로 나가는 것이 빠르다.

Google Earth, Damascus Gate

새문(New Gate)

예루살렘 성안의 크리스천 지역으로 들어가는 문인데, 예루살렘 성문 중에 가장 늦게 (1887년) 만들어졌다고 해서 새문이라고 한다. 이 문밖에는 넓은 잔디밭이 있는데, 밤에는 여기서 잠을 자는 여행자도 있고 데이트하는 젊은이들도 많이 있다. 하지만 밤에는 어두워서 초행길인 사람은 이 문으로 예루살렘 성안으로 들어가면 헤매기가 쉽다.

욥바문(Jaffa Gate)

예루살렘 성문 중에서 차가 가장 많이 드나드는 문이
다. 그렇다고 해서 문으로 차가 다니는 것은 아니고 문 바
로 옆에 성벽을 터서 차가 드나들 수 있게 해놓았다.
주로 아르메니아 지역이나 유대인 지역 쪽으로 차가
많이 다닌다. 욥바문 안으로 들어가면 오른쪽에 다윗
의 탑이 있고, 정면에는 기독교 안내센터(Christian
Information Center)가 있다. 그리고 성문의 바로 왼쪽
에 여행자들을 위한 안내센터가 있다.

Google Earth, Jaffa Gate

시온문(Zion Gate)

예루살렘 성안에서
시온산으로 통하는 문
이다. 특이하게도 이 문의 바깥쪽 벽에는 수많은 총탄
자국이 있다. 1948년 이스라엘 독립전쟁 때 아랍군인들
이 쏘아댄 총알 자국인데, 아직도 그 흔적이 생생하게
남아있다.

이 문을 통해서 나가면 베드로통곡교회나 마리아의
무덤, 다윗의 무덤과 최후의 만찬 장소인 다락방으로
갈 수 있고, 멀리 보이는 스쿠푸스산도 아름답게 한눈
에 볼 수 있다. Google Earth, Zion Gate

퀴즈 12 : 시온문의 벽에는 검은색의 메주자가 부착되어 있다. 메주자는 유대인들이 문에 들
어갈 때나 나올 때 손을 갖다대고 입을 맞추는 작은 쇠붙이이다. 이곳에는 메주자
가 몇 개 부착되어 있을까?

분문(Dung Gate)

분문(糞門)은 말 그대로 배설물이 드나드는 문이라는 뜻으
로 예수님 당시에는 예루살렘 성안에서 살던 사람들의 배설
물과 쓰레기를 밖으로 내다 버리는 문이었다고 한다. 이 문은 예루살렘 성문 중에서 유

일하게 검문검색이 심한데, 유대인과 외국인들이 가장 많이 이용하기 때문이라고 한다.

이 문으로 들어가면 넓은 광장이 나타나고, 오른쪽으로는 통곡의 벽이 보인다. 이 문을 통해 밖으로 나가면 외국인 관광객들을 대상으로 하는 장사꾼들이 진을 치고 있고, 길을 건너서 힘논 계곡과 실로암 연못 쪽으로 갈 수 있게 된다.

Google Earth, Dung Gate

황금문(Golden Gate)

8개의 예루살렘 성문 중에서 유일하게 사용하지 않고 굳게 닫혀 있는 문이다. 이 문은 예수님 당시에 미문이라고도 했을 정도로 아름다운 문이다.

아직도 유대인들은 마지막 심판의 날에 구세주가 이 문으로 들어오게 될 것이며, 그래서 그 전에는 절대로 문이 열리는 일이 없을 거라고 믿고 있다고 한다. 이 문은 올리브산 정상에서 보면 정확히 보이는데, 두 개의 아치형으로 되어 있어 굳게 닫혀 있다.

Google Earth, Golden Gate(Israel)

스데반문
(St. Stephan's Gate)

스데반 집사가 사울에 의해 끌려 나가 돌에 맞아 죽을 때 이 문으로 끌려 나가 문 밖에 있는 광장에서 죽었다고 전해져서 스데반 문이라고 하고, 문 양옆에 사자의 모습이 조각되어 있어서 라이언 문이라고도 한다. 겟세마네 동산이나 올리브산, 그리고 벳바게나 베다니로 갈 때 이 문을 통해서 갈 수 있고, 문 밖에는 아랍 사람들의 차가 즐비하게 주차되어 있어서 조금은 복잡하다. 밖에서 이 문으로 들어가면 오른쪽으로 성안나교회와 베데스다 연못이 있고 비아 돌로로사 길로 연결이 된다.

황금문

스데반문

이 문도 역시 자세히 살펴보면 문의 양옆에 긁힌 자
국이 많이 나 있는데, 1967년의 6일 전쟁 때 이스라엘
군대의 탱크가 들어가면서 생긴 자국이라고 한다. 오
랜 세월 동안 간직해 왔던 역사적인 유물이 전쟁으로
인해 훼손되고 방치되어 있는 현장을 안타까운 맘으
로 목격할 수 있다.

Google Earth, Lion Gate, Muslim Quarter

퀴즈 13 : 스데반 문에는 바깥쪽 벽면에 사자의 모습이 조각되어 있다. 모두 몇 마리일까?

성벽순례(Ramparts Walk)

약 3.4km 되는 성벽을 따라서 한 바퀴 돌 수 있도록
성벽 위에는 워킹코스가 준비되어 있는데, 사람마다
다르겠지만 빠른 걸음으로 약 1시간 정도 걸린다. 욥바 게이트 안쪽에 있는 안내센터
옆에는 성벽을 따라 구경할 수 있도록 입구가 마련되어 있는데, 16세켈의 입장료를 받
는다. 예루살렘 성벽 위를 걸으며 양쪽으로 구시가지와 신시가지를 동시에 내려다보는
경험은 아주 특별하다. 특히 올드시티 안의 유대인 지구와 아랍 지역 등을 내려다보고
시온산과 멀리 보이는 올리브산, 신시가지의 야민 모세 풍차 등은 한 폭의 그림이다.

개장시간 토요일~목요일 09:00~16:00, 금요일 09:00~14:00

7. 예루살렘 성 주변

솔로몬의 채석장
(Solomon's Quarries)

다마스커스 게이트로 나와 헤롯 게이트 쪽으로 걸어가다 보면 오른쪽 성벽 밑에 작은 입구가 있는데, 이곳이 솔로몬의 채석장이다. 이스라엘의 세 번째 왕 솔로몬이 성전을 완성하기 위해서는 많은 돌들이 필요했었다. 그렇다고 해서 멀리서 돌을 옮겨 올 수도 없는 일, 솔로몬이 생각해 낸 것이 가까운 곳의 지하에서 돌을 파내오는 것이었는데, 바로 솔로몬의 채석장이 그곳이라고 한다. 내부는 약 9km²로 꽤나 넓다. 한동안 폐쇄되어 있다가 최근에 새로 정돈되어 순례객들을 맞이하고 있다.

이 솔로몬의 채석장을 맨 처음 발견한 사람은 바클레이다. 그는 영국인으로 1852년 개와 함께 이곳을 산책하다가 개가 이 동굴 아래로 떨어져 처음 세상에 알려지게 되었다고 한다. Google Earth, King Solomon's Quarries

개장시간

일요일~목요일 09:00~17:00(겨울에는 16:00까지)
금요일, 토요일 휴무임, 공휴일 전날 9:00~14:00

Tel. 02-627-7550, Fax. 02-627-7962, E-mail : davidson@pami.co.il

관련성구
"이에 왕이 영을 내려 크고 귀한 돌을 떠다가 다듬어서 전의 기초석으로 놓게 하매 솔로몬의 건축자와 히람의 건축자와 그발 사람이 그 돌을 다듬고 전을 건축하기 위하여 재목과 돌들을 갖추니라"(왕상 5:17~18)
"이 전은 건축할 때에 돌을 뜨는 곳에서 치석하고 가져다가 건축하였으므로 건축하는 동안에 전 속에서는 방망이나 도끼나 모든 철 연장 소리가 들리지 아니하였으며"(왕상 6:7)

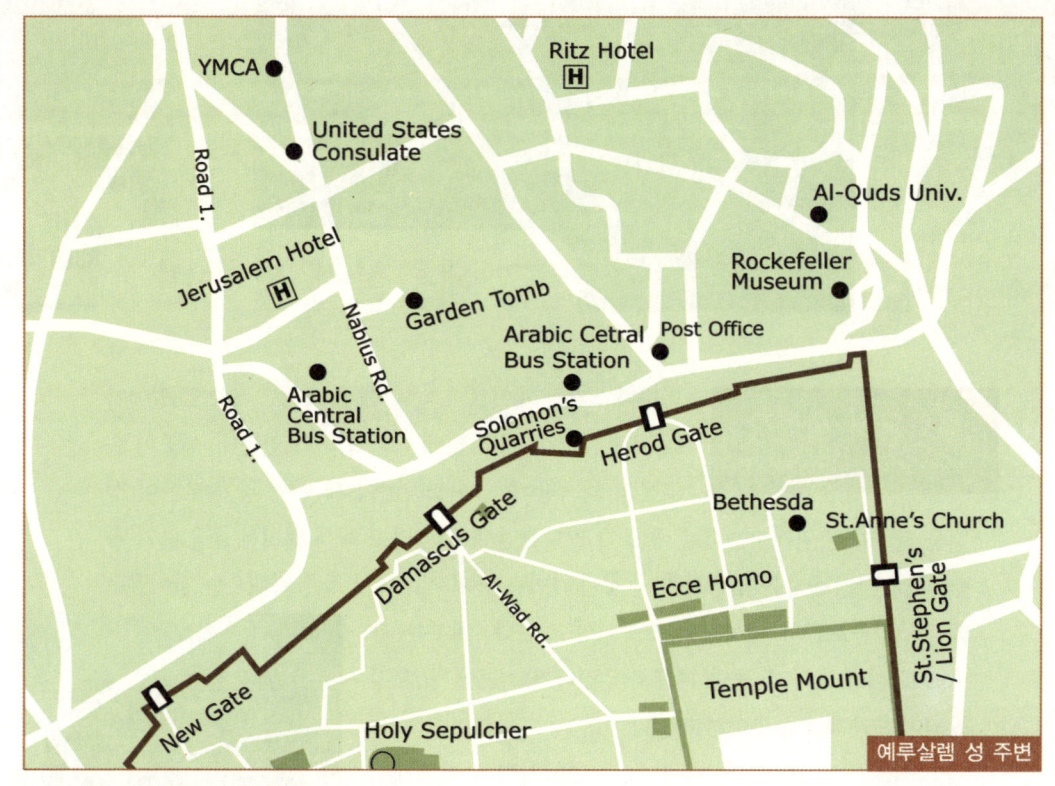

예루살렘 성 주변

Ritz Hotel H
YMCA ●
United States
Consulate ●
Road 1.
Al-Quds Univ. ●
Jerusalem Hotel H
Rockefeller
Museum ●
Nablus Rd.
Garden Tomb ●
Arabic Cetral
Bus Station
Post Office
Road 1.
Arabic
Central
Bus Station ●
Solomon's
Quarries
Herod Gate
Damascus Gate
Bethesda
St.Anne's Church ●
Al-Wad Rd.
Ecce Homo
St.Stephen's / Lion Gate
New Gate
Holy Sepulcher
Temple Mount

정원무덤 (Garden Tomb)

다마스커스 게이트에서 나와 약 5분 정도 걸어가면 정원무덤(Garden Tomb)이라는 표지판을 만나게 된다. 이 곳은 예수님이 십자가에 못 박히신 뒤 운명하시고 나서 묻힌 무덤이라고 알려진 곳이다.

1833년 영국의 고든 장군이라는 사람이 마치 사람의 해골과도 같이 생긴 언덕을 보고 이곳을 골고다 언덕이었을 거라고 생각한 것이다. 골고다는 해골이라는 뜻이기 때문이다. 그리고 그 근처에서 한 무덤을 발견하였는데, 이 무덤이 예수님의 무덤이었을 것이라고 추측한 것이다.

그래서 현재 예루살렘에는 예수님의 무덤이 성분묘교회와 정원무덤 두 군데가 있는 셈인데, 많은 사람이 성분묘교회를 더 예수님의 진짜 무덤으로 생각하고 있다.

정원무덤은 현재 영국 런던에 본부를 둔 정원무덤 협의회에서 관리하고 있다. 주일 오전 9시에 이곳에서 예배를 드리고 있고, 입장료는 무료이며 입구에서 영어 가이드를 원하는지 물어 보고 필요하다면 친절하게 영어로 가이드를 해준다.

Google Earth, Garden Tomb

정원무덤이 예수님의 무덤이라고 주장하는 이유

1. 그곳은 예수님이 십자가에서 죽은 곳과 가깝다.

"예수의 십자가에 못 박히신 곳에 동산이 있고 동산 안에 아직 사람을 장사한 일이 없는 새 무덤이 있는지라 이 날은 유대인의 예비일이요 또 무덤이 가까운고로 예수를 거기 두니라" (요 19:41~42)

2. 그곳은 정원 안에 있었으며 바위를 깎아 만든 부자의 무덤이었고 커다란 돌을 굴려서 입구를 막았다.

"바위 속에 판 자기 새무덤에 넣어두고 큰 돌을 굴려 무덤 문에 놓고 가니" (마 27:60)

3. 예수의 제자들이 밖에서 무덤 안을 들여다 볼 수 있었다.

"구푸려 세마포 놓인 것을 보았으나 들어가지는 아니하였더니" (요 20:5)

4. 무덤 안에는 몇 사람이 들어갈 수 있는 방이 있었다.

"안식 후 첫날 새벽에 이 여자들이 그 예비한 향품을 가지고 무덤에 가서 돌이 무덤에서 굴려 옮기운 것을 보고 들어가니 주 예수의 시체가 뵈지 아니하더라 이를 인하여 근심할 때에 문득 찬란한 옷을 입은 두 사람이 곁에 섰는지라" (눅 24:1~4)

5. 바로 옆에 해골 모양의 언덕이 있다.

"예수를 끌고 골고다라 하는 곳(번역하면 해골의 곳)에 이르러" (막 15:22)

6. 근처에 성 스데반교회가 있는 것으로 보아 공중사형집행 장소였을 것이고, 로마 정부도 이곳을 사형집행 장소로 선택하여 사용하였을 것이다.

7. 예수님 당시 이곳은 올리브나무 숲이 있었을 것이라는 증거는 발견된 많은 지하 저수탱크들로 인하여 짐작할 수 있다. 이 지하 저수탱크의 용량은 약 90만 리터의 빗물을 보관할 수 있으며, 이것은 일 년에 8개월이나 되는 가뭄에도 정원을

정원무덤에서 보이는 해골 언덕, 언뜻 보기에는 해골처럼 보이기는 하다

정원무덤에 있는 포도주 틀

충분히 푸르게 만들 수 있는 용량이기도 하다. 그리고 1924년에 발견된 포도주 틀은 주변에 포도원이 있었음을 가리키기도 한다.

🗝찾아가는 법
다마스커스 게이트로 나와서 길을 건너면 왼쪽으로 커다란 로터리가 있고 오른쪽으로 직직할 수 있는 길이 나온다. 그 길을 따라 약 100m 정도 걸어가면 오른쪽에 정원무덤(Garden Tomb)이라는 간판이 나온다.
🗝개장시간
월요일~토요일 09:30~12:00, 14:00~17:30, 일요일 휴무임
🗝입장요금 무료
🗝주소 The Garden Tomb, PO Box 19462, Jerusalem, 91193, Israel
🗝Tel. 02-6272745, Fax. 02-627-2742
🗝E-mail mail@gardentomb.com
Website : www.gardentomb.com

퀴즈 14 : 무덤 바로 맞은편에 예수님의 부활과 관련된 로마서 1장의 성경구절이 적혀 있다. 이 성경구절은 1장 몇 절일까?

록펠러 박물관
(Rockefeller Museum)

1938년 예루살렘에 세워진 최초의 현대식 고고학 박물관으로 1927년 록펠러 가문이 2백만 달러를 기부해 영국이 세웠다. 이곳에는 팔레스타인 지역의 고고학 유물들이 많이 전시되어 있는데, 근동의 고고학·민족학적 수집품을 많이 가지고 있는 것으로 유명하다.

6일 전쟁 전만 해도 요르단 정부가 관리해 오던 것을 현재는 이스라엘 문화재 관리국에서 운영하고 있으며 쿰란 사본의 연구 센터이기도 하다. 이 박물관은 그 외형도 무척이나 아름답고 작품성 있는 디자인으로 건축되어 있는데, 건물의 설계자는 '오스틴 해리슨(Austin Harrison, 1881~1976)으로 우체국과 구 정부청사의 설계자이기도 하다.

매주 금요일과 일요일 오전 11시에는 무료 가이드 투어가 실시된다. 겨울에는 실내에 난방이 되지 않으므로 옷을 따뜻하게 입고 가는 것이 좋다.

(TIP : 이스라엘 박물관의 주차장에서 월요일과 수요일 오전 11시에 록펠러 박물관으로 가는 셔틀버스가 운행되면서 영어와 히브리어로 현장 안내도 해준다. 셔틀버스에 자리가 한정이 되어 있기 때문에 만약 이 버스를 이용하고 싶다면 미리 전화로 예약해야 하고, 오후 1시 30분에 출발해서 다시 한 시간 반에 이스라엘 박물관으로 돌아온다)

↘찾아가는 법 다마스커스 게이트를 나와 헤롯 게이트를 지나자마자 길 건너 왼쪽에 있다. 입구가 별로 박물관 스럽지 않아서 그냥 지나칠 수도 있으니 유심히 살펴봐야 한다.

↘개장시간 일요일, 월요일, 수요일, 목요일 10:00~15:00   토요일 10:00~14:00, 화요일, 금요일 휴무임

↘입장요금 일반 26NIS, 어린이 12NIS

↘주소 27 Sultan Suleiman Street, Jerusalem

↘Tel. 02-628-2251(예약은 오전 8시 30분부터 오후 4시까지 Tel. 02-670-8811로 하면 된다)

Website : www.imj.org.il/rockefeller/eng/index.html

예민 모세의 풍차
(Wind Mill of Yemin Moshe)

욥바 게이트 밖에서 힌놈 계곡 건너편에 보이는 거대한 풍차는 사람들에게 일자리를 주기 위해 만든 풍차라고 한다. 이 풍차의 주변은 풍경 좋은 유대인들의 주택가 지역인데, 1860년경 영국의 유대인 모세 몬테피오르 경에 의해서 처음 세워졌다고 한다. 현재는 예루살렘에서도 가장 비싼 동네로 손꼽힌다. 풍차의 안에는 작은 박물관이 있고, 이곳에서 바라보는 예루살렘 성의 모습 또한 새로운 감동으로 다가온다.

▼ 포도원의 샘이란 뜻을 가진 에인케렘　　　　　　　　　　　▲ 예루살렘 욥바문

▲예루살렘 기드론 계곡

▼예루살렘 성벽의 야경

8. 신시가지(New City)

1965년에 처음 문을 연 이스라엘 박물관은 40여 년 동안 세계 각지에서 수집한 유물이 50여만 점이 전시되고 있는 세계적으로 유명한 박물관이다. 특히 민속학과 유대교와 파인아트 중심의 베잘렐 박물관을 아트갤러리와 다양한 디아스포라 유대공동체의 특별한 아이템들을 소개한 전시장이 있다.

또한 극동과 오세아니아 아프리카 남북 아메리카의 다양한 유물전시관과 시대별 전

시관 등이 있다. 고고학 유물박물관에는 선사시대부터 15세기까지의 유물들이 전시되어 있으며, 조각정원에는 60개 이상의 작품이 전시되어 있다. 성서의 전당(The Shrine of the Book)에는 사해사본을 포함한 고대 희귀본들이 전시되어 있다. 그리고 이스라엘 박물관에서는 강의와 영화 및 실내악 연주와 예술 활동이 자주 열리며, 대규모 기획 전시회도 자주 열린다.

제2성전 미니어처(Model of Jerusalem in The Second Temple Period)

2006년 전에는 홀리랜드라는 호텔 뒷마당에 전시되어 있던 것을 이곳으로 옮겨와 전시하고 있는데, 예수님 당시 예루살렘 성의 모습을 1/50로 축소하여 만들어 놓은 것으로 관광객의 발길이 끊이지 않는 명소이다.

예수님 당시 예루살렘 성이 어떤 모습이었고, 지금의 예루살렘 성과는 어떻게 차이가

있는지를 알려면 이곳을 찾아가는 것이 좋다. 솔로몬 성전의 모습과 실로암 연못, 베데스다 연못과 골고다 언덕, 그리고 그 당시의 서민들의 주택과 부유층의 가옥들도 비교적 정교하게 만들어 놓아 한눈에 볼 수 있다.

책의 전당(Shrine of The Book)

이스라엘 박물관에 들어가자마자 왼쪽으로 보이는 하얀색 둥근 지붕의 건물이 책의 전당이다. 이 건물은 쿰란 동굴에서 발견된 항아리의 뚜껑을 본떠서 디자인 한 전시장인데, 들어가면 마치 동굴로 들어가는 듯한 인상을 갖게 된다. 안으로 들어가면 쿰란 동굴에서 발굴된 항아리, 머리카락, 동전, 성경사본 등이 전시되어 있어서 2천 년 전의 이스라엘 사람들의 체취를 느낄 수 있다.

뿐만 아니라 마사다에서도 발견된 성경사본이 원형 그대로 보존되어 있고, 그들이 사용했던 항아리와 화살촉, 동전, 마사다에서 이스라엘 사람들이 서로 누가 먼저 자살할 것인가를 제비뽑기했던 항아리 조각도 함께 전시되어 있다.

Ruth Youth Wing; Museum Exhibitions

책의 전당을 나와 박물관 안으로 들어가면 역사적 시대별로 이스라엘의 전통 의상과 갖가지 장신구 및 생활상 등이 잘 전시되어 있어서 이스라엘 전통 공부에 많은 도움을 얻을 수 있다. 책의 전당 내부와 박물관 내부에서는 촬영할 수 없다.

Billy Rose Art Garden

박물관 서쪽 언덕에 자리 잡고 있는 이곳은 일본과 미국의 유명한 조각가가 디자인했다고 하는데, 파블로 피카소(Pablo Picasso)와 헨리 무어(Henry Moore) 같은 19세기 이후의 전세계에서 유명한 예술가들의 작품들이 전시되고 있어 이스라엘 박물관을 방문하는 방문자들의 발길이 끊이지 않는 곳이다. 자연과 작품이 한데 어우러져 전시되고 있는 이곳, 이스라엘 박물관에 간다면 꼭 들러볼 것을 권한다.

Google Earth, Israel Museum

╰찾아가는 법 버스로 갈 경우에는, 9, 17, 24, 24a, 31, 32번을 이용하면 된다. 승용차로 갈 경우에는, 내비게이션에 'Avraham Granot Street' 라고 입력하면 된다.

╰개장시간
일요일, 월요일, 수요일, 목요일 10:00~17:00, 화요일 16:00~21:00, 금요일 10:00~14:00, 토요일, 공휴일 10:00~17:00

╰입장요금
일반 36NIS, 학생 26NIS, 어린이(5~17세) 18NIS, 가족(부모와 아이) 100NIS
(TIP : 매주 토요일과 화요일, 8월에는 어린이는 입장요금을 받지 않는다)

(Tip : 모든 티켓에는 오디오 안내방송을 사용할 수 있다)
╰주소 Ruppin Road, Jerusalem Tel. 02-670-8811, Fax. 02-677-1332
╰E-mail : info@imj.org.il Website : www.imj.org.il

바이블랜드 박물관
(Bible Land Museum)

이스라엘 역사와 관련된 유물을 전시해 놓은 박물관이다. 주로 구약시대에 관한 유물이 많이 전시되어 있는데, 이스라엘 박물관을 방문했다면 바로 앞에 있는 이곳도 들러볼 것을 권한다. 매달 기획전시를 하고 있으니 인터넷으로 미리 기획전시 프로그램을 확인해 보면 도움이 된다. 토요일 밤에는 콘서트도 열린다.

Google Earth, Bible land Museum

1. From Hunter to Urban Dweller
2. The Coming of Civilisation
3. Symbolic Communication
4. Literate Voice; The Beginning of Writing
5. The Pre-Patriarchal World
6. The Sumerian Temple
7. Old Kingdom Egypt
8. Genisis 14, The Age of Warfare
9. The Age of the Patriarchs

CORRIDOR
9   10
8   7   13   12   11
6   5   14   15   16
4   1   18   17
3   2   20   19
LITTLE THEATER
TEMPORARY EXHIBITION HALL

↘찾아가는 법 이스라엘 박물관 바로 앞에 있다.
↘개장시간 일요일, 월요일, 화요일, 목요일 09:30~17:30 / 수요일 9:30~21:30, 금요일, 공휴일 전날 09:30~14:00
토요일, 공휴일 휴무임
↘입장요금 일반 32NIS, 학생 20NIS, 어린이(5~18) 20NIS
토요일 밤 콘서트 티켓(박물관 입장료에 포함되어 있음) 75NIS
특별할인 4번의 서로 다른 콘서트를 관람할 수 있는 티켓 220NIS
↘주소 25 Granot Stroot, Jerusalem, P.O Box 4670, Jerusalem 91046 Tel. 02-561-1066, Fax. 02-563-8228
↘E-mail : contact@blmj.org Website : www.blmj.org

알짜정보

사물함은 어디에도 없다.
이스라엘은 동전을 넣고 물건을 보관할 수 있는 사물함이 없다. 폭탄테러가 자주 일어나는 곳이기 때문이다. 이 점을 미리 알아 두는 것이 좋다. 그 대신 해외여행자들이 많이 이용하는 유스호스텔 같은 곳에는 가끔 사물함이 있기도 하니 그걸 이용하는 것도 좋다.

버스표는 내릴 때까지 버리지 마라.
버스에 올라탄 뒤 돈을 내면 작은 버스표를 주는데 이 버스표는 버리지 말고 내릴 때까지 갖고 있어야 한다. 버스요금은 구간마다 달라서 버스를 타고 가다 보면 가끔 검사요원이 올라타서 버스표를 검사하기 때문이다. 만약 버스표가 없거나 버스요금을 낸 것과 현재 가고 있는 곳이 다르면 몇 배의 벌금을 내야 한다.

에인케렘(Ein Kerem)

누가복음 1장 35절을 보면, 남자와 잠을 잔 적이 없는 동정녀 마리아에게 하나님의 천사 가브리엘이 찾아와 "당신은 성령으로 잉태되었고 그 아이의 이름을 예수라 하라"고 이야기 해준다. 그러자 마리아는 자신의 귀를 의심한다.

"그게 어떻게 가능할 수 있습니까?"

기브리엘 천사는 이렇게 얘기한다.

"너의 친척 엘리사벳도 나이가 들어서 모두가 아기를 가질 수 없다고 했지만 그녀도 잉태하여 벌써 6개월이나 되었다."

물론 그 아이는 스가랴와 엘리사벳 사이에서 예수님보다 6개월 먼저 태어난 세례 요

한이다. 마리아는 그 엘리사벳을 만나기 위해 나사렛으로부터 예루살렘의 산골마을인 지금의 에인케렘까지 찾아간 것이다. 에인케렘이란 포도원의 샘이라는 뜻인데, 그래서 그런지 이곳은 예루살렘의 다른 곳에서는 볼 수 없을 정도로 우거진 숲으로 이루어진 마을이다. 이 마을의 전경은 마치 침엽수림이 울창한 유럽의 어느 깊은 산골마을을 보는 것처럼 아름답기까지 하다.

Google Earth, Ein Kerem

찾아가는 법

예루살렘의 다마스커스 게이트 앞에 있는 버스정류장에서 17번 버스를 타고 약 30분 정도 가면 된다.

세례요한탄생기념교회
(Church of St. John)

이 교회는 지금으로부터 약 1500년 전인 5세기경에 세워진 교회 위에 1674년에 다시 세워졌다. 약 350년이나 된 교회임에도 불구하고 교회의 건물은 아주 아름답고 깨끗하다. 교회 안으로 들어가면 바닥에 5세기경에 만들어진 모자이크와 예수님이 세례 요한에게 세례를 받으시는 장면의 그림을 볼 수 있다.

교회 내부 앞쪽에 제단이 있고, 제단 뒤쪽에는 아래로 내려가는 계단이 있다. 이 계단의 입구에는 대리석으로 된 작은 아치가 하나 세워져 있는데, "주 이스라엘의 하나님이

여 그 백성을 돌아보사 속량하시며"(눅 1:68)라는 말씀이 라틴어로 적혀 있다.

그 아치를 지나 아래로 내려가면 세례 요한이 태어난 동굴이 나온다. 이 동굴에도 정면에 조그마한 제단이 있는데, 그 옆의 작은 대리석판에는 "여기에 구주보다 앞서 온 자가 태어났다"(눅 1:17)라는 말씀이 역시 라틴어로 적혀 있다.

↳개장시간
일요일~금요일 09:00~12:00, 14:30~17:00, 토요일 휴무임
↳입장요금 무료

퀴즈 15 : 제단 우측에는 지하 동굴로 내려가는 입구가 있고 그 입구의 윗부분 아치에는 "주 이스라엘의 하나님이여 그 백성을 돌아보사 속량하시며"(눅1:68)라는 말씀이 라틴어로 적혀 있다. 모두 몇 글자로 되어 있을까?

마리아의 샘물
(Mary's Spring)

세례요한탄생기념교회를 나와서 에인케렘을 가로지르는 왕복 2차로의 도로를 건너면 맞은편에 대리석으로 만든 샘물을 하나 만나게 된다. 높이 3m 가로 4m 크기의 벽 아랫부분에 작은 구멍을 통해서 물이 끊임없이 흘러나오고 있는데, 이 샘물이 마리아의 샘물이다.

나사렛에서 살고 있던 마리아는 천사 가브리엘의 이야기를 듣고 엘리사벳을 만나기 위해 곧바로 나사렛을 출발하여 이곳 에인케렘까지 한걸음에 달려온다. 교통편이 발달하지 않았던 그 당시, 나사렛에서 에인케렘까지 오는 길은 쉽지 않았다. 거리가 약

200km나 되는 먼 거리였기 때문이다. 그러나 마리아는 엘리사벳을 만나겠다는 일념하나로 나사렛에서 에인케렘까지 달려온 것이다. 하지만 엘리사벳의 집은 산 중턱에 있었기에 다시 산을 올라가야 한다는 사실을 알았을 때 아마도 마리아는 그 자리에 주저앉았을 것이다. 목이 타는 갈증으로 옆을 보았을 때 그 자리에 샘물이 있었다. 마리아는 그 샘물에 가서 마지막으로 목을 축였고 잠시 휴식을 취한 후 엘리사벳이 살고 있는 산 중턱을 향해 걸어 올라갔다.

현재는 에인케렘을 찾는 순례자들이 마리아의 샘물에서 물을 마시고 싶어도 마실 수 없다.

마리아방문교회
(Church of The Visitation)

마리아의 샘물 맞은편에 있는 작은 길을 따라 가면 언덕길을 향해 가게 되는데, 아무리 건강한 남자라고 하더라도 중간에 쉬어야만 올라갈 수 있을 정도이다. 그 길을 따라서 약 5분 정도 올라가다 보면 아름답게 장식된 철문을 만나게 된다. 그 철문 안으로 들어가면 그 옛날 제사장 스가랴와 엘리사벳이 거주하던 집이다.

마리아가 이곳에 도착하자, 마리아가 온다는 소식을 듣고 마중 나온 엘리사벳은 손을 잡고 반가워한다. 나이 들도록 임신이 되지 않아 거의 포기하고 있을 때 기적처럼 아기를 갖게 된 엘리사벳, 그녀 역시 이 놀라운 기적을 베푸신 분이 하나님이시고, 그 하나님께서 결혼하지도 않은 처녀 마리아에게 성령으로 아기를 잉태하게 했다는 것을 마리아에게 확인시켜 준다. 마리아 역시 천사 가브리엘의 말을 듣고 임신 6개월의 엘리사벳의 불러 온 배를 보고 다시 한 번 하나님의 기적과 그 기적의 주인공이 자신이 되었다는 것을 확인하게 된다. 그리고 마리아는 이곳에서 약 3개월을 머물다가 다시 나사렛으로 돌아가게 된다.

관련성구
"이때에 마리아가 일어나 빨리 산 중에 가서 유대 한 동네에 이르러 사가랴의 집에 들어가 엘리사벳에게 문안하니 … 마리아가 석 달쯤 함께 있다가 집으로 돌아가니라" (눅 1:39~56)

이 건물 마당에는 마리아의 노래(눅 1:46~55)가 세계의 여러 나라 말로 벽에 붙여져 있는데, 우리나라의 글로 된 성경구절도 있다. 건물의 입구에는 지름

이 약 80cm 정도 되는 작은 돌이 하나 전시되어 있다.

이 돌은 예수님이 태어날 당시 헤롯 왕이 2살 이하의 유대인 남자 아이를 모두 죽이라고 했을 때 이곳에서 태어난 어린 요한이 병사들의 칼을 피해 숨어 있던 동굴을 막은 돌이라고 한다. 물론 그 돌이 진짜 요한이 숨어 있는 동굴을 막은 돌인지는 확인할 길은 없다.

그리고 건물 안으로 들어가면 벽과 천장에 아름다운 벽화가 그려져 있는데, 세례 요한의 아버지인 제사장 스가랴가 하나님께 제사를 드리는 모습과 마리아와 엘리사벳이 서로 손을 잡고 반갑게 인사하는 그림, 로마 병사들이 손에 칼을 들고 어린아이들을 찾아다닐 때 어린 요한이 숨어있는 모습을 형상화한 그림이다. 2층으로 올라가면 십자군 시대의 예배당이 있어서 조용히 묵상을 할 수도 있다.

Google Earth, Church of the Visitation

📞개장시간 : 매일 08:00~11:45, 14:30~18:00
📞입장요금 : 무료

퀴즈 16 : 마리아방문교회로 들어가는 입구 위에는 마리아가 천사의 도움을 받으며 에인케렘으로 찾아오는 그림이 그려져 있다. 이 그림에 등장하는 천사의 숫자는 몇 명일까?

야드바쉠(Yad Vashem)

이스라엘 사람들은 왜 그렇게도 팔레스타인 사람들을 괴롭히며 내쫓으려 하는 것일까? 그들은 왜 그렇게도 애국심이 강한 것일까? 그들은 국토에 왜 그렇게 집착하는 것일까? 이런 질문에 해답을 찾고자 하는 사람들은 반드시 야드바쉠을 찾아볼 것을 권한다. 야드바쉠이란

'이름을 기억한다' 라는 뜻이다.

불과 몇 십 년 전이지만 유대인들이 독일 나치에 의해서 죽어가야만 했던 아우슈비츠의 가스실을 그대로 만들었다고 하는 야드바쉠 박물관 안으로 들어가면, 그 당시 얼마나 많은 유대인들이 독일 나치에 의해서 무기력하게 죽어갔는지를 입체적으로 볼 수 있다. 그래서 그런지 이곳에 찾아온 유대인들의 모습은 한결같이 숙연하고 진지한 모습이다. 그때 당시 다행스럽게 목숨을 보존한 생존자들이 증언하는 모니터의 화면을 보고 있는 이스라엘의 젊은이들 중에서는 눈물을 흘리는 이들도 있다.

들어가는 입구에서부터 장엄하고 숙연한 배경음악과 함께 상영되는 영상물에서부터 방을 옮겨갈 때마다 서서히 그 실체를 드러내는 잔혹한 현장의 재연은 이방인인 우리에게도 강한 메시지로 다가온다. 앙상한 몸을 그대로 내보이며 옷을 벗고 있는 유대인 포로들의 모습부터 마침내 그들이 가스실로 가기 전에 벗어놓았던 낡은 신발더미들을 팔을 뻗으면 닿을만한 거리에 전시해 놓고 있는 모습을 직접 눈으로 목격하는 순간 자유와 독립과 인권의 소중함을 다시 한 번 생각하지 않을 수 없게 된다. 그리고 맨 마지막 방인 이름의 방(The Hall of Name)에 들어서면 그동안 희생당한 유대인들의 이름이 하나하나 적혀있는 것을 보게 되고, 그렇게 약 한 시간 반 정도의 박물관 전시 동선을 따라가다 보면 마치 한편의 장대한 다큐멘터리 속을 여행하는 듯한 착각에 빠지게 된다.

다큐멘터리의 맨 마지막 장면은 역시 이름의 방을 나온 뒤에 갑자기 만나게 되는 아름다운 예루살렘 시내의 풍경이다. 박물관을 여행하다 맨 마지막에 만나게 되는 아름

다운 예루살렘의 시내를 내려다보면서 유대인들은 이렇게 우리의 조상들이 고통을 이겨내며 어렵게 확보한 이스라엘 땅을 후손들이 목숨을 바쳐서라도 잘 지켜내야겠다는 다짐을 하게 되는가 보다.

이곳에는 평일임에도 불구하고 수많은 유대인들이 진지한 표정으로 관람하고 있는 것을 목격할 수 있으며 이스라엘의 현대사를 공부할 수 있는 뜻 깊은 장소가 될 것이다.

Google Earth, Holocaust history museum

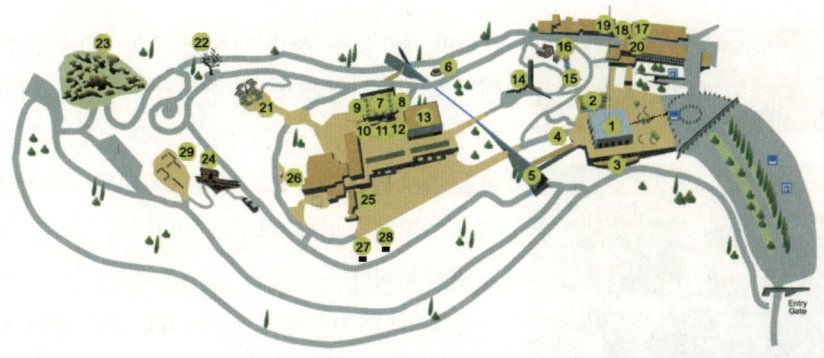

1. Visitors' Center 2. Book and Resource Center 3. Cafeteria
4. Avenue of the Righteous Among the Nations 5. Holocaust History Museum 6. Hall of Names
7. Square of Hope 8. Holocaust Art Museum 9. Synagogue 10. Exhibitions Pavilion
11. Visual Center 12. Learning Center 13. Hall of Remembrance 14. Pillar of Heroism
15. Children's Memorial 16. Janusz Korczak Square 17. Archives and Library Building
18. Family Plaza 19. International School for Holocaust Studies
20. Administration and Research Building 21. Monument to the Jewish Soldiers and Partisans
22. Partisans' Panorama 23. Valley of the Communities 24. Cattle Car – Memorial to the Deportees
25. Warsaw Ghetto Square 26. Swedish Ambulance 27. Monument to Le Chambon-sur-Lignon
28. Nieuwlande Monument 29. Garden of the Righteous Among the Nations

↳찾아가는 법
버스로 갈 경우에는, 13, 16, 17, 17a, 18, 20, 21, 23, 24, 26, 27, 39, 99, 33번을 타고 마운트 헤르젤 버스(Mount Herzl bus)정류장에서 하차하면 된다. 이곳에서 야드바쉠 입구까지 가는 셔틀버스가 개장시간 동안 수시로 운행된다.
승용차로 갈 경우에는, 예루살렘의 센트럴버스터미널(Central Bus Station)까지 찾아간 다음, 그곳에서 Herzl Blvd 도로를 찾아 약 10분 정도 직진하다 보면 오른쪽에 국군묘지(Military Cemetery)가 나온다. 그 다음 로터리에서 우회전하면 된다(우회전하자마자 왼쪽으로 빠지는 길이 있는데 이곳이 엔인케렘으로 가는 길이다).
↳주차장 주차장 입구에서 간단한 검문이 있는데, 그다지 까다롭지는 않다. 그러나 여권은 가져가는 것이 좋다. 입구를 지나서 들어가면 오른쪽으로 야드바쉠의 지하주차장으로 들어가는 입구가 나오는데 그쪽으로 들어가면 된다. 주차장에서 홀로코스트 기념관까지는 엘리베이터를 타고 올라가면 된다.
↳개장시간
일요일~수요일 09:00~17:00(마지막 입장 16:00) 목요일 09:00~20:00(마지막 입장 19:00)
금요일 09:00~14:00, 토요일, 공휴일 휴무임
↳입장요금 입장요금은 받지 않지만 전시장 입구에 모금함이 놓여있어서 그냥 지나치기가 조금은 부담스럽다.
↳주소 P.O.Box 3477, Jerusalem 91034 Tel. 02-644-3400, Fax. 02-644-3443
↳E-mail general.information@yadvashem.org.il Website : www.yadvashem.org

메아 쉐아림
(Mea She'arim)

메아 쉐아림은 뉴시티에 있는 유대 정교회의 본거지 마을 이름인데 1875년에 세워졌다고 한다. 이곳에 사는 유대인들은 한여름에도 두꺼운 털모자와 검은 옷을 길게 늘어뜨려 입고 다니는 자신들만의 생활방식을 고집하고 있다. 마치 우리나라의 청학동 사람들 같이 말이다.

안식일에는 자동차를 운전하지도 않을 뿐더러 다른 사람들이 자동차를 몰고 자신의 동네에 들어오는 것조차도 싫어한다. 그냥 싫어하는 정도가 아니라 자동차가 다니는 것을 보면 돌을 던지기도 하고 심지어는 안식일에 자신들의 도로에 어떤 차도 다니지 못하게 해달라고 집단 시위까지 벌이기도 할 정도이다.

그리고 그들은 이스라엘 사람들이라면 누구든지 하는 영어를 전혀 사용하지 않는다. 그래서 이들에게 다가가 영어로 물어보면 알아듣지 못하고 아예 영어를 하려고 하지도 않는다. '올드시티(Old City)' 같은 아주 간단한 단어조차도 못 알아듣는 사람들이 대부분이란 얘기다. 더구나 거리에서 만나는 모든 남자들이 검은 모자에 검은 외투를 입고 있어서 구분이 되지 않아 더욱 사람을 헷갈리게 한다.

이곳에 가는 것은 좋지만 그들 앞에서 카메라를 꺼내는 것은 조심해야 하고, 말을 걸지 않는 것이 좋다. 그리고 될 수 있으면 낮에 가야지 밤에 가면 길을 잃고 헤맬 수도 있다. Google Earth, Mea She' arim

↳찾아가는 법
다마스커스 게이트에서 나와 큰 길로 직진해서 약 500m 걸어가다 왼쪽으로 들어가면 메아 쉐아림이 나온다.

벤예후다 거리
(Ben Yehuda St.)

우리나라의 압구정동이나 명동 또는 홍대앞 정도라고 생각하면 된다. 이곳은 매주 토요일 오후부터 밤늦게까지 이스라엘의 젊은이들이 모여 대화를 하고 음식을 먹고 연주회와 간단한 퍼포먼스가 벌어지는 곳이다. 유대인의 안식일이 끝나는 토요일 오후가 되면 이곳은 자동차 통행을 차단하게 되고 거리의 카페와 음식점들이 파라솔을 거리에 내놓아 축제의 거리를 만들어 가기 시작한다.

이곳에서는 이스라엘의 젊은이 시청자를 위한 방송국 카메라와 MC들이 인터뷰도 하고 프로그램 제작도 하는 모습을 자주 볼 수 있다. 이스라엘의 젊은이들과 함께 어울릴 수 있는 시간을 갖고 싶다면 토요일 오후 벤예후다 거리에 가면 된다. 이곳에는 최신 유행의 드레스 샵과 보석 샵, 그리고 선물 가게들도 많이 있고 신용카드가 사용가능하며 현금서비스 지급기도 설치되어 있다.

타임 엘리베이터
(Time Elevator)

3천 년 역사가 깃든 도시 예루살렘의 역사를 과거에서부터 현재까지 알기 쉽고 그리고 재밌게 알 수 있는 방법은 없을까? 그것도 마치 할리우드의 영화처럼, 놀이동산의 환상체험처럼 온몸으로 느끼며 배울 수 있는 방법은 없을까? 그런 방법을 찾고 싶다면 예루살렘의 신도시에 있는 타임 엘리베이터 극장으로 가볼 것을 권하고 싶다.

타임 엘리베이터란 극장의 이름이면서 이 극장에서 상영하는 영화의 제목이기도 하는데, 그저 단순히 영화만 관람하는 것이 아니라 특수하게 설계된 극장 내부의 여러 가지 장치를 이용하여 40분 동안 관객들에게 흥분과 감동을 준다.

영화 속에 등장하는 두 명의 남녀 주인공은 우연한 기회에 예루살렘의 이상한 엘리베이터를 타고 과거 3천 년 전의 예루살렘을 여행하게 된다. 현재의 높은 건물이 들어서 있는 예루살렘의 신도시에서부터 황금사원이 자리 잡고 있는 모리아산까지 돌아다니면서 여러 가지 위기 상황을 만나게 된다. 때로는 비바람이 몰아치기도 하고 뜨거운 화염을 피해 도망 다니기도 하는데, 신기하게도 스크린 속의 그런 상황들이 관람석까지 그대로 전해져서 관람석의 의자가 흔들리기도 하고 극장 안에는 바람이 불며 때로는 비까지 내리기도 한다. 그야말로 스크린 속의 주인공과 관람석의 관객들이 똑같이 체험을 하게 되는 특수효과가 타임 엘리베이터 극장의 압권이다.

3천 년 전의 예루살렘에서부터 2천 년 전의 예루살렘, 그리고 비잔틴 시대의 예루살렘과 오스만 터키 시대의 예루살렘이 동일 공간을 배경으로 어떻게 변해 가며 현재까지 이르게 되었는지 오감을 통해 직접 확인할 수 있는 아주 특별한 경험이 될 것이다. 이 경험은 성지순례 패키지 여행객들은 전혀 할 수 없기에 자유여행자에게 예루살렘의 저녁 아이템으로 추천하고 싶다.

↘개장시간 일요일~목요일 10:00, 17:00
금요일 10:00, 14:00, 토요일 12:00, 18:00
↘입장요금 일반(5세부터) 49NIS, 그룹 36NIS(20명 이상)
↘주소 37Hilet st.(Agron House), Jerusalem(약도 있음)
↘Tel. 02-624-8381, Fax. 02-625-2228
↘E-mail :maalit1@espnet.co.il
Website : www.time-elevator-jerusalem.co.il

성서동물원(Biblical Zoo)

성서동물원은 성경에 나오는 동물들을 한 자리에 모아놓은 곳이다. 이곳에서 노아 방주의 모양과 동물들을 볼 수 있어서 아주 특별한 체험이 될 수 있다. Google Earth, Biblical Zoo

↘찾아가는 법
버스로 갈 경우에는, 예루살렘 중앙버스터미널에서 26번 버스와 99번 시티타워(city tour) 버스를 이용하면 된다. 승용차로 갈 경우에는, 야드바쉠에서 그다지 멀지 않고 테디스타디움(Teddy Stadium) 근처에 있다.
↘개장시간
일요일~목요일 09:00~17:00
금요일 09:00~16:30, 토요일 10:00~17:00
↘입장요금 일반 42NIS, 어린이(3~18세) 34NIS
↘주소 POB 898, Jerusalem, 91008, Israel
↘Tel. 02-675-0111, Fax. 02-643-0122
↘Webssite : www.jerusalemzoo.org.il

9. 예루살렘 인근 지역

미니 이스라엘(Mini Israel) 우리나라의 부천에 있는 아인스 월드처럼 이스라엘의 주요 도시와 주요 건물 또는 주요 유적지 등 350여 가지의 장소를 축소해서 만들어 놓은 곳이다. 그래서 마치 걸리버가 된 것처럼 이스라엘을 한눈에 볼 수 있다.

이곳에 들어가면 이스라엘 전체 지역을 예루실렘 지역과 남쪽 지역, 북쪽 지역, 중앙 지역, 하이파 지역, 텔아비브 지역 등 5개의 구역으로 구분해서 전시해 놓고 있는데, 다윗의 별 모양의 의미를 두었다고 한다. **Google Earth, Mini israel**

예루살렘(Jerusalem)지역
The Knesset, The Citadel (David's Tower),
The Western Wall
The Church of Mary Magdalene,
Absalom's Pillar and the Kidron Valley
Tombs
The Gate of Mercy (The Golden Gate)

남쪽(South)지역
Rachel's Tomb (Bethlehem)　　Tomb of the
Patriarches and the Matriaches (Hebron)
Masada, Abraham's Well – Beer Sheva

북쪽(North)지역
The Tomb of Rabbi Simeon Bar Yochai in Meron
The Joseph Caro Synagogue in Safed
The Kursi Church, Capernaum, The Sea of Galilee

The Church of the Mount of Beatitudes, The Basilica of the Annunciation

하이파(Haifa)지역
The International Congress Center, The Bahai Terrace Gardens
The Science Museum - The Old Technion

텔아비브(Tel Aviv)지역
The Golda Center for the Performing Arts, Rabin Square and Tel Aviv City Hall
Old City Hall, The Great Synagogue

센터(Center)지역
Caesarea, A Kibbutz, The Coca Cola Factory

↳찾아가는 법
예루살렘에서 텔아비브로 가는 길 중간에 있는데, 예루살렘에서 1번 도
로를 타고 가다가 아부고쉬(Abu Guosh)를 지나 브엘세바 쪽으로 가는 3
번 국도와 만나는 라트룬(Latrun) 인터체인지로 빠져 나가 브엘세바 방향
으로 1km 정도 가다 보면 오른쪽으로 424번 국도와 만나게 되고, 그 길
로 따라 가면 미니 이스라엘(Mini Israel)이라는 표지판이 나온다.
↳개장시간
11~3월 10;00~18:00, 4월 10:00~19::00, 5~6월 10:00~20:00, 7~8월
10:00~22:00, 9~10월S 10:00~20:00, 매주 금요일 10:00~14:00

↳입장요금 개인 : 일반 69NIS, 그룹 : 일반 52NIS, 안내책자 10NIS
↳Tel. 08-9130000, 그룹예약 08-9130010   Website : www.miniisrael.co.il

네베샬롬
(Neve Shalom Wahat al-Salam)

1948년 이스라엘이 팔레스타인 땅에 국가를 세
운 이후 늘 팔레스타인과의 갈등과 분쟁이 끊이지
않고 있다. 하지만 우리가 알고 있듯이 이스라엘
유대인과 팔레스타인은 아브라함의 후손들이다.

네베샬롬이란 평화의 오아시스라는 뜻으로 이사야서 32장 18절에 기록된 "내 백성이
화평한 집과 안전한 거처와 종용히 쉬는 곳에 있으려니와"라는 말씀에 따라 1970년부
터 지금까지 30여 년 동안 평화를 갈망하는 약 50여 가구 200여 명의 유대인과 팔레스
타인 사람들이 한 마을에 평화롭게 살고 있는 시범마을이다. 이들은 이스라엘 땅에서
일어나는 모든 분쟁과 폭력은 갈등을 더욱 크게 만들뿐만 아니라 해결책이 될 수 없으
며 대화와 타협만이 서로가 평화롭게 살 수 있다고 믿고 주변의 반대를 무릅쓰고 이 마

을에서 함께 살고 있는 것이다.

과연 이스라엘 땅 안에서 민족과 종교가 다르고 정치적인 생각이 다른 유대인과 팔레스타인이 함께 공존하면서 살 수 있을까? 처음 이런 마을을 만든다고 할 때만 해도 이 마을이 오래 갈 거라고 생각한 사람은 별로 없었다. 하지만 네베샬롬은 30년이 지나도록 아무런 변함이 없고 오히려 이스라엘의 전 지역에 세 군데나 더 생겨났다고 한다.

그동안 산업현장에서 유대인은 고용주, 팔레스타인 사람은 고용인의 관계, 식민 지역의 지배자와 피지배자의 관계로 유지되어 왔었지만, 이곳에서는 모두가 똑같은 위치에서 농등하게 살아간다. 그래서 이 마을의 이름을 Neve Shalom이라는 히브리어와 Wahat al-Salam이라는 아랍어를 같이 사용한다.

네베샬롬의 주민회관

이 마을의 공식 홈페이지 역시 두 개의 단어 이니셜을 따서 NSWS를 사용한다. 다른 유대인들이나 팔레스타인 사람들이 보기에는 불안하고 위험해 보이며 못마땅해 보이는 이 시범마을은 우리나라를 비롯해 세계의 많은 언론사들이 취재하여 방영하였으며, 전세계에서 팔레스타인의 분쟁을 걱정하는 사람들이 이곳을 방문해 이스라엘의 희망을 직접 목격한다.

물론 이곳에서도 그런 방문자들을 환영하고 있다. 방문자들을 위한 숙소가 준비되어 있고, 여름에는 야외수영장과 기념품과 음료수를 파는 카페도 있으며, 이들의 모임 장소인 공동회의장도 둘러볼만 하다.

팔레스타인 분쟁 문제와 그 분쟁의 해결책을 고민하고 염려하는 사람이라면 꼭 한 번 들러볼 것을 권한다. 개인적으로 방문하고자 할 때는 사전에 전화나 메일로 미리 약속을 해 두는 게 좋고, 만약 이미 그룹으로 방문한 신청자가 있을 경우에는 그들과 함께 방문하게 될지도 모르니 이 점을 염두에 둬야 한다.

초등학교(School for Peace)

이 마을에 있는 초등학교에는 280여 명의 어린이가 공부하고 있는데, 네베샬롬에 살고 있는 가정의 아이들뿐만 아니라 다른 지역에서 살고 있는 유대인 어린이, 팔레스타인 어린이도 수업을 받는다.

한 반에 약 40명 정도로 구성되어 있어 유대인 어린이와 팔레스타인 어린이가 한 교실 안에서 함께 공부하고 있고, 수업시간에는 유대인 선생님과 팔레스타인 선생님 두 명이 들어와 유대인 선생님은 아랍어로 팔레스타인 선생님은 히브리어로 수업을 한다. 그러므로 이곳의 아이들은 두 가지 언어를 모두 사용할 줄 안다.

성경과 코란을 동시에 배우고 유대인의 풍습과 아랍인의 풍습을 서로 공유하면서 배우는 아이들의 밝고 희망찬 모습을 이 학교에서 볼 수 있으며, 이 아이들이 성장하여 후에 이스라엘 사회의 주류가 된다면 분명 이스라엘에도 변화가 올 것이다.

숙소

네베샬롬에는 방문자들을 위해서 숙소를 따로 마련하고 있는데 요금이 조금 비싼 편이다.

여름철 성수기에는 더블 140$, 싱글 110$이고, 비수기에는 더블 110$, 싱글 85$, 도미토리 50$이다. 하지만 시설은 호텔급이며 방안에서 식사를 해 먹을 수 있게 되어 있다. 점심이나 저녁을 주문할 경우에는 어른 14$, 어린이 9$의 요금을 지불해야 한다.

Google Earth, Neve Shalom

ㄴ찾아가는 법

이곳은 도시에서 떨어진 한적한 곳에 있기 때문에 대중교통으로 찾아가기는 쉽지 않다.

버스로 갈 경우에는, 예루살렘에서 라믈레(Ramle)라는 도시로 가서 그곳 중앙 버스터미널에서 네베샬롬으로 가는 24번 버스를 타야 하는데, 이 버스는 목요일과 일요일에 오전 8시 15분, 오후 12시, 6시 15분 이렇게 단 세 차례만 운행하고 금요일에는 오전 8시 15분 단 한차례만 운행한다.

승용차로 갈 경우에는, 예루살렘 시내에서 텔아비브로 가는 1번 국도를 따라 가다가 아부규스(Abu Guosh)를 지나 브엘세바 쪽으로 가는 3번 국도와 만나는 라트룬(Latrun) 인터체인지로 빠져 나가 브엘세바 방향으로 가다 보면 오른쪽에
네베샬롬(Neve Shaolom)이라는 안내 표지판이 나오는데, 그 표지판을 따라서 들어가면 된다. 이정표가 잘 되어 있어
서 찾기 쉽다.

☎주소 : Doar Na Shimshon 99761, Israel

☎Tel. 02-991-5621(사무실), Fax. 02-991-1072 , 02-991-7160(호텔), Fax. 02-991-7412

☎E-mail : visits@nswas.org   Website : http://nswas.org

예루살렘 자유 투어
(Free Tour)

예루살렘의 올드시티가 복잡해서 아무리 책과 지도를 봐도 잘 모르겠다면, 예루살렘 올드시티를 걸어서 다니는 무료 자유 투어를 이용해 보는 것도 좋다.

매일 오전 11시에 욥바 게이트 옆에 있는 안내 센터 앞에서 빨간 티셔츠를 입은 가이드가 입간판을 들고 서 있는데, 이 사람들과 함께 출발하고 시간은 약 3시간 30분이 걸린다. 그러나 욤 키푸르 데이와 10월 9일에는 자유 투어를 하지 않는다.

Website : www.neweuropetours.eu

코스

Western (Wailing) Wall → Temple Mount → Church of the Holy Sepulcher → Jaffa Gate → Dung Gate → David's Citadel → Walk along the city walls → All four Old City quarters: Jewish, Muslim, Christian, and Armenian → Follow the stations of the cross- the Via Dolorosa → Roman Cardo Maximus → Excavations of anciant Jerusalem → 4000 years of history → Suq → Covered markets → Incredible rooftop views → Mount of Olives → Mount Zion → City of David → Dome of the Rock → Al-Aqsa Mosque → Lutheran Church of the Redeemer → St. Alexander's Russian Orthodox Church

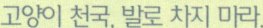
고양이 천국, 발로 차지 마라.

이스라엘을 여행하면서 몸으로 느낄 수 있는 것 중에 하나가 바로 고양이 천국이라는 사실, 골목길마다 자리 잡고 앉아 있거나 뛰어 다니는 것은 거의 다 고양이다. 물론 고양이를 좋아하는 사람이라면 상관없지만, 고양이를 싫어하는 사람일지라도 고양이를 발로 차거나 쫓아내는 일은 가급적 삼가는 것이 좋다. 이스라엘 사람들은 이상할 정도로 고양이를 좋아하기 때문에 고양이를 발로 차는 사람을 봤을 때는 고양이보다 못한 사람으로 취급할지도 모르기 때문이다.

여권과 돈 지갑은 제2의 생명

해외여행자에게 여권과 현금, 신용카드는 제2의 생명과도 같다. 물론 카메라나 노트북 같은 고가품도 중요하겠지만, 해외여행을 오래하는 외국인의 경우 대개 현금이 부족하기 때문에 카메라 같은 물건보다 현금을 더욱 탐내는 경우가 있기 때문이다. 특히 해외여행자의 여권만을 노리는 위조여권 브로커들도 있기 때문에 여권도 조심해야 한다. 허리에 차는 주머니를 이용하여 여권과 돈을 항상 지참하고 다녀야 하고, 잠을 잘 때나 화장실이나 샤워실에 가서도 꼭 눈에 보이는 가까운 곳에 두는 것이 좋다.

가까운 곳은 예루살렘에서 출발

예루살렘에서부터 버스나 셰루트로 30분에서 2시간 거리에 헤브론, 베들레헴, 여리고가 있고 사해, 마사다, 엔게디 등이 있다. 이 지역에서는 여행자가 짐을 풀고 며칠씩 숙박할 숙소를 찾기란 쉽지 않다. 이 지역은 얼마든지 당일로 다녀올 수 있는 곳이기 때문에 여행하고자 할 때는 예루살렘에 계속 머물면서 아침에 출발하여 해질 무렵에 돌아오는 식으로 일정을 잡는 것이 좋다. 하지만 출발하기 전에는 반드시 돌아올 때의 교통편을 미리 확인해 두어야 하고, 숙소의 매니저에게 어디를 다녀오겠다고 얘기 해 두는 것이 좋다.
거리상으로 베들레헴이 가깝고 그 다음으로 헤브론이기 때문에 베들레헴을 먼저 들렀다가 헤브론을 둘러본 뒤에 예루살렘으로 돌아오는 일정이 좋다..

안식일을 기억하라.

이스라엘에서는 안식일에 대한 대비가 철저해야 한다. 왜냐하면 안식일에는 버스운행은 물론 가게도 문을 닫기 때문에 이동할 수도 없고 음식을 살 수도 없다. 그런데 문제는 유대교와 이슬람교의 안식일이 서로 다르기 때문에 그 날짜를 잘 맞춰야 한다. 이슬람교는 금요일이 안식일이고 유대교는 토요일이다. 따라서 그 날짜가 되기 전에 음식을 미리 구입해 두는 것이 좋고 이 날짜에는 이동하는 것도 불가능하기 때문에 금요일 토요일에는 걸어서 여러 곳을 구경할 수 있는 장소에 머무르는 것이 좋다. 하지만 올드시티 안에는 워낙 관광객들이 많기 때문에 안식일에도 장사하는 집이 많이 있다.

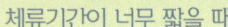

체류기간이 너무 짧을 때

만약 입국하는 과정에서 체류기간을 너무 짧게 받았거나 비행기로 돌아갈 날짜보다 더 짧게 받았다면, 이스라엘에 머무는 동안 비자기간을 늘려야 한다. 특히 이스라엘에서 이집트로 국경을 넘어갔다 다시 돌아올 때 이런 경우가 많은데, 이때는 당황하지 말고 예루살렘에 있는 입국 사무실(Ministry of interior)로 찾아가면 체류기간을 연장해 주며 비용이 든다. 사무실은 예루살렘을 비롯해서 주요 도시에는 반드시 있는데, 예루살렘에는 뉴시티에 있는 중앙우체국 뒤에 있고, 텔아비브에는 샬롬타워 안에 있다.

교통사고를 조심하라.

예루살렘의 신시가지에서는 특히 횡단보도를 건널 때 조심해야 한다. 난폭운전을 하는 승용차가 많기 때문이다. 분명히 파란 신호등이 켜져서 사람들이 횡단보도를 건너야 하는데도 이를 무시하고 질주하는 젊은 운전자들을 쉽게 볼 수 있다. 이스라엘 젊은이들의 이런 난폭운전 습관이 바로 군대 때문이라는 얘기를 들은 적이 있다. 군대에서 탱크를 몰던 습관 때문에 그렇다고 한디.

예루살렘에서 화장실은?

통곡의 벽 옆에 있고, 유대인 지역에도 있고, 예루살렘 버스터미널에도 있으니 그곳을 이용하면 된다. 급하면 커다란 호텔을 이용하면 된다.

친절한 아이들은 손을 내민다.

지도나 가이드 책을 들고 거리에서 두리번거리는 해외여행자를 보면 아랍꼬마들이 어디를 찾느냐며 친절을 보인다. 그때 아이들의 친절이 고마워서 대꾸해 주면 여러 명의 아이들이 몰려들어 서로 자기가 안내해 주겠다며 손을 잡아끈다. 그럼 목적지에 도착해서 아이들은 어김없이 돈을 달라고 손을 내민다. 한두 명도 아니고 여러 명이 돈을 달라고 하면 난처해지기 쉽다. 그러므로 길을 물어도 어른에게 묻는 것이 좋고 아이들밖에 없다면 얼마 정도의 돈을 줘야 한다는 것을 미리 각오하고 있어야 한다.

백화점 안에서는 검문검색이 심하다.

예루살렘의 뉴시티나 텔아비브에 있는 백화점에는 언제나 쇼핑 나온 사람들과 관광객들로 혼잡하다. 그렇기 때문에 폭탄테러의 위험성에 노출되어 있는 것은 당연한 일. 그래서 이런 사고를 미연에 방지하기 위해 백화점의 입구는 물론이고 각 매장에 들어갈 때마다 반드시 소지품 검사와 검문검색이 삼엄하다. 하지만 이 모든 것들이 안전사고를 방지하기 위한 것이니 절대로 짜증을 내지 않는 것이 좋다. 검문검색이 그만큼 심하다는 것은 안전하다는 증거니까. 이스라엘 사람들은 이런 검문검색을 당연하게 받아들이고 전혀 상관하지 않고 협조를 잘 한다.

성지 여행은 일반 여행과는 분명히 다르다. 기도로 준비하고, 사모하고, 가슴에 품으며 떠나야 한다.
그러면 분명히 예루살렘에서 갈릴리에서 살아계신 예수님을 만날 수 있을 것이다.

제3장

남쪽 지역

1. 베들레헴(Bethlehem)

　베들레헴은 예루살렘에서 남동쪽으로 약 8km 떨어진 곳에 위치해 있고, 해발 890m의 비교적 높은 곳에 자리 잡고 있다. 예루살렘이 해발 740m이므로 예루살렘보다도 훨씬 높은 곳이라고 할 수 있는데, 겨울에는 비가 많이 내려서 강수량이 높고 추운 날에는 눈까지 내리기도 한다. 비가 별로 오지 않는 이스라엘에서 겨울에 비가 내리고 눈이 내린다는 것은 그만큼 땅을 비옥하게 만들어 나무와 숲을 많이 우거지게 하며 농작물 또한 잘 자랄 수 있게 한다. 그래서 양과 염소들이 먹을 수 있는 풀들이 많고 푸른 나무와 푸른 숲을 비교적 많이 볼 수 있다. 이런 지리적 환경 때문에 베들레헴은 기원전 3천 년경 다윗의 아버지 이새가 이곳에서 양을 키우기도 했고 또 예수님 당시 많은 목동들이 양을 키우기도 했다.

　뿐만 아니라 다윗의 고향이 이곳이라는 것은 그만큼 베들레헴이라는 도시가 오래전부터 사람이 촌락을 이루고 살만큼 살기에 좋은 곳을 의미하며, 군사적으로도 굉장히 중요한 곳이기도 하다. 그래서 다윗 왕 시대에 블레셋이 군사적 요충지라 여기고 이곳을 점령하는데 노력을 아끼지 않았었다. 그러나 다른 지역에 비해서 이곳은 비교적 전쟁이나 난리를 겪지는 않았다. 물론 역사적으로 볼 때 몇 건의 작은 전투가 있었지만 서로가 뺏고 빼앗기며 수많은 사람들이 죽어갔던 예루살렘에 비하면 평온한 도시였다.

　베들레헴이라는 뜻이 빵의 집이라는 것처럼 이곳 사람들은 들판에서 양떼를 키우고, 포도나무를 재배하며, 빵을 만들고 생활할 정도로 평온하게 살아온 말 그대로 평화의 마을이었다. 그래서 사무엘이 베들레헴까지 달려와 양떼를 돌보고 있던 어린 다윗을 불러 이스라엘의 왕이 되리라고 말하며 기름

부었는지도 모른다. 그리고 그것은 곧 인류의 역사를 크게 나누는 거대한 사건, 다시 말하면 이 땅의 인류를 죄악에서 구원하시기 위해 오시는 메시야가 이 땅에서 태어나게 될 것이라는 것을 미리 암시했는지도 모른다.

이스라엘의 두 번째 왕, 이스라엘의 영토를 확장하고 주변 국가들로부터 완벽한 국가로 인정받게 만든 다윗 왕이 태어난 동네, 그리고 하나님의 독생자 예수님이 태어난 동

네, 이곳이 베들레헴이다. 그러나 그 베들레헴이 오늘날에는 피와 비명, 분노와 적대감으로 뒤덮여 있는 분쟁의 현장이 되어 있다. 이곳 사람들은 세계를 향해 자유와 인권을 되찾아 달라고 울부짖고 있다. 현재는 약 7만 5천여 명의 아랍 사람들이 살고 있는데 그 중에 37%가 크리스천이다.

여행자들이 가보아야 할 곳은 베들레헴의 입구에 있는 라헬의 무덤과 안쪽의 제일 중요한 예수탄생기념교회와 우유교회, 목자의 들판 등이 있다. 베들레헴 시내를 조금 벗어나면 헤롯 왕의 여름 궁전이었던 헤로디움과 예루살렘에 물을 공급하기 위해 헤롯 왕이 건설했던 솔로몬의 저수지가 있다.

찾아가는 법

올드시티의 솔로몬 채석장 건너편에 있는 아랍 버스터미널에서 베들레헴으로 가는 버스를 타면 베들레헴으로 들어가는 체크 포인트 앞에서 내려준다. 이 체크 포인트를 통해 분리장벽을 통과하면 베들레헴이다. 하지만 베들레헴 시내에서는 택시를 타고 이동해야 한다. 체크 포인트로부터 예수탄생기념교회까지는 약 3km 정도이기 때문에 걸어서 갈 수도 있지만, 목자의 들판이나 헤로디움까지 방문하려면 어쩔 수 없이 택시를 타야 한다. 분리장벽을 넘자마자 노란 택시들이 많이 기다리고 있는데 흥정을 잘 해야 한다.

관련성구

"여호와께서 사무엘에게 이르시되 내가 이미 사울을 버려 이스라엘 왕이 되지 못하게 하였거늘 네가 그를 위하여 언제까지 슬퍼하겠느냐 너는 뿔에 기름을 채워 가지고 가라 내가 너를 베들레헴 사람 이새에게로 보내리니 이는 내가 그의 아들 중에서 한 왕을 보았느니라 하시는지라"(삼상 16:1)

목자의 들판
(Field of Sheperd's)

예수탄생교회에서 나와서 오른쪽으로 돌아가면 아래로 내려가는 계단이 보이는데, 그 계단을 따라 내려가면 다시 아래쪽으로 가는 길이 나온다. 그 길을 약 2km 정도 걸어가다 보면 목자의 들판이 나온다. 이곳은 예수님이 태어날 당시 천사들이 목자들에게 나타나 기쁜 소식을 전해 준 곳이라고 하며, 그곳을 기념하기 위한 교회가 있다. 그래서 교회의 건물은 목자들이 주로 사용하던 천막 모양이라고 한다. 천막 모양의 교회 뒤로 돌아가면 천주교에서 관리하는 동굴 속의 채플도 있다.

Google Earth, Field of Sheperd' s

↳개장시간 매일 08:00~12:30, 14:00~17:00
↳입장요금 무료

퀴즈 17 : 목자의 교회 앞마당엔 분수가 있다. 이 분수는 몇 개의 층으로 되어 있을까?

예수탄생 교회
(Church of The Nativity)

인류를 구원하기 위해 오신 구세주가 탄생한 곳은 아주 작고 냄새나는 마구간이었다. 도저히 사람이 잠을 잘 수 없는 장소, 특히 아기가 엄마의 뱃속에서 태어나 잠시라도 있을 수 없는 그런 장소에서 아기 예수는 태어난 것이다. 그래서 예수의 탄생은 더욱 인류에게 많은 의미와 메시지를 전달하고 있는 지도 모른다.

예수님이 탄생한 그 장소가 바로 예수탄생교회이다. 수억의 인류가 믿고 따르는 예수님의 탄생 장소에 직접 찾아가 눈으로 확인한다는 것은 감동 그 자체이고 내 인생의 또 다른 역사이지 않을까? 그러나 예수탄생교회의 입구는 너무나 초라하고 작다. 아무리 키가 작은 어른이라도 허리를 반쯤 숙여야만 그 안을 들어갈 수 있다. 겸손해야 한다는 얘기다.

예수탄생교회는 아기 예수가 탄생한 마구간동굴(예수님 탄생 당시에는 동굴 속에 마구간을 만들었다고 한다) 위에 콘스탄티누스 황제의 어머니 헬레나가 339년경에 교회를 만들었는데, 그 후 약 200년 뒤 지경 사람들의 민란으로 파괴가 되었다가 비잔틴 시대인 5세기경 재건되었다. 이 교회의 길이가 약 50m, 폭이 약 24m의 십자가 형태의 모습을

띠고 있고 입구는 원래 3개였다고 한다. 하지만 지금은 2개의 문이 벽돌로 막혀 있고 나머지 한 개의 문도 말을 타고 들어오는 사람들을 막기 위해서 약 120cm로 작게 만들었다고 한다.

안으로 들어가면 양옆으로 11개씩의 돌기둥이 2줄로 모두 4줄이 서 있는데, 그 중에 한 기둥에서 눈물이 흐른다고 해서 크게 화제가 되어 많은 관광객들이 몰린 적이 있었다. 바닥은 오래된 나무 마루가 깔려 있는데, 마루 밑에는 비잔틴 시대의 모자이크가 장식되어 있어서 나무 바닥을 들어 올리면 모자이크를 볼 수 있다.

교회 안 정면에는 제단이 마련되어 있고, 정면 오른쪽에 예수님 탄생 장소인 동굴로 내려가는 계단이 있다. 이 계단으로 내려가면 어른이 20명 정도 서면 꽉 찰 것 같은 작은 동굴이 나오는데, 내려가자마자 오른쪽을 보면 빨간 천으로 덮여 있는 것처럼 보이는 작은 공간 안에 은으로 만든 별 모양이 예수님이 탄생한 장소이다.

인류의 역사를 BC와 AD로 나눈 인물이 태어난 장소치고는 허름하고 좁기 이를 데 없는 장소, 하지만 수많은 크리스천들이 꼭 한 번 찾아가 은별 위에 직접 입을 맞추고 싶어 하는 장소이자 해마다 성탄절이 되면 지구의 순례자들이 한꺼번에 모이는 장소이다. 시간이 맞으면 수도사들이 하루에 몇 차례씩 예배를 드리는 장면을 목격할 수 있다.

이곳으로 내려온 계단과 맞은편에 있는 또 다른 계단으로 올라가면 다시 위층에 있는 예수탄생교회의 내부가 되는데, 올라온 계단 바로 앞에 있는 출구로 나가면 성캐더린교회로 들어갈 수 있게 된다.

예수탄생교회는 가톨릭에서 관리를 하지 못하고 있기 때문에 교회 옆에 따로 가톨릭 성당을 만들어 매년 성탄 미사를 여기서 드리며, 그 성탄 미사를 전세계에 방송을 한다.

Google Earth, Church of the Holy Nativity

↳ 개장시간 겨울 8:00~17:00, 여름 7:00~18:00

↳ 입장요금 입장료는 없지만 반소매나 반바지 차림의 입장은 절대 안 된다.

관련성구

"헤롯 왕 때에 예수께서 유대 베들레헴에서 나시매 동방으로부터 박사들이 예루살렘에 이르러 말하되 유대인의 왕으로 나신 이가 어디 계시냐 우리가 동방에서 그의 별을 보고 그에게 경배하러 왔노라 하니 헤롯 왕과 온 예루살렘이 듣고 소동한지라 왕이 모든 대제사장과 백성의 서기관들을 모아 그리스도가 어디서 나겠느냐 물으니 이르되 유대 베들레헴이오니 이는 선지자로 이렇게 기록된바 또 유대 땅 베들레헴아 너는 유대 고을 중에서 가장 작지 아니하도다 네게서 한 다스리는 자가 나와서 내 백성 이스라엘의 목자가 되리라 하였음이니이다"(마 2:1~8)

알짜정보

예수탄생교회는 전세계의 기독교인이 흠모하는 중요한 성지이자, 순례자의 발길이 끊이지 않는 곳이다. 그래서 이 교회의 입구에는 커다란 광장이 있고 그 광장 주변에는 많은 기념품 가게들이 있는데, 대부분 불건이 비싸고 가세나나 특성이 있다. 기념품을 사고 싶다면 여러 곳을 둘러보고 결정하는 것이 좋다.

퀴즈 18 : 성캐더린 성당의 정면에는 파이프 오르간의 파이프가 아름답게 설치되어 있다. 모두 몇 개의 파이프로 되어 있을까?

우유교회
(Milk Gorotto)

예수탄생기념교회를 나오면 건물의 왼쪽 끝부분으로 차가 한 대 다닐 수 있는 골목길을 만나게 된다. 이 길을 따라 약 20m 정도 가면 건물 외형이 무척 아름다운 우유교회를 만나게 된다.

이 교회는 아기 예수가 태어난 이후 이집트로 피신하기 전에 잠시 살았던 곳으로 알려진 곳에 교회를 세웠는데, 동굴의 벽이 하얀색이라고 해서 우유 동굴이라고 했다고 한다. 지금의 교회 건물은 1872년에 세워졌다고 한다. 아마도 마리아와 요셉은 이곳에서 아기 예수를 품에 안고 다른 사내아기들이 로마 병사에 의해서 칼에 찔려 죽어가는 비명소리를 들었을지도 모른다.

↳ 개장시간 매일 08:00~11:45, 14:00~17:00   ↳ 입장요금 무료

베들레헴 시내를 벗어나 약 8km 정도를 자동차로 달리다 보면 넓은 들판에 758m의 높은 언덕처럼 생긴 헤로디움이 보인다. 이곳은 기원전 20년경, 그 당시 이스라엘의 왕이었던 헤롯이 별장겸 요새로 건축해 놓은 곳이다. 헤롯은 에돔 출신으로 로마의 후원을 받아 이스라엘의 최고 통치자로 권력을 잡게 된다. 하지만 이민족 출신으로 이스라엘을 통치하고 있다는 사

실 때문에 그 당시 이스라엘 백성은 헤롯에 대한 불신과 배척은 몹시 심했다. 그래서 헤롯은 언제 어디서 이스라엘 백성이 자신을 향해 봉기를 하고 대항할지 모른다는 불안감에 늘 시달려야 했고, 그 불안감으로 결국 이스라엘 전역에 걸쳐서 일종의 도피처인 요새를 여러 곳에 건축하게 된다.

그 도피처는 알렉산드리움, 하르카니아, 마사다, 마케루스, 가이사랴와 여리고, 그리고 베들레헴 북쪽의 광야에 만든 헤로디움이다. 그런데 놀랍게도 헤로디움은 원래 있던 산꼭대기에 요새를 만든 것이 아니라 허허 벌판에 흙을 쌓아올려서 700m 정도의 높은 산을 만들었고, 그 산꼭대기에 밖에서는 전혀 공격해 올 수

없도록 높고 튼튼한 성벽을 쌓았으며, 그 요새 안에는 몇 년 동안 생활할 수 있도록 온갖 시설을 만들어 놓았던 것이다.

고대 역사가 요세푸스에 의하면 그 당시 헤롯은 이곳에 올라갈 수 있도록 200개의 빛나는 대리석으로 정상까지 이어지는 계단을 만들어 놓았다고 한다. 그리고 그 정상에 화려한 궁정을 만들었고 그 주변에는 네 개의 거대한 탑을 만들어 왕궁을 지킬 수 있게 했다고 한다. 그리고 안에는 로마식 목욕탕과 산 중턱의 전망 좋은 곳에는 테라스도 만들었으며, 산 밑에는 풀장도 만들었다고 한다.

물 한 방울 나지 않는 유대광야에 이런 시설을 유지하기 위해서는 멀리 베들레헴에서부터 물을 끌어 오는 수로 공사도 당연히 뒤 따랐다. 물론 그런 공사를 하기 위해서는 수많은 인력과 돈이 필요한 대 공사였다. 그런데 이 헤로디움을 헤롯은 정작 살아있을 때 많이 사용하지를 못했다. 그 대신 70년경 이스라엘이 로마에 의해 멸망할 때 이스라

엘 백성들은 여러 곳으로 뿔뿔이 흩어져 강렬한 저항을 하게 되는데, 그 당시 이스라엘 백성들이 도망가서 마지막까지 저항했던 곳이 마사다 요새라는 곳과 마케루스 요새, 헤로디움 요새였다. 그러나 이곳에서도 다른 곳과 마찬가지로 이스라엘 백성들은 로마의 맹공격을 이겨내지 못하고 항복을 하거나 죽음을 맞이하게 되면서 그 튼튼했던 건물도 모두 파괴된다.

현재 이곳 정상에 올라가면 그 당시 세워졌던 탑의 일부분과 헤롯이 만들어 놓았던 목욕탕과 회반죽 벽에 그려진 여러 가지 벽화들을 볼 수 있다. 그리고 정상 중앙 부분에

는 아래로 내려가는 계단이 있는데, 이 계단으로 들어가면 산속을 뚫고 만든 긴 터널이 나온다. 이 터널로 들어가서 끝으로 나오면 산 중턱이 된다. 그리고 최근 들어 이 산의 중턱에서 헤롯의 무덤이 발견되어 방문자들도 볼 수 있다. 산 밑에는 헤로디움과 관련되어 함께 건설했던 로마의 도시가 유적지로 남아있다.

Google Earth, King Herod' d Tomb

↳개장시간
일요일~목요일 08:00~15:00, 금요일 08:00~14:00,
토요일 휴무임, Tel. 03-776-2251
↳입장요금
개인 : 일반 23NIS, 어린이(5~18세) 12NIS
그룹 : 일반 19NIS, 어린이 11NIS

솔로몬의 연못
(Solomon's Pool)

베들레헴 시내에서 헤브론 쪽으로 가는 길을 따라서 약 4km 정도 가다 보면 유난히 큰 나무들이 많이 있고 그 속에 세 개의 커다란 저수지를 발견하게 된다. 이 저수지는 헤롯 왕이 헤로디움과 이곳에서 20km 떨어진 예루살렘 성안에 물을 공급하기 위해 만들어 놓은 인공 저수지이

다. 이름은 '솔로몬의 연못'이기는 하지만 솔로몬과는 아무런 관계가 없다고 한다. 지금도 이곳에는 많은 물이 저장되어 있고 세 개의 저수지는 서로 연결되어 있다.

　지나는 길에 그냥 들러 볼 수 있는 곳이고 입장시간이나 입장요금이 따로 정해져 있는 것은 아니다. 베들레헴 시내에서 택시를 타면 약 15세켈이면 갈 수 있다.

라헬의 무덤
(Rachel's Tomb)

　　　　　　라헬은 야곱의 아내이자 요셉의 어머니이다. 야곱이 형을 피해 다니다가 우물에서 물을 긷는 라헬을 보고 반해서 그녀를 아내로 얻기 위해 14년간이나 종살이를 했을 만큼 야곱이 사랑했던 여인이다.

　하지만 라헬은 자식을 낳지 못해 괴로워했었고, 그 괴로움의 간절한 기도를 들으셔서 하나님은 요셉을 낳게 해주셨다. 그 라헬의 무덤이 베들레헴에 있다.

　현재 라헬의 무덤 자리에 세운 교회는 15세기에 만들어진 것인데, 아기를 낳지 못하는 여인들은 이곳을 찾아와 기도한다고 한다.

찾아가는 법
예루살렘에서 베들레헴으로 가기 위해 거쳐야 하는 체크 포인트를 통과하면 큰 도로에 노란 택시들이 많이 기다리고 있는데, 그 길로 약 400m 정도 걸어가다 보면 오른쪽에 있다.

개장시간
일요일~목요일 07:30~16:00, 금요일 07:30~13:00
토요일 휴무임

입장요금 없음

관련성구
"그들이 벧엘에서 길을 떠나 에브랏에 이르기까지 얼마간 거리를 둔 곳에서 라헬이 해산하게 되어 심히 고생하여 그가 난산할 즈음에 산파가 그에게 이르되 두려워하지 말라 지금 네가 또 득남하느니라 하매 그가 죽게 되어 그의 혼이 떠나려 할 때에 아들의 이름을 베노니라 불렀으나 그의 아버지는 그를 베냐민이라 불렀더라 라헬이 죽으매 에브랏 곧 베들레헴 길에 장사되었고 야곱이 라헬의 묘에 비를 세웠더니 지금까지 라헬의 묘비라 일컫더라"(창 35:16~20)

2. 헤브론(Hebron)

　헤브론이 성경에 처음 등장하는 것은 아브라함 때였다. 아브라함이 하란을 떠나 가나안 땅에 도착했을 때 가나안 땅은 기근이 있게 되고 결국 이집트로 살 곳을 찾아 떠났다가 곧바로 다시 돌아와 벧엘에 머물게 된다. 그런데 아브라함의 식솔과 가축들이 늘어나면서 자신의 종들과 조카 롯의 종들 사이에 크고 작은 갈등이 멈추지 않게 되자, 같이 모여 사는 것보다 따로 떨어져서 사는 것이 낳겠다고 판단하게 된다. 그래서 조카에게 "네가 좌를 선택하면 나는 우를 택하고, 네가 동을 선택하면 나는 서를 택하겠다"고 제의하면서 먼저 살 곳을 선택하게 한다.

　롯은 요단강 동편 사해 남쪽 지역을 택하고, 아브라함은 그 서쪽인 헤브론을 선택하게 된다. 후에 헤브론에서 사라가 죽자 아브라함은 그곳에 살고 있던 헷 족속의 소유였던 막벨라 동굴을 은 400세겔을 주고 구입하여 사라의 무덤을 만들게 된다. 그래서 현재도 헤브론에는 사라의 무덤과 아브라함의 무덤이 나란히 있다.

　그 후로 BC 1010년, 다윗은 사울 왕이 죽자 헤브론을 임시 수도로 삼고 7년 반 동안 머물게 되는데, 다윗이 사울 왕의 질투로 살해 위협을 받아 도망 다닐 때 헤브론 사람들의 도움을 많이 받았고, 다윗 역시 헤브론 사람들에게 도움을 주었던 관계가 있었기 때문이다. 다윗은 이곳에서 그동안 분열되어 있던 이스라

> **관련성구**
> **아브라함이 아내 사라를 묻은 곳**
> "아브라함이 에브론의 말을 따라 에브론이 헷 족속이 듣는 데서 말한 대로 상인이 통용하는 은 사백 세겔을 달아 에브론에게 주었더니 마므레 앞 막벨라에 있는 에브론의 밭 곧 그 밭과 거기에 속한 굴과 그 밭과 그 주위에 둘린 모든 나무가 성 문에 들어온 모든 헷 족속이 보는 데서 아브라함의 소유로 확정된지라 그 후에 아브라함이 그 아내 사라를 가나안 땅 마므레 앞 막벨라 밭 굴에 장사하였더라 (마므레는 곧 헤브론이라) 이와 같이 그 밭과 거기에 속한 굴이 헷 족속으로부터 아브라함이 매장할 소유지로 확정되었더라" (창 23:1~20)

엘의 모든 지파를 하나로 모아 통일 이스라엘 왕국을 건설했다. 그래서 헤브론이라는 지명의 의미는 "협정 또는 동맹"이라는 뜻이 담겨져 있다.

다윗은 헤브론에서 이스라엘의 두 번째 왕으로 등극한 뒤 수도를 다시 예루살렘으로 옮기기로 결정을 하게 되는데, 이때 헤브론 사람들은 다윗에 대한 배신감과 분노로 가득 차게 된다. 다윗을 왕으로 세워준 헤브론 땅인데 이곳을 버리고 예루살렘으로 수도를 옮겨 간다고 하니 당연히 배신감을 가지지 않을 수 없었다. 이 사실을 안 아들 압살롬은 아버지에게 반역하기 위해 이곳 헤브론으로 내려와 다윗에 대해 적대감을 갖고 있던 그 사람들을 선동하여 쿠데타를 일으키기도 한다.

아브라함이 아내 사라를 장사지내기 위해 헤브론에 살고 있던 헷 족속에게 토지를 은 400세켈을 주고 샀다는 역사적 사실은 오늘날 이스라엘 땅을 점령하여 살고 있는 유대인들에게는 아주 중요하고 의미 있는 사건이다. 왜냐하면 지난 2천 년 동안 나라 없이 전세계를 떠돌다 1948년 이스라엘 땅에 나라를 재건설한 유대인들이 이 땅이 자신들의 땅이라고 주장하는 이유가 바로 자신들의 조상인 아브라함이 분명히 돈을 주고 땅을 산 최초의 토지거래가 있었기 때문이다. 더군다나 그렇게도 위대하게 생각하는 조상 아브라함과 그의 아내 사라의 무덤이 있는 헤브론은 유대인들에게는 말할 수 없이 중요한 성지이다.

그럼에도 불구하고 이곳 헤브론은 이스라엘의 오랜 역사 속에서 겪었던 수많은 환난을 예외 없이 그대로 다 받아야 했었다. 예수님 당시에는 로마의 통치하에 있었다가 그 후로는 십자군의 점령, 다시 오스만 터키의 점령, 그리고 1017년부터는 연합군의 통치를 받다가 결국 1967년 6일 전쟁 당시 이스라엘의 탈환작전으로 이스라엘의 수중으로 넘어갔지만 현재는 팔레스타인 자치 지역으로 되어 있다.

그래서 현재 헤브론에 가면 팔레스타인 자치 군인들이 총을 들고 근무하는 모습을 곳곳에서 볼 수 있는데, 더 놀라운 것은 팔레스타인 자치 지역임에도 불구하고 이스라엘 군인들이 헤브론 곳곳에서 총을

관련성구
다윗의 아들들이 태어난 곳
"다윗이 헤브론에서 아들들을 낳았으되 맏아들은 암논이라 이스르엘 여인 아히노암의 소생이요 둘째는 길르압이라 갈멜 사람 나발의 아내였던 아비가일의 소생이요 셋째는 압살롬이라 그술 왕 달매의 딸 마아가의 아들이요 넷째는 아도니야라 학깃의 아들이요 다섯째는 스바댜라 아비달의 아들이요 여섯째는 이드르암이라 다윗의 아내 에글라의 소생이니 이들은 다윗이 헤브론에서 낳은 자들이더라" (삼하 3:2)

들고 다니는 것을 볼 수 있다. 그들에게서는 다른 지역에서 만나게 되는 군인들처럼 느슨한 모습을 찾아 볼 수 없다. 언제 어디를 향해 총을 발사해도 될 만큼 정조준한 자세로 골목길에서 작전을 펴는 것을 보면 이곳은 일촉즉발의 긴장감이 감도는 곳이라는 것을 알 수 있다.

그렇다면 왜 팔레스타인 자치 지역인데도 불구하고 이스라엘 군인들이 완전무장한 채 긴장된 모습으로 경계근무를 서고 있는 것일까? 현재 헤브론의 인구는 약 12만 명의 팔레스타인 사람들이다. 그런데 놀라운 것은 이 안에서 약 400여 명의 유대인들도 같이 살고 있다는 것이다. 전혀 개발되지 않은 지저분한 도시, 재래시장에서 풍겨 나오는 동물들의 피비린내, 흙먼지가 풀풀 날리는 복잡한 골목길, 짧은 거리를 지나는데도 수없이 어깨를 부딪치게 되는 팔레스타인 사람들, 그런 마을 한 복판에 마치 교도소의 담장처럼 높은 담장과 철조망 그리고 감시 초소에 둘러싸여 있는 도시 속의 또 다른 도시, 그곳이 현재 400여 명의 유대인들이 모여 살고 있는 키르야트 아르바라는 곳이다. 이 키르야트 아르바라는 이름은 창세기 23장 2절에 이곳 헤브론을 기럇 아르바라고 불린 그 지명을 그대로 사용하고 있다.

이렇게 팔레스타인 자치 지역에 유대인들이 한가운데 들어와서 살고 있는 것을 못마땅하게 생각하는 헤브론의 팔레스타인 사람들은 유대인들을 향해 돌을 던지고 욕을 하며 어서 빨리 나가 달라고 항의와 데모가 끊이질 않는다. 언제 어떻게 과격한 팔레스타인 사람들한테 공격을 받게 될지도 모르는 위험 속에서 살고 있는 400여 명의 유대인들, 이스라엘 군인들은 그들을 보호하기 위해 헤브론의 깊숙한 곳까지 들어와 총을 들고 지키고 있는 것이다.

그렇다면 왜 유대인들은 이런 충돌과 갈등을 불러 일으켜 가면서까지 헤브론의 깊숙한 곳까지 들어와서 살고 있는 것일까? 그것은 바로 앞서 설명했던 것처럼 헤브론이야말로 이스라엘의 첫 번째 토지였으며, 유대인의 조상인 아브라함과 그의 가족들의 무덤

헤브론

↑ To Beersheva

● Service taxis
to Beersheva

Service taxis
to Jerusalem ●

Street

Market

● Cave of
Machpelah

이 있는 곳, 다윗이 첫 번째로 세웠던 고대 수도였기 때문이다. 1948년 이스라엘이 건국한 이후로 유대인들은 끊임없이 헤브론의 정착촌을 만들어야 한다고 주장을 했고, 결국 1971년 몇 백 명의 유대인들이 헤브론으로 들어와 정착하여 지금까지 살아오고 있는 것이다.

물론 이스라엘 정부에서도 그들의 안전을 위해 다른 곳으로 이주할 것을 요구했지만, 그들은 현재도 고집스럽게 이곳을 지키고 있다. 그 어떤 위험과 충돌이 일어난다 해도 절대로 떠날 수 없다는 것이다. 그러나 유대인의 조상인 아브라함은 동시에 아랍인들의 조상인 이스마엘의 아버지이기도 하다. 그것이 바로 팔레스타인 사람들이나 유대인들이나 어느 한쪽도 소홀히 여길 수 없는 중요한 인물이고 중요한 인물이 잠들어 있는 중요한 땅이 헤브론이다. 그것이 두 민족 간의 끊이지 않는 갈등의 요인이고 씨앗이다.

✎ 찾아가는 법

헤브론은 예루살렘에서 남쪽으로 약 36km 떨어져 있는 곳이다. 자동차로 가면 30분도 걸리지 않는 가까운 거리인데도 불구하고 헤브론을 찾아가는 길은 쉽지 않다. 헤브론은 팔레스타인 자치 지역이면서 폭동이 자주 일어나는 곳이고, 폭동이 일어나면 곧바로 헤브론 입구가 봉쇄된다. 그만큼 위험한 곳이다. 그곳에 가기 전에 예루살렘이나 베들레헴에서 헤브론으로 가는 길이 봉쇄되었는지를 미리 확인해 보고 출발하는 것이 좋다. 헤브론에 가기 위해선 베들레헴에서 택시를 타고 가야 한다.

관련성구

다윗이 기름부음 받고 왕으로 즉위한 장소

"이에 이스라엘 모든 장로가 헤브론에 이르러 왕에게 나아오매 다윗 왕이 헤브론에서 여호와 앞에 그들과 언약을 맺으매 그들이 다윗에게 기름을 부어 이스라엘 왕으로 삼으니라 다윗이 나이가 삼십 세에 왕위에 올라 사십 년 동안 다스렸으되 헤브론에서 칠 년 육 개월 동안 유다를 다스렸고 예루살렘에서 삼십삼 년 동안 온 이스라엘과 유다를 다스렸더라"(삼하 5:3~5)

1929년 8월 아랍 군중이 유대인촌을 공격 67명 사망.
1936년 아랍인들의 폭동 재발로 유대인 추방당함.
1948년 요르단의 통치로 들어감.
1967년 6일 전쟁으로 이스라엘이 헤브론을 통치.
1968년 유대인 자치 거주 시작. 36년 추방당한 이후로 32년 만임. 이때 한 작은 호텔에서부터
　　　　시작하여 3주 후에 헤브론의 군 사령부 지역 안에 옮김.
1971년 유대인 정착촌 건설 시작.
1979년 헤브론 중심에 유대인 촌 정착.
1980년 아랍인들이 유대교회당에서 집으로 가던 유대인들에게 총격 6명 사망.
1983년 복면을 쓴 유대인이 이슬람대학에서 자동소총 난사 아랍학생 3명 사망.
1994년 4월 유대인이 막벨라 사원에 총을 들고 난입 아랍인에게 난사 29명 사망, 범인은 현장
　　　　에서 흥분한 아랍인에 의해 몰매 맞아 사망.

막벨라 사원은 아브라함이 아내 사라를 장사하기 위해 땅을 사서 나중에 자신도 함께 묻힌 아브라함과 사라의 무덤 동굴 위에 세워진 사원이다. 그래서 이곳을 또 다른 이름으로 막벨라 동굴이라고도 한다. 겉으로 보기엔 창문 하나 없는 너비 34m 길이 55m의 돌로 만들어진 건물인데, 예수님 당시 헤롯이 이곳을 지나다가 유대인들이 너무나 소중히 여기는 장소라는 것을 알고는 선심을 베풀기 위해 커다란 건물을 지은 것이 거의 손상되지 않고 지금까지 보존되고 있다.

사원 안으로 들어가는 문은 유대인 출입구와 아랍인 출입구 두 군데인데, 여행자는 어느 쪽으로 들어가도 상관없다. 하지만 어느 곳이든 들어가기 위해서는 이스라엘 군인들의 검문검색을 거쳐야 한다. 유대인의 입구로 들어가게 되면 몇 사람의 유대인들이 의자에 앉아서 토라를 읽고 있는 모습을 보게 된다. 그 왼쪽에 있는 것이 바로 야곱과 레아의 무덤이고, 오른쪽 철창 안에 있는 것이 아브라함과 사라의 무덤이다.

그 옛날 하란 땅에서 하나님의 명령을 받고 이 낯설고 먼 곳까지 찾아와 하나님이 약속했던 것처럼 수많은 후손을 퍼뜨린 잠든 믿음의 조상 아브라함이 분쟁과 갈등의 땅 한 가운데 자리 잡고 잠들어 있는 곳이다.

아랍인 출입구로 들어가면 이삭과 리브가의 무덤이 있고 이쪽에서도 역시 아브라함과 사라의 무덤을 볼 수 있다. 아랍인 구역에서는 막벨라 동굴과 연결된 작은 구멍을 바닥에서 볼 수 있다. 일 년에 30만 명의 유대인들이 이곳을 방문한다고 한다.

Google Earth, Machpelah Cave

아브라함의 무덤

📞개장시간 토요일~목요일 07:30~11:30, 13:30-16:00   📞입장요금 무료   Website : www.machpela.com

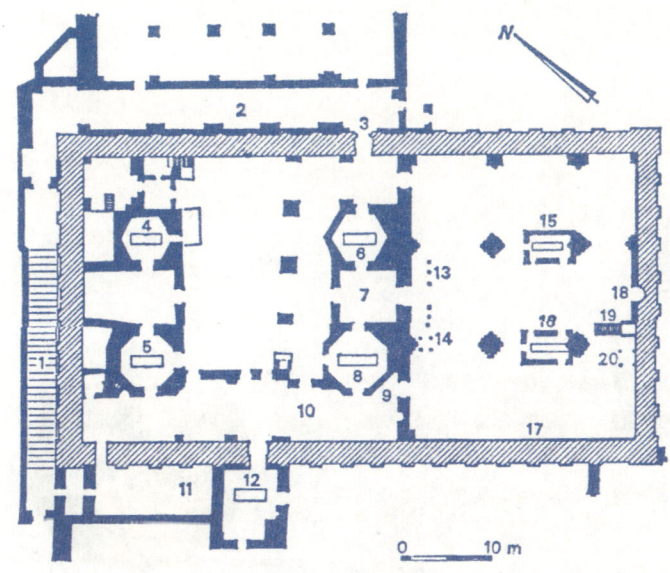

1. 아랍인 출입구
4. 레아의 무덤
5. 야곱의 무덤
6. 사라의 무덤
7. 시나고그
8. 아브라함의 무덤
9. 아담의 발자국
10. 여자들의 기도처
12. 유대인 출입구
14. 동굴과 연결된 곳
15. 리브가의 무덤
16. 이삭의 무덤

아랍 시장(Souq)

헤브론에는 마치 우리나라의 시골장터에서나 볼 수 있는 아랍 사람들만의 시장이 크게 형성되어 있다. 세련되지 못한 디자인의 옷이 가게마다 걸려 있고, 각종 과일과 채소들이 즐비하다. 지나가는 여행자들에게 손짓을 하며 구경하고 가라고 외치는 아랍상인들, 즉석에서 과일을 갈아 주스를 만들어 파는 꼬마 아이들과 아랍가수가 부르는 유행가가 담긴 카세트테이프를 파는 사람들의 모습을 보면서 팔레스타인 사람들의 생활을 어느 정도 볼 수 있으며, 순박하고 때 묻지 않은 그들의 해맑은 미소를 맘껏 감상할 수 있는 곳이다.

하지만 한편에서는 실탄이 장전된 총을 들고 순찰하는 이스라엘 군인들과 이들을 향해

돌을 던지는 아랍 사람들의 모습도 동시에 펼쳐지고 있는 것을 보면, 이곳이 분쟁의 한 가운데라는 것을 알 수 있다.

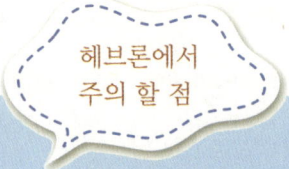

헤브론에서 주의 할 점

1. 찬송가를 함부로 부르지 말 것

헤브론은 현재 유대인에 반감을 갖고 있는 아랍인들이 정신적 교육을 하고 있는 곳이기 때문에 아랍인들의 기분에 거슬리는 단어를 사용하는 것에 주의해야 한다. 특히 시온, 할렐루야, 아멘이라는 단어가 나오는 찬양을 부르는 것은 아랍 사람들의 감정을 상하게 할 우려가 있다.

2. 여권은 꼭 가져 갈 것

막벨라 사원에 들어갈 때 외국인 여행자들은 여권을 검사하므로 반드시 가져가야 한다. 내부에서의 비디오카메라 촬영은 금지되어 있다. 아마도 테러와 살상의 사건을 많이 겪은 장소라서 그런지 조금이라도 의심이 가는 물건이나 사람은 아예 입구에서부터 차단하기 때문이다. 입구에 맡겨 놓았다가 나오면서 찾으면 된다.

3. 얼굴을 뒤집어쓰고 들어가야 한다.

여자들이 아랍인 출입구로 들어갈 때는 반드시 머리를 가리고 들어가야 할 정도로 옷차림을 조심해야 한다. 어깨가 나오는 옷이나 무릎이 나오는 옷을 입어도 입장할 수 없다. 입구에서 여자들의 머리카락을 감출 수 있는 쇼울을 무료로 나눠주므로 그것을 쓰고 들어가면 된다.

3. 유대광야(Judan Desert)

　예루살렘에서 약 20분만 교외로 나오면 과연 도시 바로 옆에 이런 곳이 있을 수 있을까 싶을 정도로 광활하게 펼쳐진 유대 광야를 만나게 된다. 우리나라의 경상남북도 정도밖에 안 되는 좁은 국토이지만, 그 중에 약 95%가 광활한 광야와 사막으로 이루어진 이스라엘의 진면목을 볼 수 있는 곳이다.

　이 유대 광야에서 예수님이 40일을 금식기도 하셨고 시탄으로부터 시험을 받으셨다. 물 한 방울 풀 한포기 찾아보기 힘든 유대 광야에서 예수님이 40일 동안이나 금식기도를 하셨다는 것을 생각하면서 바라본다면 또 다른 감동으로 다가온다. 눈앞에 펼쳐지는 끝없는 작은 구릉들은 마치 한 폭의 그림 같은데, 특히 새벽녘에 보는 광야의 모습과 한낮에 보는 광야의 모습, 석양의 광야 모습들은 각기 다른 장면을 연출한다. (TIP : 이곳은 한 겨울에도 직사광선이 따갑고 더운 곳이니 얼굴과 팔에 선크림을 바르고 가는 것이 좋고 선글라스나 모자는 반드시 착용하는 것이 좋다)

↘찾아가는 법

예루살렘 다마스커스 게이트 앞의 로터리에서 시내 쪽으로 직진해서 약 2km 정도 가다 보면 큰 사거리를 만나게 되고 스쿠프스산(Spucus Mt.)이라는 표지판을 볼 수 있는데, 이곳에서 우회전하여 터널과 이스라엘 군인들이 지키고 있는 체크 포인트를 지나 계속 직진하면 여리고(Jericho) 또는 사해(Dead Sea)로 가는 도로가 나온다. 이 도로를 따라서 약 1km 정도 가다 보면 도로 왼쪽에 와디켈트(Wadi Quelt)라는 표지판을 만나게 되는데, 이곳에서 좌회전해야 한다. 좌회전한 다음 T자 도로를 만나게 되고, 여기서 좌회전 하여 비포장도로를 따라 들어가면 낙타를 앞세운 장사꾼들이 기다리고 있다. 이곳에 차를 세우고 언덕을 따라 올라가면 유대 광야를 전체적으로 조망할 수 있는 전망대가 나온다.

와디켈트 (Wadi Qelt)

유대 광야 전망대에서 내려와 다시 자동차로 비포장도로를 가다 보면 오른쪽으로 도로로 나가는 길이 나오는데, 그 길로 나가지 말고 계속 직진하면 왼쪽에 또 다른 전망대가 나온다. 이곳에 올라가서 유대 광야를 바라보면 바로 앞에 깊은 계곡이 보인다. 이 계곡이 바로 와디켈트이다. 이 계곡을 자세히 들여다보면 계곡 깊은 곳에 듬성듬성 수풀이 우거져 있는 곳도 보이고, 오른쪽으로는 계곡 중턱에 아슬아슬하게 서 있는 성 조지 수도원이 보인다. 이 계곡은 비가 오지 않는 한 여름에는 물이 흐르지 않지만 비가 오는 겨울에는 물이 흐르는데, 헤롯왕 때 여리고에 물을 공급하기 위해 인부를 동원해서 직접 팠다고 한다.

이 전망대에서 유대 광야와 계곡 속에 숨어있듯 자리 잡고 있는 성 조지 수도원을 조망하는 것도 볼만한다. Google Earth, Wadi Qelt

찾아가는 법

유대 광야 전망대에서 되돌아 나와 우회전하면 큰 도로가 나오는데, 그곳으로 가지 말고 계속 직진해서 약 3.5km 정도 가다 보면 왼쪽 언덕위로 검은색의 십자가 탑이 보인다. 이곳으로 올라가면 와디켈트를 내려다 볼 수 있는 전망대가 나온다.

퀴즈 19 : 와디켈트 전망대에 가면 검은색의 십자가가 하얀색의 벽돌로 쌓아올린 사각 기둥 위에 세워져 있다. 이 기둥은 모두 몇층의 벽돌로 세워져 있을까?

성 조지 수도원 (St. George's Monastry)

와디켈트 전망대에서 계곡 깊숙한 곳에 은밀하게 숨어있는 성 조지 수도원을 직접 가보기 위해서는 왔던 길에서 계속 직진해야 한다. 약 1km 정도 더 가면 넓은 주차장이 나오고 그곳에 음료수를 파는 장사꾼과 당나귀 몇 마리가 기다리고 있는 성 조지 수도원의 입구가 나온다.

이곳에서부터 계곡을 향해 내려가야 하는데, 걸어서는 약 10분 정도 걸린다. 이 길을 따라 계곡으로 내려가다 보면 그동안 멀리서만 보던 와디켈트의 진면목이 펼쳐지는 대자연의 위대한 광경을 눈앞에서 보게 되고, 잠시 후 계곡 속에 숨어있는 오아시스와 같은 수풀과 그 속에 숨어있는 성 조지 수도원이 나타난다.

마치 세상과는 완전히 단절하고 유대 광야
의 깊숙한 곳에 숨어 오로지 기도만 하겠다는
의미인지 수도원은 깎아지른 듯한 절벽에 아
슬아슬하게 매달려 있다. 이곳에는 5세기에
세워진 이후 지금도 5명의 그리스정교회 수
도사들이 거주하고 있다. 방문자들을 반갑게
맞이하고 수도사들이 직접 만든 과일과 음료
수를 나눠준다. 과연 수도사들이 어떤 공간에

서 어떻게 기도를 하고 있으며, 어떻게 생활을 하고 있는지 호기심이 생긴다면 들러보
는 것도 좋다. 하지만 나올 때는 다시 주차장까지 가파른 언덕을 올라와야 한다. 일요일
에는 문을 열지 않고 반바지를 입고 들어갈 수 없다.

Google Earth, St. George's Monastry

↘찾아가는 법

와디켈트 전망대에서 내려와 다시 직진하여 약 1km 정도 가면 커다란
주차장이 나오고 성 조지 수도원으로 가는 입구가 보인다. 이곳에서 계
곡 쪽으로 걸어 내려가도 되지만 힘들다면 입구에 있는 당나귀를 타고
내려가도 된다. 물론 돈을 내야하는데 흥정을 해야 한다. 아니면 걸어
내려갔다가 올라 올 때 당나귀를 타도 상관
없다.

육지에서 체험하는 바다 속
(Sea Level)

성 조지 수도원에서 나와 다시 여리고를
향해 내려가는 도로를 따라 가다 보면 도로
오른쪽 작은 언덕에 Sea Level이라고 새겨져

있는 것을 발견하게 된다. 그리고 이 언덕 앞에는 자동차를 세울 수 있는 작은 주차장이 마련되어 있는데, 이곳은 도로의 지표면이 바다의 해수면과 똑같은 위치라는 말이다. 내륙 지역은 대체적으로 바다의 해수면보다 높은 게 당연하지만, 이곳은 그만큼 지형이 바다보다 낮아 언덕 아래로 내려가면 바다 속으로 내려가는 것과 같다. 육지 속에서 바다 속보다 더 깊은 곳으로 내려가는 아주 특이한 상황, 여리고로 가는 길에 이곳에 들러 기념사진 한 장 찍어 보면 어떨까?

이곳을 지나서 계속 도로를 따라 내려가면 도로 양옆의 절벽에 -50, -100, -200이라는 글자가 새겨져 있는 것도 볼 수 있다.

모세 수도원
(Nebi Musa)

와디켈트에서 8km 정도 내려가다 보면 오른쪽으로 모세 수도원(Nebi Musa)이라는 간판을 만나게 되는데, 거기서 우회전하여 한참 가다 보면 왼쪽에 허허벌판 광야에 오아시스처럼 우뚝 서 있는 작은 건물을 발견할 수 있다. 이곳이 모세 수도원(Nebi Musa)이다.

이곳은 무슬림들이 주장하는 모세의 무덤이다. 모세는 수명이 다하기 전 요르단에 있는 느보산에서 숨을 거두게 되지만, 그의 후손들이 모세의 시신을 요단강 건너인 이곳까지 옮겨와 묻었다는 것이다. 이 건물은 1269년에 세워졌다.

Google Earth, Nebi Musa

4. 여리고 (Jericho)

여리고는 해발 -260m의 지구에서 가장 낮은 도시이다. 그래서 예루살렘에서 여리고로 가는 길은 계속 내리막길이고 내려 갈수록 후덥지근하다는 것을 느낄 수 있다. 예루살렘보다는 1.2km 낮은 곳이기 때문이다. 아무리 이스라엘의 더운 날씨에 익숙한 사람이라 할지라도 여리고로 들어가는 순간 혹하고 느껴오는 뜨거운 공기에 기분 좋은 사람은 없을 정도이다. 그러면서도 여리고는 지금까지 밝혀진 전세계의 유적지 중에서 가장 오래된 도시라고 한다. 이곳에는 BC 7천 년 전부터 이미 성이 있었고 현재 그 성의 망루가 아직도 보존되고 있다. 현재는 약 2만여 명의 아랍인들이 모여 살고 있으며 팔레스타인 자치령으로 되어 있다.

↳찾아가는 법

예루살렘에서 여리고로 가는 버스는 없다. 하지만 다마스커스 게이트 앞에서 여리고로 가는 셰루트를 타면 10세켈을 받고 태워다 주고 약 30분 정도 걸린다.

예루살렘에서 자동차로 갈 경우는, 다마스커스 게이트 앞에서 시내 쪽으로 직진해서 가면 스쿠프스산이라는 표지판을 만나게 되는데, 그곳에서 우회전하여 가면 체크 포인트를 만나게 되고, 그 체크 포인트를 지나서 계속 내려가면 왼쪽에 여리고로 들어가는 표지판이 나온다. 그곳에서 좌회전해서 들어가면 여리고 입구에서 이스라엘 군인들이 지키고 있는 체크 포인트를 만나게 되고, 그곳을 통과하면 이번에는 약 100m 전방에 팔레스타인 자치 군인들이 지키는 체크 포인트를 거쳐야 한다. 여리고에 갈 때는 반드시 여권을 가지고 가야 한다.

관련성구
예수님의 비유에 등장하는 여리고 강도

"예수께서 대답하여 이르시되 어떤 사람이 예루살렘에서 여리고로 내려가다가 강도를 만나매 강도들이 그 옷을 벗기고 때려 거의 죽은 것을 버리고 갔더라 마침 한 제사장이 그 길로 내려가다가 그를 보고 피하여 지나가고 또 이와 같이 한 레위인도 그 곳에 이르러 그를 보고 피하여 지나가되 어떤 사마리아 사람은 여행하는 중 거기 이르러 그를 보고 불쌍히 여겨 가까이 가서 기름과 포도주를 그 상처에 붓고 싸매고 자기 짐승에 태워 주막으로 데리고 가서 돌보아 주니라 그 이튿날 그가 주막 주인에게 데

나리온 둘을 내어 주며 이르되 이 사람을 돌보아 주라 비용이 더 들면 내가 돌아올 때에 갚으리라 하였으니 네 생각에는 이 세 사람 중에 누가 강도 만난 자의 이웃이 되겠느냐 이르되 자비를 베푼 자니이다 예수께서 이르시되 가서 너도 이와 같이 하라 하시니라"(눅 10:30~37)

예수님이 소경 바디메오를 만난 곳
"그들이 여리고에 이르렀더니 예수께서 제자들과 허다한 무리와 함께 여리고에서 나가실 때에 디매오의 아들인 맹인 거지 바디매오가 길 가에 앉았다가 나사렛 예수시란 말을 듣고 소리 질러 이르되 다윗의 자손 예수여 나를 불쌍히 여기소서 하거늘 … 예수께서 말씀하여 이르시되 네게 무엇을 하여 주기를 원하느냐 맹인이 이르되 선생님이여 보기를 원하나이다 예수께서 이르시되 가라 네 믿음이 너를 구원하였느니라 하시니 그가 곧 보게 되어 예수를 길에서 따르니라"(막 10:46~52)

To Mount of Temptation ↗

● Tell es-Sultan (old Jericho)

● Cable Car

Bedouin Tent Restaurant ●

Qasr Hisham St.

Al-Zuhar St.

Ein as-sultan St.

Al-Rawda St.
● Tree of Zacchaeus

Maxim ● Restaurant

Police Station ●

City Center

● Post Office

Jerusalem Rd.

● Mosque

↙ To Jerusalem

여리고

시험산
(Temptation Mt.)

여리고 성 뒤에 보면 커다란 산이 있는데, 나무나 숲이 있는 산이 아니라 사막과 같은 산(이것을 와디켈트라고 한다)이다. 이 산의 동굴에서 예수님이 40일 금식기도 하시면서 사탄에게 시험을 받으셨다고 한다. 그만큼 예수님이 얼마나 덥고 힘든 조건 속에서 금식기도를 했는지 알 수 있다.

관련성구
"마귀가 이르되 네가 만일 하나님의 아들이어든 이 돌들에게 명하여 떡이 되게 하라 예수께서 대답하시되 기록된 바 사람이 떡으로만 살 것이 아니라 하였느니라" (눅 4:3~4)

텔 여리고
(Tell es-Sultan〈Old Jericho〉)

올드 여리고(Old Jericho)라고도 하는 텔 술탄은 기원전 8천 년 전에 세워진 도시로 아마도 지구상에서 가장 오래 된 도시 유적지 일 듯하다. 이곳에 가면 그 당시의 주거지와 능글게 쌓아올린 탑과 성벽의 흔적이 남아있다.

Google Earth, Jericho(Tell es-Sultan)

찾아가는 법
여리고로 들어가는 체크 포인트를 지나서 직진하면 여리고 시내가 나오는데, 시내에서 좌회전해서 약 1.5km 정도 가면 입구가 나온다.

개장시간 매일 08:00-17:00

입장요금
개인 : 일반 10NIS, 어린이 5NIS, 그룹 : 일반(40명이상) 300NIS, 어린이(40명이상) 150NIS

관련성구 "이스라엘 자손들로 말미암아 여리고는 굳게 닫혔고 출입하는 자가 없더라 여호와께서 여호수아에게 이르시되 보라 내가 여리고와 그 왕과 용사들을 네 손에 넘겨주었으니 너희 모든 군사는 그 성을 둘러 성 주위를 매일 한 번씩 돌되 엿새 동안을 그리하라 제사장 일곱은 일곱 양각 나팔을 잡고 언약궤 앞에서 나아갈 것이요 일곱째 날에는 그 성을 일곱 번 돌며 그 제사장들은 나팔을 불 것이며 제사장들이 양각 나팔을 길게 불어 그 나팔 소리가 너희에게 들릴 때에는 백성은 다 큰 소리로 외쳐 부를 것이라 그리하면 그 성벽이 무너져 내리리니 백성은 각기 앞으로 올라갈지니라" (수 6:1~5)

엘리사의 샘
(Ein as Sultan)

열왕기하 2장에 보면 엘리사가 여리고 성으로 돌아와서 물이 좋지 않다는 성안의 사람들의 말을 듣고 물 근원에 소금을 뿌려 수질을 좋게 했다는 샘이 아직도 있다. 지금도 이 샘에는

물이 콸콸 흐르는데, 이곳 사람들은 엘리사의 샘이라고 한
다. 이 물은 해발 -1300피트 아래서 솟아나는 샘물로 BC
8000년 전부터 흘러나오고 있다고 한다. 그 역사 깊은 샘물
에 손을 담가보자. 텔 여리고로 들어가는 입구 바로 왼쪽에
있다.

퀴즈 20: 엘리야의 샘물 앞에 샘물의 기원과 샘물에 대한 설명이 바닥에 적혀 있다. 왼쪽에는
BC 8000이라고 적혀 있는데, 오른쪽에는 197(?) 이라고 적혀 있다. ?은 과연 몇
일까?

케이블카(Cable Car)

여리고 시내에서 예수님께서 40일 동안 금식기도를 하
신 동굴과 금식기도를 마친 후 마귀에게 시험을 받았다는
시험산에 올라갈 수 있는 방법은 없을까? 여리고 시내에서 시험산으로 올라가는 케이
블카가 설치되어 있어 편하고 빠르게 오를 수 있다. 지구상에서 가장 낮은 지역(해발 -
240m)에 있어 기네스북에 등재되어 있기도 한 이 케이블카는 비교적 짧은 거리이긴 하
지만, 케이블카를 타고 시험산 중턱에 오르면 예수님이 40일 동안 밤낮으로 금식기도를
하셨던 동굴로 갈 수 있고, 전망 좋은 레스토랑이 있기도 하다.

운행시간 매일 09:00~16:00
탑승 요금 일반, 아이 55NIS
Tel. 02-2321590, Fax. 02-232-1598
E-mail : info@jericho-cablecar.com
Webssite : www.jericho-cablecar.com

삭개오가 올라갔던 뽕나무
(Tree of Zacchaeus)

여리고는 베들레헴, 나사렛, 갈릴리, 예루살렘에 이어 예수님과 관련된 사연이 많은 곳이기도 하다. 예수님이 세례 요한으로부터 세례를 받으신 후 이곳에서 40일 금식기도를 하셨고, 북쪽 갈릴리로 가서 3년간의 공식 사역을 마친 후 예루살렘으로 오기 전에 여리고에 들러 두 명의 소경의 눈을 고쳐주셨다. 예수님의 이런 능력에 대한 소문은 마침내 여리고에서 살고 있던 키 작은 세금 징수직원 삭개오의 귀에도 들어가게 된다. 그는 예수님의 얼굴이라도 한 번 보기 위해 무리들 속으로 들어갔지만 키가 너무 작아 예수님의 얼굴을 볼 수 없게 되자 옆에 있던 뽕나무에 올라가게 되는데, 놀랍게도 여리고에 그 뽕나무가 아직도 존재하고 있다. 물론 그 나무가 정말 2천 년 전 삭개오가 올라갔던 나무인지는 확실하지 않다.

그러나 이상한 것은 누가복음 19장 4절에 기록되어 있는 뽕나무와 현재 있는 그 나무의 나뭇잎은 우리가 알고 있는 뽕나무와는 다른 모습이다. 이 나무는 히브리어로 '쉬크마', 영어로는 'sycamore tree'라고 하는 돌무화과나무인데, 아마도 오래 전에 외국의 성경책을 우리나라 말로 번역하는데서 생긴 오류인 것 같다.

이 돌무화과나무는 수령이 오래되면서 그 나무줄기가 튼튼해져 이스라엘에서는 건축할 때 목재로 많이 사용하지만, 열매는 맛이 없어 먹지 않는다고 한다.

관련성구
"예수께서 여리고로 들어가 지나가시더라 삭개오라 이름하는 자가 있으니 세리장이요 또한 부자라 그가 예수께서 어떠한 사람인가 하여 보고자 하되 키가 작고 사람이 많아 할 수 없어 앞으로 달려가서 보기 위하여 돌무화과나무에 올라가니 이는 예수께서 그리로 지나가시게 됨이러라 예수께서 그 곳에 이르사 쳐다 보시고 이르시되 삭개오야 속히 내려오라 내가 오늘 네 집에 유하여야 하겠다 하시니 급히 내려 즐거워하며 영접하거늘 뭇 사람이 보고 수군거려 이르되 저가 죄인의 집에 유하러 들어갔도다 하더라"(눅 19:1~10)

▲ 광활한 유대광야

▼ 유대광야의 성 조지 수도원

▲헤로디움 정상

▼사막과 같은 산, 시험산

5. 사해 주변 지역(Negev Desert)

　네게브라는 말은 히브리어로 남쪽이라는 뜻이다. 그래서 예루살렘에서 여리고 쪽으로 내려와 남쪽으로 내려가다 보면 왼쪽에 요단강을 끼고 그 건너편에는 요르단 국가의 국토가 보이며, 오른쪽에는 끝없이 펼쳐지는 사막이 한눈에 들어오게 된다.

　이스라엘의 사막은 우리가 이집트 사하라 사막에서 보는 그런 모래사막과는 차이가 있다. 크고 작은 산봉우리와 언덕들이 끝없이 펼쳐지는데, 이것은 지각 변동의 하나인 융기에 의해서 솟아오른 산이 아니다. 원래는 이스라엘 땅과 요르단 땅의 지표가 연결되어 꽤 높았었다. 그러나 이곳의 땅은 그다지 단단하지 않아 오랜 세월 동안 북쪽의 갈릴리 호수에서 흘러 내려오는 강물이 땅을 침식시키면서 계곡이 생기게 되었고, 또 겨울이면 내리는 빗물이 요단 계곡으로 흘러 들어가면서 침식작용을 일으켜 작은 언덕들이 생기게 된 것이다. 흙을 만져보면 손으로도 쉽게 부서질 수 있을 정도로 단단하지 않다는 것을 확인할 수 있다.

　사해 주변 지역에는 크고 작은 계곡들이 많다. 한여름에는 비가 한 방울도 내리지 않다가 겨울철 우기가 되면 계곡들은 물이 흘러 내려 급물살을 일으킨다. 이런 계곡을 와디라고 한다. 이곳 사해 주변 지역의 사막에는 일 년에 약 10일에서 30일 정도 비가 오는데, 강수량이 약 200mm 정도밖에 되지 않아 식물이 자라기에는 너무 부족하다. 가도 가도 자갈과 흙만이 발에 차이는 이런 황무지가 이스라엘 국토의 절반 이상인 55%에 해당한다. 그러나 그 옛날 물도 나무도 전혀 자라지 않았던 사해 주변 지역에 다윗이 사울의 칼을 피해 맨발로 도망 다녔고, 예수님도 이 사막 어디선가에서 40일 동안 금식기도를 하셨다.

쿰란 동굴 (Cave of Qumran)

쿰란 동굴은 예수님 당시 유대교의 한 종파인 에세네파들이 집단으로 모여 살던 곳이다. 에세네파는 그 당시 도시를 떠나 사막이나 광야에서 집단생활을 했는데, BC 1세기경에 사해 옆인 쿰란 지역에 마을을 이루고 살았었다. 그런데 70년경 디도 장군이 예루살렘을 점령해서 파괴했을 때 쿰란 지역에 살고 있던 에세네파들의 마을까지 쳐들어 왔었다. 자신의 신변에 위협을 느낀 에세네파들은 사용하던 성경사본을 항아리에 담아 사람의 손길이 잘 닿지 않는 절벽의 동굴 속에 숨겨놓고 자신들은 모두 로마 군인들에 의해 죽고 말았다.

그 당시 숨겨 놓았던 성경사본은 2천 년이란 세월을 지나면서도 그 지역의 건조한 날

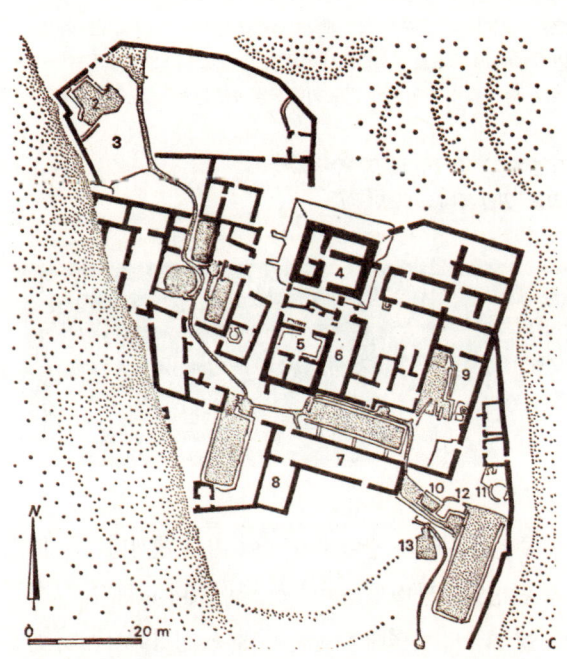

씨 때문에 큰 손상 없이 보존될 수 있었는데, 현재 그 사본들은 이스라엘 박물관에 모두 전시되고 있다. 쿰란 동굴에서 발견된 성경사본들은 고고학적으로 가치가 높은 것으로 예수님 당시의 성경이 어땠었는지를 잘 알 수 있는 것들이다.

쿰란에 가면 그 당시 에세네파들이 생활하던 유적지를 돌아 볼 수 있고, 쿰란 유적지 입구에서 가이드북과 지도를 8세켈에 팔고 있는데 비교적 잘 설명되어 있다. (TIP : 아무 때

1. Decantataion pool 2. Ritual bath 3. Original decantation 4. Tower with viewpoint 5. Council chamber 6. Room below scriptorium 7 .Refectory 8. Pantry 9. Earthquake crack 10. Ritual bath 11. Kilns 12. Potter's wheel emplacement 13. Clay preparation

나 가도 상관없지만 여름에는 무척 더워서 고생할 수도 있다. 입구에서 쿰란 유적지에 관한 동영상을 상영하므로 몇 시에 시작하는지 물어보고 그 동영상을 본 후 입장하는 것이 좋다. 동영상은 영어로 진행된다. 옛날의 공동체 생활을 어떻게 했는지 관찰하는 것이 포인트다) Google Earth, Qumran

🔖찾아가는 법

버스로 갈 경우는 예루살렘 버스터미널에서 에일랏으로 가는 421, 444, 484번 버스를 타고 가다가 쿰란국립공원 앞에서 내리면 된다. 그러나 내리는 손님이 없으면 그냥 지나칠 수도 있으니 반드시 운전기사에게 미리 얘기해 두는 것이 좋다.

승용차로 갈 경우는 예루살렘에서 여리고로 가는 1번 도로를 타고 내려가다가 좌측으로는 티베리아, 오른쪽으로는 에일랏으로 가는 90번 도로를 만나게 된다. 이곳에서 에일랏 쪽으로 우회전해서 왼쪽으로는 사해와 오른쪽으로는 네게브 사막의 높은 산을 끼고 약 9km 정도 가면 오른쪽에 쿰란국립공원 입구가 나온다. 예루살렘에서는 약 40분 정도 걸린다.

🔖개장시간 토요일~목요일 08:00~17:00, 금요일 08:00~16:00, Tel. 02-994-2235

🔖입장요금 개인 : 일반 18NIS, 어린이 8NIS, 그룹 : 일반 15NIS, 어린이 7NIS

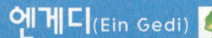

퀴즈 21 : 쿰란 유적지에 가면 Refectory라는 에세네인들이 사용하던 식당 유적지가 있다. 이 유적지를 설명하는 간판에는 그 당시의 모습이 그림으로 그려져 있는데, 많은 사람들이 빙 둘러 앉아서 식사하는 사람들과 서서 음식을 나르는 사람의 모습이 그려져 있다. 이 그림에는 앉아 있는 사람을 제외하고 서 있거나 구부정하게 서 있는 사람은 모두 몇 명일까?

엔게디(Ein Gedi)

사해 주변이 사막과 광야뿐인 것에 비해 엔게디에는 온천과 폭포가 있어서 한때는 비옥한 땅이었다고 한다. 그래서 그곳엔 지금도 아열대 식물들이 많다. 성경에서는 다윗이 사울을 피하여 이곳에 있는 동굴로 숨어들어 왔었다고 해서 다윗 왕의 계곡이라고도 하며, 또 유다 왕 여호사밧 때 모압, 암몬, 에돔 왕들이 여기서 모여 유다 왕을 치려고 했다가 패배한 곳이기도 하다.

Google Earth, Ein Gedi

228

↳찾아가는 법

쿰란 유적지에서 90번 도로를 타고 남쪽으로 32km 정도 내려가면 오른쪽으로 엔게디국립공원의 입구가 나온다.

↳입장시간 4~9월 08:00~17:00, 10~3월 08:00~16:00

↳입장요금 개인 : 일반 23NIS, 어린이 12NIS, 그룹 : 일반 19NIS, 어린이 11NIS

↳Tel. 07-658-4285, Fax. 07-652-0228

관련성구

다윗이 사울을 살려준 곳

"사울이 블레셋 사람을 쫓다가 돌아오매 어떤 사람이 그에게 말하여 이르되 보소서 다윗이 엔게디 광야에 있더이다 하니 사울이 온 이스라엘에서 택한 사람 삼천 명을 거느리고 다윗과 그의 사람들을 찾으러 들염소 바위로 갈새 길 가 양의 우리에 이른즉 굴이 있는지라 사울이 뒤를 보러 들어가니라 다윗과 그의 사람들이 그 굴 깊은 곳에 있더니 다윗의 사람들이 이르되 보소서 여호와께서 당신에게 이르시기를 내가 원수를 네 손에 넘기리니 네 생각에 좋은 대로 그에게 행하라 하시더니 이것이 그 날이니이다 하니 다윗이 일어나서 사울의 겉옷 자락을 가만히 베니라…"(삼상 24:1~7)

모압 연합군의 유다침공을 모의 한 곳

"그 후에 모압 자손과 암몬 자손들이 마온 사람들과 함께 와서 여호사밧을 치고자 한지라 어떤 사람이 와서 여호사밧에게 전하여 이르되 큰 무리가 바다 저쪽 아람에서 왕을 치러 오는데 이제 하사손다말 곧 엔게디에 있나이다 하니 여호사밧이 두려워하여 여호와께로 낯을 향하여 간구하고 온 유다 백성에게 금식하라 공포하매 유다 사람이 여호와께 도우심을 구하려 하여 유다 모든 성읍에서 모여와서 여호와께 간구하더라"(대하 20:1~4)

마사다(Masada) 🌳

이스라엘 최후의 항전지

AD 70년 디도 장군이 예루살렘을 침략하여 불바다로 만들고 모든 건물을 파괴하며 살육의 도가니로 몰아넣고 있을 때 엘리에젤 벤 야일(Eleazar Ben Yail)이라는 사람을 중심으로 960명의 사람이 피비린내 나는 살육의 현장을 벗어나와 마사다로 피신을 했다.

마사다는 높이 410m의 산봉우리에 길이 600m 너비 320m의 넓은 운동장 같은 평지로 되어 있는 난공불락 요새의 지형조건을 가진 곳이었다. 이곳에 BC 2세기 중엽에 알렉산더 얀네우스 황제가 천연요새를 만들었고, 다시 BC 40년에 헤롯 왕이 만일의 사태를 대비해서 자신의 피난처로 삼기위해 약 5.4m의 성벽과 38개의 탑을 만들었다.

그것뿐만이 아니었다. 마사다에는 헤롯이 그의 신하들과 몇 년 동안이라도 버티고 살아갈 수 있도록 물 저장탱크를 만들었고 음식과 병기고를 만들었으며 자신의 거처를 초호화판으로 만들었지만, 헤롯은 단 한 번도 사용해 보지 못하고 죽었다.

이런 마사다의 조건은 엘리에젤 벤 야일을 비롯한 960명의 도망자들이 버티기에 적당한 상황이었다. 그들이 마사다로 피신했다는 소식을 들은 실바 장군이 이끄는 로마 군사들은 마사다로 쫓아왔지만, 난공불락의 요새 안에 들어간 이스라엘 사람들을 끌어

낼 방법이 없었다. 그들은 사막에서 살인적인 태양열에 헉헉거리며 쳐다 볼 뿐이었다. 그 당시 로마군사의 진영도 아직까지 그 흔적이 마사다 아래쪽에 그대로 남아있다.

하지만 실바 장군은 묘안을 생각해 냈다. 난공불락의 마사다 요새에 올라갈 수 있는 방법은 아래서부터 흙과 돌멩이, 나무 등을 이용해서 경사로를 쌓는 것이었다. 하지만 먼지만 풀풀 날리는 사막의 한가운데서 흙과 돌멩이와 나무를 구하는 일도 쉬운 일이 아니었다. 더 힘든 것은 살인적인 더위였다.

밑에서 로마 군사들이 점점 경사로를 쌓아 올라오고 있다는 것을 안 엘리에젤과 그의 무리들은 마사다 꼭대기에서 돌멩이를 던지고 뜨거운 물을 끼얹어서 한동안 공사를 멈추게 했지만, 실바 장군은 경사로 작업현장에 로마 군사 대신 예루살렘에서 끌고 온 이스라엘 포로들을 투입했다. 자신의 동족에게 돌을 던지지 못하고 그들은 그저 발만 동동 구르며 지켜보아야 했다. 오랜 세월 동안 어려운 공사를 완성시킨 실바 장군은 마사다 요새에 있는 이스라엘 사람들에게 마지막으로 하루의 여유를 주며 항복할 시간을 주었다.

우리의 목숨을 우리가 선택합시다

엘리에젤 벤 야일은 960명의 동족들을 한자리에 불러 모아 마지막 연설을 했다.

"여러분, 우리는 지난 몇 년 동안 여기까지 함께 했소. 우리는 로마에 맨 처음 대항한 집단이고, 이젠 맨 마지막까지 대항하고 있는 집단이 됐소. 그것은 여러분 모두가 잘 싸웠기 때문이오. 그런데 이제 여러분도 알다시피 저들은 우리의 코앞까지 경사로를 쌓고 마침내 성벽은 불에 타고 있소. 지금 우리에겐 선택할 수 있는 방법이 세 가지오. 첫 번째는 내일 새벽 로마 군사들이 쳐들어오면 우리는 순순히 손을 들어 항복을 하는 거요. 그래서 남자는 개처럼 끌려서 여기서부터 로마까지 끌려가야 할 것이며, 여자들은 능멸을 당할 것이고, 아이들은 끝없는 고통 속에서 살아가야 할 것이오. 두 번째는 로마 군사들과 부딪혀서 끝까지 싸우는 것이오. 하지만 더 많은 무기와 끝없이 밀려오는 로마 군사들의 칼에 죽게 되겠지요. 마지막 세 번째는 아직까지 자유의 몸인 지금 이 순간 우리 스스로 목숨을 끊어 영원한 자유인으로 남아 먼 훗날 우리의 후손들에게 항복하지 않은 마지막 유대인이라는 소리를 듣도록 하는 것이오. 자, 어떤 것을 택하겠소? 3년 전 예루살렘이 불타서 무너질 때 로마 군사들이 우리 동족에게 한 행동을 모두 보았지 않소? 따라서 나는 우리가 로마 군사들에게 끌려가 우리의 육신과 영혼이 더럽혀지지 않아야 한다고 생각하고 있소."

이렇게 마지막 연설을 한 엘리에젤은 작은 항아리를 하나 깨뜨린 다음 그 항아리 조각에 각자의 이름을 적게 한 뒤 제비뽑기로 열 명을 선정했다. 스스로 목숨을 끊을 수 있는 사람이외의 사람들이 자살을 할 수 있게 도와주는 역할을 맡을 사람들이었다. 잠시 후 950명의 이스라엘 사람들이 가지런한 모습으로 각자의 빙에서 눈을 감았다. 그리고 마지막 열 명도 한 명의 손에 의해 죽고 마지막 한 명 역시 스스로 목숨을 끊었다. 이로써 마사다에서의 기나긴 저항은 죽음으로써 막을 내리고 말았다.

다음날 새벽, 실바 장군은 로마 군사들을 이끌고 경사로를 향해 마사다 꼭대기로 올라왔다. 이스라엘 사람들의 격렬한 저항이 있을 줄만 알고 각오를 단단히 하고 올라왔지만, 이상하게도 아무 저항은 없었고 그 대신 피비린내만이 진동할 뿐이었다.

실바 장군은 결국 이스라엘 사람들에게 항복을 받아낼 기회를 얻지 못하고 그냥 그곳에서 내려올 수밖에 없었다. 이것이 AD 73년에 일어난 사건이었지만, 이 사건은 역사 속에서만 전해져 내려올 뿐 그 현장이 어디인지는 아무도 몰랐다. 하지만 2천 년이 지난 최근에 마사다의 현장이 발견되었고 이스라엘 사람들은 이곳을 최고의 성지로 여기고 있다.

마사다의 현장은 2천 년 그 모습 그대로

현재 마사다 정상에 올라가는 방법은 세 가지이다. 뱀처럼 길이 꼬불꼬불하다고 해서 뱀의 길이라고 하는 길과 마사다 뒤쪽으로 로마 군사들이 쌓은

마사다 정상에 있는 곡식창고

로마군이 쌓아올린 경사로

경사로를 따라 올라가는 길과 마사다 입구에서부터 정상까지 연결된 케이블카가 있다.

하지만 마사다의 진정한 의미를 알고 체험하고 싶어 하는 사람들은 뱀의 길로 걸어 올라간다. 약 30분 정도 걸리며 땀이 비 오듯 쏟아진다. 케이블카를 이용해서 올라가는 사람들은 외국 관광객의 노인들과 한국에서 온 단체 관광객들이 많이 이용한다.

마사다 정상에는 로마 군사들에게 집어 던졌던 돌멩이들이 쌓여 있고, 음식 저장창고와 회당자리, 헤롯의 거실 등을 볼 수 있으며, 발견 당시의 모습과 최근에 보수된 부분을 구별하기 위해 검은색으로 표시를 해놓았다. 정상의 입구 쪽에는 땀 흘리며 올라온 여행자들의 뱃속을 얼음장 같이 차갑게 해 줄 식수대가 마련되어 있는데, 마사다 정상에서 맛보는 물의 맛은 정말 일품이다.

특히 정상에서 맞는 일출의 광경은 정말 경관 중의 경관이다. 마사다 정상에서 동쪽으로 보면 요르단 계곡이 있고 그 아래에는 사해가 펼쳐져 있는데, 그것을 밀쳐내고 하늘로 용솟음쳐 오르는 태양을 보면서 2천 년 전의 마사다 백성들이 가졌을 희망과 용기를 다시 한 번 생각해 볼 수 있다. 일출을 보기 위해 많은 여행자들이 새벽에 이곳을 찾아오거나 또 정상에서 슬리핑백을 이용해서 잠을 자는 여행자들을 볼 수 있다. 하지만 모기는 조심해야 한다. Google Earth, Masada

↳찾아가는 법
엔게디에서 남쪽으로 18km 더 내려가면 된다. 밤에 보여주는 조명과 음향쇼는 마사다의 뒤쪽에서만 볼 수 있다. 이곳은 아라드에서만 접근이 가능하다
↳개장시간 4~9월 08:00~17:00, 10~3월 08:00~16:00
↳입장요금 케이블카로 갈 경우, 개인 : 일반 61NIS, 어린이 34NIS 그룹 : 일반 57NIS, 어린이 33NIS
           걸어서 올라갈 경우, 개인 : 일반 23NIS, 어린이 12NIS 그룹 : 일반 19NIS, 어린이 11NIS
↳Tel. 08-658-4207, Fax. 08-658-4464

퀴즈 22 : 마사다의 정상에는 그 당시 유대인들이 사용하던 시나고그가 있다. 이곳에 사람들이 앉을 수 있는 계단이 있는데, 모두 몇 개의 계단으로 되어 있을까?

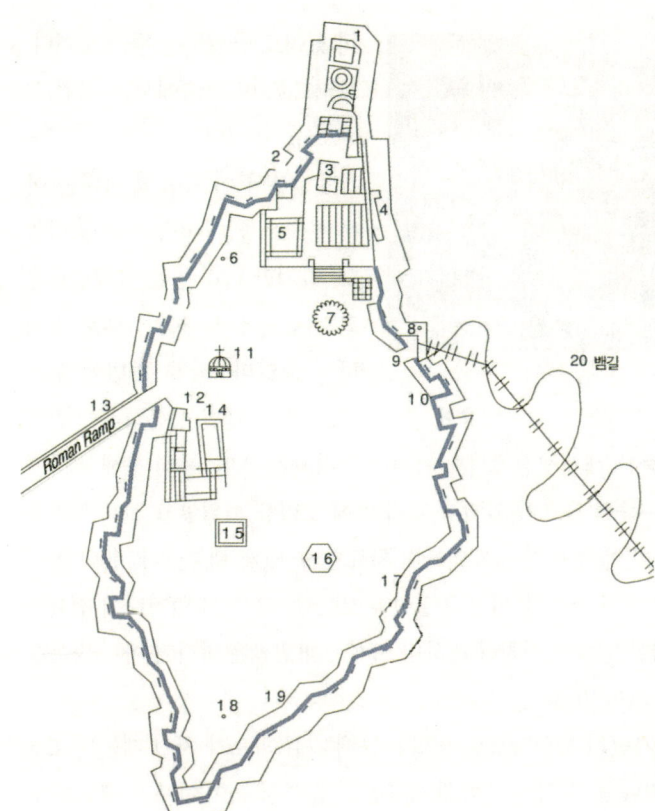

사해(Dead Sea)

사해는 바다가 아니라 호수이다. 그럼에도 불구하고 죽음의 바다라고 하는 이유는 무엇일까? 팔레스타인 지방은 워낙 건조하고 물이 적은 지역이라서 우리가 보기에 조그마한 개천을 강이라고 하고 조금 넓은 호수를 바다로 간주하는 경향이 있다. 그래서 성경에서도 갈릴리 호수와 갈릴리 바다라는 말을 동시에 쓰고 있다.

사해는 팔레스타인 인근 지역에서는 가장 크다. 남북으로 75km 폭은 16km이며 둘레는 200km의 위 아래로 긴 형태를 하고 있다. 이 사해바다를 그들은 죽음의 바다라고 한다. 왜 죽음의 바다가 되었을까? 이곳의 물은 보통 바닷물보다 약 5배의 소금농도를 지니고 있는데, 손으로 물을 만지면 마치 젤처럼 끈적일 정도로 염도가 높다. 호숫가에 있는 돌이나 바위도 모두 소금으로 덧입혀져 하얀색이다. 그것도 사람이 들어가면 가만

히 있어도 둥실둥실 뜰 정도이다. 그러므로 이 물속에서는 어떤 생물도 살 수 없다.

옛날부터 이 죽음의 바다는 아무 쓸모도 없어 버림받은 곳이었다. 하지만 머리 좋은 유대인들은 그 버림받은 사해를 그대로 방치하지 않았다. 사해 주변에 있는 검은색 진흙을 연구하여 여성들의 피부미용에 좋다는 것을 알고 개발 상품화하여 판매하기 시작하였다. 그 상품은 세계시장에서 인기리에 팔리고 있으며, 특히 사해의 바닷물이 신경통 류마티스, 무좀에 특효가 있어서 그 주변에 호텔을 세워놓고 전세계의 류마티스 환자들을 사해 주변에서 며칠이고 머물며 치료할 수 있게 해놓았다. 뿐만 아니라 사해 물속에는 플라스틱의 소재가 되는 물질이 나오는데, 그 양이 엄청나서 전세계의 플라스틱 산업에 막대한 영향을 미친다고 하니 이제는 버림받은 바다가 아니라 돈을 벌어주는 고귀한 바다가 되어 버렸다.

사해에서는 누구든지 가만히 누워있으면 둥실 뜨는데 가끔 파도가 치기 때문에 조심해야 한다. 만약 엎어지거나 눈과 입에 물이 들어가면 너무 짜서 눈이 아프기 때문이다. 그리고 몸에 상처가 있는 사람도 역시 들어가지 않는 것이 좋다. 물에는 잠깐 들어갔다 빨리 나오는 것이 좋고 물에 들어갈 때는 벗어놓은 소지품을 항상 조심해야 한다. 엔게디 근처의 비치 같은 곳에는 샤워시설도 잘 되어 있다.

경비행기로 네게브 사막을 한눈에

마사다를 비롯해서 네게브 사막을 하늘에서 바라본다면 어떨까? 옥빛의 사해를 하늘 위에서 내려다보면 어떨까? 이 방법은 90번 도로에서 마사다를 향해 우회전하면 그 반대편에 네게브 사막을 비행하는 경비행장이 있다. 요금은 인원수와 비행시간에 따라 다르고 흥정을 해야 하고 날씨에 따라서 비행을 안 할 수도 있다.

6. 브엘세바(Beer Sheva)

브엘세바는 사사기에서 이스라엘의 영토를 갈릴리 북쪽에 있는 단에서부터 남쪽의 브엘세바라고 표현할 만큼 이스라엘의 남쪽 네게브 사막에 있는 오래된 도시이다.

뿐만 아니라 브엘세바는 아브라함과 관련이 많은 곳이다. 아브라함은 브엘세바에 상당기간 머물게 되는데, 아브라함의 가족들이 사용하던 우물을 아비멜렉의 종들이 빼앗자 아브라함은 아비멜렉에게 암양 일곱 마리를 주고 우물을 사들이며 다시는 우물을 갖고 서로 싸우지 않겠다고 약속을 한다. 그래서 브엘세바는 약속의 우물이라는 뜻이기도 하다.

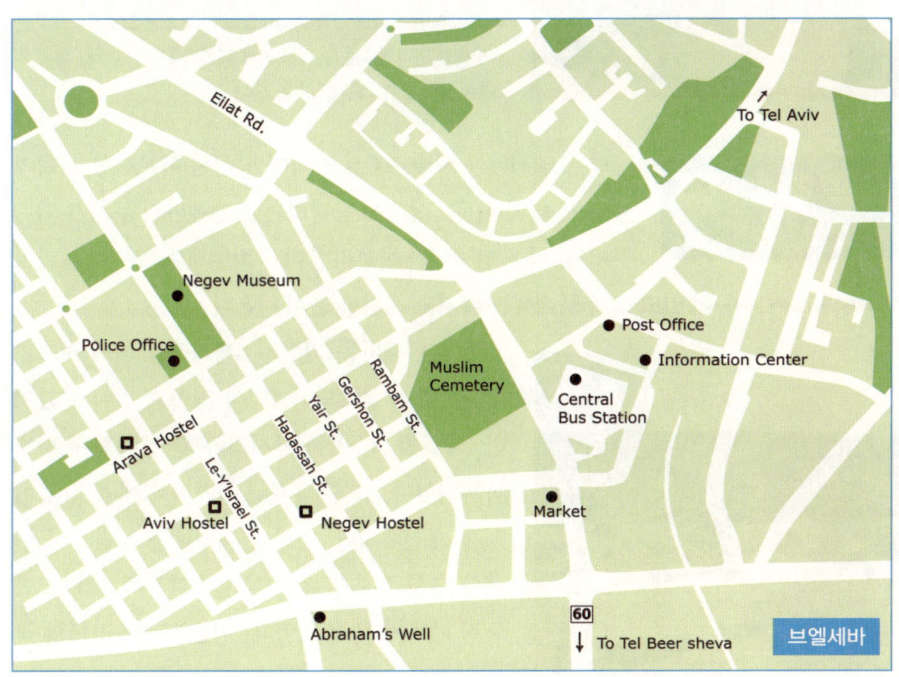

그 후로 아브라함은 이곳에서 에셀나무를 심고 살면서 아들 이삭을 데리고 예루살렘의 모리아산까지 하나님께 바치기 위해 출발하기도 했고, 아브라함 이후에 이삭과 야곱이 이곳에서 삶의 터전을 삼게 된다. 엘리야는 갈멜산에서 이세벨과 한판 대결을 벌인이후 광야로 도망가기 전에 이곳 브엘세바에 잠시 들리기도 했으며, 사무엘의 두 아들이 사사가 되어 브엘세바를 다스리기도 했다.

그 후로 이곳은 지금까지 베드윈들이 유목생활을 하고 있고, 이스라엘에서 예루살렘텔아비브, 하이파 다음으로 18만 4천여 명이 살고 있는 큰 상업도시로 발전되어 있다. 현재 브엘세바에 가면 네게브 벤구리온대학을 비롯해서 높은 빌딩과 아파트들로 건물숲을 이루고 있으며, 특히 이곳은 영어가 많이 사용되지 않고 있어서 거리의 간판도 히브리어와 러시아로만 되어 있어 여행자들이 불편을 느낄 수 있다.

찾아가는 법

고속버스로 갈 경우, 예루살렘의 중앙버스터미널에서 446번이 1시간 반 정도 걸리고, 텔아비브에서는 370번이 30분마다 출발하는데 1시간 반 걸린다.

승용차로 갈 경우, 예루살렘 도시에서 텔아비브로 가는 1번 도로를 타고 텔아비브 쪽으로 약 24km 정도 가다 보면 브엘세바로 가는 나들목을 만나게 되는데, 이곳에서 좌회전해서 이정표를 따라 약 80km 정도 남쪽으로 내려가면 된다.

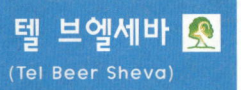

텔 브엘세바
(Tel Beer Sheva)

텔 브엘세바는 해발 300m 지대에 형성된 아브라함 시대의 옛 도시 터이다. 즉, 성경에 등장하는 브엘세바의 무대가 되는 곳이다. 이곳 입구에는 아브라함이 아비멜렉과 싸우지 않기로 약속하고 판 우물이 있고 그 우물에서는 아직도 시원한 물이 나온다.

텔 브엘세바는 기원전 8세기경 유대의 히스기야 왕 때 재정비되어 4백여 명의 주민이 살았지만, 기원전 701년에 아시리아 왕 산헤립에 의해 파괴되었다. 그 후 파괴된 주거지 위에 헤롯 왕이 성을 재건했지만, 비잔틴 시대에는 사람들이 현재의 도시 쪽으로 옮겨 살았기 때문에 1969년 발굴될 때까지 묻혀 있었다. 지금은 이스라엘의 국립공원으로 잘 정비되어 있어 아브라함 시대의 주거지 터와 여러 성벽의 모습을 볼 수 있다.

↘찾아가는 법 브엘세바의 중앙버스터미널에서 헤브론(Hebron)이나 아라드(Arad)로 60번 도로를 타고 약 5km 정도 가다 보면 텔 브엘세바(Tel Beer Sheva)로 가는 사거리가 나오는데, 이곳에서 우회전하여 다시 2km 정도 들어가면 오른쪽으로 텔 브엘세바 국립공원의 입구가 나온다. 브엘세바 시내에서 약 10분 정도 걸린다.
↘개장시간 4~9월 08:00~17:00, 10~3월 08:00~16:00
↘입장요금 개인 : 일반 12NIS, 어린이 6NIS, 그룹 : 일반 11NIS, 어린이 5NIS Tel. 08-646-7286

아브라함의 우물
(Abraham's Well)

브엘세바의 시내 한쪽 모퉁이에는 아브라함의 우물이라고 해서 보존되

어 있는데, 이 우물이 아비멜렉에게 암양 일곱 마리를 주고 확보한 우물인지는 확실하지가 않다. 하지만 대개의 여행자들은 이곳을 찾는다.

↘찾아가는 법 브엘세바의 중앙버스터미널 앞에서 걸어가도 되는 거리에 있다. 중앙버스터미널에서 무슬림 공동묘지가 있는 쪽의 도로에서 왼쪽으로 약 500m 정도 가다가 첫 번째 사거리에서 좌회전하여 또다시 500m 정도 가면 왼쪽에 미츠페 라몬으로 가는 도로가 나오는데 그 앞에서 약 500m 정도 가면 왼쪽에 있다.
↘개장시간
일요일~목요일 08:30~16:00, 금요일 08:30~12:00, 토요일 휴무임
↘입장요금 무료

베드윈 시장
(Bedouin Market)

브엘세바는 이스라엘에서도 유난히 정통 유목민 생활을 하는 베드윈이 많이 살고 있는 지역이다. 그래서 매주 목요일마다 아침 6시부터 오후 4시까지 시장에서 베드윈들이 직접 만든 각종 생필품과 카펫, 옷, 장신구들을 가지고 나와 팔기도 하는데, 이스라엘을 여행하는 여행자들에게는 반드시 들러야 하는 흥미진진한 필수코스로 되어 있다. 네게브 사막에서 살고 있는 베드윈들의 생활상을 보고 싶다면 이곳에 꼭 한번 가볼 것을 추천한다.

╰찾아가는 법

브엘세바 시내 한쪽 모퉁이에 있는 아브라함의 우물에서부터 약 100m 정도 떨어진 공터에서 매주 목요일 오전에 시작된다. 아브라함 우물 근처에서 사람들에게 물어보면 친절히 알려 준다.

브엘세바의 숙소

네게브(Negev Hostel)

브엘세바에 있는 호스텔 치고는 꽤 깨끗하고 조용한 곳이다. 현관문에서 초인종을 눌러야 문을 열어줄 정도로 안전하고 넓은 로비에 주방까지 갖추고 있으며 방마다 화장실과 샤워실이 갖춰져 있다. 그러나 도미토리가 없고 가격이 좀 비싸다.

요금 : 더블 200NIS
주소 : 26, Ha' Atzmaut St. Tel. 08-627-7026

아라바(Arava Hostel)

공원 바로 옆에 있기 때문에 조용하기는 하지만 깨끗하지는 못하다. 특히 주방의 청결은 최악이다. 도미토리도 없고 주인도 불친절하며 남자든 여자든 혼자 자는 것은 피하는 것이 좋다. 브엘세바에서 숙박요금이 싸다는 것 외에는 별로 기대할 게 없다. 브엘세바에서 꼭 자야 할 일이 있다면, 브엘세바의 공포스러운 밤을 체험해 보고 싶다면 모르지만, 굳이 이 숙소에서 하룻밤을 권하고 싶지는 않다.

요금 : 싱글 100~150NIS
주소 : 37 HaHistadrut St. Tel. 08-627-8792

7. 미츠페 라몬(Mizpe Ramon) 🌳

미츠페 라몬은 네게브 사막의 남부 지역에 있는 아주 작은 마을이다. 1951년 에일랏으로 가는 도로를 건설하기 위한 베이스캠프로 사용하여 주민이 살기 시작했는데, 현재는 약 4천 5백여 명의 인구가 살고 있다. 근처에는 천문관측소와 군사기지들이 있다. 이곳에는 이스라엘의 다른 곳에서는 찾아볼 수 없는 아주 특이한 지형을 갖고 있는데, 약 1억 년 전 지각변동과 침식작용에 의해서 생긴 대자연의 위대한 작품을 감상할 수 있다. 마치 금방이라도 땅이 갈라지고 땅이 꺼질 듯한 착각이 들 정도로 발밑에는 약 800m 깊이의 절벽이 양옆으로 40km 정도 이어지는데 특히 전망대에는 발밑을 내려다 볼 수 있도록 유리로 해 놓아서 아찔할 정도이다.

일부 책자에선 분화구(crater)라고 적혀 있지만, 엄밀히 말하면 이곳에서는 화산 활동이 일어난 적이 없기 때문에 분화구라고 할 수는 없다. 여행자들은 이곳에서 미국의 그랜드 캐년과도 같은 대 자연의 위대함을 눈으로 직접보고 지프 투어를 즐기는가 하면 밤하늘의 별을 보기 위해 야영을 하기도 한다. 전망대는 누구나 찾아가서 내려다 볼 수 있으며, 요금을 내고 방문자 센터를 찾아가 좀 더 자세한 것을 알아 볼 수도 있다.

만약 브엘세바나 아라드 쪽에서 에일랏으로 내려가려는 여행자나, 반대로 에일랏에

서 브엘세바를 통해 예루살렘 쪽으로 이동하려는 여행자라면 이곳 미츠페 라몬을 꼭 들러볼 것을 권한다. Google Earth, Mizpe Ramon

↘찾아가는 법

에일랏에서는 90번 도로를 타고 북쪽으로 52km 정도 가다 보면 왼쪽으로 40번 국도가 나오는데, 이곳에서 좌회전해서 40번 국도를 타고 약 80km 정도 가면 미츠페 라몬이 나온다.

브엘세바에서는 40번 도로를 타고 아드밧(Advat) 또는 엘일랏(Eilat) 쪽으로 약 73km 정도 가면 된다.

버스는 에일랏에서 392번이 일요일부터 목요일까지 10:25, 12:55, 16:40 출발하고, 브엘세바에서는 60번이 06:00부터 21:30까지 다닌다.

방문자 센터
(Visitor Center)

방문자 센터에 가면 미츠페 라몬의 지각변동에 관한 여러 가지 설명과 비디오를 보여주므로 이곳에 대해 쉽게 이해할 수 있도록 해준다.

↘개장시간 08:00~16:00

↘입장요금 개인 : 일반 23NIS, 어린이 12NIS

그룹 : 일반 19NIS, 어린이 11NIS

8. 팀나국립공원 (Timna National Park)

에일랏에서 북쪽으로 아라바 광야를 지나 왼쪽에 보면 그동안 보던 광야의 색깔과는 다른 색깔의 산과 광야를 만나게 된다. 마치 산에다 물감을 뿌려 놓은 듯 앞산과 중간 산, 뒷산의 색이 모두 다른, 자연의 신비함을 느낄 수 있는 곳, 팀나국립공원이다.

이곳은 기원전 4천 년부터 로마시대에 이르기까지 구리를 캐고 제련하던 광산이었는데, 지금도 그 당시에 사용하던 각종 광산도구와 갱도, 제련시설들이 발굴되어 보존되어 있다. 약 50여 개의 갱도가 거미줄처럼 연결되어 있는데, 갱도의 깊이는 약 35m 정도로 바닥과 바위가 사암으로 이루어져 있어 손으로 약간만 긁어내면 바위에 구멍이 생길 정도로 약해 갱도를 파는데 큰 어려움이 없었을 것으로 보인다.

지금도 바닥에는 고대 이집트인들이 파놓은 갱도의 입구가 보존되어 있고, 지금으로부터 약 6천 년 전에 사용했을 제련시설도 발굴되어 있다.

갱도입구

그때 이집트인들은 이곳에서 구리를 제련한 후 나귀에 싣고 에일랏까지 운반한 다음 배를 이용해서 이집트까지 옮겨간 것으로 알려져 있다. 그리고 오랜 세월 동안 침식작용에 의해 생겨난 기암괴석들이 버섯 모양의 신비한 작품을 만들어 놓아 지구의 지각이 어떻게 변해 왔는지를 알 수 있다.

팀나국립공원은 60km²의 넓은 지역이기 때문에 걸어서 이동하기에는 무리가 있고, 특히 여름에는 뜨거운 낮 기온 때문에 반드시 차로만 움직여야 한다. 입구에서 팀나국립공원에 관한 안내 브로슈어

제련시설

를 방문자에게 무료로 나눠주므로 꼭 받아가고, 입구에 있는 전시장에서는 360도의 파노라마 스크린에 펼쳐지는 고대 구리광산에 관한 안내 영상을 상영하니 꼭 관람하고 이동하는 것이 좋다.

팀나국립공원 안에는 하토르 신전과 안쪽으로는 작은 호수를 만들어 놓아 그곳에서 페달보트를 탈 수도 있게 해 놓았으며, 그곳의 색깔 있는 모래를 이용해서 유리병에 담아 작품을 만드는 모래 공예도 체험할 수 있는 곳도 있고, 또 그 옛날 모세와 이스라엘 백성들이 이집트를 나와 가나안 땅에 가는 동안 광야에 설치했던 성막을 그대로 재현해 놓은 곳도 둘러볼 수 있다.

입구에서 입장료를 내면 티켓에 모래 공예를 할 수 있는 티켓, 페달보트를 무료로 탈 수 있는 티켓을 같이 나눠준다. Google Earth, Timna

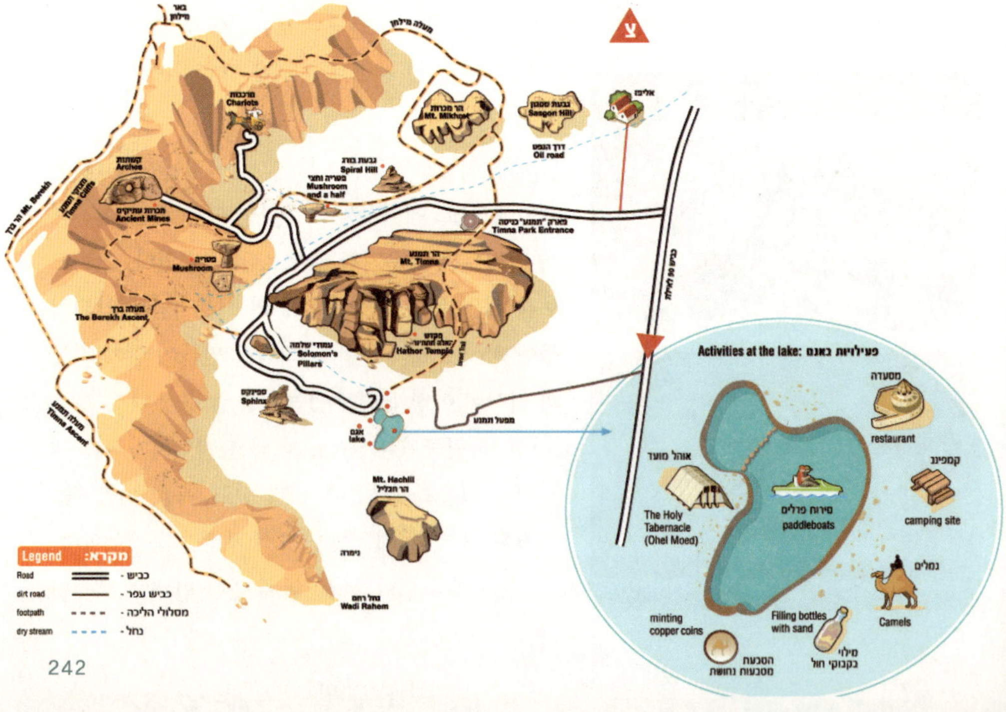

시간의 광산 (Mines of Time)

팀나국립공원 입구에 들어서자마자 왼쪽에 있는 건물로 360도 빙 둘러 쳐진 스크린에 고대 이집트인의 광산 채굴 과정과 하토르 신에게 제사 드리는 장면 등을 약 15분간에 걸쳐 영상을 보여준다. 이 영상을 보고 공원 안으로 들어가면 훨씬 더 이해하는데 도움이 된다.

버섯바위 (The Mushroom)

자연 침식으로 이루어진 기암괴석으로 마치 버섯 모양과 닮았다고 해서 버섯바위라고 불린다. 이곳은 여행자가 가까이 다가갈 수 있는데, 가까이에서 보면 마치 빨간색의 아이스크림으로 만든 케이크가 적당한 온도에 녹아 흘러내리는 듯한 바위의 표면을 볼 수 있다. 사진을 찍기에도 안성맞춤인 곳이다.

고대 이집트인들의 벽화
(The Chariols-ancient rock drawings)

고대 이집트인들이 그려 놓은 4륜 마차로 경주하는 모습이 바위에 벽화로 그려져 있다.

솔로몬의 기둥
(Solomon's Pillars)

팀나국립공원의 중앙에 위치한 솔로몬의 기둥은 그 앞에 서는 순간 자연이 만들어 놓은 위대한 작품에 압도된다. 어떻게 저런 거대한 기둥이 만들어질 수 있었을까? 그저 놀라워 입을 다물 수가 없게 된다. 오랜 세월 동안의 침식작용은 마침내 붉은 사암을 거대한 기둥으로 만들어 놓았는데, 기둥의 꼭대기 부분에는

하토르를 위해 람세스 3세의 얼굴을 조각해 놓았다고 한다. 이름은 솔로몬의 기둥이지만 솔로몬과는 아무런 관련이 없다.

하토르 신전
(The Shrine of the Goddes Hator)

하토르는 두 개의 뿔 사이에 마치 태양과 같은 원반을 머리에 인 암소 신이다. 이곳에서 구리를 캐던 고대 이집트인들이 신으로 모시던 하토르 신전이 솔로몬의 기둥 위쪽에 있는데, 솔로몬의 기둥 오른쪽에 있는 계단을 통해 올라가면 볼 수 있다. 이곳은 구석기 시대의 주거지였다. 그러나 기원전 14세기경 고대 이집트인들이 가로 9m 세로 7m의 신전을 세웠고, 이곳에서 많은 유물이 발견되기도 했다.

팀나호수
(Timna Lake)

광활한 팀나국립공원의 안쪽에는 놀랍게도 깊지는 않지만 큰 인공호수가 있다. 이곳엔 여러 종류의 물고기들도 볼 수 있고, 이 호수에는 약 10여 개의 페달보트와

구명조끼가 준비되어 있다. 이곳에서 잠시 보트를 타면서 광활한 대자연을 감상해 보며 여유를 갖는 것도 좋다. 호수 옆에는 레스토랑이 있어서 식사를 할 수도 있고 커피와 같은 음료수를 마실 수도 있다. 또한 기념품을 팔기도 한다.

모래 공예

팀나호수 옆에는 팀나국립공원

에서 나오는 여러 가지 색깔의 모래를 한 자리에 모아놓고 방문자들에게 무료로 나눠주는데, 유리병에 그 모래들을 담아 각자의 작품을 만들 수도 있다.

성막
(The Holy Tebernacle)

호수 왼쪽 산 밑에는 성막이 그대로 재현되어 세워져 있다. 입구에서 15세켈을 내면 가이드가 성막의 규모와 내부 시설, 각종 시설물들에 대해서 친절하게 설명해 준다. 우리 나라에도 몇 군데 성막이 재현되어 있는 곳이 있지만, 이곳이 제일 잘 만들어 놓지 않았나 싶다. 사진과 비디오 촬영도 가능하니 꼭 한 번 들러볼 것을 권한다.

✎찾아가는 법

에일랏에서 예루살렘으로 가는 90번 도로를 따라 북쪽으로 약 25km 달리다 보면 왼쪽에 팀나국립공원(Timna Park)이라는 표지판이 보이는데(그전에 팀나(Timna)라는 간판이 보이지만 그곳은 아니다), 그 표지판을 보고 좌회전하면 길목에 이집트인을 형상화한 입체간판이 보이며, 그 길을 따라서 약 3km를 더 들어가면 공원매표소가 나타난다.

✎개장시간 매일 08:00~16:00, 금요일과 공휴일 전날 08:00~13:00, 7~8월 일요일과 금요일 08:00~13:00

✎입상요금 일반 44NIS, 어린이(3~14) 38NIS, 성막 15NIS, 가이드 7NIS

✎Tel. 08-632-6555, Fax. 08-632-6996 Website : www.timna-park.co.il

---

유의사항

· 한 겨울에도 무척 덥기 때문에 반드시 물과 모자를 준비해야 한다. 선크림을 바르는 것도 좋다. 7,8월은 섭씨 40도까지 올라가고 1월에도 평균 15도 이상이라는 점을 명심해야 한다.

· 방문자를 위해 길 안내가 되어 있는 곳이 아니면 어떤 산도 올라가면 안 된다. 바위와 모래가 미끄럽기 때문에 위험하다.

· 괜히 힘자랑을 하기 위해 바위를 들려고 하거나 작은 굴이 있다고 해서 들어가서도 안 된다.

· 어떠한 경우에도 공원 안에서는 불을 피워서는 안 된다.

· 운전자는 도로 이외의 곳으로 차를 몰고 들어가면 헛바퀴가 돌면서 빠지게 되니 도로표시가 되어 있는 곳으로만 주행해야 한다.

· 넓은 지역이라 따로 마련된 화장실이 없으니 만약을 위해 입구에 있는 화장실에서 미리 볼일을 보는 것이 좋다.

· 너무 늦게 나오면 입구의 직원이 철문을 닫고 퇴근할 수도 있으니 반드시 시간을 맞춰서 나와야 한다.

245

▲ 죽음의 바다라고 불리우는 사해

▼ 이스라엘 최고의 휴양도시, 에일랏

▲ 마사다 국립공원 정상에 있는 곡식창고

▼ 팀나국립공원의 솔로몬의 기둥

9. 요르바타 성서 동물원(Yotvata Hai-Bar)

　이곳은 네게브 사막을 포함한 중동 지역에 서식하고 있는 타조, 낙타, 표범, 하이에나 등 온갖 야생동물들을 모아놓은 곳이다. 숲과 늪, 모래 언덕 등 네게브 사막의 자연환경을 그대로 살린 이 동물원에는 초식 동물에서부터 포식 동물들을 사파리 지프차를 타고 돌아다니면서 야생의 모습 그대로를 관찰할 수 있다. 특히 밤에도 야간 사파리를 할 수 있다는 게 이 동물원의 특징이다. 이곳에서도 동물들에게 먹이를 주는 푸딩타임(Pudding Time)이 있으니 입구에서 확인해 보고 야생동물들이 먹이를 뜯어 먹는 진기한 장면을 놓치지 말자. Google Earth, Yotvata

↘찾아가는 법
팀나국립공원에서 북쪽으로 17km 정도 가면 오른쪽에 입구가 보인다. 에일랏에서 35km 지점이다.

↘개장시간　4~9월 08:00~17:00, 10~3월 8:00~17:00
↘Tel. 08-637-3057, Fax. 08-632-6172
↘입장요금
Yotvata, Hai-bar 개인 : 일반 23NIS, 어린이 2NIS
　　　　　　　　　그룹 : 일반 19NIS, 어린이 11NIS
육식 동물 센터(Predators Center) : 개인 : 일반 23NIS, 어린이 12NIS, 그룹 : 일반 19NIS, 어린이 11NIS
Yotvata, Hai-bar + Predators Center : 개인 : 일반 39NIS, 어린이 18NIS, 그룹 : 일반 34NIS, 어린이 16NIS

10. 레드 캐년(Red Canyon)

레드 캐년은 이스라엘에서도 잘 알려지지 않은 곳이다. 그만큼 여행자들의 발길이 잦은 곳은 아니지만 에일랏에서 자동차로 약 20분 정도 거리에 있는 천혜의 자연 경관을 갖춘 곳이다. 수억 년 전부터 침식과 풍화작용으로 빚어낸 협곡과 바위들은 한편의 거대한 그림과도 같다. 마치 미국의 그랜드 캐년의 작은 축소판과도 같은 이곳은 밀가루로 반죽해 놓은 듯한 아기자기한 협곡이 2km에 걸쳐 펼쳐진다.

끝없이 펼쳐지는 자갈밭을 걸어 들어가다 만나게 되는 빨간색의 협곡의 시작은 여행자들을 빨아들이는 것 같은 착각이 들게 된다. 조금 전까지만 해도 많은 양의 물이 흘러 내려 갔을 것 같은 협곡의 벽면은 다양한 지층을 형성해 놓았다. 20분 전까지만 해도 해안가의 높은 빌딩과 쇼핑몰, 그리고 수많은 관광객들이 오가던 에일랏 시내의 모습을 보았지만, 이곳은 문명과는 거리가 먼 자연의 한가운데이다. 하나님이 만드신 자연의 아름답고 변화무쌍한 작품을 보고 싶다면 레드 캐년을 꼭 한 번 들러볼 것을 권한다.

Google Earth, Red Canyon

↳찾아가는 법

에일랏 시내에서 타바 국경 쪽으로 가다가 이스라엘 공군기지(Uvda) 쪽으로 가는 12번 도로를 타고 가다 보면 왼쪽으로 이집트 시나이반도와의 국경선이 보이는데, 가다가 중간에 체크 포인트가 나온다. 에일랏 시내에서 약 22km의 거리인 레드 캐년 입구는 길가에 작은 표지판 하나가 전부라서 체크 포인트를 지난 다음부터는 도로 오른쪽에 있는 표지판을 잘 살피면서 가야한다. 그렇지 않으면 그냥 지나치기 쉽다. 레드 캐년은 입장요금이나 입장시간이 따로 정해져 있지 않고 화장실이라든지 아무런 편의 시설이 없다.

11. 에일랏(Eilat)

예루살렘에서 90번 도로를 타고 남쪽을 향해 약 360km를 달려가다 보면 더 이상 갈 수 없는 이스라엘의 최남단 도시 에일랏을 만나게 된다. 에일랏은 지금까지 이스라엘에서 볼 수 없었던 한가롭고 여유로운 바닷가의 휴양도시로 색다른 모습이다. 일 년 연중 늘 따뜻하고 온화한 기후와 맑고 아름다운 홍해 때문에 많은 관광객들이 찾는 에일랏은 이스라엘 최고의 휴양도시답게 시설 좋은 호텔과 리조트, 음식점 등으로 관광객을 불러들이고 있다.

이곳에서 관광객들은 홍해에서 수영과 선탠은 물론 스노클링, 요트, 낚시뿐만 아니라 에일랏 인근 사막으로 지프 투어와 낙타 투어 등의 다양한 레저를 즐기고 있다. 하지만 가격이 만만치 않다. 홍해는 지구상에서 바다 속이 가장 아름다운 곳으로 알려져 있어서 전세계의 수많은 스킨 스쿠버들이 홍해의 아름다운 산호를 보기 위해 찾아오고 있다. 특이한 것은 에일랏에서 오른쪽으로 이집트의 시나이반도와 왼쪽으로는 요르단의 아카바와 사우디아라비아의 땅이 한눈에 들어온다.

에일랏은 지금처럼 성경시대에도 중요한 항구도시였다. 에선엘랏, 엘롯, 또는 에시온게벨 등으로 표시된 곳으로 이집트를 탈출한 모세와 이스라엘 백성들은 이곳을 통과했으며, 솔로몬 왕은 이곳에 항구를 만들어 선박을 만드는가 하면 그 선박을 이용해 멀리 아라비아와 아프리카까지 가

> **관련성구**
> "네 하나님 여호와께서 네가 하는 모든 일에 네게 복을 주시고 네가 이 큰 광야에 두루 다님을 알고 네 하나님 여호와께서 이 사십 년 동안을 너와 함께 하셨으므로 네게 부족함이 없었느니라 하시기로 우리가 세일 산에 거주하는 우리 동족 에서의 자손을 떠나서 아라바를 지나며 엘랏과 에시온 게벨 곁으로 지나 행진하고 돌이켜 모압 광야 길로 지날 때에 여호와께서 내게 이르시되 모압을 괴롭히지 말라 그와 싸우지도 말라 그 땅을 내가 네게 기업으로 주지 아니하리니 이는 내가 롯 자손에게 아르를 기업으로 주었음이라" (신 2:7~9)

지도 (에일랏)

Red Sea Star

Eilat Harbour

Eilat Art & Congress Center

Dolphin Reef

Red Sea

Texas Ranch

Club-In [H]

Coral Beach Marina

Ambassador [H]

Coral Beach Nature Reserve

Orchid [H] ● Underwater Observatory Marine Park

To Taba Border

에일랏 1

서 무역을 하기도 했었다.

하지만 현재 에일랏에는 성서 유적지가 많이 남아있지 않고 단지 휴양지로서만 그 명성이 알려져 있다. 이스라엘의 척박한 땅을 돌아다니며 성지를 찾아다니다가 에일랏에서의 휴식은 여유롭고 아름다운 기억으로 남을 수 있다.

찾아가는 법

고속버스로 갈 경우, 예루살렘의 중앙버스터미널에서 444번 버스가 하루에 4차례씩 운행을 하는데, 약 4시간 걸려 에일랏의 시내 중심가에 있는 중앙버스터미널에 내리게 된다. 그러나 토요일에는 에일랏으로 가는 버스가 없으니 유의해야 한다. 요금은 67.5세켈이며 이곳에서 유스호스텔이 가깝다.

승용차로 갈 경우, 예루살렘에서 여리고 또는 사해로 가는 길로 간 다음, 그곳에서 90번 도로를 타고 남쪽을 향해 약 323km를 달려가면 된다. 또는 예루살렘에서 텔아비브로 가는 1번 도로를 타고 가다가 브엘세바 쪽으로 가는 40번 도로로 옮겨 타서 미츠페 라몬을 거쳐 내려가도 되는데, 이 길은 시간이 오래 걸린다.

Line	Route
1	Dan Hotel – Eilat CBS – Shahamon neighborhood – Mitzpe Yam neighborhood – Ye'elim neighborhood – Dan Hotel
2	Neptune Hotel – Ye'elim neighborhood – Mitzpe Yam neighborhood – Shahamon neighborhood – Neptune Hotel
5/5a	Neptune Hotel – Ye'elim neighborhood – Urim neighborhood – Tze'elim neighborhood – Neptune Hotel
15/15a	Eilat CBS – Ophira Park – HaYam Mall – Dolphinarium – Coral Beach – Underwater Observatory – Taba Border Crossing
100/200/300	Hotels workers – Goes beetween most hotels, and all the neighborhoods in Eilat

바닷가

에일랏 시내에서 걸어서 조금만 가도 쇼핑센터와 바닷가에 이를 수 있다. 특히 호텔이 있고 카페가 있는 바닷가에는 수영을 하는 사람들과 바닷가에 즐비하게 늘어선 옷가게, 액세서리 가게, 카페 등에서 한가롭게 여유를 즐기는 사람들이 많이 있다. 세계적인 휴양지답게 갖가지 놀이시설과 즐길 거리들이 많이 있는 바닷가에서 에일랏의 진짜 맛을 즐겨 보자. 이곳에서 파는 비치용 샌들과 비치용 옷 등은 가격이 싸다. 뿐만 아니라 페달보트와 제트스키 바나나보트 등 다양한 수상스포츠를 즐길 수도 있고, 배를 타고 일몰을 보는 크루즈 등 다양한 레저 프로그램들이 준비되어 있다.

돌핀 리프
(Dolphin Reef)

아름다운 홍해에서 돌고래와 수영을 하고 사진을 찍을 수 있는 곳으로 세계적으로도 드문 돌고래 체험 장소이다. 바닷가에서 수영을 즐기고 릴렉스하게 비치의자에 누워 한가롭게 시간을 보내는 것만이 아니라 돌고래와 어울리며 물속에서 사진을 찍고 대화하는 법도 배우는 곳이다. 이곳에서는 각종 테라피까지 즐길 수 있지만, 테라피의 비용과 스노클링 등은 별도의 비용을 지불해야 한다. 그런데 가격이 만만치 않다. 만약 돌고래와 함께 수영하는 스노클링을 하려면 미리 예약을 해야 한다.

📞 찾아가는 법

에일랏 공항 앞에서 90번 바닷가 도로를 따라서 타바 국경 쪽으로 3.5km 정도 가면 왼쪽 바닷가 쪽에 입구가 있다.

📞 개장시간   일요일~목요일 09:00~17:00, 금요일~토요일 09:00~16:30

📞 입장요금   일반 58NIS, 어린이(5~15세) 40NIS

📞 Tel. 08-637-1846   Website : www.dolphinreef.co.il

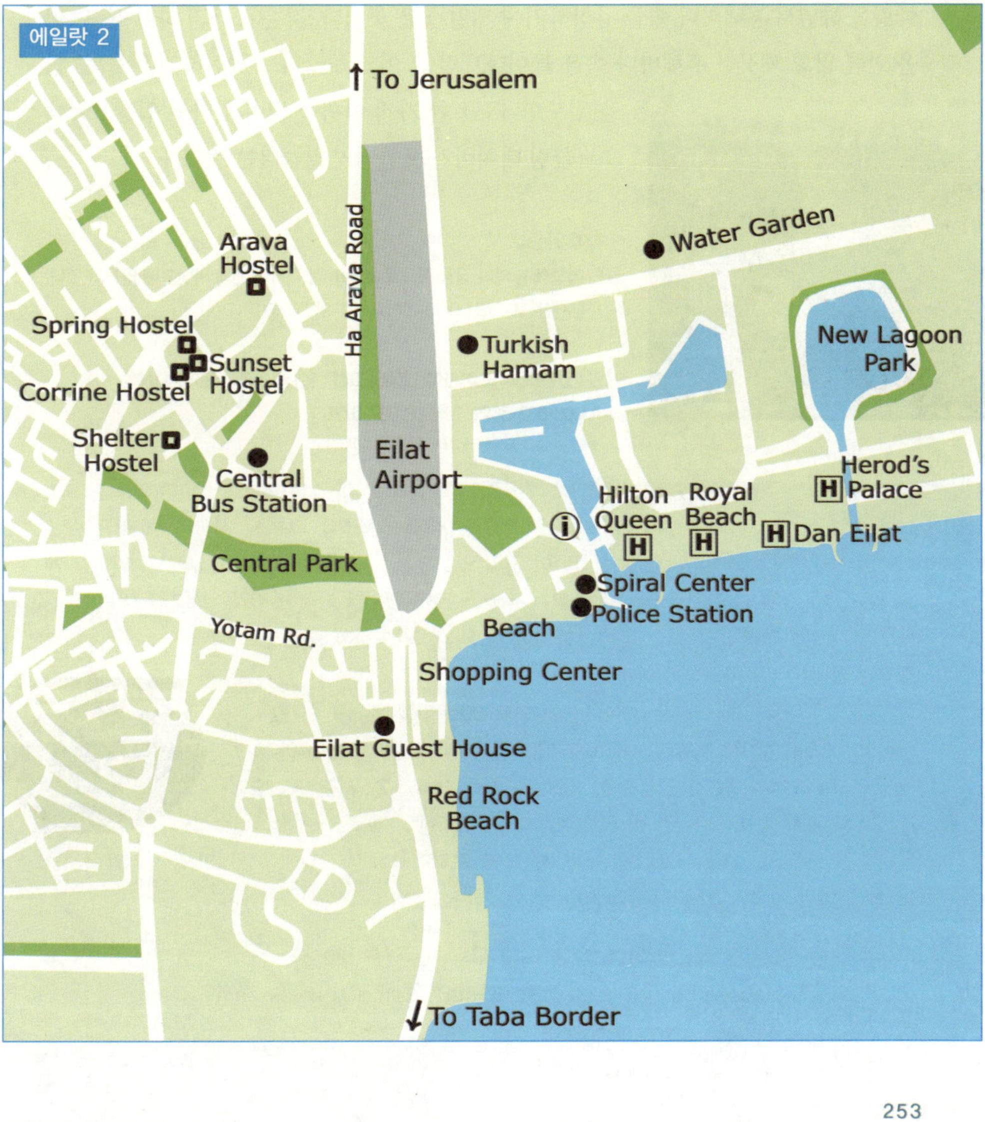

에일랏 2

↑ **To Jerusalem**

● **Water Garden**

Ha Arava Road

Arava Hostel ▫

Spring Hostel

▫**Sunset Hostel**

Corrine Hostel ▫

● **Turkish Hamam**

New Lagoon Park

Shelter ▫
Hostel

● **Central Bus Station**

Eilat Airport

Herod's Ⓗ **Palace**

Central Park

ⓘ **Hilton Queen** Ⓗ   **Royal Beach** Ⓗ   Ⓗ **Dan Eilat**

● **Spiral Center**

Yotam Rd.

● **Police Station**

Beach

Shopping Center

● **Eilat Guest House**

Red Rock Beach

↓ **To Taba Border**

산호 비치 (Coral Beach)

홍해의 바깥 모습과 속 모습을 동시에 볼 수 있는 좋은 장소이다. 이곳에는 1.2km의 넓고 긴 바닷가에서 비치파라솔에 앉아 선탠을 하는 사람과 스노클링을 하는 사람으로 붐빈다. 이름이 산호 비치인 것처럼 바다 속에는 100여 가지의 다양한 모습을 한 산호가 수없이 널려 있다. 작은 나무 같은 모양, 사람의 뇌를 닮은 모양, 작은 공 같은 모양의 산호가 색색으로 아름답게 바다 속에 깔려 있고, 650여 종의 물고기들이 헤엄쳐 다닌다. 그야말로 스노클링을 하면서 홍해바다 속을 감상하기에 제일 좋은 곳이다. 작은 쓰레기 하나 볼 수 없을 만큼 맑고 깨끗한 홍해바다 속을 들여다보면 그 어느 누구라도 감탄하지 않을 수 없을 정도이다. 단 한 가지 아쉬운 점이 있다면 입장요금에 스노클링 대여비가 포함되지 않는다는 것이다.

☏찾아가는 법
돌핀 리프에서 타바 국경 쪽으로 2.5km 정도 가면 왼쪽 바닷가에 입구가 있다.
☏개장시간 4~9월 09:00~17:00, 10~3월 09:00~17:00
☏입장요금
개인 : 일반 23NIS, 어린이 12NIS, 그룹 : 일반 19NIS, 어린이 11NIS
☏Tel. 08-637-6829, Fax. 08-637-5776

레저 (Leisure)

에일랏의 바닷가에 가면 각종 해양 스포츠와 크루즈, 사파리 등 레저 상품을 안내하는 여행사들이 많이 있다. 해안가는 해양 스포츠를 즐기기 위한 가게도 많고 부둣가에 가도 크루즈 티켓을 파는 부스가 많이 있는데 가격이 각각 다르기 때문에 사전에 여러 곳을 돌아 다니면서 비교를 잘 해 보는 것이 좋다. 잘 모르겠으면 안내센터에 가도 친절하게 안내 해준다.

바다 스포츠 바나나보트 10분 30NIS, 페달보트 30분 50NIS, 모터보트 30분 100NIS, 워터스키 10분 120NIS, 파라세일링 10분 140NIS
크루즈 크루즈 4시간(선상 점심포함) 155NIS, 선셋 크루즈 2.5시간 80NIS
지프 투어 지프차 투어 2시간 반 560NIS, 4시간 760NIS, 레드 캐년과 에일랏 마운틴 지프 사파리 4시간 170NIS, 네게브동물원 사파리 4시간 195NIS, 팀나파크 사파리 4시간 185NIS, 야간 사파리 3.5시간 170NIS

주변국가 여행 요르단 페트라 여행 166$, 이집트 시내산 여행 120$
에일랏 여행사 jeepsee Tel. 08-633-0133, E-mail : office@jeepsee.com
Website : www.jeepsee.com

해양 수족관
(The Underwater Observatory Marine Park)

에일랏의 랜드 마크처럼 되어 있는 대형 해양공원이다. 이곳에는 상어와 같은 대형 바다 생물에서부터 거북이 수족관, 파충류 수족관 등 여러 섹션으로 나누어져 있는데, 모두 36만 리터의 바닷물을 저장해서 4백여 종의 홍해바다 물고기들을 키우고 있다.

물고기들이 살 수 있도록 염도와 온도를 맞추고 맑고 깨끗한 수질을 유지하기 위해 5시간마다 한 번씩 물을 바꿀 정도로 노력을 하고 있다. 특히 정해진 시간에 맞춰 다이버들이 물속에 들어가 먹이를 주는 광경을 구경할 수 있다. 수족관도 옆에서, 위에서, 밑에서 볼 수 있도록 다양한 전시 형태를 갖춰 홍해바다의 아름다운 물고기들을 감상하는 데 시간가는 줄 모르고 보게 된다.

뿐만 아니라 홍해와 관련된 다양한 아이디어 제품들도 판매하고 바다 속을 여행하는 듯한 느낌이 드는 극장, 그리고 음식과 음료수를 판매하는 카페도 있다. 특히 이 해양 수족관의 하이라이트는 바다 속으로 직접 들어가서 자연 그대로의 물고기들을 감상할 수 있는 해저 수족관과 바닥이 유리로 된 배를 타고 홍해를 30분 정도 운항하는 코스도 있어 그야 말로 홍해의 다양한 맛을 즐길 수 있는 곳이다.

수중수족관(Oceanarium)

홍해의 심해 속을 잠수함을 타고 직접 여행하는 것 같은 시뮬레이션 영화관이다. 150석의 특수하게 제작된 의자에 앉게 되면 관람객은 잠수함을 타고 심해 깊은 곳에 급강하 되어 바위에 부딪히고 물결에 휩쓸리는 듯한 아

255

슬아슬한 순간들을 간접 경험을 하게 되고, 서라운드 스피커에 들려오는 바다 속의 소리와 상어와 돌고래 등의 바다 동물들의 소리를 생생하게 들을 수 있는 20분간의 어드벤처를 체험하게 된다.

수중관측소(Underwater Observatory)

공원에서 바닷가 쪽으로 약 100m 떨어진 곳에 하얀색의 높은 탑이 있는데, 이곳으로 들어가면 홍해바다 속으로 4.25m 내려가 구경할 수 있는 수족관이 있다. 거대한 수조에 고기들을 가둬 둔 것이 아니라 실제 바다 속을 헤엄쳐 다니는 천연의 각종 고기들을 볼 수 있도록 특수 설계 건설해 놓은 곳인데, 두 개의 공간에서 홍해바다 속을 볼 수 있는 아주 특별한 곳이다.

수중수족관으로 내려갔던 계단의 반대쪽에는 위쪽으로 올라가는 90개의 계단이 있다. 이곳으로 올라가면 해수면에서 약 24m 높이의 '평화테라스(Peace Terrace)'라는 전망대가 있다. 이곳에서는 멀리 에일랏에서부터 요르단, 사우디아라비아와 이집트 등 4개의 국가를 한눈에 볼 수 있다.

Coral 2000

시속 6노트의 속도로 천천히 홍해바다 위를 지나가는 이 배는 잠수함은 아니지만, 배의 밑 부분이 유리로 되어 있어 산호와 형형색색의 고기들이 유유히 헤엄치는 아름다운 홍해바다 속을 35분간 감상할 수 있다. 이 배에는 연령제한이 없지만 아기들의 경우 보험료를 따로 받는다.

배 운행시간은 월요일부터 토요일까지 11:00, 13:00 매일 두 차례씩 운항한다. 날씨가 좋지 않으면 운항이 취소되는 경우도 있으니 미리 확인해 두는 것이 좋다.

> ↘찾아가는 법
> 돌핀 리프에서 타바 국경 쪽으로 약 800m 정도 가면 왼쪽 바닷가에 입구와 주차장이 보인다.
> 버스로 갈 경우에는 에일랏 중앙버스터미널에서 15번 버스를 타면 된다. 택시로 갈 경우에는 에일랏 시내에서 30NIS

정도 받는다.

↳개장시간 매일 08:30~17:00, 금요일과 공휴일 전날 08:30~16:00

↳입장요금

Enterance tp Park +Oceanarium : 일반 89NIS, 어린이(3~16) 79NIS

Glass Bottom Boat 'Coral 2000' : 일반 35NIS, 어린이 29NIS, 유아15NIS

Enterance tp Park only : 일반 79NIS, 어린이 69NIS

↳ 먹이 주는 시간(Feeding Time)

11:00 Underwater Shark fed by diver

11:30 Fish feeding in Rare Fish Aquarium (Museum)

12:00 Underwater fish feeding in Coral Reef Aquarium by diver

12:30 Sea Turtles and Stingrays - feeding

13:30 Young Sea Turtles - feeding

13:45 Pearl Shell Opening

14:00 Underwater fish feeding in Coral Reef Aquarium by diver

15:00 Fish feeding in Amazon Exhibit

↳주소　829, Eilat 88000, Israel　↳Tel. 08-636-4200, Fax. 08-637-3193

Website : www.coralworld.com

에일랏 안내센터

이곳에 가면 에일랏에서 즐길 수 있는 각종 레포츠와 홍해를 구경하는 각종 크루즈의 시간표 등을 알 수 있으며, 각종 안내 책자들이 준비되어 무료로 나눠 준다. 원한다면 여행사와의 연결과 예약도 도와준다.

↳안내시간

평일 08:00~18:00, 금요일 08:00~14:00

↳요금　도미토리 50NIS, 프라이빗 150~200NIS

↳Tel. 08-637-2111, Fax. 08-637-2111

Website : www.eilat-guide.com

콜린느(Colinne Hostel)

실내장식이 독특해서 나름대로 운치가 있는 곳이다. 입구에 들어서면 식탁이 여러 개 있는 마당이 있고 바로 옆에 주방이 있어서 음식을 해 먹기에 좋다. 조용하고 깨끗하며 방마다 샤워실이 있고 작은 냉장고에 에어컨이 있어서 여름철에 사용하기 좋다. 하지만 주방이 아침 8시부터 밤 12시까지만 사용할 수 있게 되어 있다. 앞마당의 식탁에는 무선 인터넷까지 되어 있어 편리하다. 주인도 친절하고 안락한 곳이라 추천한다. 체크인 하면 그 자리에서 수건과 침대시트를 나눠주고 침대는 70개 준비되어 있다.

요금 : 도미토리 60NIS, 더블 70NIS
주소 : 127/1 Retamim St. Eilat, Tel. 08-637-1472
Website : www.corinnehostel.com

선셋(Sunset Hostel)

콜린스 호스텔(Collinne Hostel)에서 오른쪽으로 약 10m만 가면 있다. 이곳의 실내 분위기는 마치 하와이의 어느 여관에 온 듯한 착각이 들 정도로 실내장식이 독특하다. 약간 분위기는 음침하지만, 이곳은 도미토리는 없고 오직 프라이빗 룸만 있어서 조용하다.

요금 : 프라이빗 150NIS

아라바(Arava Hostel)

웬만한 여행책자에 모두 소개되는 아라바 호스텔은 앞마당이 시원하고 전망이 좋아서 여행자들이 많이 찾는 곳이다. 주방이 있고 방마다 에어컨과 샤워실이 갖춰져 있으며 빨래도 할 수 있고 신용카드도 사용할 수 있다. 스쿠버 다이빙과 여러 가지 레포츠를 예약할 수도 있다. 침대는 90개가 준비되어 있다.

요금 : 도미토리 45~70NIS, 프라이빗 140~300NIS
주소 : 106 Ha' almogim St. Eilat, Tel. 08-637-4687
E-mail : harava@bezeqint.net, Website : www.a55.co.il

쉘터(The Shelter)

보호소라는 뜻의 호스텔 이름처럼 이곳은 거친 광야를 헤매다 휴식처를 찾아 온듯 분위기가 따뜻한 곳이며, 전세계에서 찾아온 여행자들이 많이 찾는 곳이다. 방도 깨끗하고 방마다 에어컨과 뜨거운 물이 나오는 샤워실이 있으며, 남녀 방이 분리되어 있지만 가족을 위한 방도 있다. 커피와 홍차를 무료로 마실 수 있다. 짐과 귀중품을 맡아준다.

요금 : 도미토리 50NIS, 프라이빗 150~200NIS
주소 : 149 Eshel St, Eilat, Tel. 08-633-2868
E-mail : info@shelterhostel.com
Website : www.shelterhostel.com

에일랏에서 유용한 전화번호

응급전화
Ambulance – Emergency ··· 101 / Police – Emergency ··· 100 / Fire – Emergence ··· 102
Police Station ··· 08-636-2444 / Ministry of Tourism ··· 08-630-9111
Doctor on Duty – Dr. Mandelli ··· 08-050-537-3836 / Maccabi Dent – Dental care ··· 08-050-292-0920

병원
Yoseftal Hospital ··· 08-635-8011 / Klalit ··· 08-638-1111
Maccabi ··· 08-636-4848 / Meuhedet ··· 08-632-3111

약국
Michlin Pharmacy ··· 08-637-2434 / Superpharm – "Sha'ar Haeir" ··· 08-637-6870
Newpharm ··· 08-631-6330-50

택시
King Solomon ··· 08-633-2424 / Taba ··· 08-633-3339
Shahmon ··· 08-633-8181 / Fattal ··· 08-633-8001

그동안 가졌던 유대인에 대한 호기심과 세계 뉴스의 초점이 되는 팔레스타인 분쟁을
눈으로 직접 확인하게 되며, 성경의 배경을 내가 걷고 있다는 놀라운 경험을 하게 되는 곳이
바로 이스라엘이고 이스라엘의 매력이다.

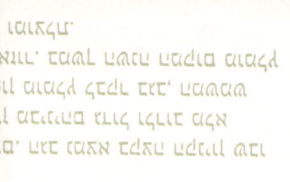

제4장

북쪽 지역

갈릴리 지역

To Upper Galilee ↑
Tel Hatzor

Bat Ya'ar
Airport
Katzrin
Rosh Pina
Kfar Hanassi

Safed

Amiad
Korazim
To Carmiel & Haifa
Amiad Junction

Abu Kayak

Kadarim
Amnon Bay
Arik Bridge
Hokkuk
Mt. of Beatitudes
Capernahum
Sapir Site
Tabgha

Ginosar
Kinnar
Ramot
Migdal
Yigal Alon Museum

Mt. Arbel
Kursi

Arbel
Kfar Hittim
Sea of Galilee

Lavi
Tiberias

Ein Gev
Sussita
Hammat

To Nazareth,
Haifa & Tel Aviv
Golani Junction
Kfar Haru
Peace Vista
Bereniki

Zinabri
Poriya
Haon
Kinneret
Kfar Kama
Ma'agan
Tel Katzin
Beit Keshet
Yavne'el
Alumot
Yardenit
Shibli
Shadmot Dvora
Zemach
Kfar Tavor
Sha'ar Hagolan
Masada
Hamat Gader

Ashdot Ya'akov

To Afula & Tel Aviv
Naharayim

1. 갈릴리 (Galilee)

　예루살렘에서 버스를 타고 요단강 줄기를 따라 약 3시간 정도를 쉬지 않고 달리다 보면 아름다운 갈릴리 바다와 그 곁에 펼쳐진 티베리아를 만나게 된다.

　티베리아는 AD 26년경 헤롯 안티파스에 의해 세워졌고 로마 황제 디베리우스의 이름을 따서 '디베랴'라고 했다고 한다. 그만큼 이 도시는 이스라엘에서 예루살렘과 베들레헴 헤브론에 이어 중요한 도시이고, 또 예수님이 공생애 기간 동안 많은 시간을 보낸 곳이라 예수님과 관련된 유적들이 많이 남아 있다.

　예수님은 이곳에서 고기잡이 하던 어부 베드로를 비롯하여 안드레와 야고보 등 제자들을 만나셨고, 회당에서 많은 사람에게 설교를 하기도 했고, 오병이어의 기적을 일으켰으며, 풍랑이 이는 갈릴리 바다를 말씀으로 잔잔케 하셨다. 헤롯대왕은 이곳에 아름다운 궁전과 극장, 금과 대리석으로 빛나는 성전을 지었으며, 병을 치료하는 탁월한 효과가 있던 온천 위에 공중목욕탕을 세우기도 하였다.

　생긴 모양이 하프처럼 생겼다고 하여 히브리어로 '하프'라는 뜻의 '키네렛 호수'라고도 하고 갈릴리 바다라고도 일컬어지는 이 호수는 길이가 약 20Km, 폭이 약 10Km, 깊이는 약 40m, 둘레가 51.2Km 정도 되고 해수면보다 210m 아래에 있다. 그럼에도 불구하고 바다라고도 불리는 것은 물이 귀한 이스라엘에 워낙 큰 호수이기 때문이다. 현재는 이스라엘 전체에 식수원을 공급하는 아주 중요한 곳이기도 하고, 이스라엘 사람들뿐만 아니라 전세

> **관련성구**
> **예수가 폭풍을 잠잠케 한 곳**
> "배에 오르시매 제자들이 따랐더니 바다에 큰 놀이 일어나 배가 물결에 덮이게 되었으되 예수께서는 주무시는지라 그 제자들이 나아와 깨우며 이르되 주여 구원하소서 우리가 죽겠나이다 예수께서 이르시되 어찌하여 무서워하느냐 믿음이 작은 자들아 하시고 곧 일어나사 바람과 바다를 꾸짖으시니 아주 잔잔하게 되거늘 그 사람들이 놀랍게 여겨 이르되 이이가 어떠한 사람이기에 바람과 바다도 순종하는가 하더라" (마 8:23~27)

계의 관광객과 순례자들이 반드시 찾는 장소가 되어 있다.

예수님의 숨결을 느끼고 싶다면 갈릴리 호수를 찾아가 한 바퀴를 둘러보자. 티베리아에서 숙소를 정하고 시계방향으로 돌면 막달라 마을, 오병이어교회, 베드로수위권교회, 팔복교회, 고라신, 엔게디, 야르데니트 등 볼거리가 많이 있다. 하지만 갈릴리 호수 주변을 돌아 볼 수 있는 대중 교통편이 마련되어 있지 않다는 것이 단점이다. 그래서 많은 배낭순례자들이 숙소에서 빌려주는 자전거로 하이킹을 하거나 버스로 타브하라는 곳까지 간 다음 그곳에서부터 히치를 하는 경우가 많다. 다행히 이곳에서는 히치가 잘된다.

찾아가는 법

버스로 갈 경우, 예루살렘의 중앙버스터미널에서 961, 962, 963번 버스를 타면 되고, 요금은 44세켈인데 차창 밖으로 보이는 요르단 국경을 보면서 가는 길이 일품일 정도로 아름답다. 텔아비브에서는 830, 841, 835번이 가고, 요금은 44세켈이다.

승용차로 갈 경우, 예루살렘에서 티베리아로 가는 길은 세 가지 길이 있다. 하나는 동쪽에 있는 여리고를 거쳐 90번 도로를 북상해서 올라가는 방법인데, 예루살렘에서 150km 거리이다. 예루살렘에서 유대 광야를 거쳐 여리고를 둘러본 다음 티베리아로 갈 때는 이 코스를 이용하고, 여리고를 지나면 북쪽으로 직진하면 된다. 또 하나의 코스는 예루살렘의 서쪽인 텔아비브 쪽으로 가다가 지중해 해안 도로를 타고 하이파를 지나 아코에 못미쳐서 79번 도로로 갈아타서 가는 방법이다. 하지만 이 코스는 약 200km로 좀 거리가 멀다. 그러나 지중해 해안가 쪽에 있는 가이사랴나 하이파와 아코를 들렀다가 가기 위해서라면 이 코스를 이용해야 한다. 또 하나의 코스는 예루살렘에서 텔아비브로 가는 1번 도로를 타고 가다가 남쪽의 브엘세바와 북쪽 지방을 연결하는 6번 도로를 타고 올라가는 방법이다.

티베리아에서 주요도시와의 거리

나세렛(Nazareth) : 24Km / 15mi. 골란고원(Golan Heights) : 29Km / 18mi. 아코(Akko) : 45Km / 28mi.
하이파(Haifa) : 50Km / 31mi. 텔아비브(Tel Aviv) : 110Km / 68mi. 예루살렘(Jerusalem) : 117Km / 73mi.

관련성구

예수가 물 위를 걸은 곳

"…밤 사경에 예수께서 바다 위로 걸어서 제자들에게 오시니 제자들이 그가 바다 위로 걸어오심을 보고 놀라 유령이라 하며 무서워하여 소리 지르거늘 예수께서 즉시 이르시되 안심하라…" (마 14:22~33)

예수가 환자의 병을 고친 곳

"예수께서 거기서 떠나사 갈릴리 호숫가에 이르러 산에 올라가 거기 앉으시니 큰 무리가 다리 저는 사람과 장애인과 맹인과 말 못하는 사람과 기타 여럿을 데리고 와서 예수의 발 앞에 앉히매 고쳐 주시니 말 못하는 사람이 말하며 장애인이 온전하게 되고 다리 저는 사람이 걸으며 맹인이 보는 것을 무리가 보고 놀랍게 여겨 이스라엘의 하나님께 영광을 돌리니라" (마 15:29~31)

티베리아(Tiberias)

예루살렘을 출발한 뒤 3시간 만에 도착한 티베리아는 현대적인 도시로 갈릴리 지역의 중심 도시이다. 지금은 호텔, 상가 등 높은 빌딩이 자리 잡고 4만여 명의 인구가 밀집되어 있는 도시이지만, 과거에는 아무도 찾지 않는 공동묘지였었다. 오히려 갈릴리 호수의 북쪽 지방인 막달라나 가버나움에 많은 유대인이 살고 있었다. 그래서 예수님도 이곳 티베리아에서 활동하기보다는 막달라나 가버나움에서 더 많은 활동을 하셨다.

그런데 헤롯왕의 아들 헤롯 안티파스가 AD 18년에서 22년 사이에 이 마을을 새로운 도시로 건설했는데, 그 당시 로마 황제인 티베리우스의 이름을 따서 티베리아라고 부르게 된 것이다. 이 헤롯 안티파스는 살로메의 요청으로 세례 요한의 목을 자른 인물이다. 헤롯 안티파스가 만든 성벽의 길이는 4.8km나 되었고 크고 작은 공회당을 만들었지만, 그 당시 유대인들은 이 공회당에 들어가는 것을 거절하였다. 결국 헤롯 안티파스는 신변의 위협을 느껴 호숫가 쪽에 성벽으로 둘러싼 궁을 만들기도 했다. 그러나 70년 이후 예루살렘이 로마에 의해서 멸망하자 많은 유대인들이 이곳 티베리아로 몰려와서 살게 되면서 유대인의 중심지가 된다.

티베리아에서 호숫가 쪽으로 가면 검은 돌로 지어진 십자군 시대의 유적들이 있으며 호텔과 쇼핑센터들이 줄지어 있다. 그래서 갈릴리 호수를 방문하게 되면 주로 티베리아에 있는 숙소에 머물게 되는데, 문제는 이곳에서부터 갈릴리 호수를 한 바퀴 돌면서 여러 성지를 방문하기 위한 교통편이 없다는 것이다.

개인적으로 자유 여행을 하는 사람들은 승용차를 렌트하거나 숙소에서 빌려주는 자전거를 타고 도는 수밖에 없다. 물론 자전거로 51km의 호수를 한 바퀴 도는 것은 결코 쉬운 일이 아니다. 더군다나 뜨거운 여름 태양이 내리쬐는 날에는 고통스럽기까지 하다. 하지만 호숫가에서 불어오는 시원한 바람을 맞으며 갈릴리 호수를 한 바퀴 천천히 돌아보는 것도 그다지 나쁜 일은 아니다.

Google Earth, Tiberias

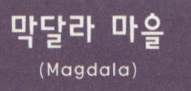

십자군의 도시
(City of Crusader)

티베리아는 예루살렘이 멸망한 이후 많은 유대인들이 모여살던 도시였지만, 이스람교도들에 의해 점령당했다가 다시 1099년에 십자군들이 이 도시를 점령한다. 그때 십자군들이 지었던 성벽과 건물들의 일부가 남아있다.

막달라 마을
(Magdala)

티베리아에서 약 6km 정도 가면 오른쪽에 하얀색의 작은 돔형 건물을 만나게 되는데, 워낙 작은 건물이라 누가 설명해 주지 않으면 그냥 지나칠 수 있을 정도이다. 이 작은 건물의 자리가 일곱 귀신이 붙은 막달라 마리아가 예수님으로부터 고침을 받은 그 자리라고 한다.

그리고 하얀색의 건물 건너편에는 왼쪽으로 들어가는 길이 있는데, 그 길로 들어가면 미그돌이라고 하는 마을이 나온다. 미그돌이란 막달라의 히브리어이며, 막달라 마리아의 고향이다. 현재 이 마을은 한적하고 조용하지만, 예수님 당시에는 로마군의 부대가 있던 것으로 알려져 있다.

막달라 마리아는 예수님의 모친과 함께 십자가에 매달려 돌아가시는 예수님의 마지막 장면을 목격했었고, 다른 여인들과 함께 향유를 들고 예수님의 무덤을 찾아갔다가 예수님이 부활하셨다는 천사들의 이야기를 듣고 제자들에게 달려가서 그 사실을 알리는 중요한 역할을 한 인물이기도 하다. 그 당시 갈릴리 지역의 중요한 상업 지역이자 군사 지역이었던 막달라 마을을 방문해 보는 것도 의미 있는 일일 것이다.

Google Earth, Migdal

↘찾아가는 법
티베리아 시내에서 갈릴리 호수 북쪽으로 호숫가 도로를 따라서 약 6km 정도 가다 보면 오른쪽에 있다.

266

기노사르 키부츠
(Ginosar Kibbutz)

막달라 마을에서 다시 호숫길로 나와 북쪽으로 약 1km 정도 가다 보면 오른쪽에 기노사르 키부츠의 입구 표지판을 만나게 되는데, 이곳에는 특별한 물건이 전시되어 있다.

1986년 키부츠에서 살고 있던 청년 두 사람이 오랜 가뭄 끝에 바닥을 드러낸 갈릴리 호숫가에서 작은 나무토막을 발견했는데, 그것이 예수님 당시의 고깃배였던 것이다. 이 배는 길이 8.2m 높이 2.3m의 제법 큰 배였고 소재도 고급스런 참나무로 만들어졌으며 여러 군데 수리된 흔적이 보였는데, 수리된 곳은 참나무가 아닌 다른 나무로 덧댄 것으로 보아 그 당시에 참나무도 역시 귀한 나무라는 것을 알 수 있었다.

이 배는 2천 년 전에 가라앉은 배라고 하기에는 놀라울 징도로 그 모습이 완벽했으며 지금이라도 배를 물위에 띄우면 사람이 올라탈 수 있을 것만 같았다. 그 배안에서는 기원전 1세기에서 1세기 이후의 것으로 보이는 등잔과 유리그릇도 함께 발견되었는데, 문제는 갯벌을 파헤쳐서 배를 안전한 곳으로 옮길 방법이 없었다. 잘못하면 파손될 수 있기 때문이다.

그래서 생각해 낸 것이 미라를 보존하는 방법을 적용하는 것이었다. 먼저 배의 나뭇조각 사이에 묻어있던 갯벌을 모두 떼어낸 뒤에 배가 손상하지 않도록 합성 유리 섬유로 감싸고 폴리우레탄으로 배를 감쌌다. 그런 다음 배가 발견된 자리에서부터 깊게 물길을 파서 호수까지 이동한 다음 열하루라는 긴 시간을 거쳐 이곳에서 가장 가까운 기노사르 키부츠로 옮길 수 있었다. Google Earth, Ginosar

발견된 배를 키노사르 키부츠로 옮기는 모습

↳**찾아가는 법**
막달라에서 북쪽으로 약 1.7km 정도 가다 보면 오른쪽으로 입구를 알리는 표지판이 있다.
↳**개장시간** 일요일~목요일 08:30~17:00, 금요일 08:30~13:00, 토요일 08:30~17:00
↳**입장요금** 일반 20NIS, 어린이 14NIS

오병이어교회
(Church of The Multiplication of The Loaves & Fishes)

예수님이 공생애 기간에 행한 기적 중에는 죽은 지 사흘 된 나사로를 살리신 것과 함께 가장 최고의 기적은 물고기 두 마리와 보리떡 다섯 개로 오천 명을 먹이고도 열두 바구니가 남은 사건이다. 그 초유의 사건이 벌어졌던 현장이 오병이어교회이다. 그 당시 예수님의 설교를 들었던 사람이 아이와 여자를 빼고 오천 명이라고 했으니 모두 합치면 약 만 명 정도는 됐을 것이다.

아마도 예수님은 현재 있는 오병이어교회를 중심으로 약 만 명의 군중이 널찍한 산등성이에 앉았을 것이고 그 수많은 군중이 한눈에 보이는 오병이어교회의 자리쯤에서 서서 설교를 하신 후 물고기 두 마리와 보리떡 다섯 개를 앞에 높고 하늘을 보며 축사를 하셨을 것이다.

오병이어교회 역시 1936년에 세워진 건물인데 교회 안에는 약 5세기경 비잔틴 시대 때 만들어진 것으로 보이는 오병이어 모자이크가 있다. 교회밖에 있는 주차장 쪽에는 시원하게 마실 수 있는 식수대가 있고 화장지가 있는 수세식 화장실도 있다.

Google Earth, Tabgha

↳**찾아가는 법**
티베리아 중앙버스터미널에서 459, 841번 버스를 타고 타브하(Tabgha)에서 내리면 된다. 여기서 약 500m 정도 걸어가면 오병이어교회가 먼저 나오고, 그 뒤에 약 200m 정도 걸어가면 베드로수위권교회가 보인다.
↳**개장시간**
월요일~금요일 8:00~17:00, 토요일 08:00~15:00, 일요일 휴무임
↳**입장요금** 무료

퀴즈 23 : 오병이어교회의 내부에는 예수님이 물고기 두 마리와 보리떡 다섯 개를 올려놓고 축사하신 바위가 있고, 그 위에는 초가 매달린 원형의 구조물이 달려 있다. 이 구조물에는 모두 몇 개의 촛대가 있을까?

베드로수위권교회
(Church of The Primacy of St. Peter)

요한복음 21장을 보면, 예수님이 십자가에 돌아가신 뒤 부활하셔서 베드로에게 나타나 질문하는 장면이 나온다.

"베드로야, 네가 나를 사랑하느냐?"

"주여, 그렇습니다. 제가 주를 얼마나 사랑하는 줄은 주께서도 잘 알지 않습니까?"

"그래, 앞으로 내 양을 너에게 맡긴다. 내 양을 먹이라."

예수님은 이렇게 세 번씩이나 베드로에게 당부를 하셨는데, 그 자리가 베드로수위권교회가 세워져 있는 곳이라고 한다.

이 교회 밖에는 예수님이 베드로에게 손을 내밀어 당부하는 조각상이 있고, 검은색 현무암으로 된 교회건물 옆으로 돌아가면 갈릴리 호수의 수면까지 갈 수 있는 돌계단이 나온다. 2천 년 전 이곳에서 베드로가 그물을 끌어당기고 예수님이 베드로를 지그시 쳐다보며 당부하셨을 그 감동을 상상해 보기에 너무나 충분한 곳이다.

교회의 안으로 들어가면 그다지 크지 않은 내부이지만 정면에 작은 바위가 보이는데, 예수님이 제자들과 함께 조반을 먹은 곳으로 알려져 있다. 이 교회는 1933년에 세워진 건물로 우리에게 친근한 건축방식으로 되어 있다.

Google Earth, church of saint primacy

📞개장시간 매일 8:00~18:00 📞입장요금 무료

퀴즈 24 : 베드로수위권교회로 들어가는 입구의 왼쪽 철문 위쪽에는 예수님이 제자들과 함께
식사하는 장면이 부조로 조각이 되어 있다. 이 조각에서 예수님과 함께 식사하는
제자들은 모두 몇 명일까?

팔복교회
(Church of The Mount of Beatitudes)

마태복음 5장을 보면, 예수님이 여덟 가지 복에 관하여 설교하신 내용이 나온다. 그 설교를 하신 곳으로 알려진 장소가 현재 팔복교회가 세워져 있는 곳이다. 이곳은 타브하 지역에서 높은 위치에 있기 때문에 여기서 바라보는 갈릴리 호수의 경관은 이루 말할 수 없이 아름답다.

바로 이곳에서 갈릴리 바닷바람에 머리카락을 흩날리며 군중들에게 여덟 가지 복에 관하여 설교하셨을 예수님을 생각하면 저절로 입에서 찬송이 흘러나온다. 그래서 이곳을 찾는 많은 순례객 중에 목회자들은 예수님이 하셨던 것처럼 설교를 하고 싶어 하는지도 모른다. 팔복교회는 1937년에 세워졌고 교회의 형태는 팔각형으로 되어 있는데, 여덟 가지 복을 의미한다고 한다.

Google Earth, Church of the Mount of Beatitudes

↳ 찾아가는 법
오병이어교회에서 호수 반대쪽의 언덕 위에 우뚝 서 있는 팔복교회가 보이는데, 이곳으로 가기 위해서는 타브하 삼거리에서 위쪽으로 올라가면 된다.
↳ 개장시간 매일 8:00~12:00, 14:30~17:00
↳ 입장요금 무료(주차요금 5NIS를 따로 받는다)

관련성구
"예수께서 무리를 보시고 산에 올라가 앉으시니 제자들이 나아온지라 입을 열어 가르쳐 이르시되 심령이 가난한 자는 복이 있나니 천국이 그들의 것임이요 애통하는 자는 복이 있나니 그들이 위로를 받을 것임이요 온유한 자는 복이 있나니 그들이 땅을 기업으로 받을 것임이요 의에 주리고 목마른 자는 복이 있나니 그들이 배부를 것임이요 긍휼히 여기는 자는 복이 있나니 그들이 긍휼히 여김을 받을 것임이요 마음이 청결한 자는 복이 있나니 그들이 하나님을 볼 것임이요 화평하게 하는 자는 복이 있나니 그들이 하나님의 아들이라 일컬음을 받을 것임이요 의를 위하여 박해를 받은 자는 복이 있나니 천국이 그들의 것임이라 나로 말미암아 너희를 욕하고 박해하고 거짓으로 너희를 거슬러 모든 악한 말을 할 때에는 너희에게 복이 있나니 기뻐하고 즐거워하라 하늘에서 너희의 상이 큼이라 너희 전에 있던 선지자들도 이같이 박해하였느니라"(마 5:1~12)

퀴즈 25 : 팔복교회 내부로 들어가는 입구 위에는 작은 종이 매달려 있다. 몇 개의 종이 매달려 있을까?

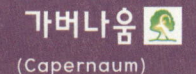

가버나움
(Capernaum)

가버나움은 예수님이 첫 공생애 기간 동안 보내셨던 곳으로 약 20개월 정도 이곳에서 머문 것으로 알려져 있다. 뿐만 아니라 예수님은 이곳에서 많은 기적을 베풀었다. 회당에서 사람들을 가르쳤으며, 베드로의 장모와 백부장의 하인, 혈루증을 앓고 있는 여인을 고쳐주셨고, 중풍병 환자를 일어서게 하셨으며, 소경을 눈뜨게 해주셨다. 그리고 손마른 자를 비롯하여 예수님께 찾아온 수많은 환자를 낫게 해 준 곳이 가버나움이다.

현재의 가버나움에 가면 옛 회당자리가 있는데, 예수님 당시에 세워진 회당터 위에 다시 비잔틴 시대인 4세기경 교회를 세웠던 흔적이 아직 남아 있어 그 당시 회당 터를 볼 수 있다. 그리고 오른쪽으로 베드로의 집이라고 알려진 곳에 교회가 세워져 있다.

베드로의 집터 위에 세워진 교회 내부

Google Earth, Capernaum

⤷ 찾아가는 법

베드로수위권교회에서 호숫가 도로를 따라 호수의 서쪽으로 약 2.2km 가다 보면 오른쪽으로 입구가 보인다.

⤷ 개장시간 매일 8:30~16:15　⤷ 입장요금 일반 학생 구분 없이 3NIS

관련성구

베드로의 장모를 고치심

"예수께서 베드로의 집에 들어가사 그의 장모가 열병으로 앓아 누운 것을 보시고 그의 손을 만지시니 열병이 떠나가고 여인이 일어나서 예수께 수종들더라"(마 8:14~15)

백부장의 하인을 낫게 하심

"…예수께서 들으시고 놀랍게 여겨 따르는 자들에게 이르시되 내가 진실로 너희에게 이르노니 이스라엘 중 아무에게서도 이만한 믿음을 보지 못하였노라 또 너희에게 이르노니 동 서로부터 많은 사람이 이르러 아브라함과 이삭과 야곱과 함께 천국에 앉으려니와 그 나라의 본 자손들은 바깥 어두운 데 쫓겨나 거기서 울며 이를 갈게 되리라 예수께서 백부장에게 이르시되 가라 네 믿은 대로 될지어다 하시니 그 즉시 하인이 나으니라"(마 8:5~13)

중풍병자를 일어서게 하심

"…중풍병자에게 말씀하시되 일어나 네 침상을 가지고 집으로 가라 하시니 그가 일어나 집으로 돌아가거늘 무리가 보고 두려워하며 이런 권능을 사람에게 주신 하나님께 영광을 돌리니라"(마 9:1~8)

혈루증을 앓고 있는 여인을 낫게 하심

"열두 해 동안이나 혈루증으로 앓는 여자가 예수의 뒤로 와서 그 겉옷 가를 만지니 이는 제 마음에 그 겉옷만 만져도 구원을 받겠다 함이라 예수께서 돌이켜 그를 보시며 이르시되 딸아 안심하라 네 믿음이 너를 구원하였다 하시니 여자가 그 즉시 구원을 받으니라"(마 9:20~22)

소경과 벙어리를 고치심

"…이에 예수께서 그들의 눈을 만지시며 이르시되 너희 믿음대로 되라 하시니 그 눈들이 밝아진지라 예수께서 엄히 경고하시되 삼가 아무에게도 알리지 말라 하셨으나 그들이 나가서 예수의 소문을 그 온 땅에 퍼뜨리니라 그들이 나갈 때에 귀신 들려 말 못하는 사람을 예수께 데려오니 귀신이 쫓겨나고…"(마 9:27~35)

퀴즈 26 : 가버나움의 베드로의 집 앞에는 베드로가 한손에는 지팡이를 들고, 다른 한손에는 열쇠를 들고 있는 동상이 있는데, 베드로의 발 앞에 물고기 조각도 함께 있다. 물고기는 모두 몇 마리일까?

고라짐(Korazim)

팔복교회를 나와 그 길로 다시 약 4km 정도 가다 보면 오른쪽에 고라짐이라는 유적지가 나오는데, 예수님 당시 갈릴리 북부 지역 중 가버나움과 벳새다와 함께 가장 융성했던 마을 중 하나이다. 하지만 예수님은 이 마을과 함께 벳새다 등을 회개하지 않는 마을이라며 책망하기도 했다(마 11:20~21). 이곳에 가면 갈릴리 호수가 한눈에 보이는데, 특이한 것은 이 지역에서 나오는 검은색의 현무암으로 도시가 건설되었다는 것이다. Google Earth, Korazim

↳찾아가는 법
팔복교회를 나와 좌측으로 가면 오병이어교회가 있는 타브하로 가는 길이고, 우측으로 가면 알마고(Almagor)로 가는 길이다. 이 도로를 따라 약 6km 정도 가다 보면 오른쪽에 입구가 나온다.
↳개장시간 4~9월 08:00~17:00, 10~3월 08:00~16:00
↳입장요금 개인 : 일반 18NIS, 어린이 8NIS
　　　　　　그룹 : 일반 15NIS, 어린이 7NIS
↳Tel. 04-693-4982

관련성구
"예수께서 권능을 가장 많이 행하신 고을들이 회개하지 아니하므로 그 때에 책망하시되 화 있을진저 고라신아 화 있을진저 벳새다야 너희에게 행한 모든 권능을 두로와 시돈에서 행하였더라면 그들이 벌써 베옷을 입고 재에 앉아 회개하였으리라 내가 너희에게 이르노니 심판 날에 두로와 시돈이 너희보다 견디기 쉬우리라 가버나움아 네가 하늘에까지 높아지겠느냐 음부에까지 낮아지리라 네게 행한 모든 권능을 소돔에서 행하였더라면 그 성이 오늘까지 있었으리라 내가 너희에게 이르노니 심판 날에 소돔 땅이 너보다 견디기 쉬우리라 하시니라"(마 11:20~24)

요단강(Jordan River)

갈릴리 북부 지역인 헬몬산에서 시작되는 요단강 물줄기는 훌라 계곡을 따라 내려와 갈릴리 호수에 이르게 된다. 그리고 그 물은 다시 갈릴리 호수의 남쪽 부분의 요단강을 타고 사해로 흘러 들어가 그곳에서 증발된다. 가버나움을 나와서 호숫가 도로를 따라 서쪽으로 약 5km 정도 가다 보면 다리를 건너게 되는데, 이곳이 갈릴리 호수로 들어가는 요단강물의 입구 부분이 된다. 생각보다는 작은 규모의 요단강물이지만 다리 위에서 내려다보는 경험도 그럴 듯하다. 그러

나 차는 주차할 곳이 없어 잠깐 세워놓고 봐야 한다.

벳새다(Bethsaida)

벳세다는 고기 잡는 마을이라는 뜻으로 빌립과 안드레와 베드로가 이 마을의 출신으로 예수님의 제자를 많이 배출한 마을이다. 뿐만 아니라 예수님은 갈릴리 지방에서 가버나움과 고라짐과 이곳 벳새다를 중심으로 활동하셨다. 하지만 예수님은 회개하지 않는 벳새다 사람들을 책망하셨다. 현재 이곳에 가면 예수님 당시의 벳새다 마을 유적지를 볼 수 있다.

✎찾아가는 법 요단강 다리를 건너 약 2km 정도 가다 보면 왼쪽으로 들어가는 888번 도로를 만나게 되는데, 이 도로를 따라 좌회전해서 1km 정도 가면 왼쪽에 입구가 보인다.

관련성구
"이튿날 예수께서 갈릴리로 나가려 하시다가 빌립을 만나 이르시되 나를 따르라 하시니 빌립은 안드레와 베드로와 한 동네 벳새다 사람이라"(요 1:43~44)
"화 있을진저 고라신아 화 있을진저 벳새다야 너희에게 행한 모든 권능을 두로와 시돈에서 행하였더라면 그들이 벌써 베옷을 입고 재에 앉아 회개하였으리라"(마 11:21, 눅 10:13)

거라사(Kursi)

갈릴리 호수를 한 바퀴 돌다보면 왼쪽에 골란고원으로 올라가는 길을 만나게 된다. 이 길목의 오른쪽에 거라사가 있다. 현재는 Kursi라는 아랍어로 지명이 되어 있지만, 거라사는 예수님이 귀신 들린 사람의 속에 있던 귀신들을 내어 쫓아 2천 마리의 돼지 떼에게 들어가게 하시고 그 돼지 떼들을 갈릴리 호수의 물속에 빠지게 했던 곳이다. 지금 남아있는 유적들은 5세기경의 비잔틴 시대의 것으로 알려져 있다. 1967년 6일 전쟁 이후 골란고원으로 올라가는 도로를 공사하다가 우연히 발굴되었다고 한다. Google Earth, kursi Mozaic

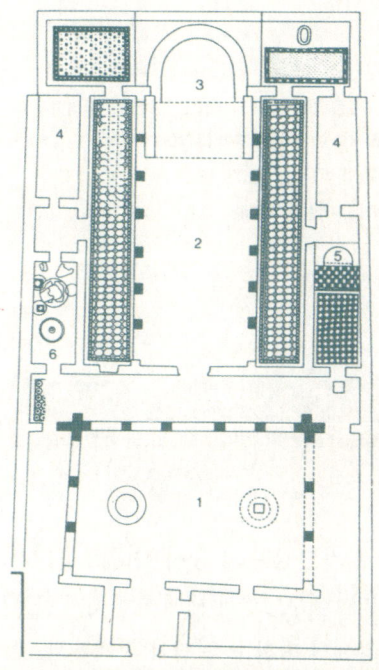

관련 성구
"그들이 갈릴리 맞은편 거라사인의 땅에 이르러 예수께서 육지에 내리시매 그 도시 사람으로서 귀신 들린 자 하나가 예수를 만나니 그 사람은 오래 옷을 입지 아니하며 집에 거하지도 아니하고 무덤 사이에 거하는 자라…"(눅 8:26~39)

텔단(Tel Dan)

텔 단은 야곱의 열두 지파 중 단 지파가 정착을 한 곳이다. 이곳은 이스라엘 지역 중에서 가장 숲이 많고 물이 많은 곳이 아닐까 싶은데, 마치 깊은 숲속에 들어온 것 같은 착각이 들 정도로 공원을 아름답게 꾸며놓았다. 이곳은 갈릴리 호수와 사해로 들어가는 요단강의 발원지인데, 요단강이라고 하는 단어도 단에서 흘러내려오는 물이라는 뜻이다.

물이 많고 비옥해서 기원전 2500년부터 사람들이 살았고 자연 조건이 너무 좋고 풍요로워서인지 이방신을 섬기는 일이 많았다. 솔로몬 왕 이후 남북으로 갈라진 뒤 여로보암은 금송아지 신상을 벧엘과 이곳 단에 세워 숭배하게 하였다. 이곳에는 그때 만든 제단이 발굴되어 있고 신석기 시대와 청동기 시대 등 각 시대별로 각종 유물이 출토되어

전시되고 있다.   Google Earth, Tel Dan

↳찾아가는 법
팔복교회의 앞에 있는 90번 도로를 타고 약 40km 정도 북쪽으로 올라가서 다시 99번 도로를 타고 약 11km 정도 더 가면 입구가 나온다.
↳개장시간 4~9월 08:00~17:00, 10~3월 08:00~16:00
↳입장요금 개인 : 일반 23NIS, 어린이 12NIS, 그룹 : 일반 19NIS, 어린이 11NIS
↳Tel. 04-695-1579, Fax. 04-695-0128

관련성구
"이에 계획하고 두 금송아지를 만들고 무리에게 말하기를 너희가 다시는 예루살렘에 올라갈 것이 없도다 이스라엘아 이는 너희를 애굽 땅에서 인도하여 올린 너희의 신들이라 하고 하나는 벧엘에 두고 하나는 단에 둔지라" (왕상 12:28~29)
"이에 모든 이스라엘 자손이 단에서부터 브엘세바까지와 길르앗 땅에서 나와서 그 회중이 일제히 미스바에서 여호와 앞에 모였으니" (삿 20:1)

야르데니트
(Yardenit)

갈릴리 호수의 남쪽으로 가면 호수의 물이 사해로 흘러가는데 이 강물이 요단강이다. 예수님께서 세례 요한에게 물로 세례를 받으셨다는 요단강에서 직접 몸을 담가 침례를 할 수 있도록 장소를 마련해 놓았는데, 이곳이 야르데니트이다.

물론 예수님이 요한으로부터 침례를 받은 곳은 아니다. 하지만 이곳에 요단강 물속에 걸어서 들어갈 수 있도록 계단을 설치해 놓았고, 옷을 갈아입고 샤워를 할 수 있는 곳도 준비되어 있어서 많은 순례객들이 찾는다. 요단강 물속에 들어가는데 입는 하얀 옷은 돈을 받고 빌려준다. 미리 예약을 하면 단체로 침례를 할 수 있다.

기념품 가게에서는 각종 기독교 관련 기념품과 특히 요단강 물과 올리브기름, 예루살렘의 흙 등을 병에 담아 팔기도 한다. 모든 기념품들은 면세가격으로 판매하는데, 세금은 텔아비브 공항 내부의 세금환급센터(Tax Refund Center)에서 되돌려 받을 수 있다.

Google Earth, Yardenit

↳찾아가는 법 티베리아 시내에서 해안가 도로를 타고 약 9.5km 정도 가면 갈릴리 호수에서 사해로 흘러가는 요단강 위의 다리를 만나게 된다. 이 다리를 건너기 바로 직전 우회전하면 곧바로 왼쪽에 입구가 나온다.
↳개장시간 3~11월 (일요일~목요일 08:00~18:00, 금요일 08:00~16:00, 토요일 08:00~18:00)
12~2월(일요일~목요일 08:00~17:00, 금요일 08:00~16:00, 토요일 08:00~17:00)

침례시간
3~11월(일요일~목요일 08:00~17:00, 금요일 08:00~15:00)
12~2월(일요일~목요일 08:00~16:00, 금요일 08:00~15:00)
📞입장요금 무료 📞주소 : Jordan Valley 15118 Israel.
📞Tel. 04-675-9111, 📞Fax. 04-675-9129
📞E-mail : yardenit@kinneret.org.il
Website : www.yardenit.com

관련성구
"이 때에 예수께서 갈릴리로부터 요단 강에 이르러 요한에게 세례를 받으려 하시니 요한이 말려 이르되 내가 당신에게서 세례를 받아야 할 터인데 당신이 내게로 오시나이까 예수께서 대답하여 이르시되 이제 허락하라 우리가 이와 같이 하여 모든 의를 이루는 것이 합당하니라 하시니 이에 요한이 허락하는지라 예수께서 세례를 받으시고 곧 물에서 올라오실새 하늘이 열리고 하나님의 성령이 비둘기 같이 내려 자기 위에 임하심을 보시더니 하늘로부터 소리가 있어 말씀하시되 이는 내 사랑하는 아들이요 내 기뻐하는 자라 하시니라"(마 3:13~17)

갈릴리 체험
(Galilee Experience)

갈릴리에 간직된 4천 년의 긴 역사를 36분의 짧은 시간에 되살릴 수 있을까? 갈릴리 체험관에서 그 모든 것이 가능하다. 갈릴리에서 사역하시던 예수의 삶과 이 고장 역사에 등장했던 인물들의 이야기를 컴퓨터로 조종되는 27대의 슬라이드 기계가 교육적이고 흥미 있게 보여준다. 입구에서 한국인임을 알려주면 한국어로 된 통역기를 나누어준다. 그리고 기독교와 유대교에 관련된 품질 좋은 여러 가지 책과 음반, 소품 등을 판매한다.

📞**찾아가는 법**
티베리아 시내에서 호숫가 쪽으로 걸어가면 마치 바지선처럼 호수 위에 지어진 커다란 건물이 있는데, 그 건물 2층에 있다.
📞입장요금 개인 6$, 단체 4~5$
📞주소 : P.O. Box 1693 Tiberias, 14115 Israel
📞Tel. (0)4-672-3195, Fax. (0)4-672-3195
Website : www.thegalileeexperience.com

하맛 가데르
(Hammat Gader)

하맛 가데르는 가데라의 온천이라는 뜻으로 과거 2세기에서 10세기까지 로마시대 때 만들어진 천연야외온천으로 지금까지 그 명맥을 유지해 오고 있는 갈릴리 지역 최대의 휴양온천이다. 이곳에는 비잔틴 시대의 온천과 모슬렘 시대의 온천으로 크게 두 가지 구역으로 나눠지고 지금도 땅속에서 솟아오르는 간헐천에서 뜨거운 물을 받아 현대화된 야외수영장에서 온천을 즐길 수 있도록 해놓았다.

이곳의 온천물은 피부병과 류마티스에 효과가 있는 것으로 알려져 많은 관광객이 찾고 있다. 과거 백 년 전의 오래된 고대 유적지에 흐르고 있는 온천물에서 피곤해진 몸을 푸는 경험도 색다르다. 이곳에서는 별도의 요금을 받고 마사지를 해주고 있으며, 어린이들을 위해서 악어 농장도 운영하고 있다. Google Earth, Hammat Gader

찾아가는 법
버스로 갈 때에는, 일요일부터 목요일까지 24번 버스가 티베리아 중앙터미널에서 08:45, 10:30 두 번 출발하고, 금요일에는 08:30, 09:30에 출발한다. 하맛 가데르에서 돌아오는 버스는 15:00에 한 번 있고 금요일에는 12:00, 13:00에 출발한다.
자동차로 갈 때에는, 티베리아 시내에서 갈릴리 호수 남쪽으로 가는 도로를 이용해서 약 10km 정도 호수를 끼고 달리다 보면 예루살렘으로 가는 90번 도로를 만나게 된다. 이곳을 지나서 약 1.5km 정도 더 가다 보면 오른쪽으로 하맛 가데르로 가는 표지판을 만나게 된다. 이곳에서 우회전해서 96번 도로를 따라 들어가면 오른쪽에 요르단과의 국경을 끼고 달리게 되는데, 이 도로를 따라서 가면 하맛 가데르에 도착한다.

개장시간
일요일 07:00~17:00, 월요일~수요일 07:00~21:00
목요일~금요일 07:00~23:00, 토요일 07:00~19:00

입장요금
일요일~목요일 73NIS, 금요일, 토요일 84NIS
일요일부터 목요일까지, 토요일 오후 5시 이후 55NIS
16세 이하의 어린이는 25% 할인
Tel. 04-665-9999, Fax. 04-665-9998
Website www.hamat-gader.com

카약 타기

갈릴리 호수로 들어가는 요단강 상류는 급류로 흐른다. 이 급류를 래프팅하면서 즐기기 좋은 곳이 아부 카약이다. 갈릴리 호수를 한 여름에 찾게 된다면 아부 카약에 가서 래프팅을 즐기며 밀림처럼 우거진 갈릴리 위쪽 지역의 숲속을 만끽해 보는 것도 좋다. 여름에만 운영을 한다.

Abukayak

가버나움에서 87번 도로를 타고 달리다 보면 요단강 상류 부분의 다리를 건너게 되는데, 이 다리를 건너서 조금만 더 가면 왼쪽으로 888번 도로와 만나게 된다. 이 도로를 따라서 조금만 가면 왼쪽에 있다.

↳개장시간 3~11월 09:00~17:00 ↳Tel. 04-692-1078, Fax. 04-692-1104
↳Website : www.abukayak.co.il

Kfar Blum

티베리아에서 갈릴리 호수 북쪽으로 가는 90번 도로를 타고 북쪽으로 가다가 팔복교회로 가는 도로를 타고 약 30km 정도 더 북쪽으로 올라가면 오른쪽으로 977번 도로가 나오고 약 2.5km 정도 더 가면 왼쪽에 Kfar Blum이라는 표지판이 나오는데, 이 길을 따라 가면 된다.

↳요금 래프팅 75분 75NIS, 2시간 30분 109NIS, 로프타기 70NIS
↳Tel. 04-690-2221 ↳E-mail : kayaks@kbm.org.il ↳Website : www.kayaks.co.il

갈릴리 호수를 자전거로 돌기

갈릴리 호수 근처에 있는 숙소에서는 대개 60세켈 정도 받고 자전거를 대여해 주고 있다.

자전거로 갈릴리 호수 주변의 여러 유적지를 둘러보며 한 바퀴 도는 데는 약 10시간 정도 걸린다. 한낮의 뜨거운 햇빛 때문에 아침 일찍 출발하는 것이 좋다. 워낙 멀고 힘들기 때문에 웬만한 체력과 인내심이 아니면 시도하지 않는 게 좋다. 중간에 힘이 든다고 포기할 수도 없고 자전거가 있으면 히치하이킹도 불가능하다. 출발할 때는 물도 충분히 가져가야 하고 화상도 주의해야 한다.

베드로 고기(Peter Fish)

갈릴리 호수의 특산물은 역시 피터피쉬이다. 티베리아에 있는 많은 식당에서 피터피쉬를 팔고 있는데, 예수님의 제자 베드로가 갈릴리 호수에서 잡던 고기라고 해서 피터피쉬라고 한다. 정작 이곳 사람들은 피터피쉬라고 이름이 붙여진 이유를 잘 알지 못하고 있다. 고기의 내장을 빼고 기름에 튀긴 것이 요리의 전부, 그래서 특별한 맛은 없지만 가격은 비싼 편이다. 하지만 갈릴리 호수에서 잡은 고기, 더구나 베드로가 잡았던 고기는 과연 어떤 고기였는지, 아마도 예수님께서도 이 고기를 드셨을지도 모른다고 생각된다면 한 번 먹어보는 것도 좋을 듯하다.

갈릴리 호수에서는 배를 타고 물살을 가르면서 기도와 묵상의 시간을 가질 수 있다. 주위에 둘러싸인 언덕들 가운데 해저 222m에 위치한 갈릴리 호수를 바라보고 있으면 2천 년 세월을 뛰어넘어 옛 모습을 그대로 간직하고 있는 현장감을 느끼게 한다.

갈릴리 호수에는 여러 척의 유람선이 관광객들을 위해서 운항하고 있다. 해질 무렵 빨갛게 물든 갈릴리 호수 위에서 바람을 맞으며 예수님을 생각하는 것은 정말 잊지 못할 추억이 될 것이다. 티베리아 시내에서 북쪽으로 약 15분 정도 걸어가다 보면 리도(Lido)유람선 선착장 간판이 보인다. 입구에서 한 사람당 25세켈을 내고 타면 한 시간 정도 갈릴리 호수 위를 운항한다.

배는 두 가지인데 예수님 당시의 고깃배 모양을 한 앤티크(Antique)와 현대화된 스타일이다. 앤티크 스타일의 배는 주로 관광객들이 많이 이용하고, 현대 스타일의 배는 아랍 관광객들이 많이 이용한다. 앤티크 스타일을 타면 찬송가나 복음성가를 틀어주는데, 한국에서 왔다고 하면 한국의 복음성가를 틀어준다. 하지만 아랍 관광객들이 주로 이용하는 현대화된 배를 타면 아랍 음악에 맞춰 아랍 관광객들이 춤을 추고 즐기는 모습을 볼 수 있다.

하지만 정기적으로 운항하는 것이 아니라 주로 단체나 그룹으로 예약을 하고 오는 관광객들을 위해 운항하므로 운항시간이 따로 정해져 있지 않다. 그래서 개인적으로 찾아가면 한두 사람만을 위해 운항을 하지 않으므로 미리 전화로 문의를 하고 찾아가거나 직접 찾아가서 단체가 올 때를 기다렸다가 타야 한다.

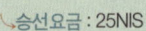
승선요금 : 25NIS
Tel. 672-1538, 679-2564, Fax. 04-679-0470
E-mail : decks@barak.net.il
Website : www.lido-galilee.com

티베리아 안내센터
(Information Center)

갈릴리 호수 주변의 숙소와 즐길 거리 등의 안내 팸플릿과 지도를 무료로 나눠준다.

↳찾아가는 법
십자군의 도시 바로 옆에 있다.
↳개장시간
일요일~목요일 09:00~16:30, 금요일 09:00~13:00
↳Tel. 04-672-5666

알짜정보

갈릴리 호수에는 조개가 많다.

갈릴리 호수에는 마음대로 들어가서 수영할 수 있는 곳이 많다. 하지만 수심이 깊은 곳이 많기 때문에 조심해야 한다. 그리고 호수의 바닥에는 조개가 많다. 발바닥에 밟히는 진흙바닥에는 크고 작은 조개들이 널려있기 때문에 수경을 하고 잠수하면 많은 조개들을 잡을 수 있다. 하지만 조개를 좋아하지 않고 먹지 않는 이스라엘 사람들 앞에서 요리를 해 먹는 것은 금물이다. 갈릴리 호수에서 건져 올린 조개요리는 정말 일품이다.

밤거리에는 세계의 젊은이가…

밤만 되면 갈릴리 호수 주변에는 세계에서 몰려 든 젊은이들이 모여 밤을 즐긴다. 작은 가판대를 만들어 놓고 액세서리나 기념품들을 판매하는 사람들, 그리고 외국에서 온 여행자들이 자신에게 필요 없는 물건, 예를 들면 다른 나라의 가이드북이나 여행에서 쓸모없어진 물건들을 헐값에 팔기도 하고 물물교환 하는 모습을 볼 수 있으며, 야외에 커다란 스크린을 설치해 놓고 무료로 영화를 상영해 주기도 한다. 티베리아에서의 밤이 무료하다면 이곳에 나가보는 것도 색다른 체험이 될 것이다.

히치가 잘 된다.

이스라엘은 전반적으로 히치가 잘 되는 편이다. 매우 덥기 때문에 길에서 땀을 흘리며 차를 잡지 못해 고생하는 사람들을 보면 지나가던 차들이 멈춰 서서 태워준다. 더구나 커다란 배낭을 메고 있거나 짐이 많이 있는 여행자들을 보면 잘 태워준다. 하지만 밤늦게 히치를 하거나 여자끼리 히치를 하는 것은 위험하다.

티베리아의 숙소

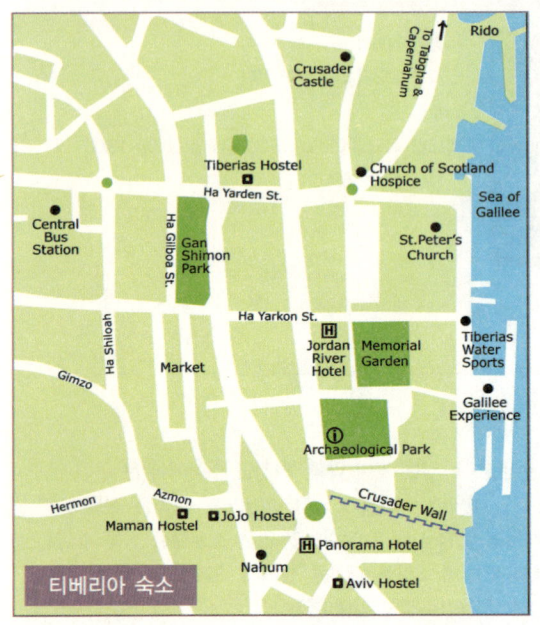

티베리아는 순례객 뿐만 아니라 이스라엘의 여행자 및 세계 여러 나라에서 찾아온 휴양객들로 항상 북적거리는 도시답게 값비싼 호텔에서부터 값싼 호스텔에 이르기까지 숙소가 다양하고 많다.

특히 티베리아의 버스터미널에 도착하면 각 호스텔에서 나온 호객꾼들이 다가와서 작은 전단지를 나눠주며 자기 호스텔로 가서 묵으라고 얘기한다. 이 사람 저 사람의 이야기를 듣고 적당한 가격과 적당한 시설의 호스텔을 정하면 호객꾼의 차를 타고 호스텔까지 가면된다. 티베리아는 끝에서부터 끝까지 걸어 다닐 정도로 작은 도시이지만, 그래도 무더운 티베리아의 날씨에 호객꾼이 태워주는 차를 타고 가는 것도 괜찮다.

나훔(Nahum Hostel)

갈릴리 호수 주변에서 많이 볼 수 있는 검은색 돌로 지은 이 호스텔은 시내에서 약간 벗어나서 비교적 조용한 곳이다. 방마다 에어컨과 샤워실, 주방이 마련되어 있고, 특히 옥상에 마련된 여러 개의 파라솔에 앉아 있으면 갈릴리 호수가 한눈에 들어와 전망이 좋다. 하지만 뜨거운 물이 저녁 6시부터 9시까지밖에 안 나온다는 점을 기억해야 한다.

이 호스텔의 주인 야코브 아저씨는 마음씨가 좋고 말하는 것을 좋아해 밤에 사무실로 찾아가면 이런 저런 이야기를 많이 해준다.

요금 : 도미토리 35NIS, 싱글 120NIS
주소 : Tabor Street, Tel. 04-672-1505

조조(JoJo Hostel)

방안이 깨끗하고 다른 호스텔에 비해 주방이 깨끗하며 앞마당이 있어서 여름에는 탁자에 앉아 식사를 하고 커피를 마시며 이야기를 나누기에 좋다. 방과 앞마당이 떨어져 있어서 마당에서 떠드는 소리가 방안까지 잘 들리지는 않는다. 그러나 주방과 화장실, 샤워실이 방안에 있지 않아 공동으로 사용해야 하는 불편함이 있지만, 조용하고 깨끗한 방을 원한다면 이 호스텔도 좋다.

요금 : 도미토리 30NIS, 싱글 100NIS, 더블 100NIS
Tel. 04-679-1042

마망(Maman Hostel)

티베리아 지역에 있는 호스텔 중에서 제일 고급스럽고 깨끗하며 방안도 호텔처럼 잘 정돈되어 있다. 1980년에 오픈한 이후 계속해서 리모델링을 해서 지금은 아주 깔끔하고 고급스러운 곳인데, 주인은 인터넷도 된다고 하지만 연결 속도가 별로 좋지 않아 메일을 보내려면 인내가 필요하다. 하지만 방안에 간단한 요리를 해 먹을 수 있는 주방 시스템이 갖춰져 있고 샤워실에는 욕조도 있다. 여름에는 호스텔 바로 옆에 있는 작은 풀장에서 수영도 할 수 있다.

이 호스텔은 도미토리는 없고 프라이빗 룸밖에 없는데 요금이 다른 곳에 비해 조금 비싸다. 하지만 비싼 만큼 값어치는 충분하다.

요금 : 싱글 150NIS, 더블 200NIS
Tel. 04-679-2986, Fax. 04-679-1240
Website : www.maman-mansion.co.il

아비브(Aviv Hostel)

도로 바로 옆에 있는 곳이라 찾기 쉽고, 베란다에서 내다보면 갈릴리 호수가 보이며, 시설은 그다지 좋지 않다. 종업원들의 서비스가 엉망이라 별로 추천하고 싶지는 않다. 주방이 있다고 하지만 말만 주방이지 거의 폐가와 마찬가지다.

1층 로비에는 음료수 자판기가 있고 각종 지도와 여행 상품 전단지가 구비되어 있다. 냉장고와 렌지가 있는 키친이 있어서 얼마든지 요리를 해 먹을 수 있다. 밤에는 여행자들이 테라스에 앉아 이야기를 나누고 라운지에서는 텔레비전을 볼 수도 있다.

요금 : 어른 25NIS, 학생 20NIS
Tel. 06-720-007, 06-723-510
Website : www.aviv-hotel.co.il

파노라마(Panorama Hostel)

아비브 호스텔에서 시내쪽 길가에 있는 호스텔로 비교적 깨끗하고 조용한 곳이다. 방마다 에어컨과 샤워실, 화장실, TV가 있고 주인도 친절하다. 그러나 도미토리는 없지만 20명 이상일 경우 25세켈에 아침식사를 제공한다. 체크인은 오전 11시이고, 체크아웃 오후 11시이다.

요금 : 싱글 100NIS, 더블 150NIS

티베리아(Tiberias Hostel)

시내 한복판에 있는 건물의 3층에 있는 호스텔로 깨끗하다. 주변에 은행과 세탁소, 버스종점, 상가 등이 있어서 편리하고 인터넷도 가능하다.

1층에는 ATM기계도 있다. 방마다 에어컨이 있으며, 주방이나 사물함도 있고, 비디오테이프를 빌려주기도 한다. 프론트에 부탁하면 자전거도 빌려준다.

요금 : 도미토리 70NIS, 싱글 125NIS, 더블 250NIS
주소 : Rabbin Square, Tiberias, Tel. 04-679-2611
E-mail : m11111@012.net.il

유용한 전화번호

경찰서 100* 앰뷸런스 101* 안내센터 672-5666 버스터미널 672-9222
택시회사 Alon 671-6969 Aviv 672-0098 Emek 672-0131
은행 Leumi 672-7111 Discount 672-8333 First Information 670-0200 / Hapoalim 679-8411, Mizrachi 679-1190

2. 갈릴리 남부 지방

벳샨
(Beit She'an)

벳샨은 조용한 동네라는 의미에 걸맞게 현재 1만 6천여 명의 유대인들이 한가롭게 모여 살고 있는 갈릴리 남부 도시이다. 높은 빌딩도 없고 시끄럽게 오고 가는 차도 많지 않다. 다만 예루살렘에서 티베리아로 가는 차들, 멀지 않은 아폴라나 하이파 쪽으로 가는 차들만이 조용히 통과하고 있다. 지금도 이렇게 벳샨은 이스라엘의 남과 북, 그리고 허리를 잇는 중요한 도로의 역할을 하고 있는데 사실은 벳샨의 이런 교통 요충지로서의 역할은 수천 년 전에도 감당했었다.

땅이 비옥하고 멀리 떨어지지 않은 길보아산의 끝부분에 있는 하롯샘에서 흘러나오는 샘물은 늘 풍성했기 때문에 BC 3천 년 전부터 이곳에는 사람이 살고 있었다. 지금처럼 먼 길을 오고 가는 여행자들과 상인들이 바쁘게 다니던 곳이었으니 벳샨은 거의 5천 년의 역사를 가진 도시이다.

여호수아가 가나안 땅에 들어와서 벳샨을 므낫세 지파에게 나누어주었지만 철병거를 가진 이 도시를 정복하지는 못했었다.

사울 왕 때는 이곳 근처에 있는 길보아산에서 사울 왕이 블레셋과 전투를 벌이다가 전사를 하자 벳샨 성벽에 목이 잘려 나간 그의 시체를 내 걸게 된 굴욕의 도시가 된다. 그 후에 솔로몬은 이 도시를 정복해서 매달 한 번씩 곡물을 바치게 하고 BC 3세기경에는 헬라인들이 다시 이곳을 정복하여 이름을 스키도폴리스(Scythopolis)로 바꾸었다가 그 후로 여러 차례 주인이 바뀌었으며, AD 66년에는 로마에 반란을 일으킨 이곳 주민 1만 3천여 명의 유대인들을 집단으로 학살하기도 하였다.

그러나 4세기에 들어서면서 벳샨은 대규모의 도시로 발전하게 되었고, 현재 남아있는 유적지의 대부분이 그때 만들어진 것들이다. 이곳에 가면 AD 2세기경 건축된 7천 명을 수용할 수 있는 커다란 원형극장과 그 후에 만들어진 목욕탕, 모자이크가 새겨진 거리 등이 남아있다. Google Earth, Beit She' an

↳찾아가는 법
예루살렘에서 여리고를 지나 티베리아로 가는 90번 도로를 따라 북쪽으로 약 80km 정도 달리다 보면 벳샨이라는 마을의 로터리를 만나게 된다. 이 로터리를 지나 그 다음 삼거리에서 좌회전해서 약 200m 정도 가면 오른쪽에 벳샨국립공원의 입구가 나온다.
↳개장시간
4~9월 일요일~목요일 08:00~20:00, 금요일~ 토요일 08:00~17:00, 10~3월 08:00~16:00
↳입장요금
개인 : 일반 23NIS, 어린이 12NIS, 그룹 : 일반 19NIS, 어린이 11NIS ↳Tel. 04-658-7189

관련성구
"그 이튿날 블레셋 사람들이 죽은 자를 벗기러 왔다가 사울과 그 세 아들이 길보아 산에서 죽은 것을 보고 사울의 머리를 베고 그 갑옷을 벗기고 자기들의 신당과 백성에게 전파하기 위하여 그것을 블레셋 사람의 땅 사방에 보내고 그 갑옷은 아스다롯의 집에 두고 그 시체는 벳산 성벽에 못 박으매 길르앗 야베스 거민이 블레셋 사람들의 사울에게 행한 일을 듣고…"(사무엘상 31:8-13)

샤흐네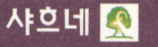
(Gan Hashlosha〈Sahne〉)

미국의 유명한 잡지 타임스지가 선정한 지구상에서 가장 아름다운 곳 베스트 10위 안에 든 샤흐네는 길보아산에서 흘러내려오는 온천물을 이용한 천연의 온천 야외 풀장이다. 샤흐네라고도 하고 Gan Hashlosha National Park라고도 불리는 이곳은 일 년 내내 28도의 따뜻한 물이 흐르고 있어 수영하기에 아주 좋다.

이곳에 들어가면 넓은 잔디밭과 그동안 이스라엘에서 보기 힘들었던 울창한 수풀이 방문자를 맞이하는데, 곳곳에 마련되어 있는 야외그릴에서 한가롭게 고기를 구워먹고 식사를 하는 사람들과 바로 옆에 있는 천연 풀장에서 수영을 하고 있는 사람들을 볼 수 있다. 말 그대로 지상낙원과도 같은 모습이다.

이 안에는 옷을 갈아입을 수 있는 탈의실과 샤워실이 갖춰져 있는가 하면 레스토랑도

있다. 하지만 맨 위의 수영장은 수심이 3~4m 정도로 깊어 조심해야 하고, 그 밑에 있는 수영장은 수심이 1m 정도 된다. 항상 안전요원이 지켜보고 있으니 안심해도 된다. 안쪽에는 지중해변의 고고학적인 유물을 전시해 놓고 있다.

Google Earth, Key Word Gan Hashlosha

↳찾아가는 법
벳산에서 티베리아로 가는 90번 도로를 타고 북쪽으로 약 2km 정도 올라가면 왼쪽으로 아풀라(Afula)로 가는 71번 도로를 만나게 된다. 이 도로를 타고 약 9km 정도 가면 하시타(Hashita) 삼거리를 만나게 되고, 이 삼거리에서 좌측으로 669번 도로를 타고 들어가서 약 5km 정도 가면 된다.
↳개장시간 4~9월 08:00~17:00, 10~3월 08:00~16:00
↳입장요금 개인 : 일반 33NIS, 어린이 20NIS, 그룹 : 일반 29NIS, 어린이 18NIS
↳Tel. 04-658-6219, Fax. 04-658-7822, 박물관(Museum) 04-658-6352

▼베드로수위권교회 내부

▲팔복교회 내부

▼갈릴리 호수

▲티베리아 시내 전경

3. 가나(kafr kana)

가나는 예수님께서 첫 번째 기적을 행하신 곳으로 유명한 마을이다. 갈릴리 호수에서 나사렛으로 가는 길목에 있는 가나 마을은 현재 러시아에서 온 회교도인들과 아랍 기독교들이 많이 살고 있다. 예수님은 이곳 혼인 잔칫집에서 물을 포도주로 만드는 첫 번째 기적을 일으키셨고, 왕의 신하의 아들이 죽을병에 걸린 것을 알고 고쳐주기도 하셨다. 왕의 신하가 살 정도로 가나는 예수님 당시 규모가 큰 도시였던 것 같다. 특히 이 마을에 있는 가나교회는 예수님께서 기적을 일으키신 장소에 1883년에 세워진 것으로 알려져 있는데, 교회의 지하로 내려가면 포도주를 만든 항아리가 보관되어 있다.

Google Earth, Kafr Kana

↳찾아가는 법
티베리아에서 나사렛으로 가기 위해서는 77번 도로를 타야 한다. 그리고 약 20km 정도 가면 나사렛으로 가는 754번 표지판을 만나게 된다. 이 표지판을 따라서 좌회전해서 약 2km 정도 가면 Kafr Kana라고 적힌 커다란 아치가 도로 중앙에 서 있는 것을 볼 수 있다. 이곳에서 왼쪽에 나 있는 골목을 따라 들어가면 교회가 나온다.
나사렛의 마리아의 우물 근처에서는 매 시간 45분에 나사렛에서 티베리아로 가는 431번 버스가 출발한다. 이 버스를 타고 약 7km 정도 간 다음 가나 마을에서 내리면 된다.
↳입장시간
여름 : 월요일~토요일 08:00~12:00, 14:00~18:00, 겨울 : 월요일~토요일 08:00~12:00, 14:00~17:00, 일요일 휴무
↳입장요금 무료

관련성구
"사흘째 되던 날 갈릴리 가나에 혼례가 있어 예수의 어머니도 거기 계시고 예수와 그 제자들도 혼례에 청함을 받았더니 포도
주가 떨어진지라 예수의 어머니가 예수에게 이르되 저들에게 포도주가 없다 하니 예수께서 이르시되 여자여 나와 무슨 상관
이 있나이까 내 때가 아직 이르지 아니하였나이다 그의 어머니가 하인들에게 이르되 너희에게 무슨 말씀을 하시든지 그대로
하라 하니라 거기에 유대인의 정결 예식을 따라 두세 통 드는 돌항아리 여섯이 놓였는지라 예수께서 그들에게 이르시되 항
아리에 물을 채우라 하신즉 아귀까지 채우니 이제는 떠서 연회장에게 갖다 주라 하시매 갖다 주었더니 연회장은 물로 된 포
도주를 맛보고도 어디서 났는지 알지 못하되 물 떠온 하인들은 알더라 연회장이 신랑을 불러 말하되 사람마다 먼저 좋은 포
도주를 내고 취한 후에 낮은 것을 내거늘 그대는 지금까지 좋은 포도주를 두었도다 하니라 예수께서 이 첫 표적을 갈릴리 가
나에서 행하여 그의 영광을 나타내시매 제자들이 그를 믿으니라"(요 2:1~11)

4. 나사렛(Nazareth)

　나사렛은 예루살렘에서 약 137km 정도 떨어져 있고 티베리아에서도 버스로 약 40분 정도의 거리에 있는 작은 언덕의 도시이다. 인류를 구원하신 예수님의 이름 앞에도 들어가는 나사렛은 생각보다 아주 허름하고 작은 동네이며, 성경에서 조차도 자세히 언급되지 않은 곳이다. 오죽하면 그 당시에도 나사렛에서 온 예수라고 업신여기기까지 했을까? 예수님의 부모인 요셉과 마리아가 살던 곳이며 베들레헴에서 태어난 아기 예수가 애굽으로 피신했다가 다시 돌아와 30세가 될 때까지 성장한 의미 있는 곳이다.

　나사렛도 역시 모슬렘의 점령 하에 있었다가 1099년 십자군에 의해서 해방된 후 다시 1187년에 십자군을 무찌른 살라딘에 의해 통치되었다. 그리고 1517년에는 터키의 점령지가 되었고, 1918년에는 영국이 독일과 터키로부터 나사렛을 빼앗은 후 30년 뒤 이스라엘이 통치하기 시작하였다. 지금은 6만 3천여 명이 오밀조밀하게 모여 살고 있는데, 인구의 절반은 모슬렘이고 절반은 기독교인이다. 하지만 자기가 살고 있는 동네에 과연 어떤 유적지가 있고 예수가 어떤 인물인지도 모르는 사람이 너무나 많다. 이곳은 정확한 지도가 아니면 너무나 복잡한 동네라서 목적지를 찾아가기가 쉽지 않다.

↳찾아가는 법
티베리아에서 중앙버스터미널 6번 게이트에서 431번 버스를 타면 된다. 요금은 21.50세켈이고 나사렛까지 약 45분 정도 걸린다. 그곳에서 다시 하이파로 가려면 내린 곳에서 하이파 가는 버스를 타면 된다. 하이파까지는 약 40분 정도 걸린다.

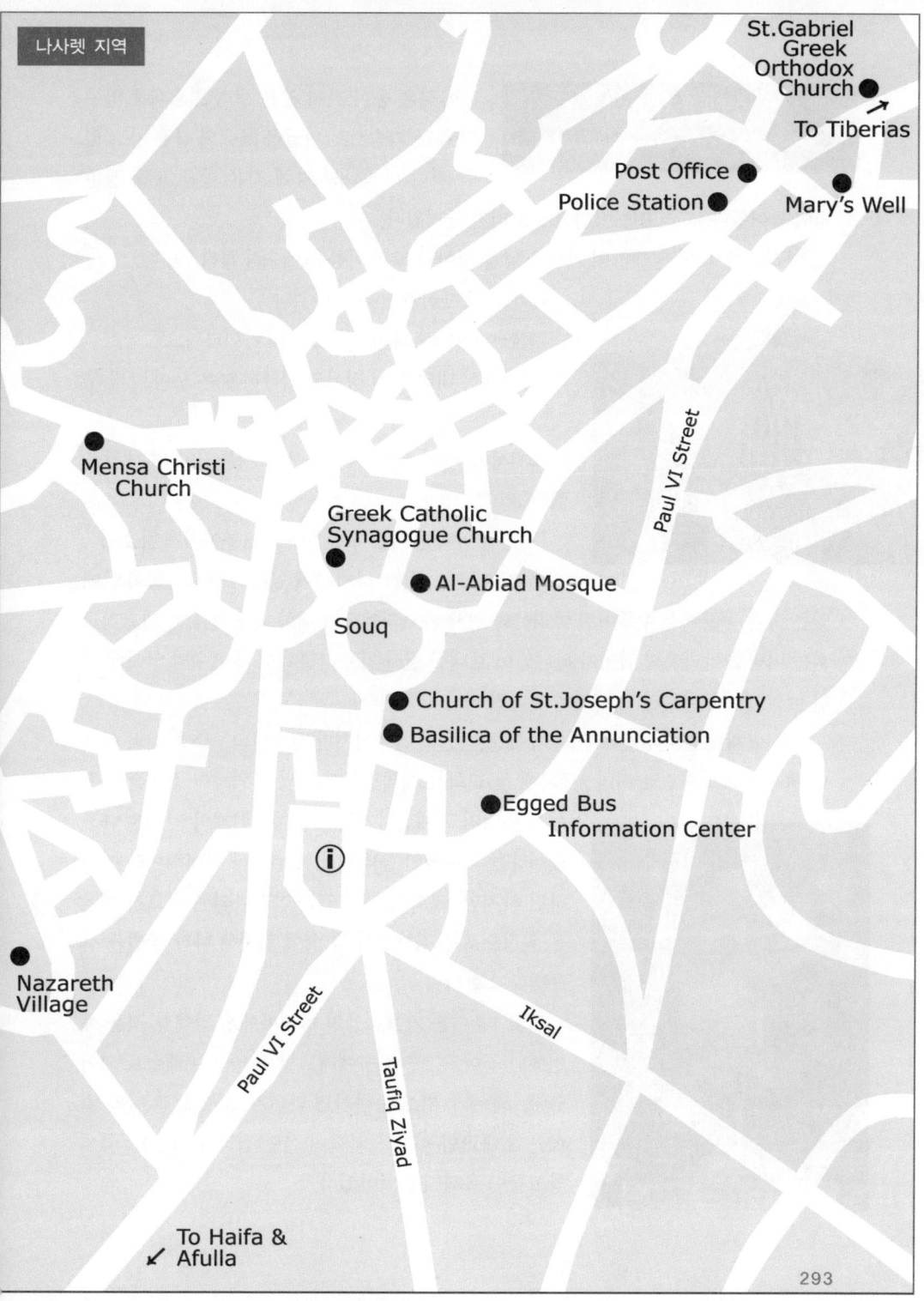

나사렛 지역

St.Gabriel Greek Orthodox Church

To Tiberias

Post Office
Police Station

Mary's Well

Paul VI Street

Mensa Christi Church

Greek Catholic Synagogue Church

Al-Abiad Mosque

Souq

Church of St.Joseph's Carpentry

Basilica of the Annunciation

Egged Bus Information Center

Nazareth Village

Iksal

Paul VI Street

Taufiq Ziyad

To Haifa & Afulla

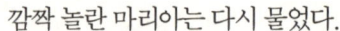

아직은 동이 트지 않은 새벽 결혼식을 앞두고 부푼 가슴으로 나날을 보내며 잠을 자고 있던 처녀 마리아의 방에 작은 창을 통해 강한 빛이 들어왔다. 그리고는 어디선가 소리가 들려왔다.

"마리아야, 네가 잉태하여 아들을 낳을 것이니 그의 이름을 예수라 하라."

깜짝 놀란 마리아는 다시 물었다.

"저는 아직 결혼하지도 않았는데 아이라니요?"

"성령께서 내려 주실 것이고 지극히 높은 분이 감싸 주시리라."

그제서야 맘이 놓인 마리아는 고개를 숙이며 대답을 했다.

"저는 주님의 종이오니 말씀대로 이루어지게 하소서."

지금부터 2천 년 전, 나사렛에 있는 수태고지교회 안에 있는 작은 동굴에서 이루어진 마리아와 천사 가브리엘과의 대화 내용이다. 수태고지교회는 이렇듯 마리아의 집이자 하나님이 보내신 천사 가브리엘이 아기 예수의 잉태에 대한 예언이 이루어졌던 그 자리에 세워진 기념 교회이다.

물론 현재 있는 건물은 1969년에 세운 최신식 건물이지만 콘스탄티누스 황제의 어머니 헬레나의 노력으로 이미 3세기에 첫 교회가 세워졌다가 수많은 역사의 소용돌이 속에서 무너지고 재건하기를 다섯 번. 현재의 건물은 나사렛이라는 역사적인 동네에 비해 너무나 현대적이라 어색하긴 하지만, 교회 내부에 있는 마리아의 수태고지 동굴을 원형으로 간직하면서 그 위에 건축해 나간 공법을 사용했다고 한다.

수태고지교회의 2층 예배실

교회 1층에는 가브리엘이 마리아에게 잉태할 것을 예언했던 곳이고, 2층에는 예배드릴 수 있는 예배실로 되어 있다. 2층에서 밖으로 나가면 다리가 있는데, 그 다리 밑에는 초대교회 시절 사람들이 살던 집터와 기름틀, 곡식 창고들이 유적지로 남아있다.

Google Earth, Basilica of the Announciation

📞입장시간 매일 8:00~18:00 📞입장요금 무료 📞Tel. 04-657-2501

퀴즈 27 : 수태고지교회 1층에는 마리아가 가브리엘 천사의 음성을 들었다는 동굴이 있고,
그 앞에는 둥근 기둥이 세워져 있는데 기둥은 모두 몇 개일까?

성요셉교회
(Church of St. Joseph's Carpentry)

수태고지교회 바로 옆에 또 하나의 교회가 있는데, 성요셉교회이다. 요셉은 마리아의 약혼자이자 예수님을 키워준 육신의 아버지이며 그의 직업은 목수였다. 그래서 이 교회의 이름도 '목수 요셉의 교회' 이다. 요셉이 목수 일을 하며 생활을 하던 집터 위에 세워진 교회인데, 1914년에 현재의 교회 건물이 세워졌다고 한다.

📞입장시간 매일 07:00~18:00 📞입장요금 무료

마리아의 우물
(Mary's Well)

이 우물은 수천 년 전부터 지금까지 나사렛에 유일하게 하나밖에 없다고 한다. 따라서 마리아도 이곳에서 물을 길어가지 않았을까? 또한 어린 예수도 마리아를 따라 이곳에서 물을 길어가지 않았을까? 추측을 하고 있다. 그래서 우물의 이름도 '마리아의 우물'이라고 한다. 하지만 이곳은 2천 년 전의 우물가는 아니고 현대식으로 새로 바꾸어 놓았는데, 이 우물의 수원지는 따로 있다. 마리아의 우물에서 약 50m 정도 뒤로 가면 교회가 하나 있는데 그 교회 안에 수원지가 있다.

마리아의 우물에는 현재 아무런 물도 흐르지 않고 있다. 관광객을 위해 현대식으로 우물을 바꾸긴 했지만 물까지 끌어올 생각은 하지 못했는가 보다. 안타깝게도 마리아의 우물에 쓰레기만 잔뜩 있을 뿐이다. 길 바로 옆에 있기 때문에 관람시간이나 입장요금이 따로 필요하지 않다.

마리아의 우물교회
(St. Gabriel Greek Orthodox Church)

마리아가 물을 길었다는 마리아의 우물에서 뒤쪽으로 가면 교회가 하나 있는데, 이 교회가 마리아의 우물의 수원지이다. 그런데 수원지에 교회를 세운 이유는 무엇일까? 그리스정교회 사람들은 마리아가 동굴에서 가브리엘 천사의 이야기를 들은 것이 아니라 이 우물에서 물을 긷다가 천사를 만났다고 믿기 때문에 그리스정교회에서 교회를 세운 것이다.

교회 안에 들어가면 아직도 우물에서 차가운 물이 소리를 내며 흐르고 있고, 그 물을 떠서 마실 수 있도록 컵도 있다.

입장시간 월요일~토요일 07:00~10:00, 12:00~18:00
입장요금 무료

회당교회
(Greek Catholic Synagogue Church)

수태고지교회에서 나와 약 5분 정도만 위로 올라가면 아주 작은 교회를 만날 수 있는데, 이곳이 예수님이 어렸을 적에 설교하던 교회라고 한다. 2천 년 전에 예수님이 설교했다고 하기에는 너무나 완벽하게 보존되어 있는 점이 이상하긴 하지만, 어쨌든 예수님의 어린 시절 아버지를 도우며 뛰놀던 나사렛 동네의 한 모습을 보는 것만으로도 좋다.

↳찾아가는 법
수태고지교회를 나와 오른쪽으로 보면 좁고 복잡한 시장이 나온다. 그 시장 안으로 조금만 들어가서 왼쪽으로 좌회전 한 다음, 한 번 더 우회전하면 보인다. 수태고지교회에서 걸어서 약 5분 정도 거리에 있다.
↳개장시간 월요일~토요일 08:00~12:00, 14:00~17:00
↳입장요금 무료

관련성구 "친히 그 여러 회당에서 가르치시매 뭇 사람에게 칭송을 받으시더라 예수께서 그 자라나신 곳 나사렛에 이르사 안식일에 늘 하시던 대로 회당에 들어가사 성경을 읽으려고 서시매 선지자 이사야의 글을 드리거늘 책을 펴서 이렇게 기록된 데를 찾으시니 곧 주의 성령이 내게 임하셨으니 이는 가난한 자에게 복음을 전하게 하시려고 내게 기름을 부으시고 나를 보내사 포로 된 자에게 자유를, 눈 먼 자에게 다시 보게 함을 전파하며 눌린 자를 자유롭게 하고 주의 은혜의 해를 전파하게 하려 하심이라 하였더라 책을 덮어 그 맡은 자에게 주시고 앉으시니 회당에 있는 자들이 다 주목하여 보더라…"(눅 4:15~30)

퀴즈 28 : 예수님이 설교하던 교회 내부의 정면에는 어린 예수가 사람들 앞에서 설교하고 있는 장면을 그림으로 그려 놓았다. 이 그림에서 예수님의 설교를 듣고 있는 사람은 모두 몇 명일까?

재래시장(Souq)

나사렛 사람들의 사는 모습을 보려면 시장을 찾아가는 것이 좋다. 수태고지교회를 나와서 오른쪽으로 나 있는 길로 따라 올라가면 나사렛의 오래된 시장이 나온다. 이곳에서 그들의 생활상을 볼 수 있다.

나사렛 민속체험관
(Nazareth Village)

2천 년 전의 나사렛은 과연 어떤 모습이었을까? 예수님은 어떤 집에서 살았으며, 요셉은 어떤 장소에서 목수 일을 하고 있었을까? 그 당시의 나사렛을 가보고 싶다면 나사렛 민속체험관을 찾아가보면 된다. 나사렛 민속체험관은 여러 명의 고고학자들의 고증에 의해 그대로 재현되어 있어 이미 외국의 유명한 방송사에서 성경과 관련된 다큐멘터리를 제작할 때 이곳에서 촬영할 정도로 유명한 관광코스이다.

입구에서부터 돌로 만든 문이 기다리고 있고 집안으로 들어가면 올리브 램프에서 뿜어져 나오는 매캐한 냄새는 마치 타임머신을 타고 그 당시의 집에 있는 것 같은 착각을 준다. 그리고 1세기경의 농장과 채석장 등을 재현해 놓은 것을 볼 수 있다.

두 번째 구역은 2천 년 전부터 오스만 터키 시대까지 이르는 변화되는 나사렛의 모습을 볼 수 있다. 그리고 요셉의 집을 그대로 재현해 놓아서 예수님께서 공생애에 들어가기 전까지 어떤 환경에서 성장했는지를 알 수 있도록 꾸며 놓았다.

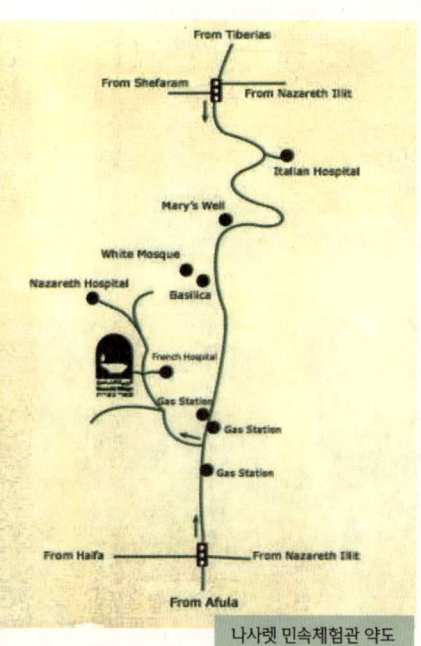

나사렛 민속체험관 약도

또한 올리브기름을 짜는 모습이라든가 농사를 짓는 사람들의 모습을 연기자들이 재현하고 있으며, 그 당시의 사람들은 어떻게 식사를 했는지도 알 수 있다.

2천 년 전 나사렛을 그대로 재현해 낸 마을은 충분히 가볼만한 가치가 있는 곳이다. 나사렛을 간다면 이곳을 꼭 한번 들러 보라.

↘찾아가는 법
수태고지교회 근처에 있어서 걸어가도 10분 정도밖에 걸리지 않는다. 수태고지교회를 나와 큰 도로 쪽으로 약 200m 정도 걸어가면 오른쪽으로 나사렛 민속체험관 가는 표지판이 나온다. 그 표지판을 따라서 오른쪽 언덕 위로 걸어 올라가면 된다.

↘개장시간
월요일~토요일 09:00~17:00, 일요일 휴무임

↘입장요금
개인 50NIS, 그룹(10명이상) 37NIS, 학생 34NIS, 어린이(7~18세) 22NIS

주소 : P.O.Box 2066, Nazareth 16100, Israel Tel. 04-645-6042, Fax. 04-655-9295

E-mail : info@nazarethvillage.com. Website : www.nazarethvillage.com

나사렛 안내센터
(Information Center)

버스에서 내려 수태고지교회로 가기 전에 약 10m 정도의 넓은 폭을 가진 거리로 돌아가야 하는데, 그 거리의 입구 왼쪽에 여행자를 위한 안내센터가 있다. 이곳에서 나사렛의 지도와 간단한 설명이 적혀 있는 지도 및 인근 지역의 지도를 무료로 받을 수 있다.

안내시간 월요일~금요일 08:30~17:00, 토요일 08:30~14:00 Tel. 04-602-8219
Website : www.nazarethinfo.org

나사렛에서 유용한 전화번호

안내센터
Nazareth Cultural & Tourism Association 04-601-1072
Ministry of tourism , Tourist Information 04-657-0555 / 04-657-3003

버스회사 Nazareth Bus & Tourist Company 04-657-0577 / City Bus Lines 04-655-6321

은행 Bank Ha-Poalim 04-647-7333

택시회사 Taxi 2000 04-646-6660 / Taxi Abu-el-Asal 04-655-4745

경찰서 04-657-4444 또는 100

병원 English Hospital 04-602-8888 / Hazala - Medical Center 04-655-4411

앰불런스 101

약국 Aben Sinha Pharmacy 04-655-4522 / New Al Ahali Pharmacy 04-655-4154

현지인이 이용하는 대중교통을 함께 이용하면서 그들이 살아가는 모습을 가까이서 지켜보고 대화를 나눌 수 있다. 단지 성지를 방문하는 것만이 아니라 그들의 삶속 깊은 곳으로 들어가서 체험을 하게 된다. 또 지갑에서 이스라엘 돈을 꺼내 지불하면서 흥정도 하게 된다. 이것이 자유 여행의 매력이다.

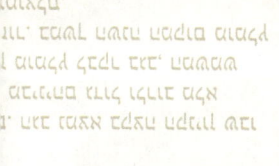

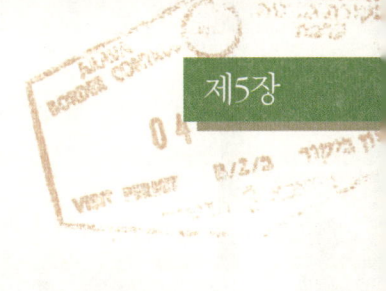

제5장

지중해변(Mediterranean)

1. 아코(Akko)

　갈릴리에서 나사렛을 지나 지중해변으로 달려가면 아코라는 해안 도시를 만나게 된다. 예루살렘에서 약 181km, 갈릴리에서 약 56km 정도에 위치해 있는 아코는 이스라엘 통일왕국 시대에 중요한 도시였다.

　과거 이곳은 이집트의 톨레미(Ptolemy) 왕조에 의해서 돌레마이로 불리었고, AD 67년 유대 반란 당시 유대인 2천여 명이 학살을 당하기도 하였다. 그 후 로마의 베스파시안 장군은 이곳을 중요한 군대 주둔지로 삼기도 하였다. (사도 바울은 3차 전도여행을 마치고 돌아오는 길에 이곳에서 초대교인들을 만났다고 사도행전 21장 7절에 기록되어 있다) 그러나 636년 이슬람이 팔레스타인으로 들어오면서 이곳은 아랍 점령 지역으로 바뀌게 된다. 그 후 1104년 십자군이 성지를 탈환하기 위해서 팔레스타인에 들어와 제일 먼저 이곳에 자리를 잡으면서 십자군의 총사령부가 설치되었고 또 다시 십자군의 문명을 활짝 꽃피우게 된다. 그 당시의 인구가 약 5만 명 정도였다고 한다. 지금도 아코에 가면 십자군의 여러 유적지가 비교적 잘 보존되어 있다.

　전략적으로 하이파를 보호하는 위치에 있는 아코는 십자군의 낭만문학과 십자군 시대의 전설과 이야기들의 무대로 많이 등장하곤 했다. 그러나 17세기에 또다시 아랍의 여러 지배자들에 의해서 아코는 아랍문화도 곁들여 꽃피웠는데 그때부터 살게 된 아랍인들이 지금도 살고 있다.

　현재 아코는 약 4만 6천여 명이 살고 있는데, 신도시에는 1948년 이스라엘이 독립하면서부터 살게 된 유대인이 살고 있으며, 해안가에 자리 잡고 있는 올드 아코에는 아랍인들이 살고 있다.

　유적지는 주로 올드 아코에 몰려 있기 때문에 그곳에서부터 걸어 다니며 구경할 수 있다. 올드 아코에 들어서는 순간 마치 보물 상자를 여는 것과 같은 착각이 들게 된다.

To Police

Eli Cohen Park

Napoleon Bonaparte St.

Underground Crusader City

Akko Citadel

Al Jazzar St.

Parking

Okashi Museum

Al Jazzar Mosque

Akko Gate Hostel

Hammam El Basha

Turkish Bazzar

Beach

Ha Haganah St.

Crusader Wall

Souq

St.George's Church

Khan El Faranj

Akko Bay

Kurdi & Berit

Khan El Umdan

Templars Tunnel

Harbour

Parking

Cafe

Cafe

Light House

Sea of Mediterranean

아코

회교사원 첨탑아래 변질되지 않은 아랍시장, 십자군 홀과 회교사원들로 이루어진 지하도시, 터키식 목욕탕과 18세기의 여관들, 지중해 패권을 좌우하는 전략적 항구에서 나폴레옹이 참패당한 사실을 침묵으로 증언하는 대포의 빛바랜 위용 등 너무나 많은 비밀을 간직하고 있는 곳이다.

↘ 찾아가는 법

버스로 가는 경우, 하이파에서 252, 272번 버스가 있다. 아코 버스터미널에서 올드시티까지 걸어서 약 20분 정도 걸린다.

승용차로 가는 경우, 티베리아에서 77번 도로를 타고 하이파 쪽으로 약 30km 정도 가다가 79번 도로로 갈아타서 또다시 18km 정도 달리다 보면 왼쪽으로 하이파, 오른쪽으로 아코로 가는 4번 도로를 만나게 된다. 이곳에서 우회전해서 약 8km 정도 가다 보면 왼쪽에 아코(Akko)로 들어가는 길이 나온다. 이 길을 따라 바닷가가 나올 때까지 직진하면 왼쪽으로 아코의 올드시티로 들어가는 길이 나온다.

예루살렘에서 갈 때는 텔아비브로 가는 1번 도로를 타고 가다가 네타니아(Netanya)나 하이파(Haifa)로 가는 2번 도로를 갈아타고 우회전해서 약 120km 정도 북쪽으로 올라가면 된다.

시내버스 노선

Line	Route
1	Shiknei Hamizrah – CBS – Shikunei Hazafon
2	Shikunei Hamizrah – Ben Gurion neighbourhood – CBS – Shikunei Hazafon

지하도시
(Under Ground Crusader City)

올드 아코로 들어가는 입구는 크게 세 군데로 중앙 입구로 들어가서 오른쪽에 보면 십자군의 지하도시 박물관 입구가 보인다.

이곳은 12세기 십자군이 아코에 주둔하면서 건설한 지하 도시인데, 안으로 들어가면 상상도 못할 정도의 규모로 되어 있는 여러 개의 기사들의 방과 죄수들을 가두던 방, 넓은 마당이 있다. 이스라엘의 성지를 지키기 위해 이곳까지 달려 온 십자군들의 숨결을 느낄 수 있다. 그러나 이곳은 십자군이 쇠퇴하면서 그들의 은신처로 바뀌었다고 한다. 지금은 한 여름에 이곳에서 콘서트도 열리는 아름답고 역사 깊은 장소가 되었다.

Google Earth, acre old prision

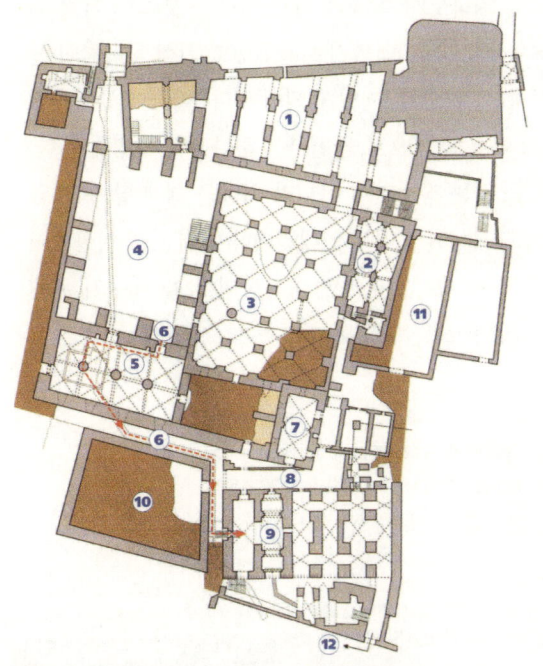

십자군의 지하도시 평면도

1. Knghts Hall
2. Prisoners Hall
3. Great Hall
4. The Courtyard
5. The Refectorim
6. The Tunnel
7. The Beautiful Room
8. The Southern Street
9. The Crypt
10. Turkish Bath
11. Okashi Museum
12. Exit to the Turkish Bazzar

↘개장시간

겨울 : 일요일~목요일 08:30~16:00, 금요일 08:30-14:00
여름 : 일요일~목요일 08:30~16:00, 금요일 08:30-13:00
↘입장요금 일반 25NIS, 어린이 22NIS

퀴즈 29 : 지하도시 박물관의 안쪽에 있는 레펙토리움(Refectorium)이라는 방에 가면 지붕을 받치는 커다란 원형 기둥이 세 개가 있다. 이 기둥의 밑바닥에는 기둥을 아름답게 비추는 조명등이 기둥을 빙둘러서 설치되어 있는데, 하나의 기둥에 설치되어 있는 바닥의 조명등은 모두 몇 개일까?

터키식 목욕탕
(Hammam El Basha)

십자군의 지하도시 박물관 바로 옆에는 오스만 터키 시대인 1780년에서 1940년까지 사용했던 터키식 목욕탕이 잘 보존되어 있고 관람할 수 있게 되어 있다. 이곳에 들어가면 먼저 30분 정도의 영상물을 보여 주고 목욕탕 안으로 들어가서 하나하나 설명해 준다. 터키식 목욕탕인 하맘은 단순히 목욕을 하는 장소만이 아니라 외출을 쉽게 할 수 없었던 이슬람 여인들의 사교 장소였는데, 그래서인지 내부 인테리어나 여러 가지 시설들이 참 이채롭다. 지하로 내려가면 목욕탕의 물을 데우기 위해 사용하던 아궁이도 볼 수 있다.

↘개장시간
겨울 : 일요일~목요일 08:30~17:00, 금요일 08:30~14:00
여름 : 일요일~목요일 08:30~18:00, 금요일 09:30~15:00
↘입장요금 일반 25NIS, 어린이 21NIS

오카쉬 박물관
(Okashi Museum)

오카쉬는 1916년에 이스라엘에서 태어난 유명한 미술가이다. 그는 아코에서 작품 활동을 하다가 1980년에 숨을 거두었다고 한다. 그를 기념하기 위해 건립된 이곳에서 이스라엘의 미술과 그의 작품을 감상할 수 있다. 위치는 십자군의 지하도시 박물관과 하맘 사이에 있다.

↘개장시간
겨울 : 일요일~목요일 08:30~17:00, 금요일 08:30~14:00
여름 : 일요일~목요일 09:30~18:00, 금요일 09:30~15:00
↘입장요금 일반 10NIS, 어린이 7NIS

알 자자르 사원
(Al Jazzar Mosque)

1781년에 오스만 터키가 이곳에 점령하고 있을 때 지은 이슬람 사원으로 지금까지도 모슬렘들이 찾아가는 곳이다. 기독교 성지는 아니지만 지하도시 박물관 바로 옆에

있는 곳이니 시간적 여유가 있다면 찾아가 보면 어떨까? 그러나 아코를 둘러보는 맨 마지막 코스로 정하는 것이 좋을 듯하다.

🔖 개장시간
겨울 : 일요일~목요일 08:30~17:00, 금요일 08:30~14:00
여름 : 일요일~목요일 08:30~18:00, 금요일 09:30~15:00
🔖 입장요금 일반, 어린이 상관없이 6NIS

칸 엘 움단
(Khan El Omdan)

이곳은 18세기에 사용하던 상인과 여행자들의 숙소였다. '칸' 이라는 말은 '숙소' 라는 뜻이고, '움단' 이라는 말은 '기둥' 이라는 뜻이다. 그래

서 이곳에 가면 여러 개의 아치 기둥이 사방을 빙 둘러서 세워져 있고 2층으로 되어 있는데, 1층은 마구간으로 2층은 숙소로 사용되었다고 한다. 입장료는 따로 받지 않지만 안으로는 들어갈 수 없게 되어 있다.

Google Earth, Khan El Omdan

템플 기사단의 터널
(Templars Tunnel)

12세기 후반에 십자군들에 의해 만들어진 이 터널은 길이가 약 350m인데 성채 안에 있는 칸 엘 움단과 해안가 쪽의 요새를 연결하는 비밀통로였다. 지금도 이 터널 속에 들어가면 바닥에 샘물이 흐르고 있다.

이 터널이 발견된 것은 비교적 최근이었다. 1994년의 어느 날 아코의 올드시티에서 살고 있던 한 아랍 여인이 막힌 하수구 때문에 이리 저리 구멍을 쑤시다가 이 터널이 마침내 8백 년 만에 세상에 알려졌으며 그 후로 정리되어 1999년 8월부터 일반인에게 공개되기 시작했다.

↳개장시간
겨울 : 일요일~목요일 09:00~17:00, 금요일 09:00~14:00
여름 : 일요일~목요일 09:30~18:00, 금요일 09:30~15:00
↳입장요금 일반 10NIS, 어린이 7NIS

십자군의 성벽
(Crusader Wall)

아코의 올드시티 서남쪽 해안가에는 십자군이 세웠던 성벽의 흔적이 아직도 많이 남아있다. 단단하게 쌓아올린 성벽은 8백 년이란 세월을 견뎌내고도 지금도 견고하게 세워져 있다. 이곳에서 바라보는 지중해는 너무나 아름답다. 특히 이곳에서 바라보는 낙조는 일품이다. 곳곳에서 지중해에 낚싯대를 드리우고 있는 아코의 강태공도 만나볼 수 있으며 시원한 바람이 여행자의 땀을 식혀준다.

지중해를 바라보며 커피 한 잔

해안가의 남쪽에 있는 등대를 끼고 좌회전하면 고즈넉한 골목길이 나온다. 이 골목길을 따라 걸어가면 오른쪽에 카페들이 많이 있다. 카페 안으로 들어가면 파도치는 지중해와 건너편으로 보이는 하이파가 한눈에 들어온다. 그리고 성벽에서 바닷물로 뛰어 내리는 아이들도 볼 수 있다. 그동안 여행에 지친 피로를 풀기에는 충분한 곳이지만, 가격은 좀 비싼 편이다.

십자군의 지하도시 박물관 입구로 들어가면 넓은 정원 오른쪽에 아코에 대한 모든 것을 소개하는 안내센터가 있다. 이곳에서 아코 지도를 받고 안내를 받을 수 있다.

↘안내시간

여름 일요일~목요일 08:30~18:00, 금요일 08:30~17:00,
       토요일 08:30~18:00

겨울 일요일~목요일 08:30~17:00, 금요일 09:30~15:00,
       토요일 08:30~17:00

☎ Tel. 04-995-6706, Fax. 04-991-9418

Website : www.akko.org.il

아코의 숙소

아코 게이트(Akko Gate Hostel)

아코 올드시티 안에 유일하게 하나뿐인 유스호스텔로 역사가 깃든 곳이다. 이곳에서 바닷가까지 걸어서 5분 거리이고 위치도 좋다. 24시간 체크인이 가능하고 방도 깨끗하다. 주방이 있어서 간단한 요리도 해 먹을 수 있지만, 조금 시끄럽다는 단점이 있다. 방도 골목 쪽으로 창문이 있는 방이 있는가 하면 전망이 좋은 방이 있으니 확인하고 들어가는 것이 좋다.

요금 : 도미토리 30NIS, 싱글 120NIS, 더블 140NIS
Tel. 04-991-0410/4700, Fax. 04-981-5530
Website : www.akko-gate-hostel.com

2. 하이파(Haifa)

　하이파는 지중해 연안에서 가장 아름다운 만에 자리 잡고 있는 현재 이스라엘의 중요한 항구도시이자 공업도시로 예루살렘과 텔아비브에 이어 이스라엘에서 세 번째로 큰 도시이다.

　특히 이 도시에는 1844년 페르시아에서 생긴 바하이 종교의 중앙본부가 있다. 바하이 사원은 정원이 아름다워 유명하지만 기독교 성지는 아니다. 그러나 하이파에는 이세벨의 제사장들과 대결했던 엘리야가 숨어 지냈던 엘리야의 동굴이 있어 엘리야 선지자와는 인연이 깊은 곳이다. 이곳에는 상업도시에 걸맞게 높은 빌딩과 현대식 편의 시설이 많이 있다. 현재는 약 27만여 명의 인구가 살고 있다.

　하이파에는 크리스천이 가 볼만한 곳은 그리 많지 않지만 엘리야 선지자의 우렁찬 소리가 맴돌던 갈멜산을 가보는 것도 이스라엘 여행 중에 꼭 빠뜨릴 수 없을 것 같다.

찾아가는 법
버스로 갈 경우, 텔아비브에서는 900, 910번 버스가 20분마다 출발하고 약 30분 걸린다. 예루살렘에서는 940, 947번, 아코에서는 251, 252번, 나사렛에서는 332번 버스가 있다.
승용차로 갈 경우, 아코에서 텔아비브 방향으로 4번 도로를 타고 약 25km 정도 가면 된다.

Line	Route
1	Kiryat Shprintzak – Ein HaYam – Ha'Haganah – Kiryat Eliezer – Downtown – Hadar – Ha'Giborim
2	Kiryat Shprintzak – Ein HaYam – Ha'Haganah – Kiryat Eliezer – Downtown – Hadar – Ha'Giborim – Neve Paz – Hof Sheman
3	Hof Ha'Carmel CBS – Neve David – West Carmel – Carmel Center – Ramat Hadar – Hadar – Downtown – Bat Galim CBS
4	Geula – East Carmel – North Hadar – West Carmel – HaTzionut – West Carmel – Hertzaliya – East Carmel – Geula (Circular)
5	Grand Canyon – Vardia – Carmel Center – West Carmel – Ein Ha'yam – Bat Galim CBS – Kirat Ha'Mamshela
6	Government compound – Downtown – Tel Amal – East Carmel – Bahai Gardens – Stella Maris – HaTzionut – Hertzaliya – Geula
7	Hadar – Geula – Vizhnitz – Hadar HaCarmel East
8	Bat Galim – Kiryat Eliezer – German Colony – Lower Bahai Gardens – Hadar – Geula – German Colony – Bat Galim (Circular)
9/9a	Bat Galim – Kiryat Eliezer – German Colony – Lower Bahai Gardens – Hadar – Geula – German Colony – Bat Galim (Circular)

시내버스 노선

10	Government compound – Center HaShmona Railway Station – German Colony – Lower Bahai Gardens – Hadar – Geula – Center HaShmona Railway Station– Government compound (Circular)
11	Hof Ha'Carmel CBS – Ramat Eshkol – Horev Center – Rommema – Ziv – Technion
12/12a	Government compound – Center HaShmona Railway Station – German Colony – Lower Bahai Gardens – Hadar – Carmel Center – Ahuza – Horev Center – Carmel Hospital
13	Halisa – Neve Yoseph – Tel Amal – Hadar – Government compound – Linn Clinic – Rambam Hospital – Bat Galim
15	Ziv Center – Neve Sha'anan – Yizraelia – Yad La'Banim road – Halisa – Hadar – Government compound – Linn Clinic – Rambam Hospital – Bat Galim
16	Grand Canyon – Ziv Center – Geula – Hadar – Government compound – Linn Clinic – Rambam Hospital – Bat Galim
17	Technion – Ziv Center – Neve Sha'anan – Halisa – Downtown – Government compound – Center HaShmona Railway Station – Linn Clinic – Rambam Hospital – Bat Galim
18/18a	Neve Sha'anan – Ziv Center – Yad La'Banim road – Hadar – Downtown – Linn Clinic – Rambam Hospital – Bat Galim
19/19a	Technion – Ziv Center – Neve Sha'anan – Neve Yosef – Hadar. 19a continues to Linn Clinic – Rambam Hospital – Bat Galim.
20	Ziv Center – Ramat Alon – Ramat Remez – Ziv Center (circular)
28	Grand Canyon – Neve Sha'anan – Ziv Center – Horev Center – Carmel Center –Bnai Zion Hospital – Hadar – German Colony – Linn Clinic – Bat Galim CBS
33	Carmel Center – Carmeliya – Carmel Center (circular)
34	Carmel Center – Kababir – Carmel Center (circular)
35	Carmel Center – West Carmel – Kiryat Shprintzak – Hof Ha'Carmel CBS (Shabbat afternoons only)
36	Haifa University – Ramat Remez – Ziv Center – Neve Sha'anan – Neve Yosef – Hadar
37/37a	Bat Galim CBS – Hadar – Mercaz Carmel – Mercaz Horev – Haifa University. 37a continues to Carmel City (Daliyat al–Karmel & Isfiya)
103	Hof Ha'Carmel CBS – Ha'Haganah – Bat Galim CBS – Downtown – HaMifratz CBS
123	Hof Ha'Carmel CBS – Freud Rd. – Horev Center – Ziv Center – Neve Sha'anan – Neve Yosef – HaMifratz CBS
125	Hof Ha'Carmel CBS – Freud Rd. – Carmel Hospital– Horev Center – Grand Canyon – Neve Sha'anan – Neve Yosef – HaMifratz CBS
131	Carmel Hospital – Horev Center – Moria – Freud Rd. – Horev Center – Carmel Center – Bnai Zion Hospital – Ha'Giborim Street – HaMifratz CBS
133	Hof Ha'Carmel CBS – Freud Rd. – Horev Center – Carmel Center – Bnai Zion Hospital – Ha'Giborim Street – HaMifratz CBS
141	Haifa University – Ramat Remez – Ziv Center – HaMifratz CBS
143	Haifa University – Road Num' 705 – HaMifratz CBS

카르멜 수도원
(Carmelite Monastry)

엘리야 선지자를 기념하기 위한 수도원으로 12세기에 세워졌다고 한다. 이 수도원에서는 어린아이를 위한 세례식이 주로 베풀어지고 있는데, 작은 규모의 박물관이 있고 여행자들을 위한 숙소도 함께 있다.

수도원 앞의 작은 광장에서는 하이파 시내를 한눈에 내려다 볼 수 있다. **Google Earth,** Carmelite Monastry

↘찾아가는 법
25, 26, 27, 30, 31번 버스가 산 위까지 올라간다.
↘입장시간
매일 8:30~13:30, 15:00~18:00
↘입장요금 무료
↘주소 Stella Maris road, Haifa. Tel. 04-833-7758

엘리야의 동굴
(Elijah's Cave)

BC 860년, 이스라엘은 종교적으로 혼돈 상태였다. 그 당시 왕이었던 아합은 이세벨이라고 하는 이웃나라의 왕비와 함께 살았는데, 그녀는 자기 나라에서 섬기던 바알신을 이스라엘로 들여와 이스라엘의 종교로 퍼뜨리는 시도를 했다. 이것을 가장 안타깝게 여겼던 엘리야 선지자가 아합 왕을 찾아가 바알신을 멀리하지 않고 회개하지 않으면 이스라엘에 기근이 들 것이라고 예언하였다. 정말 아합 왕이 회개하지 않자 이스라엘은 예언대로 몇 년 동안 기근에 허덕이게 되었다.

이때 엘리야가 아합 왕에게 다시 찾아가 바알신과 여호와 중에 어떤 신이 진정한 신인지 시험을 하자고 제안하였고, 각기 갈멜산에서 제사를 드리기 시작하였다. 이세벨

측은 바알신에게 기우제를 드렸으나 하늘에서는 비가 오지 않았고, 엘리야가 하나님께 제사를 드리자 그동안 내리지 않았던 비가 쏟아졌고 약속대로 바알 선지자 450명과 아세라 선지자 400명을 처형하였다. 그 후로 이세벨이 엘리야를 죽이려 하자 엘리야는 도망하여 몸을 숨겼는데, 현재 엘리야의 동굴이

그 피신 장소라고 알려져 있다.   Google Earth, Elijah's Cave

↳찾아가는 법
버스는 3, 5, 43, 44, 45번이 간다. 갈멜산 정상으로 올라가는 케이블카 센터에서 텔아비브로 가는 4번 도로를 따라 약
500m 정도 가다 보면 왼쪽에 엘리야의 동굴로 올라가는 입구가 보인다. 카르멜 수도원에서 내려가려면 수도원 길 건
너에 엘리야의 동굴로 내려가는 계단이 있다.
↳입장시간
일요일~목요일 08:00~17:00, 금요일 08:30~12:45, 토요일 휴무임
↳입장요금 무료   ↳Tel. 04-852-7430

관련성구
"이에 일어나 먹고 마시고 그 음식물의 힘을 의지하여 사십 주 사십 야를 가서 하나님의 산 호렙에 이르니라 엘리야가 그 곳 굴
에 들어가 거기서 머물더니 여호와의 말씀이 그에게 임하여 이르시되 엘리야야 네가 어찌하여 여기 있느냐"(왕상 19:8~9)

성모리아의 동굴
(Cave of The Madonna)

아기 예수가 베들레헴에서 태어난 것을 안 헤롯 왕이 두 살 이하의 어린아이를 모두 죽이라고 하였을 때 예수의 가족들은 애굽으로 피난해야만 했다. 그때 피난 가는 중에 이곳 갈멜산 중턱에 있는 동굴에 잠시 피신했다고 전해지는 곳에 교회가 세워져 있다. 현재는 입구가 잠겨 있어서 밖에서만 바라볼 수밖에 없다.

↳찾아가는 법
카르멜 수도원 건너편에 있는 전망대 밑에 있다.

케이블카(Cable Car)

갈멜산은 우리나라의 산처럼 그다지 높은 산은 아니지만 버스나 승용차가 아니면 올라가기가 만만치 않은 높이다. 그래서 여행자들은 버스로 해양 박물관 앞까지 가서 케이블카를 타고 올라가기도 한다. 피곤하지 않다면 엘리야의 동굴로 걸어 올라가서 둘러본 후 성모마리아의 동굴을 본 다음 올라가면 카르멜 수도원까지는 약 1Km 정도 거리가 되고 시간은 약 20분 정도 걸린다.

찾아가는 법 갈멜산 정상에서 탈 때는 25, 26, 27, 30, 31번 버스가 있고, 갈멜산 밑에서 탈 때는 41, 42번 버스가 있다.
운행시간 10:00~18:00
탑승요금 왕복 28NIS, 편도 19NIS Tel. 04-833-5970

무흐라카 (Muhraqa)

무흐라카는 아합 왕 당시 엘리야가 단신으로 바알 종교의 선지자들과 함께 대결하고 그들의 목을 내리친 역사의 현장이다.

BC 869년 북이스라엘의 왕이 된 아합은 22년간 권좌에 앉았지만, 시돈의 왕 엣바알의 딸 이세벨과 결혼한 후 그녀가 섬기던 바알을 이스라엘에 퍼뜨린 악한 왕으로 알려져 있다.

그 당시 이 사건을 강력하게 지적하고 반대하며 나섰던 인물은 엘리아 신지자였다. 그래서 아합 왕은 그에게 "이스라엘을 괴롭히는 자"(왕상 18:17)라고 얘기할 정도로 싫어했다.

그러나 엘리야는 아합 왕의 죄를 지적하면서 앞으로 이 땅에 수년 동안 비가 내리지 않을 것이라는 하나님의 말씀을 전한다. 그리고 실제로 3년 6개월 동안 비가 내리지 않았다. 땅은 메말라서 갈라지고 산의 나무들은 서서히 죽어가고 백성들은 먹을 물이 없어 여기저기서 물을 차지하기 위한 싸움이 이어졌으며 집에서 키우던 가축들은 목이 타서 죽어가기 시작했다.

그때 엘리야는 다시 아합 왕에게 나아가 "과연 당신이 섬기고 있는 바알과 내가 섬기고 있는 하나님 중에 어떤 신이 참 신이며 이 땅에 비를 내릴 수 있게 하는지 확인해 보자. 만약 바알 선지자들이 기우제를 지낸 후 비가 온다면 자신의 목을 쳐도 좋지만, 그렇지 않고 내가 기우제를 지낸 후 비가 내린다면 그 자리에 모인 모든 바알과 아세라 선지자들의 목을 치겠다"는 제안을 한다.

마침내 바알 선지자 450명, 아세라 선지자 400명과 엘리야와 대결이 벌어졌다. 바알과 아세라의 선지자들이 아무리 기우제를 지내도 구름 한 점 없는 하늘에서는 비가 내릴 기미가 보이지 않았다. 그러나 엘리야가 하나님께 제사를 드리고 나자 3년 6개월 동안 내리지 않던 비가 쏟아지기 시작한 것이다. 이제 약속했던 대로 엘리야는 850명의 바알과 아세라 선지자들의 목을 내리치기 시작했다. 비가 쏟아지는 갈멜산의 무흐라카는 피비린내로 진동하였다.

현재 무흐라카에 가면 1868년에 세워진 카르멜 수도원 앞마당에는 하얀색으로 된 엘리야의 동상이 서 있는데, 한쪽 발로 바알 선지자의 목을 밟고 한손에는 칼을 높이 들고 금방이라도 내리칠 것 같은 표정으로 서 있는 그의 모습을 보면 이방 종교에 대한 분노의 그의 감정을 읽을 수 있다. 그리고 수도원 건물 옥상으로 올라가면 사방으로 산 아래쪽을 내려다 볼 수 있는데, 멀리 보이는 지중해와 이스르엘 평야, 사마리아산까지 확인할 수 있도록 표지판이 되어 있다. **Google Earth,** Muhraka

↳찾아가는 법
버스로 갈 경우는 하이파 시내에서 192번 버스를 타면 되고, 승용차로 갈 경우는 갈멜산으로 올라가는 케이블카 출발지 앞의 4번 도로에서 텔아비브 쪽으로 약 3km 정도 가다 보면 우측으로 672번 도로가 나온다. 이 도로를 따라 약 25km 가면 된다.
↳개장시간 매일 09:00~12:00, 13:00~17:00
↳입장요금 무료

국립 해양 박물관
(National Maritime Museum)

5천 년 동안의 이스라엘 해상의 역사를 한눈에 배울 수 있는 박물관으로 중앙버스터미널에서 서쪽으로 1km 정도 가면 있다.

↳찾아가는 법
하이파 시내에서 114번 버스를 타면 박물관 앞에 세워준다.
↳입장시간
일요일~목요일 10:00~16:00, 금요일 10:00~13:00, 토요일 10:00~16:00
↳입장요금 일반 28NIS, 어린이(5~18세) 22NIS
↳주소 : 198 Allenby St, Haifa, Tel, 04-853-6622   Website : www.nmm.org.il

바하이 사원 입구에 있는 하이파 안내센터에서는 하이파에 있는 성서 유적지나 기타 즐길 거리 등을 자세하게 안내하고 교통편까지도 안

내해주며 원한다면 지도도 나눠준다. 뿐만 아니라 여행자들을 위해서 하이파 시내와 갈멜산 등 투어를 무료로 안내해 준다. 하이파 지역의 지리를 잘 모를 경우 이 투어를 이용해 보는 것도 좋다. 투어는 안내센터에서 출발하는데 4시간짜리에서부터 6시간짜리 등 다양하다.

📞안내시간 : 일요일~목요일 08:30~18:00, 금요일 08:30~13:00
📞주소 : 48, Ben Gurion Ave, The German Colony, Haifa 35663.
📞E-mail : info@tour-haifa.co.il Website : www.tour-haifa.co.il

▲가이사랴 국립공원

▼가이사랴의 십자군 도시

▲에레츠 이스라엘 박물관

▼갈멜산의 케이블카

3. 가이사랴(Caeserea) 🌳

　가이사랴는 하이파에서 남쪽으로 약 37km 정도 떨어진 곳에 위치한 해변가에 세워진 도시이다. 이 도시는 헤롯이 주전 BC 22~10년경에 만든 도시인데, 도시의 이름을 가이사랴라고 한 것은 헤롯이 로마와 가이사 아우구스투스에 대한 충성심을 보여주기 위해서 가이사의 이름을 따서 가이사랴라고 한 것이다.

　그리고 헤롯은 이 도시를 약 10년에 걸쳐서 가장 현대식 도시를 만들고 싶어 했는데, 지금까지 남아있는 유적을 보더라도 그 규모를 짐작할 수 있다. 특히 원형경기장은 지금까지 사용할 수 있을 정도로 크고 튼튼하게 만들어져 있을 뿐만 아니라, 이스라엘의 해안가 특성상 배가 안전하게 정박할 수 있을 만한 만이 없다는 것을 알고 두 개의 방파제를 만든 것은 지금도 어떻게 만들었는지 불가사의한 일이라고 할 정도이다. 그는 이곳을 이스라엘 최고의 상업도시이자 로마와 통할 수 있는 관문으로 손색이 없는 항구로 만들려고 했던 것이다.

　로마에서도 가이사랴의 훌륭한 시설을 알고 로마에서 파송된 총독의 관저를 이곳에 두어 이스라엘을 통치하게 했으며 많은 관청을 이곳에 위치하게 했다고 한다. 그래서 예수님 당시 로마 총독이었던 본디오 빌라도 역시 이곳에서 근무하였다고 한다.

　이곳은 다시 십자군 시대에 엄청난 발전을 했는데 헤롯이 로마와 통하는 관문이고 싶어 했던 것처럼 십자군은 유럽의 십자군이 성지를 찾아올 때 이곳을 통해 들어왔고 그 당시에 만든 수로와 비포장 도로 등은 지금까지도 남아있다.

　가이사랴는 또한 베드로가 로마의 군인 백부장

고넬료에게 세례를 준 곳인데, 유대인이 아닌 로마 병사가 예수님의 수제자인 베드로에게 세례를 받았다는 것은 하나의 사건이나 다름없을 정도로 큰 의미가 있는 곳이다.

그리고 사도 바울 역시 3차 전도여행을 마치고 이곳에 잠시 들렀다가 주위 사람들의 만류에도 불구하고 예루살렘으로 떠났다. 하지만 그는 주위 사람들의 예상대로 붙잡혀서 고초를 겪다가 다시 가이사랴로 끌려와서 2년 동안 옥고를 치른다. 그 후 로마인 신분을 주장하여 로마에 가서 재판을 받게 되지만, 어쨌든 가이사랴는 사도 바울과 떼어 놓을 수 없는 곳이다.

현재 가이사랴는 국립공원으로 되어 있기 때문에 입장요금을 따로 지불해야 한다.

Google Earth, Caeserea

↘찾아가는 법
버스로 갈 경우, 텔아비브와 네타니아(Netanya), 하이파(Haifa), 텔아비브(Tel Aviv)에서 하데라(Hadera)로 가는 버스를 타고, 하데라 버스터미널에서 다시 가이사랴로 가는 76번 버스를 1번 플랫폼에서 타면 된다. 그런데 버스가 자주 가지는 않고 08:20, 11:25, 13:10, 14:45에 출발하는데, 내릴 때는 반드시 하데라로 돌아오는 버스가 몇 시에 있는지 물어보는 것이 좋다.

승용차로 갈 경우, 가이사랴는 남쪽의 텔아비브와 북쪽의 하이파, 아코를 연결하는 해안도로 사이에 있기 때문에 찾기가 쉽다. 지도상의 2번 국도를 타고 가다 보면 가이사랴(Caeserea)라고 표지판이 나온다. 그 길로 따라가면 되는데 해안가에 높다란 굴뚝이 세 개 보이면 그곳이라고 생각하면 된다. 이 굴뚝은 Orot Rabin 발전소의 굴뚝이다. 가이사랴 국립공원 바로 옆에는 Sdot Yam이라는 키부츠도 있다. 하이파에서는 약 36km, 텔아비브에서는 약 52km 정도의 거리이다.

↘개장시간 4~9월 08:00~17,6:00, 10~3월 08:00~16:00
↘입장요금 개인 : 일반 23NIS, 어린이(5~18세) 12NIS
　　　　　그룹 : 일반 19NIS, 어린이 11NIS
↘Tel. 04-626-7080, Fax. 04-626-2056   Website : www.parks.org.il

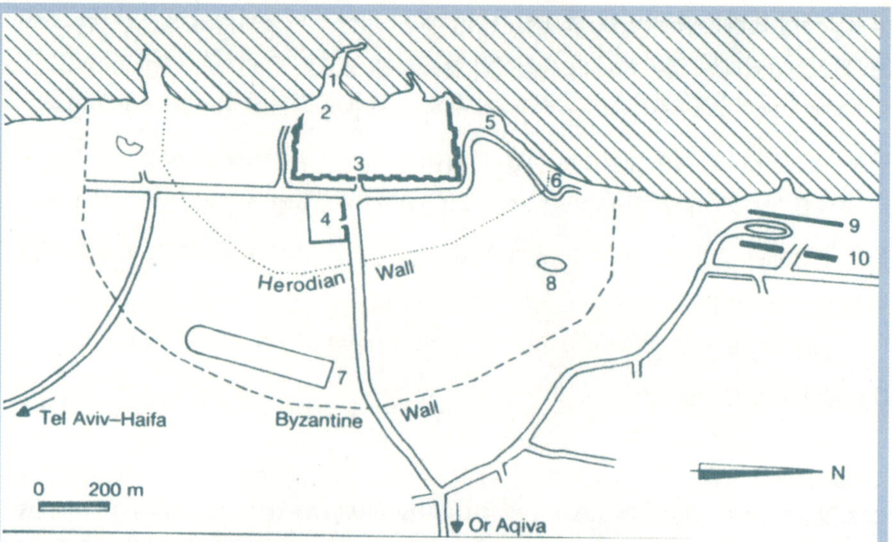

![지도]

1. Crusader Citadel   2. Excavated Area   3. Crusader Gate   4. Byzantine street
5. Synagogue Area   6. Herodian wall   7. Hippodrome   8. Amphitheare
9. High Level aqueduct   10. Low Level aqueduct

십자군 도시
(Crusader City)

십자군 시대에 만들어 놓은 포장도로와 갖가지 건물들과 기둥들이 어지럽게 널려있는 것을 볼 수 있다. 마치 몇 년 전까지만 해도 수많은 로마 사람들과 가이사랴 사람들이 지나다니다가 단체로 다른 도시로 이사간 도시처럼 아직까지 그 당시의 숨결을 느낄 수 있는 곳이다.

방파제

가이사랴는 위치적으로 팔레스타인 땅과 로마를 비롯한 지중해 연안도시를 바닷길로 연결할 수 있는 최적의 장소이다. 하지만 가이사랴는 대형선박을 관리하기에는 참으로 어려운 점이 많은 곳이다.

대형선박이 정박하려면 수시로 불어오는 높은 파도를 피할 수 있는 만이 있어야 하

지만, 이스라엘의 서쪽 해안선에는 불행하게도 만이 없다. 이스라엘의 지도에서 볼 수 있듯이 이스라엘의 서쪽 해안선은 마치 우리나라의 동해안을 보는 것처럼 밋밋하기 그지없다. 그래서 생각해 낸 것이 방파제이다.

하지만 방파제를 만든다는 것은 쉬운 일이 아니다. 수시로 밀려오는 파도 속에 계속해서 커다란 바윗돌을 가라앉혀야 하기 때문이다. 그러기 위해서는 큰 바위를 어디선가 캐내야 하고 그것을 운반해서 약 4m나 되는 바다 속에 수면 위로 그 모습이 드러날 때까지 계속해서 쏟아 부어야 한다.

그런데 2천 년 전 이곳 사람들은 헤롯의 명령에 의해서 그 일을 감당했던 것이다. 불행 중 다행스러운 것은 바다 속은 단단한 석회암이 깔려 있어서 바윗돌이 단단하게 쌓일 수 있었다는 것이다. 그 당시 이곳에 두 개의 방파제를 만들었는데, 하나는 길이가 600m, 다른 하나의 길이는 300m 정도 된다. 그렇게 만들어진 방파제는 2천 년이 지난 오늘날까지도 그대로 모습을 유지하고 있으며, 그 방파제 위를 관광객들이 걸어 다닐 수 있다.

로마시대 야외극장
(Roman Amphitheatre)

입장권을 구입하여 들어가면 제일 먼저 눈에 들어오는 것은 로마에서 볼 수 있는 콜로세움과 비슷한 모양의 야외 원형극장이다. 이곳은 헤롯 왕 시대에 만들어진 공연장인데, 로마시대에 조금 고치기는 했지만 아직도 이곳에서 클래식 공연을 할 수 있을 정도로 완벽하다. 헤롯 시대에는 무대 뒷부분이 벽으로 쌓여 있었는지는 모르겠지만, 현재는 객석에서 무대를 보면 파란 지중해가 한눈에 들어오는데 특히 해질 무렵은 환상 그 자체이다.

퀴즈 30 : 원형극장은 1층 13개 2층 11개의 계단으로 되어 있다. 그리고 밑에서 위로 올라가는 통로 계단이 있다. 좌우를 뺀 중앙의 통로는 몇 개로 되어 있을까?

헤롯이 지중해 해안가에 도시를 만든 것은 항구를 만들고 싶었기 때문에 가이사랴를 선택했지만 불행하게도 이곳에는 물이 없었다. 적어도 수만 명이 거주하려면 그에 맞는 식수가 필요한데, 가이사랴의 어느 곳을 파 보아도 물은 나오지 않았다. 그래서 이 문제를 해결한 것이 약 15km 정도 떨어진 갈멜산에서 물을 끌어오는 것이었다. 그 엄청난 대 역사의 유물이 아직도 약 900m 정도 남아있어서 감동스럽게 볼 수 있다.

수로는 두 개의 수로로 만들어져 있는데 해변가에 있는 것은 높은 수로이고, 해변가에서 조금 멀리 떨어져 있는 것은 낮은 수로이다.

찾아가는 법
도수교는 가이사랴 국립공원 안에 있기 때문에 따로 입장료를 내지 않아도 된다. 가이사랴 국립공원 매표구에서 들어온 길로 다시 1km 정도 가면 로터리가 나오는데, 이곳에서 좌회전해서 들어가면 바닷가가 나오고 그곳 모래사장에 도수교가 보인다. 걸어가면 약 10분 정도 걸린다.

알짜정보

1. 가이사랴 국립공원 밖으로 나오면 가이사랴의 유적지에서 발굴된 유물들을 전시해 놓은 박물관이 있으니 시간이 있으면 들러보는 것도 좋다. 국립공원 입구 매표소에서 위치를 물어보면 알려준다.
Tel. 04-636-4637(가이사랴 국립공원), 입장요금 10NIS

2. 이 책에서도 그리고 다른 책에서도 Cesera를 가이사랴라고 표기 하지만, 이스라엘에서는 가이사랴라고 하면 알아 듣지 못한다. 케이시리아라고 해야 알아듣는다. 그런데 왜 우리는 가이사랴라고 했는지 모르겠다. 이제부터 가이사랴라고 하지 말고 케이시리아라고 하자.

4. 텔아비브(Tel Aviv)

텔아비브란 봄의 언덕이라는 뜻으로 겨울에도 춥지 않고 따뜻해서 많은 관광객이 찾아오는 곳이며 지중해를 끼고 발달된 도시이다. 그래서 이곳은 미국의 맨해튼이나 우리나라의 강남처럼 고층 빌딩이 줄지어 있다. 이제까지 투박하고 야트막한 고대 도시와 같은 이스라엘 모습과 달리 이곳은 그야말로 현대 도시와 같은 모습이다. 특히 지중해 해안가에는 호텔과 각국의 대사관, 쇼핑센터들이 자리 잡고 있어서 바쁘게 움직이는 직장인들과 외국에서 찾아온 사람들로 늘 북적거린다.

19세기 초에만 해도 텔아비브는 황량한 언덕이었다고 한다. 하지만 지금은 116만 인구를 가진 이스라엘의 제1의 상업도시로 성장해 있다. 벤구리온 공항이 20분 정도의 거리에 있어서 가깝고 예루살렘까지도 한 시간 정도밖에 걸리지 않아 이스라엘의 상업, 공업, 문화의 중심지가 되어 있는데, 크리스천들에게는 성경과 관련한 유적지나 역사적인 사건을 텔아비브에서 만나기는 힘들다.

하지만 이곳에는 형형색색의 다채로운 파라솔이 황금빛 모래사장에 흩어져 있고 당당한 모습의 요트와 활동감 넘치는 세일보트 사이를 윈드 서퍼들이 경쾌하게 가로지르며 맑고 푸른 지중해의 물결을 일으키고 있다. 이렇듯 아름다운 해안가에 고급호텔들이 줄지어 있으며 번화가에는 극장과 백화점, 레스토랑, 시장들이 있어서 이제까지 이스라엘 여행에서 보지 못했던 현대 이스라엘 사람들의 생활을 볼 수 있는 곳이다.

텔아비브에는 많은 공연장과 강당에서 고전에서 현대음악까지 다양한 콘서트들이 거의 매일 열리고 있으며, 특히 유대 디아스포라 박물관, 텔아비브 미술박물관, 블레셋 고고학 발굴 유물들을 전시한 에레츠 이스라엘 박물관 등 크고 유서 깊은 박물관이 많이 있다. 하지만 텔아비브의 중앙버스터미널 쪽에는 홍등가와 유흥가가 많이 있어서 치안이 불안하고 위험하므로 밤에는 가지 않는 것이 좋다.

공항이 가깝기 때문에 이스라엘 여행을 모두 마치고 마지막 하루나 이틀 전쯤에 텔아비브로 가서 돌아보고 공항으로 출발하는 것이 좋다.

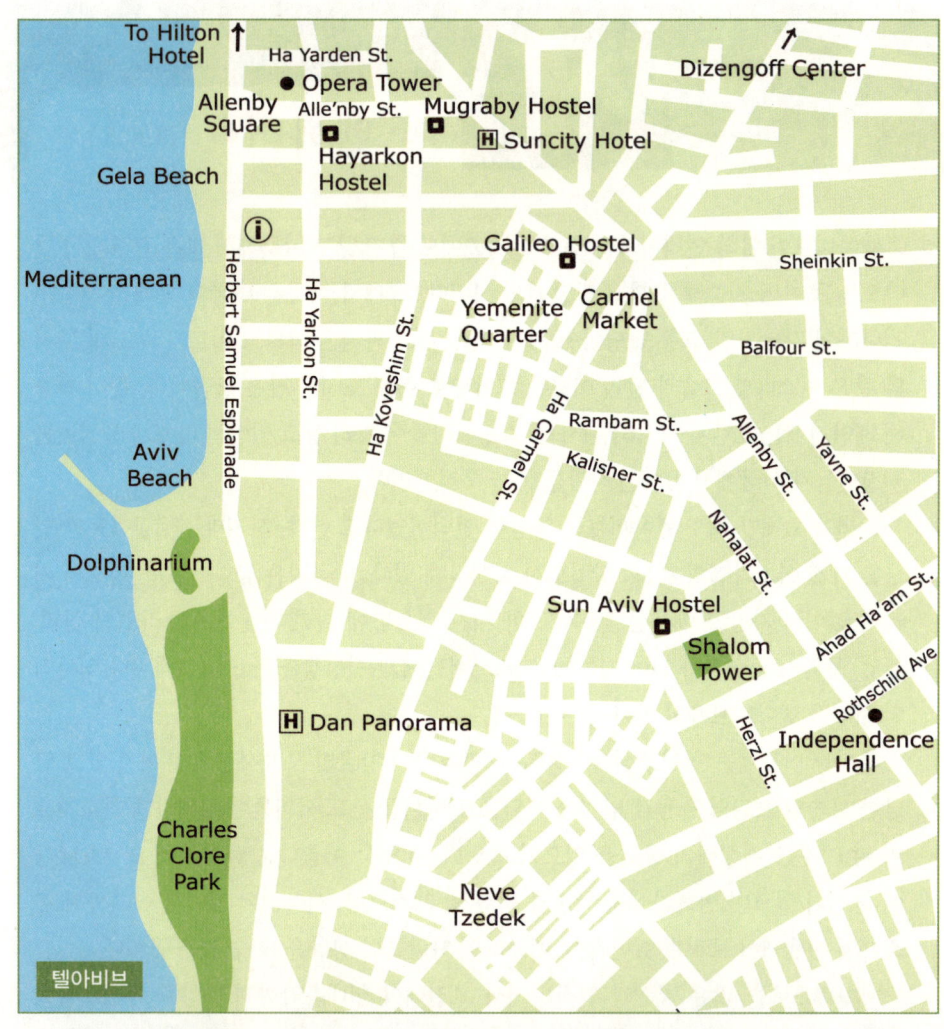

To Hilton Hotel ↑
Ha Yarden St.
Dizengoff Center ↗
● Opera Tower
Allenby Square
Alle'nby St.
Mugraby Hostel
Hayarkon Hostel
Suncity Hotel
Gela Beach
Herbert Samuel Esplanade
Ha Yarkon St.
Ha Koveshim St.
Galileo Hostel
Sheinkin St.
Mediterranean
Yemenite Quarter
Carmel Market
Balfour St.
Ha Carmel St.
Rambam St.
Kalisher St.
Allenby St.
Yavne St.
Aviv Beach
Nahalat St.
Dolphinarium
Sun Aviv Hostel
Shalom Tower
Ahad Ha'am St.
Rothschild Ave
Dan Panorama
Herzl St.
Independence Hall
Charles Clore Park
Neve Tzedek

텔아비브

↳ 찾아가는 법
이스라엘의 웬만한 도시에서는 텔아비브로 가는 버스가 있기 때문에 찾아가는데 어려움이 없다.
예루살렘에서는 직행버스 405번이 15분 간격으로 출발한다.
텔아비브 여행 안내 사이트 Website : www.tel-aviv.gov.il/english, www.tel-aviv-insider.com

텔아비브에서의 단(Dan) 버스노선

Line	Route
1	Holon – Wolfson hospital, to Holon – Kiryat-Sharet neighborhood, via Bat-Yam – City Center, Holon – South part, Holon – Kiryat Eylon
4	Holon local route – Wolfson hospital to Kiryat-Sharet Neighborhood
5	Holon – Industrial area, to Bat-Yam – Sun Hotel
20	Holon – Wolfson hospital, to Rishon-Le-Zion – "Harishonim" train station
73/73a	Tel-Aviv – Savidor Central train station, to Rishon-Le-Zion – New Indust. Area, via Holon
74/74A	Tel-Aviv – University, to Holon – Kiryat-Sharet neighborhood.
75/75A	Tel-Aviv – Ramat-Ha-Hayal , to Rishon-Le-Zion – New Indust. Area, via Holon
83	Tel-Aviv – Old C.B.S, to Rishon-Le-Zion – East, via Bat-Yam
84	Tel-Aviv – Old C.B.S, to Rishon-Le-Zion – C.B.S, via Bat-Yam
85	Tel-Aviv – Old C.B.S, to Rishon-Le-Zion – Old Indust. Area, via Bat-Yam, Holon
86	Tel-Aviv – University, to Holon – Egged terminal, via Bat-Yam
87	Holon – Egged terminal, to Azor – Shiv'ana neighborhood, via Bat-Yam
88	Tel-Aviv – Carmel market, to Holon – Kiryat-Sharet neighborhood, via Bat-Yam
89	Tel-Aviv – Reading terminal, to Holon – Kiryat-Sharet neighborhood
90	Tel-Aviv – Old C.B.S, to Holon – Kiryat-Sharet neighborhood
92	Tel-Aviv – Reading terminal, to Holon – Kiryat-Ben-Gurion
95	Rishon-Le-Zion – New Indust. Area, to Azor, via Holon
96	Tel-Aviv – Old C.B.S, to Azor
97/97a	Tel-Aviv – Old C.B.S / Savidor Central train station, to Holon – Kiryat-Sharet neighborhood

에레츠 이스라엘 박물관
(Eretz Israel Museum)

기원전 12세기 다윗 왕과 솔로몬 왕 시대의 유적지인 콰질언덕(Tell Qasile)에 11개의 전시관으로 연결된 박물관으로 블레셋 방백 도시였던 가사와 아스글론 등지에서 발굴된 유물들과 네게브 사막의 팀나에서 발굴된 유물들 등이 전시되어 있다. 가나안 시대의 고대 유물들을 둘러보고 싶다면 꼭 한 번 방문해 볼 것을 권하고 싶다. 특히 이 박물관에는 천문관이 있어서 밤하늘의 별자리를 쇼를 통해서 볼 수 있다.

↘찾아가는 법 단(Dan) 버스 7, 27, 45, 24, 25번이 가고, 에게드(Egged) 버스 74, 274, 86번이 간다.
↘개장시간 일요일~수요일 10:00~16:00, 목요일 10:00~20:00(민속관은 16:00까지), 금요일~토요일 10:00~14:00
↘천문대 쇼(히브리어) 일요일~목요일 11:30, 13:30, 토요일 11:00, 12:00

↳입장요금
박물관 : 일반 38NIS, 어린이 26NIS, 학생 28NIS
박물관·천문대 : 일반 61NIS, 어린이 49NIS
↳주소 : 2 Haim Levanon St., Ramat Aviv, Tel Aviv 69975
↳Tel. 03-641-5244
Website : eretzmuseum.org.il

텔아비브 미술 박물관
(Tel Aviv Museum of Art)

이곳은 1932년 텔아비브의 시장 디첸고프(Meir Dizengoff)의 집에서 문을 연 뒤 지금은 연 50만 관람객이 찾는 텔아비브 문화의 중심이 된 유명한 예술박물관이다. 이곳에서는 이스라엘뿐만 아니라 외국의 유명한 작가들의 작품이 전시되고 있으며 각종 기획전시와 클래식음악과 재즈음악회, 강연회, 영화, 무용 등 다양한 프로그램도 열린다. 음악과 미술에 관심이 있는 여행자라면 사전에 홈페이지를 통해 어떤 프로그램이 있는지 미리 확인하고 방문하면 좋을 것 같다.

↳찾아가는 법 9, 18, 28, 70, 90, 111번 버스가 간다.
↳개장시간
월요일, 수요일 10:00~16:00, 화요일, 목요일 10:00~22:00
금요일 10:00~14:00, 토요일 10:00~16:00, 일요일 휴무임
↳입장요금 일반 40NIS, 어린이 32NIS
↳주소 : 27 Shaul Hamelech Blvd., Tel Aviv 64329.
↳Tel. 03-607-7000, Fax. 03-695-8099
Website : www.tamuseum.com

욥바(Jaffa)

텔아비브 해안가에서 남쪽으로 바닷길을 따라 약 30분 정도 걸어가다 보면 해안가에 텔아비브 도시와는 또 다른 분위기의 올드 욥다 또는 욥바라고 불리는 도시를 만나게 된다.

에루살렘 성에는 욥바 게이트라고 하는 문이 있는데, 이 문을 통해 밖으로 나와 그 길로 가면 이곳 욥바가 나온다고 해서 욥바 게이트라고 한다. 그만큼 욥바는 1909년 이후 신도시로 형성된 텔아비브와는 다르게 오랜 역사를 가진 도시이다.

솔로몬 시대에는 욥바가 이스라엘로 들어오는 바다의 관문 역할을 하는 중요한 곳이기도 했다. 그래서 솔로몬 왕이 예루살렘에 성전을 짓기 위해 레바논의 백향목을 들여올 때 이곳 욥바항을 통해 들어올 정도로 욥바는 활발한 무역항이다. 뿐만 아니라 요나가 하나님을 피해서 다시스로 가기 위해 배를 올라탄 곳도 욥바였다. 다시스란 지금의 포르투갈과 스페인 지역을 가리키는데, 이스라엘에서 스페인과 포르투갈까지 가려고 했다는 것은 그만큼 욥바가 장거리행 선박들이 정박했었다는 뜻이기도 하다.

신약성경에서도 베드로와 관련하여 잠깐 등장하기도 한다. 베드로는 예수님의 승천 이후 로마로 가기 위해 이곳의 피장 시몬의 집에서 머물다가 죽은 다비다를 살렸고, 하나님이 보여주시는 환상을 직접 목격하기도 하였다. 지금도 이곳에는 베드로가 머물던 피장 시몬의 집이 남아있고, 베드로를 기념하기 위한 교회가 있으며, 무료로 구경할 수 있는 고고학 박물관도 있어서 텔아비브에 왔다면 꼭 한 번 들러볼 만한 곳이다. 그리고 올드 욥바 입구에 있는 시계탑 왼쪽에 벼룩시장이 있어서 값싼 액세서리와 골동품들을 구경할 수도 있다.

Google Earth, Yaffo

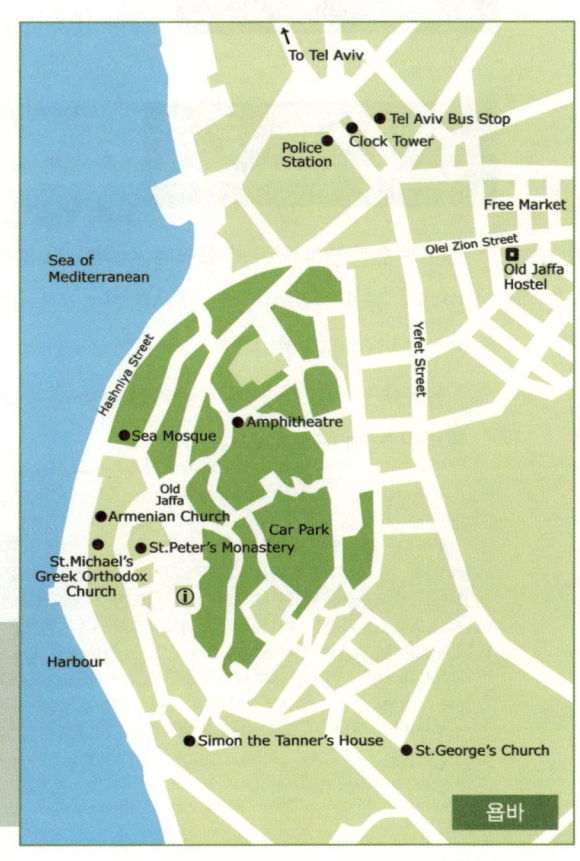

↖찾아가는 법
벤예후다 거리에서 10번 버스, 디젠도프 거리에서 18번 버스, 알렌비 거리에서 18, 25번 버스를 타면 약 10분 내로 간다. 텔아비브 시내에서 멀지 않으므로 걸어가도 된다.

올드 욥바에서 중앙공원의 한편에 우뚝 솟은 교회가 베드로교회이다. 이 교회는 베드로가 이곳에서 죽은 다비다를 살리는 기적을 행한 것과 피장 시몬의 집에 머물며 환상을 본 것을 기념하기 위해 십자군 시대에 만들었던 교회의 터 위에 1654년경에 다시 세워진 교회이다. 교회 외부의 모습도 아름답지만 내부는 더욱 아름답다.

교회 안에는 베드로가 죽은 다비다를 살려내는 장면과 시몬의 집 옥상에서 보았다는 환상의 한 장면이 벽화로 그려져 있다.

↳개장시간 10~2월까지 08:00~11:45, 15:00~17:00, 3~9월까지 08:00~11:45, 15:00~18:00 ↳입장요금 무료

피장 시몬의 집
(Simon the Tanner's House)

사도행전을 보면 베드로가 예수의 부활 승천 이후 욥바에 도착해서 갖가지 이적을 행하는 장면을 볼 수 있다. 이때 베드로가 욥바에서 머문 집이 바로 구두수선공인 시몬의 집인데, 아직도 그 집이라고 추정하는 장소가 남아있다. 하지만 내부 공개는 하지 않고 있어서 안으로 들어갈 수는 없고 그냥 밖에서 둘러보는 것만으로 만족해야 한다.

욥바에서 비교적 찾기 힘들지만 욥바의 광장에서부터 약도를 따라 가면 어렵지 않다.

관련성구
"욥바에 다비다라 하는 여제자가 있으니 그 이름을 번역하면 도르가라 선행과 구제하는 일이 심히 많더니 그 때에 병들어 죽으매 시체를 씻어 다락에 누이니라 룻다가 욥바에서 가까운지라 제자들이 베드로가 거기 있음을 듣고 두 사람을 보내어 지체 말고 와 달라고 간청하여 베드로가 일어나 그들과 함께 가서 이르매 그들이 데리고 다락방에 올라가니 모든 과부가 베드로 곁에 서서 울며 도르가가 그들과 함께 있을 때에 지은 속옷과 겉옷을 다 내보이거늘 베드로가 사람을 다 내보내고 무릎을 꿇고 기도하고 돌이켜 시체를 향하여 이르되 다비다야 일어나라 하니 그가 눈을 떠 베드로를 보고 일어나 앉는지라 베드로가 손을 내밀어 일으키고 성도들과 과부들을 불러 들여 그가 살아난 것을 보이니 온 욥바 사람이 알고 많은 사람이 주를 믿더라 베드로가 욥바에 여러 날 있어 시몬이라 하는 무두장이의 집에서 머무니라"(행 9:32~43)

텔아비브의 안내센터
(Information Center)

안내시간 일요일~목요일 09:30~17:00,
금요일 09:30~13:00, 토요일 휴무임
주소 : 46 Herbert Samuel Street(corner of 2 Geula Street)
Tel. 03-516-6188

텔아비브 자유여행(Free Tour)

텔아비브대학 캠퍼스 순례(Tel Avi University)
시간 : 매주 월요일 오전 11시(공휴일 제외)
만남의 장소 : 텔아비브 정문 앞
이스라엘에서 유명한 텔아비브대학의 교정을 돌아다니면서 아름답고 특이한 건축과 조각품들을 감상한다.

텔아비브의 밤(Tel Aviv by Night)
시간 : 매주 화요일 저녁 8시
만남의 장소 : 로스차일드 빌딩 앞
텔아비브의 야경과 활기차게 움직이고 있는 밤문화를 제대로 볼 수 있는 투어로 식당과 커피숍 등을 찾아다닌다.

올드 욥바(Old Jaffa) 순례
시간 : 매주 수요일 아침 9시 반
만남의 장소 : 올드 욥바의 시계탑 앞
올드 욥바에 있는 벼룩시장을 들러보는 투어. 특히 올드 욥바에서 텔아비브 시내를 바라보는 전경이 압권이다.

바우하우스(Bauhaus) 'The White City'
시간 : 매주 토요일 오전 11시
만남의 장소 : 46 Rothchild blvd.(coner of Shadal Street)
'The White City'는 2003년 7월 유네스코(UNESCO)로부터 세계문화 유산으로 인정받을 만큼 역사적이며 독특한 곳이다. 이 투어의 숭점은 1930년대의 건축양식을 둘러보면서 오늘날의 텔아비브가 어떻게 시작되었는지를 알 수 있다.

유용한 전화번호와 웹사이트

Ambulance … 101 / Fire … 102 / Police … 100 / Tourist Police … 03-516-5382
병원 Assuta Hopital … 03-520-1515 / Dr Ayaldan … 03-525-4186 / Tel Aviv Medical Center … 03-697-4444
안내센터 Tourist Information Center … 03-521-8214 / ISSTA www.issta.co.il … 03-521-0555

학생들이 비행기 티켓을 싸게 살 수 있는 곳은 디젠고프 쇼핑센터 안에 있다.

텔아비브의 숙소

머그라비(Mugraby Hostel)

옥상이 아름답고 깨끗하고 조용하다. 샤워실이 딸린 방과 그렇지 않은 방에는 요금이 차이가 있고 남녀의 방이 따로 있다. 24시간 체크인이며, 아침식사는 무료로 제공해주고, 무료로 사용할 수 있는 사물함이 있다. 라운지에 TV가 있고, 무선 인터넷이 가능하며, 주방이 있고, 프런트에 문의하면 텔아비브 시내 관광 안내도 해준다. 24시간 오픈하는 슈퍼마켓도 1분 거리에 있다.

↘찾아가는 법
텔아비브 중앙버스터미널에서 4, 16, 31번 버스를 타고 벤예후다(Ben-Yehuda St.)에서 내리면 된다.

요금 : 도미토리 47NIS, 싱글 170NIS, 더블190NIS
주소 : 30 Allenby St., Tel Aviv
Tel, 03-510-2443, Fax, 03-516-6335

하야르콘 48(Hayarkon 48 Hostel)

주방이 있고 커피와 토스트는 무료이다. 방마다 샤워실은 없지만 각 층마다 샤워실이 있는데 매우 깨끗하다. 옥상의 테라스에서 해변이 아름답게 보이고 걸어서 5분이면 해변가에 도착할 수 있다. 라운지는 물론이고 각 방마다 무선 인터넷이 되고, 24시간 체크인 가능하며, 7일 이상 숙박을 할 경우 할인을 해주기도 하고, 인터넷으로 예약을 하면 할인도 해준다. 에어컨이 있는 방과 없는 방, 화장실이 있는 방과 없는 방에 따라 요금의 차이가 있다. 근처에 은행과 우체국, 극장, 쇼핑센터가 있다.

↘찾아가는 법
텔아비브 중앙버스터미널에서 4, 16, 31번 버스를 타고 벤예후다(Ben-Yehuda St.)에서 내리면 된다.

요금 : 도미토리 21$, 더블 70$
Tel, 03-516-8989
E-mail : info@hayarkon48.com
Website : www.hayarkon48.com

모모(Momo Hostel)

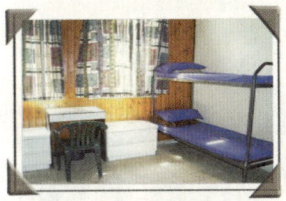

길가에 있어서 찾기는 쉽지만 요금이 조금 비싸다. 방에 샤워실이 있는지 없는지에 따라서 요금도 차이가 있다. 하지만 아침식사를 제공해 주며, 무선 인터넷과 주방이 있고, 작은 빠가 있다. 방도 깨끗하고 시설도 좋지만, 빠에서 들리는 음악 소리가 밤에는 크게 들리는 게 흠이다.

↘찾아가는 법

텔아비브 중앙버스터미널에서 4번 버스를 타고 벤예후다(Ben-Yehuda st.)의 두 번째 정류장에서 내리면 된다.

요금 : 도미토리(6~8) 72NIS, 더블 160~180NIS,
싱글 270NIS, 트리플 340NIS
주소 28 Ben Yehuda st, Tel Aviv
Tel. 3-629-7421, Fax. 03-528-0797
E-mail : momos@momoshostel.com
Website : www.momoshostel.com

올드 욥바(Old Jaffa Hostel)

올드 욥바의 입구에 있는 시계탑 바로 뒷골목 모퉁이에 있는 이곳은 텔아비브 해변가에 있는 다른 유스호스텔보다 훨씬 조용하고 분위기 있는 곳이다. 이곳에서는 옥상에서도 잠을 잘 수 있는데, 봄 여름 가을에는 지중해의 별을 바라보면서 자는 것이 일품이다. 바닷가까지 걸어서 5분 거리이고, 옥상이나 베란다에서는 올드 욥바가 한눈에 들어온다. 주방이 있고, 무선 인터넷이 되며, 아침에는 커피와 쿠키와 같은 간단한 아침식사도 무료로 제공해 준다.

↘찾아가는 법

텔아비브 중앙버스터미널에서 46번 버스, 텔아비브 기차역에서 10번 버스, 텔아비브 시내에서 25, 42, 26, 18번 버스를 타고 시계탑에서 내리면 된다.

요금 : 옥상 60NIS, 도미토리 68NIS, 싱글
190~280NIS, 더블 220~330NIS
주소 : Amiad 13 St, Jaffa-Tel Aviv 68139, Israel
Tel. 03-682-2370/682-2316, Fax. 03-682-3328
E-mail : ojhostel@shani.net
Website : telaviv-hostel.com

기타 텔아비브의 유스호스텔 웹사이트

Galileo : www.sun-aviv.co.il / Sun City : www.suncity.co.il
golden beach : www.goldenbeach.co.il / Hotel Sea Net : www.seanehohotel.co.il
Lusky Suite Hostel : www.luskysuite-htl.co.il

어느 나라에서나 마찬가지지만 공항에는 최소한 2시간 전에는 도착해야 한다. 하지만 이스라엘의 텔아비브 공항은 검문검색이 까다롭기로 유명   하기 때문에 3시간 전에 도착하는 것이 좋다. 특히 텔아비브 시내에서 공항으로 가는 길은 많이 막히는데 대한항공의 비행시간에는 더욱 교통체증이 심하기 때문에 일찍 나가야 한다.

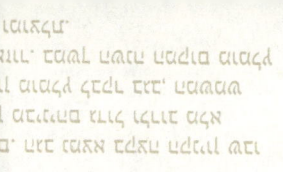

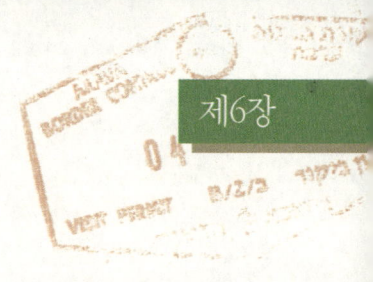

제6장

시내산(Sinai Mt.)

시내산(Sinai Mt.)

이스라엘 여행에서 빼놓을 수 없는 곳이 시내산이다. 시내산은 현재 이집트 령으로 되어 있는 시나이반도 안에 있다. 시나이반도는 모세가 애굽으로부터 이스라엘 백성들을 이끌고 40여 년 동안 광야생활을 한 곳이고, 시내산은 모세가 하나님으로부터 십계명을 받기 위해 올라간 산이다. 이 산에는 모세가 십계명을 받은 것을 기념하여 세운 성 캐더린 수도원(The Monastry of St, Catherine)이 있으며, 이 수도원 안에는 하나님이 모세에게 나타나신 떨기나무가 있다.

특히 시내산의 일출 광경은 세계적으로 유명한 절경 중의 하나로 손꼽힌다. 그래서 많은 순례객은 이 일출을 보기 위해 저녁에 출발하여 새벽에 시내산 정상에 도착하는 코스를 잡는다.

↘찾아가는 법

시내산은 이집트 령으로 되어 있는 시나이반도에 있기 때문에 이스라엘에서 이집트로 가야 한다. 이스라엘의 최남단 도시인 에일랏에서 걸어서 국경을 넘어 가던지, 아니면 이집트 카이로 공항에서 내려 시내산으로 가는 방법이 있다.

에일랏으로 가려면 먼저 예루살렘 중앙터미널에서 에일랏으로 가는 버스를 타면 4시간 후에 도착한다. 에일랏은 평균 기온이 높아서 매우 무더운 곳이지만, 많은 관광객이 휴양하는 곳이다. 에일랏의 버스터미널에 도착하면 그 앞에 이집트로 가는 국경이 있는 타바(Taba)라는 곳까지 태워주는 셰루트가 기다리고 있는데, 한 사람당 10세켈 정도 받으며 택시는 50세켈을 받는다. 물론 국경까지 가는 15번 버스도 있다.

타바의 국경에서는 이집트에 들어가기 위한 비자를 받아야 하는데, 시나이반도만 여행할 때는 14일간 한해서 비자를 받지 않아도 된다. 하지만 이집트를 여행하려면 에일랏에 있는 이집트(Egypt) 영사관에서 비자를 받아야 한다.

국경에 도착해서

타바 국경에서는 이스라엘을 출국할 때 출국세(Departure Tax) 82세켈을 내야 한다. 이스라엘은 입국 비자를 쉽게 내 주는 반면, 이스라엘을 빠져 나갈 때는 반드시 세금을 받는다. 여행자들에게는 적은 돈이 아니다. 출국카드를 적고 세금을 내면 여권에 도장을 찍어준다. 그러면 일단 이스라엘을 빠져 나가는 것은 오케이다.

걸어서 이집트 국경으로

출국 도장을 받고 100m 정도 걸어가면 새로 지은 이집트 국경 사무실이 나온다. 이곳에서도 입국카드를 작성하고 입국세(Board Tax)를 1인당 63E.P(이집션 파운드)를 내야 한다. 환전은 국경 사무소 안에 있는 은행에서 이집트에서 사용할 만큼의 돈을 환전하면 된다.

모든 절차를 끝내고 걸어서 약 1km 정도 가다 보면 왼쪽에 이집트의 다하브(Dahab)와 누에바(Nuweiba)를 포함해서 성캐더린 수도원과 기타의 지역으로 가는 버스 종점을 만나게 된다. 이곳에서 일단 다하브나 누에바로 이동한 다음 그곳에서 성캐더린 수도원으로 찾아가는 방법이 있고, 곧바로 성캐더린 수도원으로 갈 수도 있다. 하지만 이곳에서 다하브나 누에바로 가는 버스는 하루에 한두 차례밖에 없고 시간도 일정하지가 않다. 다하브나 누에바까지 택시비는 1인당 5달러씩 받는다.

국경의 이집트 사무실

다하브로 가는 길

타바에서 다하브로 가는 길은 고역의 시간으로 약 3시간 정도 걸린다. 마치 인디아나 존스에서나 볼 수 있는 낡은 버스에 쪼그리고 앉아 땀을 삘삘 흘리면서 사막의 길을 따라 달리는 고통을 직접 체험해 보자. 가도 가도 끝없는 사막, 오직 뜨거운 태양과 푸석푸석한 먼지만 풀풀 날리는 메마른 땅의 시나이반도….

모세가 이스라엘 백성을 이끌고 이 사막 안에서 헤맸을 것을 생각해 보면, '40여 년간 얼마나 힘들었을까? 하나님께서 구름기둥과 불기둥을 준비해 주지 않았다면 얼마나 고통스러웠을까? 하는 생각이 절로 든다.

다하브에 가면 해변가 근처에 있는 많은 숙소까지 쉽게 갈 수 있지만, 버스로 갈 경우에는 버스터미널에서 숙소까지 운반해 주는 픽업들이 기다리고 있다. 한 사람당 약 5파운드 정도만 주면 누구든지 이용할 수 있다.

다하브, 푸른 홍해가 한눈에

마치 지구의 문명과는 완전히 담을 쌓고 있는 듯한 딴 세상인 다하브, 이곳은 이집트 령의 시나이반도 끝에 있는 아주 작은 마을이지만 값싼 물가와 한가로운 분위기 때문인지 이스라엘의 젊은이들이 휴양지로 많이 찾는 곳이다. 그렇다고 해서 유흥업소가 많이 있는 것은 아니다. 그저 편안히 식사를 하고 간단한 음료수를 팔고 있는 음식점과 선물가게가 있을 뿐이다. 하지만 지구상에서 가장 맑다는 홍해바다가 한눈에 펼쳐지고 멀리 아라비아 반도가 보이는 이곳에서 파도타기와 스노클링을 많이 즐기고 있다. 홍해의 파도소리와 시원한 바닷바람을 마시며 모처럼의 여행에서 피곤을 풀기에 좋다. 하지만 오래 있으면 지겹다.

잠깐만

1. 배고픈 사람을 위하여
버스 종점에는 보기에도 허름한(이집트의 식당이 다 그렇지만) 식당이 있다. 이곳에서 볶음밥, 피타빵, 샐러드, 옥수수스프, 닭튀김 한 조각에 6파운드, 스프라이트 음료수 한 병에 1파운드, 물 한 병에 1파운드에 판다. 국경에 있는 상점이라 좀 싼 편이지만, 친절한 서비스나 깨끗한 음식을 기대하지 않는 것이 좋다.

2. 타바에선 상식이 안 통한다.
타바까지 가는 교통비를 아끼기 위해서 버스를 타려는 여행자들에게 택시기사들은 절대로 버스 출발 시간을 알려주지 않는다. 버스가 언제 떠날지 모르니 차라리 택시를 타고 가라는 얘기다. 만약 운 좋게 버스가 출발하는 시간을 맞추어 버스에 타게 되면 택시기사들은 버스에 탄 사람들에게 버스 요금보다 훨씬 싼 요금으로 택시를 태워주겠다고 소리를 지른다. 버스 요금이 15파운드니까 택시 요금은 10파운드에 태워주겠다며 승객을 다시 내리게 한다. 그럼 택시는 절대로 바로 출발하지 않는다. 일단 버스가 출발하고 나면 다시 택시 요금을 50파운드까지 올린다. 그러므로 버스를 타고 출발하던지, 아니면 택시기사와 잘 타협해서 값을 최대한 내리고 출발해야 한다. 이집트의 첫인상은 이렇게 기분 좋은 시작이 아니다.

다하브에서의 먹을거리

다하브에 있는 많은 식당과 카페들은 한국인의 입맛에 맞는 음식들이 종류별로 다양하게 준비되어 있고 값이 싼 편이다. 카레라이스, 참치볶음밥, 야채볶음밥, 오믈렛, 스파게티, 피자 등… 평균 5파운드에서 15파운드까지 비교적 저렴하고 양도 많다.

기념품도 싸고 좋다.

이집트의 특산물로는 은 세공품과 파피루스를 들 수 있다. 다하브에서는 이런 것들을 아주 싼 값에 다양한 종류를 구입할 수 있다. 뿐만 아니라 좋은 품질은 아니지만, 나염 옷과 티셔츠들도 팔고 있으며 피라미드와 파라오 모형도 싸게 팔고 있어 쇼핑하기에도 부담이 없다. 하지만 점포마다 가격이 다르기 때문에 반드시 여러 곳을 둘러보고 사는 것이 좋다. 흥정을 잘하면 더 싸게 살 수도 있다.

다하브의 숙소

다하브에는 이스라엘과 다른 수준의 값싼 숙소들이 즐비하다. 하루 저녁에 약 10파운드에서 30파운드 하고, US 달러도 받는다. 이곳에는 홍해바다의 스노클링과 사막 투어, 시내산 등정 투어도 알선해 준다.

다하브의 물은 안 좋다.

다하브에는 수돗물의 수질이 좋지 않다. 물이 부족한 것은 아니지만 머리를 감거나 샤워를 해도 머리카락이 뻣뻣하거나 피부가 꺼칠해진다. 여기에서는 린스나 샤워콜론을 사용하는 것이 좋다. 식수는 1리터짜리 생수가 약 1파운드에 팔고, 콜라나 사이다 같은 탄산음료도 약 1파운드로 값싸게 팔고 있기 때문에 부담 없이 이용할 수 있다.

시내산으로 올라가자

다하브에서는 시내산으로 올라가려는 여행자들을 모집하는 모습을 많이 볼 수 있다. 만약 그런 사람을 만나지 못한다면 머물고 있는 숙소의 주인에게 시내산으로 가고 싶다고 말하면 가이드를 소개해 준다. 가이드는 시내산까지의 교통편은 물론 간단한 음식도 준비해 주면서 약 30~35파운드 정도 받는다.

시내산 등정은 다하브에서 밤 11시경에 출발하는데, 짐은 최대한 가볍게 하고 새벽에 가파른 돌산을 오르기 때문에 랜턴을 꼭 가져가야 하며 새벽에는 춥기 때문에 두툼한 옷을 준비해야 하고 마실 물도 가져가야 한다.

밤 11시에 가이드가 인도하는 차를 타고 시내산을 향해 달려가는 길은 평생 잊을 수 없는 감동으로 다가온다. 오염되지 않은 시나이반도의 밤하늘은 마치 잘게 부순 유리가루를 쏟아놓은 뒤 조명으로 반사시킨 것 같은 반짝임 그 자체이다. 이루 헤아릴 수 없을 만큼의 수많은 별들이 머리 위와 지평선 쪽의 바로 옆까지 산재해 있어 마치 내가 그 별들의 무리 속에 들어와 있는 것 같은 착각이 들 정도이다.

그렇게 아름다운 별들의 환영을 받으며 밤길을 약 2시간 정도 달리다가 도착하는 곳이 시내산… 이곳은 모세가 이스라엘 백성들을 이끌고 광야로 나와서 40여 년 동안 헤맬 때 하나님이 떨기나무에 불로 나타나신 곳이며 십계명을 주신 곳이다.

새벽 2시쯤 차가 시내산 입구에 도착하면 이때부터는 단단히 마음을 먹고 신발 끈을 고쳐 매야 한다. 약 3시간 정도 산에 올라가야 하기 때문이다. 물론 입구에서는 산에 등정하기 힘들어 하는 사람들을 위해서 베드윈들이 낙타로 돈을 받고 태워주고 있지만, 옛날 고령의 모세가 이 길로 지금처럼 걸어 올라갔을 것을 생각하면 낙타타기가 미안해진다.

산길은 그다지 험하지 않다. 약 2시간 정도는 그저 앞사람의 등과 뒤꿈치만 보고 따라 올라가도 될 정도이고, 조금 더 여유가 있는 사람은 깜깜한 밤이지만 시내산의 웅장한 바위들과 밤하늘의 별들을 보며 올라갈 수도 있다. 하지만 2시간 정도 올라간 뒤에는 어느 순간부터 끝이 없을 것 같은 돌계단이 급경사로 펼쳐지는데 이때부터는 등산을 했던 사람일지라도

시내산 올라 가는 길

헉헉 거리게 된다. 아무리 올라가도 그 끝이 보이지 않는 돌계단, '과연 이 돌계단을 이렇게 끝없이 따라 올라가면 정말 하늘나라에까지 닿을 수 있을까?' 하는 생각이 들 정도이다.

시내산 정상

도저히 더 이상 올라갈 수 없을 정도로 힘이 빠져서 기진맥진 해졌을 때쯤 드디어 시내산 정상임을 알리는 작은 문이 나타나고, 모세가 십계명을 받은 것을 기념하는 모세의 교회가 있으며, 그 주위에는 벌써 주저앉아 땀을 닦고 있는 많은 순례객과 마주할 수 있다.

새벽 4시에서 5시쯤, 동쪽을 향해 뭔가를 기다리고 있는 사람들과 함께 기도하는 마음으로 앉아 있으면 드디어 일생일대 두 번 다시 볼 수 없는 최고의 장관인 시내산의 일출이 펼쳐진다. 붉은 태양이 시나이반도의 수많은 돌산을 헤집고 떠오르면서 온통 붉은 돌산으로 만들고, 해가 하늘로 점점 올라가면서 산의 색깔이 점차 변해가는 모습은 그 어떤 퍼포먼스 예술가도 연출해 낼 수 없는 장면이다. 나도 모르게 입에서 감탄사가 나오고 있을 때 세계 각국에서 온 사람들 입에서도 나와 똑같은 감탄사가 나오고 있다는 것을 확인할 수 있을 것이다.

관련성구
"여호와께서 시내 산 위에서 모세에게 이르시기를 마치신 때에 증거판 둘을 모세에게 주시니 이는 돌판이요 하나님이 친히 쓰신 것이더라" (출 31:18)

성 캐더린 수도원 (The Monastry of St. Catherine)

시내산 정상에서의 일출을 본 후에 다시 내려오면 새벽에 산에 올라가면서 보지 못했던 커다란 수도원을 만나게 된다. 이곳은 1400년 전에 만들어진 수도원으로 지금까지 한 번도 파괴된 적이 없는 성 캐더린 수도원이다.

이 수도원은 6세기 중엽 동로마 제국의 유스티니아누스 황제의 명에 의해 건립된 것인데, 수도원 안에는 하나님께서 모세에게 불로 나타나셨던 떨기나무가 아직도 있고, 특히 지난 수천 년 동안 수도사들이 이곳에서 직접 썼다는 3천점 이상의 고대 성경사본과 5천 권 이상의 성경책이 소장되어 있지만, 여간해선 순례자들에게는 잘 공개하지 않는다.

잠깐만

값싼 가이드를 조심하라.

다하브에는 시내산을 오르려는 여행자들을 속이고 엉뚱한 곳으로 데려가는 사람들이 많이 있으니 주의해야 한다. 시내산까지의 가이드 비용은 평균 30파운드 정도 받는데, 15파운드 내지 20파운드만 주면 시내산까지 가이드 및 빵과 햄, 우유 등을 무료로 제공해 주며, 밤에는 파티까지 열어주며 은근히 마리화나까지 제공해주겠다고 제의해 오는 가이드들이 있다.

이런 사람들은 반드시 경계해야 한다. 왜냐하면 처음오는 여행자들이 시내산에 대한 지리를 잘 모르는 것을 이용해서 시내산이 아닌(현지에서는 시나이 마운틴이라고 부른다) 기내산으로 데려가기 때문이다. 무슨 시내산이 이렇게 가까우냐고 하면 시내산이 워낙 크기 때문에 관광객이 많이 가는 곳보다 가까운 산등성이에 올라왔다고 말을 한다. 값싼 것을 이용하려는 여행자들을 울리는 사기라는 것을 잊지 말라.

입장시간이 오전 9시부터 오후 12시까지 아주 짧은 시간에만 입장을 허락하고 있기 때문에 시간을 잘 맞춰야 들어갈 수 있다.

성 캐더린 수도원 안에 있는 떨기나무

다시 이스라엘로 돌아갈 때 국경에서

다하브에서 이스라엘로 다시 돌아가는 방법은 역시 이집트로 들어올 때와 똑같은 방법으로 하면 된다. 하지만 조심해야 할 것은 공항에서 입국 비자를 받을 때는 체류기간을 보통 3개월로 해주는데 비해 육로로 국경을 통과할 때는 국경 근무자가 반드시 이스라엘에 얼마나 머물 것인지를 물어보고 일주일 단위로 체류기간 스탬프를 찍어주게 된다. 이때는 반드시 체류기간을 넉넉하게 대답을 해야 한다.

알짜정보

1. 전화 사정이 안 좋다.
다하브에는 이스라엘과 달리 전화 사정이 좋지 않다. 이스라엘의 어느 곳에서나 손쉽게 볼 수 있는 국제공중전화를 볼 수 없다. 간혹 한두 대 보이긴 하지만, 한국으로 전화하기가 여간 어려운 것이 아니다. 안 되는 전화기를 붙잡고 시간을 허비하는 것보다 포기하는 것이 속 편하다.

2. 이스라엘의 입출국은 엄청 까다롭다.
이스라엘의 공항 입출국이 까다롭다는 것은 이미 세계적으로 알려진 사실이다. 비행기 테러와 하이재킹이 자주 생기는 일로 사전 검색 때문이라고는 하지만, 그 정도의 검문검색을 받아 보지 않은 외국인들에게는 좀 심하다는 생각이 들 정도이다. 우선 공항에 도착하면서부터 여자 경찰들의 무뚝뚝하고 고압적인 자세의 검문이 시작되는데, 소지품 검사는 물론이고 일대일 인터뷰가 최소 30분에서 길게는 2시간까지도 이어진다.

인터뷰 내용도 "이스라엘에는 왜 왔는가? 언제부터 이스라엘에 오려고 준비를 했는가? 준비하는 과정에서 누구에게 도움은 받지 않았는가? 이스라엘에는 아는 사람이 있는가? 어디서 묵을 예정인가? 얼마나 체류할 예정인가? 어디 어디를 다닐 예정인가? 이스라엘에 온 걸 아는 사람은 누구인가? 이스라엘 지리는 잘 아는가? 직업은 무엇인가? 혹시 가방은 누가 챙겨주지는 않았는가? 이스라엘 역사에 대해서는 얼마나 아는가?" 등 아주 시시콜콜한 질문을 쉬지 않고 연속해서 던진다. 그러면 아무리 대답을 잘 하려고 마음의 준비를 하고 있어도 당황해서 더듬거리게 된다. 그러면 경찰관은 답변을 시원하게 못하고 머뭇거리는 여행자를 따로 데려가 집중 심문을 하게 된다.

이스라엘에서 한국으로 돌아오기 위해 공항에서 인터뷰를 할 때는 한층 검문이 더 심해진다. "이스라엘에선 누구를 만났는가? 공항에 올 때 뭘 타고 왔는가? 택시를 타고 왔다면 그 택시 기사의 이름을 기억하고 있는가? 이스라엘의 전체 지도를 보여주며 어디 어디를 다녔는가? 어디서 잠을 잤고 음식은 무얼 먹었는가? 물건은 뭘 샀으며 어디에 쓸 것인가?" 등 구체적이고 짜증나는 질문을 계속한다. 특히 소지품 중에서 시한폭탄을 제조할 수 있을 만한 전자제품이나 가전제품에 대한 검색이 상당히 까다롭다. 인터뷰 중 짜증을 내거나 불성실하게 답변을 하면 따로 불려가서 심문을 받게 된다.

들리는 말에 의하면 단체 여행객보다 남자 혼자 가는 여행자, 인상이 험악하게 생긴 사람들을 집중적으로 검문한다고 하고, 대한항공 같은 외국 항공사의 탑승객보다 자기네 항공사인 엘알(ELAL) 탑승객에 대한 검문검색이 훨씬 까다롭다고 한다. 그들은 비록 검문검색 때문에 비행기 이륙시간이 지연된다 하더라도 아랑곳하지 않는다. 그 모든 것이 항공테러를 미연에 방지하고 안전한 비행을 위해서 그러는 것이라고 하니 참고 그러려니 하는 수밖에….

www.infotour.co.il 이스라엘 여행정보
www.travelent.co.il 이스라엘 관광청 광고
www.eastmed-tour.com 동지중해 관광과 문화
www.israel-opera-co.il 이스라엘 오페라 정보
www.israelhotels.org.il 이스라엘 호텔협회 호텔정보
www.kibutz.co.il 이스라엘 키부츠호텔 정보
www.israel.co.kr 이스라엘 관광국 서울사무소
www.INDIC.CO.IL 이스라엘 영화산업
www.israel.co.kr 이스라엘 관광국 서울사무소
www.haaretz.co.il/mivzak 이스라엘 일간지(Haaretz)
www.jpost.co.il 이스라엘 영문일간지(Jerusalem Post)
www.iaa.gov.il 국경정보
www.elal.co.kr 엘알항공사
www.issta.com 이스라엘 학생 여행협회
www.seoul.mfa.gov.il 주한 이스라엘 대사관
www.isic.co.kr 국제학생신분증 카드 협회
www.hostelworld.com 국제 호텔 안내
www.inisrael.com 이스라엘 안내
www.oggod.oo.il 이스리엘 에게드미스회사
www.dan.co.il 이스라엘 단버스회사
www.rail.co.il 이스라엘 기차 안내
www.hertz.co.il 헤르츠 렌터카
www.avis.co.il 아비스 렌터카
www.sixt.co.il 식스트 렌터카
www.goodluckcars.com 굿럭스 렌터카
www.bankisrael.gov.il 환율확인
www.jpost.com 예루살렘 포스트신문
www.chabad.org 유대인 공동체
www.israelhanin.org 이스라엘 한인교민회
www.israelchurch.org 이스라엘 한인교회
cafe.daum.net/jesusjerusalem 예루살렘 중앙교회
www.jerusalem.com.ne.kr 예루살렘교회
www.telavivchurch.org 텔아비브 욥바 한인교회
www.alhashimihotel.com 예루살렘 하시미 호스텔
www.geocities.com/swedishhostel 예루살렘 뉴스위디시 호스텔
www.newimperial.com 뉴임페리얼 호텔
www.mikescentre.com 마익스 센터
www.templemount.org 황금사원
www.towerofdavid.org.il 다윗의 타워
www.thekotel.org 웨스턴 월
www.cityofdavid.org.il 다윗의 도시
www.archpakr.org.il 예루살렘 고고학 공원
www.gardentomb.com 예루살렘 정원무덤
www.imj.org.il 이스라엘 박물관

www.blmj.org 바이블랜드 박물관
www.yadvashem.org 야드바쉠
www.time-elevator-jerusalem.co.il 타임엘리베이터
www.jerusalemzoo.org.il 성서동물원
www.miniisrael.co.il 미니 이스라엘
www.nswas.org 네베샬롬
www.neweuropetours.eu 예루살렘 자유투어
www.openbethlehem.org 베들레헴 안내
www.machpela.com 막벨라 사원 안내
www.jericho-cablecar.com 여리고 케이블카
www.yardenit.com 야르데니트
www.thegalileeexperience.com 갈릴리 체험
www.hamat-gader.com 하맛 가데르
www.lido-galilee.com 리도
www.abukayak.co.il 아부카약
www.kayaks.co.il 갈릴리 카약
www.maman-mansion.co.il 갈릴리 마망 호스텔
www.aviv-hotel.co.il 갈릴리 아비브 호스텔
www.nazarethvillage.com 나사렛빌리지
www.nazarethinfo.org 나사렛 안내센터
www.akko.org.il 아코 안내센터
www.akko-gate-hostel.com 아코 게이트 호스텔
www.tour-haifa.co.il 하이파 안내센터
www.parks.org.il 국립공원 안내
www.tel-aviv.gov.il/english 텔아비브 여행 안내
www.tel-aviv-insider.com 텔아비브 여행 안내
www.eretzmuseum.org.il 에레츠 박물관
www.tamuseum.com 텔아비브 미술 박물관
www.hayarkon48.com 텔아비브 하야르콘 호스텔
www.momoshostel.com 텔아비브 모모스 호스텔
www.telaviv-hostel.com 올드 욥바 호스텔
www.sun-aviv.co.il 텔아비브 Galileo 호스텔
www.suncity.co.il 텔아비브 Sun City 호스텔
www.goldenbeach.co.il 텔아비브 golden beach 호스텔
www.seanehohotel.co.il 텔아비브 Hotel Sea Net
www.luskysuite-htl.co.il 텔아비브 Lusky Suite Hotel
www.dolphinreef.co.il 에일랏 돌핀 리트 리조트
www.coralworld.com 에일랏 해양수족관
www.timna-park.co.il 팀나파크
www.eilat-guide.com 에일랏 안내센터
www.corinnehostel.com 에일랏 콜린느 호스텔
www.a55.co.il 에일랏 아라바 호스텔
www.shelterhostel.com 에일랏 쉘터 호스텔

퀴즈 1 : 황금사원 내부로 들어가면 황금 돔 주변으로 커다란 아치 벽이 네 개가 세워져 있다. 이곳의 아치는 모두 몇 개일까?

퀴즈 2 : 제7처 내부에는 작은 제단이 있는데, 이 제단에 있는 촛대는 모두 몇 개일까?

퀴즈 3 : 성분묘교회 내부로 들어가면 예수님의 시신이 놓였던 바위가 있다. 이 바위 위에는 황금색으로 예쁘게 장식된 우윳빛 유리병이 매달려 있는데 모두 몇 개일까?

퀴즈 4 : 통곡의 벽 왼쪽엔 크고 작은 아치로 된 터널이 있다. 모두 몇 개일까?

퀴즈 5 : 히스기야 성벽 유적지에 가면 벽면에 높이를 측정하는 숫자가 부착되어 있다. 가장 높은 숫자는 과연 얼마일까?

퀴즈 6 : 성모마리아영면교회 1층 내부로 들어가면 둥근 천장에 마리아가 성경책을 들고 있는 아기 예수를 안고 있는 그림이 모자이크로 그려져 있다. 이 그림에는 아기 예수가 손가락을 펴고 있는데 몇 개의 손가락을 펴고 있을까?

퀴즈 7 : 마가의 다락방 내부에는 중앙에 커다란 기둥이 있다. 모두 몇 개일까?

퀴즈 8 : 압살롬의 무덤에는 네 개의 사각기둥 외에 둥근 기둥이 있다. 이 둥근 기둥은 네 개의 면을 합쳐 모두 몇 개일까?

퀴즈 9 : 실로암 연못은 최근에 새롭게 발굴되어 전시되고 있다. 이곳에는 연못으로 들어가는 계단이 있는데, 현재까지 발굴된 계단은 모두 몇 개일까?

퀴즈 10 : 만국교회 지붕은 몇 개의 둥근 지붕으로 이루어졌을까?

퀴즈 11 : 주기도문교회는 한글로 된 주기도문이 타일에 인쇄되어 벽에 전시되고 있다. 한글로 된 주기도문은 모두 몇 장의 타일로 이루어져 있을까?

퀴즈 12 : 시온문의 벽에는 검은색의 메주자가 부착되어 있다. 메주자는 유대인들이 문에 들어갈 때나 나올 때 손을 갖다 대고 입을 맞추는 작은 쇠붙이다. 이곳에는 메주자가 몇 개 부착되어 있을까?

퀴즈 13 : 스데반 문에는 바깥쪽 벽면에 사자의 모습이 조각되어 있다. 모두 몇 마리일까?

퀴즈 14 : 무덤 바로 맞은편에 예수님의 부활과 관련된 로마서 1장의 성경 구절이 적혀 있다. 이 성경구절은 1장 몇 절일까?

퀴즈 15 : 제단 우측에는 지하 동굴로 내려가는 입구가 있고 그 입구의 윗부분 아치에는 "주 이스라엘의 하나님이여 그 백성을 돌아보사 속량하시며"(눅 1:68)라는 말씀이 라틴어로 적혀 있다. 모두 몇 글자로 되어 있을까?

퀴즈 16 : 마리아방문교회로 들어가는 입구 위에는 마리아가 천사의 도움을 받으며 에인케렘으로 찾아오는 그림이 그려져 있다. 이 그림에 등장하는 천사의 숫자는 몇 명일까?

퀴즈 17 : 목자의 교회 앞마당엔 분수가 있다. 이 분수는 몇 개의 층으로 되어 있을까?

퀴즈 18 : 성캐더린 성당의 정면에는 파이프 오르간의 파이프가 아름답게 설치되어 있다. 모두 몇 개의 파이프로 되어 있을까?

퀴즈 19 : 와디켈트 전망대에 가면 검은색의 십자가가 하얀색의 벽돌로 쌓아올린 사각 기둥 위에 세워져 있다. 이 기둥은 모두 몇 층의 벽돌로 세워져 있을까?

퀴즈 20 : 엘리야의 샘물 앞에 샘물의 기원과 샘물에 대한 설명이 바닥에 적혀 있다. 왼쪽에는 BC 8000이라고 적혀 있는데, 오른쪽에는 197(?) 이라고 적혀 있다. ?은 과연 몇일까?

퀴즈 21 : 쿰란 유적지에 가면 Refectory라는 에세네인들이 사용했던 식당 유적지가 있다. 이 유적지를 설명하는 간판에는 그 당시의 모습이 그림으로 그려져 있는데, 많은 사람들이 빙 둘러 앉아서 식사하는 사람들과 서서 음식을 나르는 사람의 모습이 그려져 있다. 이 그림에는 앉아 있는 사람을 제외하고 서 있거나 구부정하게 서 있는 사람은 모두 몇 명일까?

퀴즈 22 : 마사다의 정상에는 그 당시 유대인들이 사용하던 시나고그가 있다. 이곳에 사람들이 앉을 수 있는 계단이 있는데, 모두 몇 개의 계단으로 되어 있을까?

퀴즈 23 : 오병이어교회의 내부에는 예수님이 물고기 두 마리와 보리떡 다섯 개를 올려놓고 축사하신 바위가 있고, 그 위에는 초가 매달린 원형의 구조물이 달려 있다. 이 구조물에는 모두 몇 개의 촛대가 있을까?

퀴즈 24 : 베드로수위권교회로 들어가는 입구의 왼쪽 철문 위쪽에는 예수님이 제자들과 함께 식사하는 장면이 부조로 조각이 되어 있다. 이 조각에서 예수님과 함께 식사하는 제자들은 모두 몇 명일까?

퀴즈 25 : 팔복교회 내부로 들어가는 입구 위에는 작은 종이 매달려 있다. 몇 개의 종이 매달려 있을까?

퀴즈 26 : 가버나움의 베드로의 집 앞에는 베드로가 한손에는 지팡이를 들고, 다른 한손에는 열쇠를 들고 있는 동상이 있는데, 베드로의 발 앞에 물고기 조각도 함께 있다. 물고기는 모두 몇 마리일까?

퀴즈 27 : 수태고지교회 1층에는 마리아가 가브리엘 천사의 음성을 들었다는 동굴이 있고, 그 앞에는 둥근 기둥이 세워져 있는데 기둥은 모두 몇 개일까?

퀴즈 28 : 예수님이 설교하던 교회 내부의 정면에는 어린 예수가 사람들 앞에서 설교하고 있는 장면을 그림으로 그려 놓았다. 이 그림에서 예수님의 설교를 듣고 있는 사람은 모두 몇 명일까?

퀴즈 29 : 지하도시 박물관의 안쪽에 있는 레펙토리움(Refectorium)이라는 방에 가면 지붕을 받치는 커다란 원형 기둥이 세 개가 있다. 이 기둥의 밑바닥에는 기둥을 아름답게 비추는 조명이 기둥을 빙 둘러서 설치되어 있는데, 하나의 기둥에 설치되어 있는 바닥의 조명등은 모두 몇 개일까?

퀴즈 30 : 원형극장은 1층 13개 2층 11개의 계단으로 되어 있다. 그리고 밑에서 위로 올라가는 통로 계단이 있다. 좌우를 뺀 중앙의 통로는 몇 개로 되어 있을까?

정답을 해결하는 법

위의 퀴즈의 정답은 모두 숫자이다. 이 모든 문제의 답이라고 생각하는 숫자를 모두 합친 다음 그 숫자에서 295을 뺀 숫자가 정답이다. 그러나 정답은 이 책에 없다. 한국으로 돌아오는 벤구리온 공항의 3층에 가야 확인할 수 있다. 공항의 3층에 가면 로비가 있는데 이곳에 만남의 장소(Meeting Point)가 있다. 이 만남의 장소 바로 옆에 있는 게이트의 숫자가 바로 정답이다. 그 게이트의 번호는 과연 몇 번일까? (힌트 : 퀴즈 1~10번까지 정답 숫자의 합계는 78이고, 퀴즈 11번에서 20번까지의 정답 숫자의 합계는 184이다)

걸어서 이스라엘

초판 1쇄 발행   2009. 6. 15.
개정판 6쇄 발행   2019. 2. 1.

지은이   김종철
펴낸이   방주석
펴낸곳   베드로서원
주 소   (10252) 경기도 고양시 일산동구 고봉로 776-92
전 화   031) 976-8970
팩 스   031) 976-8971
이메일   peterhouse@daum.net
출판등록   2010년 1월 18일(제59호)
ISBN   978-89-7419-263-1 03230

책값은 뒤표지에 있습니다.